Inge Lempke

Mord in Bonn

Der Teufel in uns

Inge Lempke

Mord in Bonn

Der Teufel in uns

EDITION LEMPERTZ

Impressum

Math. Lempertz GmbH
Hauptstr. 354
53639 Königswinter
Tel.: 02223 / 90 00 36
Fax: 02223 / 90 00 38
info@edition-lempertz.de
www.edition-lempertz.de

Umschlagentwurf, Satz und Layout: Ralph Handmann

Text: Inge Lempke

Lektorat: Philipp Gierenstein, Laura Liebeskind

Printed and bound in Germany

ISBN: 978-3-939284-26-0

1

Bonn-Buschdorf, Samstag, 9.Februar, 15.15 Uhr

Während Tina den letzten Küchenstuhl ins Wohnzimmer trug, überfiel sie für einen Moment das Gefühl, dass heute in diesem Haus etwas Neues, etwas Großartiges, etwas Großes beginnen könnte.

Dieses Gefühl hing mit Jonas zusammen, und es ließ ihr eine Gänsehaut über die Arme laufen. Wärme durchflutete ihre Seele, einen Moment lang fühlte sie sich so glücklich, dass sie hätte weinen mögen... aber eine Tina Bruschinsky weinte nicht so leicht. Und schon gar nicht wegen eines Mannes.

Im Wohnzimmer zählte sie die Sitzplätze nach – es fehlten immer noch fünf. Benny wollte zwei Klappstühle mitbringen. Gut, mussten die Übrigen eben mit Kissen auf dem Boden Vorlieb nehmen.

Rasch eilte Tina zurück in die Küche und goss noch eine Kanne schwarzen Tee auf. Als sie zwei Kannen Kaffee ins Wohnzimmer brachte, klingelte es. Tina stellte die Kannen zu den vielen Tassen auf dem Tischchen in der Ecke, flitzte in den Flur und merkte, wie sie sich anspannte, als sie die Tür öffnete.

Da stand er, der Mann, den sie heute erst zum dritten Mal sah: etwas größer als sie, schlank, weißer Anzug, weißes Hemd, weiße Schuhe. Ein nicht zu übersehendes, silbernes Kreuz auf der Brust. Grauweißes, schulterlanges Haar, silberne Brille. Und dahinter diese Augen, diese graugrünen, gütigen, mitfühlenden, manchmal vor Begeisterung sprühenden Augen!

Tina wurde den Verdacht nicht los, dass sie auf dem besten Weg war, sich in den Mann zu verlieben. Auch wenn er fast 20 Jahre älter war als sie.

„Hallo, Tina, ich wollte eigentlich längst da sein, um dir ein bisschen zu helfen, aber ich hab mich total verfahren." Jonas trat in den Flur, breitete die Arme aus und legte sie um die vor Überraschung erstarrte Tina. Das hatte er ja noch nie gemacht! Sie umarmte ihn vorsichtig zurück, während er kundtat: „Ich wünsche dir Glück und Zufriedenheit!"

Dann ließ er sie los, und Tina stotterte: „Äh ja...wünsche ich dir... natürlich auch."

Jonas strahlte sie an, als sei sie die Offenbarung. Tina schaute weg und zeigte nach rechts. „Ich hab da im Wohnzimmer was vorbereitet."

Kurz darauf sah er sich im Raum um und meinte anerkennend: „Das hast du gut gemacht. Genauso hab ich mir das vorgestellt. Tee, Kaffee, was zu knabbern. Prima, und anscheinend hast du ja eine Menge Leute mobilisieren können."

„Na ja, wir sind ungefähr fünfzehn, wenn alle kommen."

„Ganz toll." Jonas steuerte auf das Tischchen in der Ecke zu. „Ich werde mich ein bisschen stärken, bevor wir anfangen."

Tina wollte ihm gerade folgen, um ihm Kaffee einzuschenken, als es erneut an der Tür klingelte. Es war ihr Nachbar Benny von oben, und er hatte tatsächlich zwei Klappstühle dabei sowie einen irgendwie finster und ungepflegt aussehenden Freund. Hinter den beiden stand die dicke Yvette, die Nachbarin von unten, die ihre alte, kranke Mutter mitbrachte.

Tina schickte die vier ins Wohnzimmer, eilte in die Küche und kümmerte sich um den schwarzen Tee, als es schon wieder klingelte.

Jonas war vor ihr an der Tür und ließ Tinas ständig alkoholisierten Arbeitskollegen Holger und seine Frau herein, umarmte beide herzlich und begrüßte sie mit: „Ich wünsche euch Glück und Zufriedenheit!"

Auf die gleiche Weise empfing er Gottfried („Hausmeister an einer Schule", stellte Tina ihn vor), Ramona, eine ehemalige Mitschülerin, und deren Bekannte. Außerdem kamen Gerlinde, eine Arbeitskollegin von Tina, und ihre Tochter, sowie schließlich Tabea Römer, eine Boutiquebesitzerin, bei der Tina schon so manches eingekauft hatte.

Die Römer, eine garantiert magersüchtige Person, präsentierte zur Überraschung aller ihre Zwillingsschwester, die wie eine exakte Kopie von ihr aussah, vom starken Make-up über die schwarz gefärbten Haare bis hin zur Magersüchtigkeit. Schien es Tina nur so, oder umarmte Jonas die beiden länger als alle anderen?

Wie auch immer, kurz darauf saßen oder standen alle im Wohnzimmer beisammen, beäugten sich und trauten sich kaum, ein Gespräch anzufangen. Bis schließlich Jonas die Initiative ergriff, jeden jedem vorstellte, allen das ‚Du' aufs Auge drückte und jedem ein kleines Kompliment machte, sogar Holger, der so stark nach Alkohol roch, dass Tina sich für ihn schämte. Da es auch über sein Aussehen nichts Positives zu berichten gab, lobte Jonas die geschmackvolle Farbkombination seiner Krawatte.

Schließlich stellte sich Jonas an die hintere Wand des Wohnzimmers, dorthin, wo das Bild mit den prallen, blau blühenden Hortensien hing, legte die Fingerspitzen in Höhe seiner Taille zusammen und begann die Ansprache mit ein paar Worten zur eigenen Person.

„Hallo, ihr Lieben, ich bin Jonas Kirch, 58 Jahre alt, und ich wohne in Bonn. Ich habe nicht nur Theologie, sondern auch das Leben und die Menschen genau studiert, und glaubt mir – ich kenne mich aus." Er machte eine kleine Pause, dann hob er plötzlich die Hände und die Stimme. „Ich habe diese Anzeige in die Zeitung gesetzt, weil ich Mitstreiter suche, Mitstreiter in einem ganz besonderen Kampf!" Jonas räusperte sich zweimal dezent, machte ein ernstes Gesicht und fuhr fort.

„Meine lieben Brüder und Schwestern, wir haben uns hier versammelt, weil wir alle – ja, auch ich – auf der Suche sind. Wir suchen nach dem Sinn unseres Lebens, nach einem Menschen, der uns liebt, vielleicht suchen einige von uns nach Arbeit, nach ein bisschen Freude, nach jemandem, der sie von ihren Schmerzen befreit. Manche werden sich fragen, was habe ich nur getan, dass ich arm, krank oder einsam bin, und sie werden sich schuldig fühlen. Aber nein, wir sind nicht schuld an unserem Elend! Wir sind nur unwissend! Dafür bin ich hier, liebe Freunde, um euch die Augen zu öffnen. Um euch zu sagen, wie ihr glücklich werdet, und um euch zu zeigen, was eurem Glück im Weg steht. Und glaubt mir, meine Mitstreiter, es ist immer dasselbe, was uns daran hindert, glücklich zu werden! Es ist immer er! Er, der Meister der Tarnung, der Täuschung, der Verführung! Er sorgt dafür, dass wir an leere Versprechungen glauben, dass wir uns klein fühlen, immer an die falschen Partner geraten, nie die richtige Arbeit und nie zu uns selbst finden! Er, der Inbegriff des Bösen! Er, Satan!"

Blitzende Augen hinter der Silberbrille. Eine bedeutungsvolle Pause.

Tina, die rechts von Jonas auf einem dicken Kissen auf dem Boden saß, schaute in die Gesichter der anderen: Erstaunen, Skepsis, Zustimmung, Angst. Alles da. Tina neigte zur Skepsis, aber sie war offen für alles, was Jonas sonst noch von sich geben würde.

Er sprach weiter: „Vielleicht wundert ihr euch, dass ich nicht über Gott rede, aber ich setze voraus, dass wir alle gläubige Christen sind, egal welcher Richtung. Aber vielleicht zweifelt ihr gerade an eurem Glauben, weil der Teufel, der Unglaube, Hass und Neid sät, euch Dinge einflüstert, die gar nicht stimmen! Deshalb spreche ich nicht über Gott zu euch, sondern über Satan, der auf die Welt kam, um uns vom richtigen Weg abzubringen! Gott prüft uns damit, und das erste, das wir tun müssen, ist, das alles zu durchschauen. Und das tun wir, indem wir uns hier und heute zu einer Gemeinschaft zusammenschließen!"

Tina kratzte sich an den Narben hinter dem Ohr. Diese Veranstaltung erinnerte sie an die amerikanischen Erweckungsgottesdienste mit Gospel-Chor und hysterisch ausrastenden Gläubigen. Nun, hier konnte niemand singen, und der deutsche Gläubige an sich rastete auch nicht so schnell aus. Obwohl sich Jonas wirklich Mühe gab.

„Bringt mal jemand die Tafel rüber?", bat er gerade und sah dabei Gottfried an. Der lehnte mit verschlossener Miene an der Wand und schaute auf die ihm eigene Art zurück: mit einem bohrenden Blick seiner sehr dunklen Augen, ohne mit dem Lid zu zucken. Viele Sekunden lang. Die meisten Leute hielten das keine 5 Sekunden aus. Jonas auch nicht.

Warum Gottfried das machte, wusste Tina nicht. Eigentlich war er ein fleißiger, hilfsbereiter, manchmal sogar freundlicher Mensch. Mit seinen dunklen, lockigen Haaren und dem genauso dunklen Vollbart sah er aus wie ein kleinerer und dünnerer Reinhold Messner. Aber er war deutlich unkommunikativer.

Immerhin stieß er sich von der Wand ab und half Jonas, das Flip-Chart aufzustellen. Tina hatte keine Ahnung, was jetzt kam.

„So, meine Lieben." Jonas ließ seinen Blick zu jedem einzelnen Anwesenden wandern. „Ich möchte jetzt eine Glaubensgemeinschaft mit euch gründen, eine große Gruppe von Freunden, eine Familie. Ihr braucht nichts zu unterschreiben, es kostet nichts, das Einzige, was ich möchte, ist, dass ihr mir vertraut. Ist jemand hier, der nicht mitmachen will?"

Niemand natürlich. Jonas lächelte begeistert und nahm einen Stift in die Hand. „Ich finde, jede Glaubensgemeinschaft braucht einen passenden Namen. Ich schreibe mal drei Vorschläge an die Tafel, und dann diskutieren wir darüber, ok?"

Jonas Kirch schrieb:

1.Freie Kirch-Gemeinde
2.Freie Gemeinde Glaube und Glück
3.Freie Gemeinde Christen gegen das Böse

Von da an war es mit der Zurückhaltung vorbei. Es wurde diskutiert, kritisiert und umformuliert, was das Zeug hielt. Die Abstimmung eine halbe Stunde später ergab einen eindeutigen Sieger: ‚Freie Gemeinde Glaube, Glück und Gerechtigkeit'.

Sogar Gottfried behauptete, mit dem Namen zufrieden zu sein, obwohl er guckte, als habe man ihm ein Dutzend Schimpfwörter an den Kopf geworfen. Tabea Römer hingegen lächelte beseelt.

Tina hatte sie beobachtet: die Magersüchtige hatte an Jonas' Lippen gehangen wie eine verliebte Giftschlange. Und hatte Jonas nicht ein paar Mal besonders nett zu ihr hinübergelächelt? War da etwa eine Konkurrentin aufgetaucht?

Den gleichen Verdacht hegte Tina auch gegen ihre stets elegant gekleidete Arbeitskollegin Gerlinde, die ebenfalls zwei bis drei Augen auf Jonas geworfen zu haben schien. Sie würde -

„Wieso bist du eigentlich qualifiziert, uns hier irgendwas beibringen zu wollen?", hörte Tina plötzlich jemanden fragen. Schlagartig waren alle still, wandten die Köpfe Gottfried zu und drehten sie dann zurück zu Jonas. Der stand immer noch in seinem weißen Anzug neben der Tafel, stellte seine Kaffeetasse beiseite, lächelte mild (geradezu päpstlich), legte den Stift weg und setzte sich auf einen Hocker, den Tina ihm überlassen hatte.

„Ich will euch eine kleine Geschichte erzählen", hob er mit seiner Samtstimme an. „Meine Eltern sind früh gestorben und deshalb lebte ich lange bei meinen Großeltern auf einem Bauernhof. Ich war ein scheuer, nachdenklicher Junge, der gerne Gedichte las, kaum Freunde hatte und Pferde, Hunde und Katzen auf dem Hof mehr mochte als die Menschen. Am liebsten zog ich mich auf den riesigen, staubigen Dachboden mit den vielen, hölzernen Stützbalken zurück, auf den sich sonst niemand verirrte. Ich zimmerte mir in einer Ecke eine Art Hütte zusammen. Es herrschte immer ein mehrwürdiges Zwielicht dort oben."

Jonas machte eine Pause und schaute gedankenverloren und ein wenig sehnsüchtig ins Leere. Dann seufzte er und fuhr fort: „Ich bin am 24. Dezember geboren. Meine Großmutter, die sehr gläubig war, hielt das für ein besonderes Zeichen und schenkte mir, als ich zwölf wurde, eine eigene Bibel, in der ich von da an ständig las. Ein halbes Jahr später, an einem warmen Sommerabend, verließ ich meine ‚Hütte', um nach unten ins Schlafzimmer zu gehen, als ich auf einmal einen mir unbekannten, aber sehr angenehmen Geruch wahrnahm."

Jonas fasste an das silberne Kreuz, das auf seiner Brust hing. Es war sehr still in Tinas Wohnzimmer. „Und mitten im dämmrigen Dachboden wurde ein schwaches, goldenes Licht sichtbar, das etwa einen Meter über dem Boden schwebte und funkelte wie ein Stern. Ich wusste, dass es die Seele meiner Mutter war. Ich empfing die Botschaft, dass ich dazu bestimmt sei, Gottes Wort zu verkünden und Satan zu bekämpfen. Meine Mutter erschien mir oft in diesen Jahren, als ich erwachsen wurde. Sie hat mir sehr viel beigebracht und mir Dinge aus dem Jenseits erzählt, die sehr schön waren, und manche, die sehr schrecklich waren."

Beeindrucktes Schweigen. Tina lief eine Gänsehaut über die Arme. Nur Gottfried, der Zweifler und Nörgler, platzte mit einer Frage heraus, die zu diesem Zeitpunkt vermutlich sonst niemandem eingefallen wäre.

„Und wovon hast du in den letzten Jahren gelebt?"

„Von Spenden", antwortete Jonas, „wie zum Beispiel die buddhistischen Mönche auch, und viele andere Prediger. So, meine lieben Mitstreiter! Jetzt möchte ich zum nächsten Punkt kommen: zu den Regeln. Heute beginne ich mit den ersten drei Regeln, und jedes Mal, wenn wir uns treffen, wird eine neue dazu kommen."

Er erhob sich, nahm den Stift und trat an die Tafel. „Es ist wichtig, dass wir uns an die Regeln halten. Sie haben einen Sinn: Sie sollen uns bewusst machen, wer wir sind und wie wir uns vor dem Bösen schützen können. Die Regeln stehen übrigens auch auf den Kärtchen, die ich gleich verteilen werde."

Er wandte sich der Tafel zu und schrieb seine drei ‚Regeln' auf das blütenweiße Papier:

Regel 1: Sag dir jeden Tag, dass Gott dir eine besondere Fähigkeit mitgegeben hat. Denn: In uns allen lebt Gott. Wir wollen unsere Fähigkeit finden und eine Stärke daraus machen.

Regel 2: Trenne dich sofort und entschieden von allem Negativen, auch von negativen Menschen. Sie lenken uns von den wirklich wichtigen Dingen ab und untergraben unser Selbstwertgefühl. Denn: In uns allen steckt auch der Teufel, der Inbegriff aller Negativität. Wir aber wollen gegen ihn antreten.

Regel 3: Meide das Internet, die Zeitungen und die Fernsehnachrichten. Du wirst falsch informiert und überschüttet mit negativen Meldungen. Denn: Das Böse verführt uns und zieht uns in den Abgrund. Wir aber wollen glücklich werden.

Wieder herrschte Stille. Diese Regeln musste man erst einmal verdauen. Waren sie überhaupt einzuhalten? Wollte Tina wirklich nie mehr Nachrichten gucken? Nie mehr im Internet surfen? Nie –

„Ihr fragt euch sicher gerade, was das für komische Regeln sind, und ob man sich daran halten kann und soll", meinte Jonas prompt. „Aber, liebe Freunde, dafür sind wir ja hier: um darüber zu reden."

„Darf ich noch was anderes fragen?", wagte sich Holger, der Alkoholiker, vor, eine Mischung aus Ehrfurcht und Aggressivität in der Stimme.

„Klar, nur zu."

Und Holger stellte die Frage, mit der er auch die Kollegen im Büro zu nerven beliebte, und deren Sinn sich geschätzten 98 % der Anwesenden nicht so ohne Weiteres erschloss: „Sind wir auch sicher hier?"

*

Königswinter, Samstag, 9.Februar, 19.00 Uhr

Andreas parkte den Wagen auf dem großen Platz neben dem Hotel und begann, seiner Oma herauszuhelfen. Das dauerte. Denn auf mysteriöse Weise verhakten sich ihre Arme, Beine und Füße ständig in Gurten, an Türkanten und unter den Sitzen.

Doch schon war Sascha zur Stelle, der ein paar Plätze weiter geparkt hatte. Er schnappte sich den zweiten Arm der Oma und gemeinsam führten sie sie in das feine Restaurant am Rhein, in dem Andreas seinen fünfzigsten Geburtstag nachzufeiern gedachte. Er hasste das.

Natürlich war nur der engere Kreis geladen. Am Tisch warteten schon seine Mutter, Sabine, Udo und Annika mit Sechsmonats-Bauch. Sein Journalistenbruder trieb sich irgendwo in Indien herum und wollte lieber im Sommer „mal vorbeikommen". Andreas war über seine Abwesenheit nicht sonderlich traurig, das Essen würde auch so teuer genug werden.

Vor ein paar Tagen hatte sich Sascha laut gewundert, warum Andreas nicht mehr Kollegen eingeladen hatte. Daraufhin war er mit einem sehr unfreundlichen „Das mache ich schon noch!" abgebügelt worden.

Nachdem Oma Elli endlich auf ihrem Platz saß, eilte die Bedienung mit den Speisekarten herbei. Elli nahm ihre erst gar nicht entgegen, sondern verkündete lauthals, sie wolle Reibekuchen essen. Die Kellnerin guckte, als habe sie das Wort noch nie gehört.

Schnell nahm sich Andreas' Mutter der Oma an und versuchte, ihr ein leckeres Rehgericht aufzuschwatzen. Das dauerte. Dann redeten auch Sabine und Sascha auf die Frau ein wie auf ein krankes Pferd. Schließlich willigte sie ein.

Während man auf das Essen wartete, reichte Sascha zwei Ultraschallbilder seines Sohnes herum, auf denen Andreas außer interessanten Variationen von Schwarz und Weiß nicht viel erkennen konnte. Annika, mit langen, schwarzen Locken, genauso schwarzen Augen und in feuerroter Bluse, sah einfach prachtvoll aus und schien in sich selbst zu ruhen wie Buddha persönlich. Sascha allerdings wirkte in letzter Zeit unausgeglichen, so, als wisse er immer noch nicht, ob er sich nun mit seiner Rolle als werdender Vater anfreunden sollte oder nicht. Natürlich fühlten sich sowohl Andreas' Mutter als auch Sabine befähigt, Annika ein paar gute Ratschläge zum Thema ‚Schwangerschaft & Geburt' zu geben.

Oma Elli schien aufmerksam zuzuhören, bis sie sich auf einmal Andreas, den sie noch immer für ihren Ehemann Erich hielt, zuwandte und ihn fragte, indem sie auf Sabine zeigte: „Was macht *die* denn hier?"

Sascha, das Plappermaul, grinste und klärte die Oma auf: „Das ist Andreas' Freundin."

„Wer ist Andreas?", wollte die Oma wissen und runzelte die inzwischen 91-jährige Stirn.

Und obwohl Andreas mit eindeutigen Gesten zum Ausdruck brachte, dass Sascha den Mund halten sollte, plapperte er einfach weiter.

„Aber Frau Montenar, der sitzt doch neben Ihnen."

Nun war Elli komplett verwirrt. Da kam glücklicherweise das Essen. Kaum hatte sie den Teller mit dem Rehbraten vor sich stehen, als sie auch schon losnörgelte: „Was ist das denn?! Ich wollte doch Reibekuchen!"

Andreas atmete tief durch, setzte ein Lächeln auf, zog ihren Teller zu sich heran und sagte sanft, aber entschieden: „Das ist für mich. Elli, hier gibt es keine Reibekuchen. Wie wär´s mit einem großen Stück Torte und einem leckeren Kaffee?"

Elli, im Alter zum Süßmaul mutiert, nickte begeistert. Sie bekam ihre

Schwarzwälder-Kirsch-Torte und anschließend noch ein Stück Kuchen mit viel Nougat und Marzipan, und zumindest bis zum Ende des Essens herrschte Friede. Abgesehen von den giftigen Blicken, die Elli ab und zu Sabine zuwarf.

Irgendwann fielen der Oma trotz zwei Tassen Kaffees die Augen zu, und fast wäre sie vom Stuhl gerutscht. Aber Andreas passte auf. Er nahm sie beim Arm, zog sie hoch und meinte: „So Elli, wir fahren jetzt nach Hause, es ist schon spät, und wir müssen morgen früh raus." Und zu den anderen gewandt: „Ich bringe sie eben weg und bin in 20 Minuten zurück."

Vorsichtig bugsierte er Elli um diverse Stühle herum und an Sabine vorbei, die ihre Jacke über der Stuhllehne drapiert hatte. Plötzlich blieb die Oma wieder irgendwo hängen und kippte nach vorne. Andreas erwischte sie noch am Ärmel ihres Kleides, konnte den Sturz aber nicht aufhalten. Elli schlug, leicht seitlich verdreht, auf dem Boden auf und fing sofort an, vor Schmerz und Schreck laut zu jammern.

Innerhalb von 20 Sekunden waren alle um sie versammelt und redeten durcheinander. Sabine versuchte mit besorgtem Gesicht, die Frau an Schulter und Hüfte abzutasten, aber Oma Elli kreischte plötzlich los: „Gehen Sie weg, Sie Biest! Sie haben mir ein Bein gestellt! Nehmen Sie die Hände weg!"

Von dieser fixen Idee ließ sich Elli nicht abbringen. Und als sie in den Krankenwagen geschoben wurde, hatte sie noch ausreichend Kraft, Andreas ein „Erich, wieso betrügst du mich mit dem Flittchen?!" hinterherzuzetern.

Andreas war begeistert - die zweite Hälfte seines Lebens fing ja gut an!

2

Bonn, Franzstraße, Freitag, 2. Mai (Drei Monate später), 17.20 Uhr

Hedwig stand im Wohnzimmer am Bügelbrett, bügelte Bettwäsche und sah dabei fern. Es lief ein Bericht über Bauern in der Eifel, als es plötzlich an der Haustür klingelte. Wer mochte das sein? Erwin hatte nichts davon gesagt, dass er vorbeikommen würde. Immerhin erinnerte sie sich an seine mahnenden Worte und zog den Bügeleisenstecker heraus, bevor sie in den Flur ging. Durch das Fensterchen in der Tür erkannte sie eine mittelgroße Frau mit fast schwarzen, glatten, schulterlangen Haaren. Ein langer Pony fiel bis auf den oberen Rand der auffälligen, eckigen, roten Brille. Hedwig öffnete. Trotz des milden Wetters trug die Frau einen hellen, hoch zugeknöpften Trenchcoat.

Sie lächelte freundlich, hielt Hedwig die Hand hin und sagte: „Guten Tag, Frau Bach. Tut mir leid, ich hab mich ein bisschen verspätet, aber es ist so viel Verkehr in der Stadt."

Hedwig schaute die Frau an, während ihr Gehirn auf Hochtouren zu arbeiten begann. Aber sie konnte sich beim besten Willen nicht an diese Person erinnern. Oder daran, sie heute eingeladen zu haben.

„Frau Bach", lachte die Frau plötzlich gutmütig auf, „ich seh's Ihnen an der Nasenspitze an - Sie können sich nicht mehr an unser Telefongespräch erinnern! Aber das macht doch nichts! Ich bin Polizeihauptkommissarin Silvia Falk von der Kripo Bonn, und ich hatte Sie angerufen wegen unseres Projekts ‚Mehr Sicherheit für ältere Mitbürger'. Wir hatten uns für heute verabredet, Frau Bach, damit ich Ihnen ein paar Fragen stellen und Sie beraten kann."

Noch immer wollte sich Hedwigs Gehirn an Derartiges nicht erinnern. Obwohl, da war was gewesen, da hatte doch jemand angerufen, vor ein paar Tagen. Oder war es letzte Woche gewesen? Jedenfalls konnte sie die Frau nicht einfach vor der Tür stehen lassen!

„Kommen Sie rein", bat sie und führte Frau Falk in die halbwegs aufgeräumte Küche. Dort bot sie ihr Kamillentee aus einer Thermoskanne an, aber Frau Falk lehnte dankend ab, setzte sich, immer noch im zugeknöpften Mantel, an den Tisch und zog eine Mappe aus ihrer großen, beigen Umhängetasche. Sie schlug sie auf und begann, sich zunächst Hedwigs Personalien zu notieren: Hedwig Bach, 86, verwitwet, ein Sohn, allein lebend. Dann wollte sie etwas über Hedwigs Gesundheitszustand und ihre Ernährungsweise wissen, darüber, wer im Notfall für sie da war, wie sie versichert war, wie sie finanziell dastand.

Bis dahin hatte Hedwig gerne geantwortet. Es war ein schönes Gefühl, dass sich jemand für sie interessierte und ihr aufmerksam zuhörte, ohne sie dauernd zu unterbrechen. Aber über ihre Finanzen redete sie nicht so gern.

Sie schaute der Frau in die braunen Augen und überlegte, was sie sagen sollte. Ihr fiel auf, dass die Kommissarin eine Schicht Make-up aufgelegt hatte, die es schwer machte, ihr Alter zu schätzen. Sie mochte um die Vierzig sein, aber vielleicht war sie auch älter und -

„Frau Bach, ich bin von der Polizei und möchte mich um Ihre Sicherheit kümmern, Sie können mir vertrauen!“ Sie schenkte Hedwig ein sehr sympathisches Lächeln. „Bewahren Sie eine größere Geldsumme im Haus auf?“

Hedwig zögerte immer noch ein bisschen. Andererseits war es ihr unangenehm, dass sie der Frau von der Polizei nicht vorbehaltlos vertraute. Aber hatte sie überhaupt einen Ausweis vorgezeigt? Doch was nützte Hedwig der Ausweis, wenn sie gar nicht wusste, wie der auszusehen hatte? Nein, die Frau wirkte glaubwürdig. „Ja, wissen Sie, ich traue den Banken nicht über den Weg. Deshalb hebe ich jeden Monat was vom Konto ab, für Weihnachtsgeschenke...oder den Notfall, verstehen Sie? Ich hab das Geld auch gut versteckt. Das ist doch nicht verboten, oder?“

Frau Falk, die Kommissarin, lachte. „Nein, natürlich nicht! Sie glauben ja gar nicht, wie viele Leute das machen! Aber wenn man schon viel Geld im Haus hat, sollte man es sicher aufbewahren und niemandem davon erzählen. Ich war kürzlich bei einem älteren Herrn zu Besuch, der hortet sein Geld unter dem Dielenboden. Clevere Idee. Aber die meisten Leute verstecken das Geld in Kleiderschränken, Schubladen oder in herumstehenden Dosen und Schachteln. Das ist natürlich leichtsinnig.“

„Ja, aber ich habe einen richtig großen Wandtresor, den hat mein Mann noch gekauft.“

„Sehr gut, Frau Bach. Einen mit Kombinationsschloss oder einen mit Schlüssel?“

„Mit Schlüssel."

Frau Falk sah Hedwig mit gerunzelter Stirn an. Das Make-up machte die Falten irgendwie plastischer. „Und wie ist der Schlüssel gesichert?"

„Ich hab ihn -"

„Nein, sagen Sie nichts, Frau Bach!" Die Frau stand auf. „Ich tue jetzt mal so, als wäre ich ein Einbrecher und würde nach dem Safe-Schlüssel suchen. Mal sehen, wie lange es dauert, bis ich ihn finde. Wo ist Ihr Schlafzimmer?"

Hedwig fühlte sich ertappt. „Im ersten Stock."

„Dann gucken wir uns das doch mal an."

Hedwig nickte und ließ Frau Falk vorgehen. Sie selbst packte das Treppengeländer mit beiden Händen und stieg langsam, vorsichtig und leicht seitwärts die Stufen hinauf. Die Frau war schon oben im Flur verschwunden, als Hedwig erst auf halber Treppe war. Wie gut, dass die Zimmer im Obergeschoss immer ordentlich aufgeräumt waren. Darauf legte Hedwig Wert.

Jetzt war sie endlich auch oben angekommen und ging schwer atmend auf die offen stehende Schlafzimmertür zu. Man sah direkt auf das 35 Jahre alte Doppelbett in Mahagoni-Optik, und nun entdeckte Hedwig auch die Frau, die sich über eins der Nachttischchen gebeugt hatte und in einer Schublade herumstöberte.

Als Hedwig das Zimmer betrat, drehte sich Frau Falk um und hielt triumphierend einen Schlüssel in die Höhe.

„Wusste ich's doch! So geht das natürlich nicht, Frau Bach, ich zeige Ihnen gleich mal, wie man einen Schlüssel richtig versteckt. Aber jetzt möchte ich mir erst noch den Tresor angucken. Wie viel Geld haben Sie denn überhaupt im Haus?"

Als die Frau Hedwig mit ihren braunen Augen wieder so komisch ansah, hatte sie für einen Moment das Gefühl, alles, aber auch alles falsch gemacht zu haben. Und trotzdem hörte sie sich im nächsten Augenblick sagen: „Ungefähr 6200,- Euro."

„So viel?! Sie sind sehr leichtsinnig", tadelte die Frau von der Polizei. Falls sie wirklich von der Polizei war. Denn jetzt fielen Hedwig auch die dunklen Handschuhe auf, die die Frau auf dem Weg nach oben übergestreift haben musste.

Als ‚Kommissarin' Falk fragte: „Wo ist denn der Tresor?", zog sich Hedwig wieder aus dem Schlafzimmer zurück, blieb im Flur stehen und sagte mit leidender Stimme: „Würden Sie jetzt bitte gehen... Mir ist nicht gut."

Die Frau reagierte nicht so, wie Hedwig das von einer Polizeibeamtin erwartet hätte. Statt sich um ihr Wohlbefinden zu sorgen oder sich wenigstens zurückzuziehen, drängte Frau Falk: „Nur zwei Minuten, Frau Bach. Wo ist der Tresor?"

Das machte Hedwig Angst, ja, sie konnte kaum noch klar denken vor Angst und Aufregung. Sie war jetzt sicher, dass sie eine Verbrecherin im Haus hatte! Was sollte sie nur tun? Automatisch machte sie ein paar kleine Schritte nach links und stellte sich vor die Tür zum Gästezimmer.

„Wenn Sie nicht sofort gehen, rufe ich die Polizei!", drohte sie mit kratziger Stimme, aber das schien die Frau nicht abzuschrecken.

Denn auf einmal ließ sie ihre Maske fallen und verlangte harsch: „Stellen Sie sich nicht so an! Ich will nur das Geld und dann bin ich weg!"

„Das ist aber *mein* Geld!", stellte Hedwig klar und setzte der Frau, die sie zur Seite zu schieben versuchte, so viel Widerstand entgegen, dass ihr das Herz bis zum Hals schlug.

Frau Falk packte Hedwig an beiden Oberarmen. „Sie haben doch anscheinend genug Rente, wenn Sie jeden Monat wer weiß was zurücklegen können! Aber ich brauche das Geld!"

„Das Geld gehört aber mir!", keuchte Hedwig, während sie versuchte, sich aus dem Griff der Frau zu winden.

Die schubste Hedwig plötzlich zur Seite, so dass sie rückwärts gegen eine Kommode stolperte. Irgendwelcher Krimskrams, der darauf gestanden hatte, fiel zu Boden. Hedwig hingegen hielt sich noch auf den Beinen – auf sehr zittrigen Beinen. Als die Frau die Tür zum Gästezimmer aufstieß, fing Hedwig an zu schreien.

„Hilfe! Polizei! Hilfe!"

Sie drehte sich um und schwankte auf ihren puddingweichen Beinen ins Badezimmer, dessen Fenster nach vorne auf die Straße ging. Sie hatte die Hand schon am Fenstergriff, um das Fenster aufzureißen und die ganze Umgebung zusammenzubrüllen, als jemand sie von hinten an ihrer Strickjacke festhielt.

„Lassen Sie mich los!", kreischte Hedwig. „Hilfe! Sie gemeine Verbrecherin! Lassen Sie -"

Hedwig traf ein Hieb gegen den rechten Oberarm, so dass sie seitwärts taumelte, das Gleichgewicht verlor und stürzte, genau in die Lücke zwischen Badewanne und Toilette. Ihre Handgelenke knickten ein, als sie sich abzustützen versuchte, aber noch spürte sie keinen Schmerz.

Neben ihr klappte die Frau den Toilettensitz hoch. Jetzt wurde Hedwig an den Schultern gepackt und hochgezogen. Sie wollte sich wehren, aber sie hatte kein Gefühl und keine Kraft mehr in den Händen. Die Frau, die nun auch schwer atmete, drehte Hedwig, die noch immer auf den Knien lag, ein Stück um, so dass sie nun vor der nackten Toilettenschüssel kniete.

Dann vergrub die Frau beide Hände in Hedwigs schlohweißem Haar, riss ihren Kopf kurz nach hinten und schleuderte ihn dann mit Gewalt nach vorne, genau auf die Kante der weißen Porzellanschüssel zu. Hedwig sah sie auf sich zukommen – und konnte nichts dagegen tun.

*

Königswinter-Vinxel, 19.45 Uhr

Sascha saß neben Annika auf dem Sofa und sah sich ein Wissensmagazin im Fernsehen an. Manchmal wunderte er sich, dass sie überhaupt noch aufrecht sitzen konnte bei dieser riesigen, prallen Halbkugel, in die sich ihr Bauch verwandelt hatte. Seine Hand lag oben auf der straff mit einem roten Shirt umspannten Wölbung.

Er freute sich, genau wie Annika, wenn der kleine, ungeborene Gabriel dem Bauch von innen mit Ellenbogen, Knie oder Fuß unglaubliche Ausbeulungen verpasste. Natürlich fühlte sich Sascha dann unweigerlich an die Alien-Filme erinnert, aber diverse Ultraschallbilder bewiesen eindeutig, dass in Annikas Körper kein Monster mit langem Schädel und doppelter Zahnausstattung heranreifte.

Gerade schmiegte sie sich noch enger an ihn, und ihre Hand wanderte an seinem Bein entlang in Gebiete, die zurzeit ein wenig heikel reagierten. Manche Frauen (Sascha hatte sich informiert) waren in der Schwangerschaft dank schwerem Östrogenbefall geradezu unersättlich. Annika gehörte definitiv dazu.

Nie hätte er gedacht, dass ihm das zu viel werden könnte. Allmählich fragte er sich sogar, ob Sex in der 39. Woche nicht doch schädlich für seinen Sohn sein könnte, egal, was die ‚Experten' behaupteten! Am Ende war Gabriel für den Rest seines Lebens gezeichnet, und das nur, weil seine Mutter nicht ganz zurechnungsfähig gewesen war!

Sascha griff nach Annikas Hand und hielt sie fest. „Soll ich dir ein Stück Schokolade holen?"

Sofort setzte sich Annika aufrecht hin. Sie hatte ihre dicken, schwarzen Haare hochgesteckt, weil ihr dauernd zu warm war. Sascha lebte in ständiger Angst, sie könne sich in einem weiteren Anfall von Schwangerschaftswahnsinn die Haare abschneiden. Er hielt seine Angst nicht für übertrieben, denn auch gerade wieder glühte ein Fünkchen Irrsinn in ihren dunklen Augen.

„Das wird dir noch leid tun", prophezeite sie. „Wenn unser Kind auf der Welt ist, werden wir erst mal keine Zeit mehr für uns haben." Sie zog die nackten Beine auf das Sofa empor.

Sascha stand auf. „Wer sagt das eigentlich? Und außerdem, willst du vorarbeiten, oder was? Sex kann man nicht speichern! Ich -"

Sein Handy auf dem Couchtisch gab seinen unverwechselbaren Klingelton von sich. Das James Bond-Thema. Andreas war dran.

„Ja?"

„Wir haben möglicherweise einen Mord in der Franzstraße. Kommst du rüber? Ich bin gerade bei Udo Philipp und keine zwei Minuten vom Tatort entfernt."

Natürlich zögerte Sascha keine Sekunde. „Klar, bin schon unterwegs."

Annika guckte leidend. „Lässt du mich jetzt etwa den ganzen Abend allein?"

„Nein, mein Schatz." Sascha nahm die Autoschlüssel vom Regal. „Ich seh mir nur schnell die Leiche an, finde die richtigen Spuren, überführe den Täter und bin in einer Viertelstunde zurück! Bis nachher."

Er eilte so rasch aus der Wohnung, dass er ihre Antwort kaum mitbekam. Er hörte auch nicht wirklich zu. Kurz darauf fuhr er die Langemarckstraße hinunter und entschied sich für den Weg über die Kennedy-Brücke.

Um Viertel nach acht traf Sascha in der Franzstraße ein. Alte, zum Teil dreistöckige Häuser, Bäume zu beiden Seiten der schmalen Einbahnstraße. Es war bedeckt, aber noch warm draußen.

Ein uniformierter Kollege stand in der Haustür und ließ ihn vorbei. Der Flur war nicht groß, aber furchtbar gediegen eingerichtet. Genau wie das Wohnzimmer, dunkle Eiche, beige-braune Polstermöbel, Nippes auf Schränken und Regalen, Häkel- und Brokatdeckchen. Ein leicht muffiger Geruch hing in der Luft.

Was überraschte, war das Bügelbrett mitten im Zimmer. Ein paar gebügelte und gefaltete Wäschestücke lagen auf dem gekachelten Couchtisch, ein halbvoller Wäschekorb stand auf einem der Sessel.

Walter von der Forensik, der im Raum nach Fingerabdrücken und anderen Spuren suchte, wandte sich um. Seine ausdrucksvollen Augen mit den langen, dunklen Wimpern strahlten immer verdächtig, wenn er Sascha sah. „Hallo! Andreas ist oben bei der Leiche."

Warum Walter stets im dunkelgrauen Anzug antrat, wusste Sascha nicht. War er womöglich ein Undercover-Agent von FBI, CIA oder CSI Miami?

„Danke." Sascha federte die Treppe hoch und nahm schon von weitem ein pink-rotes Flirren wahr. Es stammte natürlich von Peers kurzärmeligem Hemd, in dem er sich im Badezimmer über einen am Boden liegenden Körper beugte.

Sascha trat näher. Rechts, am Waschbecken, stand Andreas und unterhielt sich mit einem gedrungenen, pummeligen Mann mit grauem Kinnbart, Goldrandbrille und wenig Haar, der ebenfalls einen tadellos sitzenden, dunkelgrauen Anzug trug. Als Andreas Sascha bemerkte, stellte er sie einander vor und fasste die ersten Erkenntnisse zusammen.

„Das ist mein Kollege Sascha Piel von der Mordkommission, und das ist Herr Bach, der Sohn der ermordeten Hedwig Bach." Man nickte sich zu. „Herr Bach hat seine Mutter jeden Abend angerufen, um zu hören, wie es ihr geht. Aber heute ging sie nicht ans Telefon, also ist er sofort hierher gefahren und hat seine Mutter im Bad gefunden." Andreas wies auf die Leiche neben der Toilette. „Zunächst dachte er, sie sei gefallen und unglücklich mit dem Kopf aufgeschlagen, aber –"

„Genau", fiel Bach Andreas einfach ins Wort. Er sprach leise und schnell. „Aber dann dachte ich an das viele Geld, das Mutter im Haus hat, und hab im Tresor nachgesehen. Es müssen über 6000 Euro gewesen sein, und die sind weg. Natürlich hab ich Schlüssel und Tresortür mit einem Tuch angefasst. Wegen der Fingerab – "

„Äußerst umsichtig!", lobte Andreas übertrieben. „Ich hatte Sie gerade gefragt, ob Sie Schulden haben, Herr Bach."

„Und ich meine, ich hätte schon nein gesagt."

„Was machen Sie beruflich?“, mischte sich Sascha ein.

Wurde der Mann nicht zwei Zentimeter größer, als er antwortete? „Ich bin Rechtsanwalt und verdiene genug.“

„Ja, finde ich auch“, brummte Sascha und wandte sich der Leiche zu.

Sie lag halb verdreht vor der Toilette, deren Deckel und Brille hochgeklappt waren. Die Vorderseite der WC-Schüssel war blutverschmiert.

Peer, der neben der Toten kniete, wandte den Kopf und lächelte Sascha mit seinen extrem hellblauen Augen an. „Ah, hallo, der Meister persönlich! Wann ist es denn so weit?“

„Wenn du meinen Sohn meinst, der kann jeden Tag kommen.“

„Aha.“ Peer deutete auf die Kopfwunde der toten Frau. Ihr Gesicht konnte man kaum erkennen, weil Blut darüber gelaufen war. An der Stirnklafften die Knochen leicht auseinander. „Das hier passiert eher nicht bei einem simplen Sturz. Jemand hat Frau Bachs Kopf mehrmals gegen die Schüssel geschmettert. Meine erste Schätzung: sie ist seit zwei bis drei Stunden tot.“

Sascha hörte jemanden die Treppe heraufkommen: Wilfried, der Einbruchsexperte. Er trat ins nunmehr überfüllte Badezimmer und verkündete in seiner bedächtigen Art, indem er seine Blicke durch die dicke Brille umherschweifen ließ: „Ich konnte nirgendwo Einbruchsspuren finden. Alle Türen und Fenster sind intakt und der Tresor auch.“

„Woher wusste der Täter, wo der Tresorschlüssel ist? Hier sieht's nicht so aus, als wär alles durchsucht worden“, bemerkte Andreas.

„Vielleicht hat er meine Mutter bedroht oder misshandelt, damit sie ihm den Schlüssel rausgibt.“ Bach machte ein entsetztes Gesicht, als er sich die Situation vorstellte, doch plötzlich wurde er energisch: „Kommen Sie mir jetzt nicht mit dem Argument, sie hätte den Täter gekannt – Sie wissen doch selbst, wie raffiniert sich Trickbetrüger Zutritt zu den Wohnungen älterer Menschen verschaffen! Obwohl ich sie mehr als einmal gewarnt habe, keine Fremden reinzulassen! *Ich* hab meine Mutter jedenfalls nicht umgebracht!“

Ja, das hatten schon ganz andere behauptet, erinnerte sich Sascha. „Warum hatte Ihre Mutter so viel Geld im Haus?“

„Sie wollte einem ihrer Enkel ein Auto zu Weihnachten schenken, und wahrscheinlich hat sie sich monatlich was zurückgelegt, zu den Banken hatte sie nämlich kein Vertrauen mehr“, erklärte Bach. „Sie hat eine ordentliche Rente und Geld aus Mieteinnahmen.“

Andreas rückte seine filigrane Metallbrille zurecht. „Wir haben Monatsanfang. Wissen Sie, ob Ihre Mutter heute eine größere Summe von der Bank geholt hat?"

„Kann sein. Denken Sie, der Täter hat sie dabei beobachtet? Und ist ihr sogar bis nach Hause gefolgt?"

„Alles schon vorgekommen", bestätigte Andreas. „Wenn wir Glück haben, konnten die Kameras in der Bank was Brauchbares aufzeichnen."

„Es ist Freitagabend", warf Sascha ein.

„Genau, das ist doch mal 'ne Herausforderung. Versuch bitte, jemanden von der Bank aufzutreiben, der dir die Kameraaufzeichnungen mitgibt."

Sascha verzog kurz das Gesicht, aber so übel war der Auftrag nicht: Alles war besser, als stundenlang den Launen der schwangeren Liebsten ausgeliefert zu sein! Er ließ sich von Bach den Namen der Bank seiner Mutter geben und ging nach unten, wo ihm Walter über den Weg lief.

„Fährst du schon wieder nach Hause?", wollte dieser mit treuherzigem Augenaufschlag wissen.

„Nein, ich habe einen geheimen Sonderauftrag." Sascha zwinkerte ihm zu, verließ das Haus und setzte sich in den Dienstwagen. Dort telefonierte er mit der Zentrale. Der Kollege dort versorgte ihn mit einer Nummer der Frau von der Bank, mit der er sich in einer halben Stunde treffen wollte.

Schließlich rief er Annika an, um ihr zu sagen, dass er den Fall doch noch nicht gelöst habe, sondern ein Stündchen länger brauche.

„Am besten gehst du früh schlafen, und dann kaufen wir morgen was Schönes für unseren Gabriel. Was hältst du davon?"

Glücklich war sie damit anscheinend nicht, aber ihr Protest hielt sich in Grenzen.

*

Bonn, Polizeipräsidium,
Samstag, 3. Mai, 9.25 Uhr

Andreas saß seit ungefähr einer Stunde an seinem Schreibtisch und suchte in den Dateien nach einschlägig vorbestraften Tätern, die für den gestrigen Raubmord in Frage kamen. Viel Auswahl hatte er nicht.

Er tippte sowieso eher auf einen Neu-Täter oder vielleicht noch eher auf einen Verwandten, Bekannten oder Nachbarn, der wusste, dass die alte Frau immer viel Geld im Haus aufbewahrte, und den Frau Bach, ohne Verdacht zu schöpfen, ins Haus gebeten hatte. Weit war Andreas jedenfalls bisher nicht gekommen. Auch die Aufzeichnungen aus den Überwachungskameras der Bank hatten nicht viel hergegeben. Nach dem Maifeiertag war die Bank regelrecht von Kunden überflutet worden, und kein einziger hatte sich, so weit Andreas das beurteilen konnte, besonders verdächtig verhalten. Während er aus dem Fenster schaute, durch das die schon warme Maisonne strahlte, dachte er ein Weilchen an Sabine, mit der er sich auf gewisser Ebene wunderbar verstand. Eine Ausnahme war sein Geburtstag gewesen, und vielleicht auch ihr Geburtstag in zwei Tagen. Er überlegte, ob er sie zum Essen einladen –

Sein Telefon klingelte. Sascha rief an. „Gibt's was Neues in unserem Fall, das ich wissen müsste?"

„Nein, du musst schließlich nicht alles wissen."

„Ja, mach dich nur lustig, ich bin eh schon schlecht drauf."

„Wieso?"

„Einkaufsbummel mit Annika. Und das am Samstagvormittag!"

„Kauf dir doch zur Belohnung was Schönes. Oder geht getrennt einkaufen und dann gemeinsam was essen."

„Annika wird sich bedanken, Herr Beziehungsexperte."

Plötzlich hatte Andreas keine Lust mehr auf Saschas Jammerei. „Seit wann tust du alles, was Annika will?"

Das hätte er vielleicht nicht sagen sollen. Nach einer Schockpause haute Sascha ihm um die Ohren: „Das verstehst du nicht! Du warst noch nie mit einer Hochschwangeren zusammen – also red nicht so einen Scheiß!"

Andreas war sicher, Sascha würde das Gespräch erbost beenden, doch plötzlich erkundigte er sich in leicht steifem Ton: „Wie geht's eigentlich deiner Oma?"

„Die sitzt im Rollstuhl und terrorisiert ihre Umgebung. Wenn nichts dazwischen kommt, fahr ich heute Nachmittag hin und übe wieder ein bisschen Laufen mit ihr."

„Behauptet sie immer noch, Sabine hätte ihr ein Bein gestellt?"

„Ja, und du weißt, dass du daran nicht ganz unschuldig bist. Sie ist fest davon überzeugt, ich hätte eine Affäre mit Sabine."

Jetzt lachte der Kerl sogar. „Dann sieh mal zu, wie du dich aus der ‚Affäre' ziehst! Ich kann dir da nicht helfen!"

„Meine Mutter meint, wir sollten Elli in ein anderes Heim verlegen. Sie will sich nächste Woche ein paar ansehen. Mit mir."

„Nette Freizeitbeschäftigung."

Im Hintergrund rief jemand: „Sascha, bist du fertig? Ich will endlich fahren!"

„Stimmt", gab Andreas zurück, „deine hört sich viel amüsanter an."

Man wünschte sich gegenseitig einen schönen Tag und legte auf. Andreas wollte eben ein paar Überlegungen zu Papier bringen, als jemand nach zartem Klopfen die Tür öffnete und hereinkam. Die blonde Renate, mit einem Schnellhefter in der Hand.

„Wir haben eine Menge fremder Fingerabdrücke gefunden, die aber leider nicht registriert sind."

Irgendetwas war seltsam an ihrem Gesicht. Besonders an ihrem Blick. Oder waren die Falten weniger geworden? Hatte sie wieder ein paar Kilo zugenommen? Sie sah irgendwie...überraschend gut aus. *Nun starr sie doch nicht so an!* Er sah auf den Hefter und streckte die Hand danach aus. „Der Bericht von Peer?"

„Ja, unter anderem. Die Frau ist an der schweren Kopfverletzung verstorben. Ich geh dann gleich nach Hause. Tschüss. Bis Montag."

Andreas hob den Blick, um noch einmal gründlich Renates merkwürdiges Gesicht zu studieren, aber sie hatte sich schon abgewandt und eilte davon. Er schickte ihr ein irritiertes „Tschüss!" hinterher.

*

Alfter-Witterschlick,
Sonntag, 4. Mai, 17.30 Uhr

Der Raum war groß und sehr voll, aber halbwegs akzeptabel eingerichtet: rundum bis gut 1,20 m mit dunklen Holzpaneelen verkleidet, darüber cremefarbene Wände mit Drucken berühmter Maler. Ein Bild sah nach van Gogh aus, ein anderes nach Monet … oder wie der hieß. In der Mitte des Raums hatte man mehrere Tische zusammengeschoben, auf denen inzwischen Gläser, Flaschen und hier und da auch Teller standen.

Tabea mochte nichts essen. Manche Leute hielten sie wahrscheinlich für magersüchtig, doch das war sie nicht. Sie fand sich keineswegs zu dick und hätte gerne eine paar Kilos zugelegt, aber ihr Magen war so überempfindlich. Besonders die Gegenwart anderer Menschen nahm ihr oft jeden Appetit. Da brauchte nur so ein Kerl wie dieser Holger, der ständig nach Alkohol stank, neben ihr zu sitzen, und schon schnürte sich ihr derart der Magen zu, dass sie kaum noch ihr Mineralwasser herunterbekam. Oder jemand wie diese fette Yvette mit ihrem Dreifachkinn und den hässlichen Zähnen! Das fand Tabea einfach nur eklig. Genau wie diese komischen, einfach grässlichen Narben von Tina. Sie versuchte zwar immer, alles hinter ihren Haaren zu verstecken, aber Tabea hatte sie trotzdem gesehen.

Und es gab noch mehr Menschen in diesem Raum, deren Äußeres Tabeas zugegebenermaßen sehr niedrige Ekelgrenze überschritt. Von einigen kannte sie immer noch nicht die Namen: Weiter hinten im Raum saß eine Frau mit scheußlich fettigen, strähnigen Haaren, oder dort drüben ein Mann mit tiefschwarzen Rändern unter den Fingernägeln, oder dieser finstere Typ, den Benny mitgebracht hatte und dessen Namen sie sich weigerte zu behalten und auf dessen Händen und Armen sich so komische, schorfige Flecken breitgemacht hatten. Wenn sie nur an ihn dachte, kam ihr fast das Mittagessen hoch!

Als sie einen Würgereiz verspürte, konzentrierte sie ihre ganze Aufmerksamkeit auf Jonas, der im rechten Winkel zu ihr unter einem verschwommen wirkenden Werk in Pastellfarben am Kopfende des Tisches saß.

Anscheinend hatte er sie schon länger beobachtet. Als sie ihm in die graugrünen Augen schaute, schenkte er ihr ein liebevolles Lächeln. Tabea lächelte verlegen zurück. Das hatte Tina, die gleich links von ihm saß, mitbekommen, denn sie berührte Jonas am Arm und fing an, sich mit ihm zu unterhalten. Der hatte sich ihr auch sofort zugewandt!

Wegen des Geräuschpegels im Raum konnte Tabea nicht viel von dem verstehen, was Tina sagte, aber sie konnte deutlich sehen, wie sie den Mann mit Blicken verschlang. Dieses ordinäre Weibsbild musste aufgehalten werden!

Aber fast noch übler war Tinas alternde Arbeitskollegin Gerlinde, die sich heute einen Platz an Jonas' anderer Seite erkämpft hatte. Sie glaubte doch tatsächlich, Chancen bei ihm zu haben! Mit ihrer spießigen 08/15-Kleidung und ihrer biederen Frisur! Sie war –

Jonas erhob sich und bat um Ruhe. Trotzdem dauerte es eine gute Minute, bis die Aufforderung bei allen im Raum angekommen war. Doch dann herrschte absolute Stille. Alle Gesichter waren zu Jonas gedreht, der die Fingerspitzen seiner zarten, gepflegten Hände zusammenlegte und mit seiner kräftigen und zugleich sanften Stimme anhob: „Liebe Freunde und Mitstreiter! Kommen wir nun zum nächsten Punkt. Seit unserer Gründung vor drei Monaten hat unsere Gemeinde viele Gläubige hinzugewinnen können."

Allerdings. Das konnte man riechen. Tabea zog vorsichtig Luft durch die Nase. Vielleicht sollte mal jemand ein Fenster öffnen!

„Euch ist sicher aufgefallen, dass es allmählich eng wird in den Gasträumen, in denen wir uns treffen. In einem Jahr, vielleicht schon früher, werden wir einen richtig großen Saal anmieten müssen, und das wird teuer. Deshalb habe ich darüber nachgedacht, ob wir unser Geld nicht lieber dafür ausgeben, uns ein eigenes Gemeinde-Zentrum zu bauen, mit Halle und allem, was dazugehört."

Ein Moment überraschter Stille. Dann ging die Diskussion los. Tabea war natürlich von Jonas′ Vorschlag begeistert. Klang das nicht ganz danach, dass der Mann plante, endlich sesshaft zu werden? Hier in Bonn, an der Seite von Tabea Römer?!

Sie sah sich um: Tina lächelte zufrieden. Sie wirkte, als habe sie längst von Jonas' Idee gewusst. Das entfachte sofort wieder ihre Eifersucht. War die Frau blind? Sah sie nicht, dass sie einen anderen Verehrer hatte? Konnte sie Jonas nicht denen überlassen, die ihn mehr brauchten?!

Unwillkürlich wandte sich Tabea nach rechts. Zwei Plätze weiter saß dieser vollbärtige Waldschrat, der die meiste Zeit nur Augen für Tina hatte. Im Moment machte er ein noch missmutigeres Gesicht als sonst. Dass sich Jonas in Bonn niederlassen wollte, schien ihm in keinster Weise in den Kram zu passen.

Wenn sich da nicht eine Tragödie anbahnte!

*

Gottfried war in den Anblick von Tinas Profil vertieft, als er merkte, dass er beobachtet wurde. Er sah sich um und blickte in die blaugrünen Katzenaugen der mageren Tabea. Sie wusste, was los war. Ärger stieg in ihm hoch. Was ging sie das an?!

Andererseits – sie war genauso hinter Jonas her wie Tina, vielleicht sollte er sie zu seiner Verbündeten machen. Er schenkte ihr den Hauch eines Lächelns. Hoffentlich verstand sie das nicht falsch. Wenigstens sah sie woanders hin.

Zurück zu Tina. Sie würden perfekt zusammenpassen, sie war keine Schönheit, aber eine Persönlichkeit. Die meisten Leute in diesem Raum hatten sich im Lauf der letzten Monate ihre Lebensgeschichten erzählt: Hier war definitiv das geballte Elend der ganzen Gegend versammelt.

Es wurmte Gottfried, dass Tina so gar nicht zu begreifen schien, was er für sie empfand. Vielleicht tat sie auch nur so, weil sie ihn für langweilig hielt. Für dumm. Für verschroben. Vielleicht sogar für verrückt.

Doch wirklich verrückt waren hier einige andere! Dieser Holger zum Beispiel, der neben Tabea saß und praktisch den halben Saal mit seiner Fahne belästigte. Dieser Mann hatte die buschigsten Augenbrauen, die Gottfried je gesehen hatte. Er schien zu glauben, dass niemand bemerkte, wie er immer wieder unter den Tisch schaute, vor die Tür ging oder auffällig unauffällig mit den Augen die Wände und Decken (laut Ehefrau Fiona) nach Kameras und Abhörgeräten absuchte.

Keine Drogen, lautete eine von Jonas' Regeln. Für Holger galt das anscheinend nicht. Wahrscheinlich verstand er die Regeln gar nicht, weil der Alkohol ihm schon das Hirn zerfressen hatte. Was mochte bloß in so einem Kopf vorgehen?

*

Kopfschmerz, leichte Übelkeit, Verärgerung. Holgers Körper verlangte nach einem Schnäpschen. Aber das ging ja hier nicht. Was machte er überhaupt hier?

Holger griff nach dem Kaffeelöffel (so weit war es schon – seine Finger zitterten!) und rührte vehement den Kaffee um. Er war wegen seiner Fiona hier. Vielleicht auch deshalb, weil man in der großen Gruppe schön untertauchen konnte. Falls es nicht auch hier Spione (oder Teufel) gab.

Holger ließ, wie aus Versehen, den Kaffeelöffel zu Boden fallen, was beim momentanen Geräuschpegel nicht weiter auffiel, bückte sich und schaute rasch unter den Tisch: da war niemand. Als er wieder hochkam, fing er einen mahnenden Blick von Fiona auf, die ein paar Tische weiter weg zwischen mehreren älteren Frauen saß.

Er lächelte schwach, legte den Löffel hin und strich mit den Fingern über seine buschigen Augenbrauen. Dann lehnte er sich auf dem Stuhl zurück und schaltete auf abwesend. Trotzdem bekam er am Rande mit, worüber diskutiert wurde: über ein neues Gemeindezentrum, und woher man das Geld dafür nehmen sollte.

Das war ihm so was von herzlich egal. Warum erzählte Jonas nicht was über den Teufel? Das fand er hochinteressant, das hatte sich in seinem Kopf festgesetzt und war nicht wieder von alleine herausgefallen wie so vieles andere. Natürlich musste er höllisch aufpassen, dass er nicht mit *falschen* Informationen gefüttert wurde, denn wer weiß, vielleicht gehörte ja Jonas selbst zu *ihnen*.

Aber das, was Jonas jetzt sagte, interessierte Holger nicht. Also ließ er sich berieseln. Etwa eine halbe Stunde später aber hatte er das dringende Bedürfnis, aufzustehen, sich durch die sitzenden Leute zu quetschen und vor die Tür zu gehen.

Dort sah er erstens nach, ob niemand an der Tür lauschte, und zweitens ließ er sich an der Theke im eigentlichen Lokal einen doppelten Korn ausschenken.

*

Benjamin schaute Holger mit leicht verächtlichem Blick hinterher. Der alte Saufkopf würde sich doch garantiert draußen einen hinter die Binde gießen! Schwächling! Er hingegen, Benjamin Fiedler, fühlte sich stark, denn er hatte es geschafft. Seit zwei Jahren war er clean! Und er würde es auch bleiben!

Gerade ertönte wieder Jonas′ Stimme: „Gut, meine Freunde, wir sind uns also einig. Wir werden von nun an auf ein Gemeindezentrum hinsparen und das, was wir entbehren können, auf ein gemeinsames Treuhandkonto einzahlen."

Davon hielt Benjamin nicht viel. Sein Ausbildungsgeld war nicht wirklich üppig. Ab und zu eine Zwei-Euro-Spende – mehr war nicht drin.

Andererseits fühlte er sich wohl in der Gemeinde. Es tat ihm gut, hier zu sein. Denn manchmal klopfte die Versuchung doch auch an *seine* Tür. Er war den Teufel in sich noch nicht ganz losgeworden, aber er gab sich immerhin die allergrößte Mühe. Nicht so wie Holger. Oder ein paar andere Leute. Die würden es nie schaffen, ihr Leben zu ändern und glücklich zu werden.

Was hatte Jonas neulich gesagt?

Wer immer wieder den gleichen Versuchungen erliegt, wird nie zu seinem inneren Kern vorstoßen, wird nie ein freier, guter und glücklicher Mensch werden. Er könnte genauso gut auch tot sein.

*

Bonn-Geislar, Sonntagabend, 21.45 Uhr

„Mensch, Manni, du warst auch schon fitter!“, lachte Gerd, stellte die beiden Eiweiß-Drinks auf dem Tischchen ab und setzte sich.

„Ach, komm schon, du warst auch ganz schön am Japsen!“, stellte Manfred klar und trank ein paar Schlucke von dem kalten Zeug. „Aber das ging heute schon viel besser als die letzten Male.“

Trotzdem hatte er das Gefühl, dass sein Gesicht glühte und dass seine Beine überanstrengt waren, als sei er einen Marathon gelaufen. Hoffentlich schaffte er es noch mit dem Fahrrad bis nach Hause. Das hatte man davon, wenn man drei Monate keinen Sport machte!

Sie saßen draußen, mit Blick auf die Tennisplätze, auf denen es jetzt ruhiger wurde. Es dämmerte allmählich, und Manfred wartete auf Brigittes Anruf. Kurz nach zehn Uhr war es so weit. Sein Handy klingelte, und Brigitte fragte nach, wann er denn zu Hause sei.

„Spätestens um Viertel vor elf, wenn kein Stau ist.“

Gerd, der ihm gegenübersaß, grinste.

„Ja, klar hab ich Licht am Fahrrad. Nein, ich hab keinen Alkohol getrunken. Ja, ich weiß, dass ich morgen um halb sieben aufstehen muss! Ja, bis gleich!“ Manfred legte das Handy beiseite. „Warum müssen Weiber immer nerven?“

Auf dieses Thema stieg Gerd gleich ein. Sie schimpften über nörgelnde Frauen, die ständig alles kontrollieren mussten, das sauer verdiente Geld der Männer zum Fenster hinaus warfen und auch noch immer Recht haben wollten. Das Übliche eben. Bis Manfred sich auf die Oberschenkel schlug und meinte: „So, jetzt muss ich aber.“

Er zog sich schnell um, setzte sich auf sein neues, teures Fahrrad und machte sich auf den Weg Richtung Schwarzrheindorf.

Inzwischen war es völlig dunkel, es herrschte kaum noch Verkehr auf der Straße. Rechts und links konnte man ein paar Wiesen und Felder und viel Gebüsch erahnen. Ein Hauch von Blütenduft lag in der Luft, in der Ferne kläffte ein Hund, ansonsten war es sehr still.

Manfred war beileibe kein ängstlicher Mensch, aber ihm kam doch kurz der Gedanke, dass er wohl besser das Auto genommen hätte. Man war ganz schön aufgeschmissen, wenn einem hier etwas passierte.

Keine zwei Sekunden später fiel Manfred in etwa 50 Metern Entfernung ein weißes, geparktes Auto auf der Gegenfahrbahn auf. Weit und breit gab es keine Wohnhäuser, warum also stellte jemand seinen Wagen hier ab? Ein Hundebesitzer, der seinen Köter gern im Dunkeln ausführte?

Erst als Manfred näher kam, sah er, dass neben dem Auto etwas auf der Straße lag. Ein überfahrenes Reh? Ein großer Hund? Aber als der Gegenstand endlich in den spärlichen Schein seiner Fahrradlampe geriet, wurde klar, dass es sich um ein irgendwie aufgebauschtes Kleidungsstück handelte... Ein Herrenjackett? Was sollte das denn?

Manfred fuhr langsamer, hielt an, einen Fuß am Boden, den anderen auf dem Pedal. Irgendwie gefiel ihm das hier nicht. Was machte ein Jackett auf der Straße? Manfreds Blick wanderte nach links zu dem Auto am Straßenrand, in dem niemand zu sitzen schien. Ein paar Meter weiter war die Einmündung einer schmalen, sehr dunklen Straße zu erkennen, die auf beiden Seiten von hohen Bäumen gesäumt wurde. Lag dort hinten nicht die Wasserburg? Manfred rollte auf dem Fahrrad langsam zwei Meter näher an das Ja-ckett heran und überlegte, was er machen sollte. Vielleicht erst der Polizei Bescheid sagen und dann mal vorsichtig nachgucken, was mit diesem Jackett los war. Gerade wollte er sein Handy aus der Jackentasche holen, als ein Schlag auf den Hinterkopf sein Vorhaben im Keim erstickte.

Als Manfred zu sich kam, hatte er Kopfschmerzen, und er fühlte sich beunruhigend unbeweglich. Und blind. Und kalt war ihm. Und übel.

Er versuchte zu sprechen, etwas zu sehen, die Umgebung zu ertasten. All das ging nicht. Anscheinend war er an Händen und Füßen gefesselt, Augen und Mund zugeklebt. Und ganz plötzlich schlug die Erinnerung zu: das Jackett auf der Straße, das Auto am Straßenrand, der Hieb auf den Kopf.

Angst. Schreckliche Angst. Was war das hier? Raubüberfall? Entführung? Oder war er schon in der Hölle?! *Bleib ruhig. Sperr die Ohren auf. Wo bist du?*

Manfred hielt den Atem an und lauschte. Er lag eindeutig immer noch im Freien: In der Ferne bellte ein Hund, in nicht so weiter Ferne fuhr ein Auto vorbei. Ganz in der Nähe waren auf einmal leise Schritte zu hören. Jemand hantierte mit irgendeinem Gerät herum, leises, metallisches Klappern, ein Klicken, ein Zischen. Für einen Moment roch es nach Gas. Wieder ein Klappern.

Schritte näherten sich, plötzlich eine Stimme an seinem Ohr, die monoton flüsterte: „Manfred Baum, heute wird Gott dich durch mich bestrafen. Du bist ein schlechter Mensch, selbstgerecht und unbarmherzig. Du hast Menschen wie Abschaum behandelt, du hast ihre Selbstachtung zerstört und manchmal sogar ihr Leben. Weil Satan in dir ist. Ich werde ihn dir austreiben, und dann kann deine Seele in den Himmel auffahren."

Verdammt! War das ein dummer Scherz? Eine Verwechslung? Ein Missverständnis? Manfred bäumte sich in seinen Fesseln auf und produzierte mit seinem zugestopften und zugeklebten Mund dumpfe, protestierende Laute. Er versuchte sogar, sich von dem Wahnsinnigen wegzurollen, doch dann gab er es auf – wer wusste schon, wo er hinein- oder hinunterrollte!

Also blieb er auf dem Rücken liegen und lauschte stattdessen. Der Unbekannte stellte jetzt etwas neben Manfreds Oberkörper ab und begann, ihm das Hemd aufzuknöpfen. Panik stieg in ihm auf. Was sollte das? Was hatte das Arschloch vor? Was -

„Halt still", befahl die Stimme, und jemand setzte sich rittlings auf seine Oberschenkel. Jetzt zappelte Manfred erst recht. Er brummte Hilfeschreie, die natürlich niemand hören konnte, während der Irre sein Hemd auseinander schob.

Dann war es soweit: Etwas Eckiges, kaum größer als eine Männerhand, wurde auf Manfreds Brust gedrückt. Im ersten Augenblick merkte er gar nichts, aber plötzlich brannte sich etwas Glühendheißes in seine Haut, so dass er sich wand und krümmte und vor Schmerzen hätte brüllen können. Eine halbe Ewigkeit später nahm der Wahnsinnige das, was immer es war, von seinem Körper, stand auf und räumte etwas beiseite.

Manfred stöhnte und ächzte so laut hinter seinem Knebel, dass er kaum noch mitbekam, was um ihn herum vorging. Sein ganzes Bewusstsein konzentrierte sich auf dieses unerträgliche Brennen auf seiner Haut. Das tat so unfassbar weh! Das würde er keine Sekunde länger aus-

Jemand packte ihn an der Schulter, drehte ihn unsanft auf den Bauch und zog ihn hoch, bis er kniete. Was kam jetzt?

Manfreds Bewusstsein legte die Schmerzen auf der Brust kurzfristig beiseite und verbiss sich in die Frage, was dieser Psychopath vorhatte. Was würde er ihm jetzt antun?!

Manfred spürte zwei Hände auf seinem Hinterkopf, der noch von dem Schlag vorhin wehtat. Die Hände drückten seinen Kopf nach vorne, nach unten. Er stemmte sich in Panik dagegen, versuchte sich zu wehren und hätte es fast geschafft, zur Seite auszuweichen.

Doch der Kerl war stärker, drückte mit Gewalt Manfreds Kopf nach unten, mitten hinein in ein Gefäß mit Wasser. Manfred hatte keine Gelegenheit, vorher tief Luft zu holen: Automatisch hörte er auf zu atmen, automatisch zappelte und wand er sich. Er wurde ertränkt!

Das Bedürfnis zu atmen wurde überwältigend. Langsam ließ er die Luft, die noch in seinen Lungen war, durch die Nase entweichen, und dann...dann *musste* er einatmen.

Mit letzter Kraft bäumte er sich auf, versuchte, den Kopf aus dem Wasser zu heben, denn er *musste* ja atmen, Luft atmen... Luft! Aber dann zog er doch Wasser durch die Nase hoch, und es gab nur Chaos und Panik in seinem Gehirn – und dann Dunkelheit.

3

Bonn, Schwarzrheindorf, Montag, 5. Mai, 6.25 Uhr

Sascha und Andreas erreichten die katholische Kirche in Schwarzrheindorf kurz vor halb sieben. Sie lag zwischen hohen, alten Bäumen neben einem kleinen, idyllischen Friedhof, war weiß gestrichen und ebenfalls ziemlich alt.

Peer und zwei Spurensucher waren bereits bei der Arbeit.

„Was haben wir denn hier?“, fragte Sascha und trat näher. Direkt vor der Kirchentür lag, auf dem Rücken ausgestreckt, ein Mann, Mitte 40, Jeans, weiß-blau gestreiftes Hemd, blaugraue, sportliche, offenstehende Jacke. Er hatte die Hände auf dem Bauch gefaltet, Augen und Mund geschlossen. Lag da, als ob er friedlich schliefe. Oder wie aufgebahrt in einem Sarg.

„Ist er wirklich tot?“ Sascha beugte sich über den Körper und ließ seinen Blick von unten nach oben wandern. „Der sieht ja total unverletzt aus. Dreht ihn doch mal um.“

„Nun mal langsam, junger Mann“, mahnte Peer, der an diesem frühen Montagmorgen in einem royalblauen T-Shirt angetreten war, das kräftig durch den dünnen, weißen Overall hindurchstrahlte. „Jetzt geh mal von den Platten hier weg, mit denen sind wir noch gar nicht fertig!“

Andreas schaute sich um. Wilfried mit der dicken Brille war mit einem Fahrrad beschäftigt, das an einem Baum ein paar Meter weiter lehnte. Auf dem Gepäckträger war eine schwarz-türkis gemusterte Sporttasche, aus der der Griff eines Tennisschlägers herausragte.

„Wissen wir, wer der Mann ist?“, fragte Andreas und hörte, wie sein Magen knurrte.

„Ja, er hatte netterweise eine Brieftasche dabei“, erklärte Peer, während er die Steinplatten um die Leiche unter die Lupe nahm. „Ein gewisser Manfred Baum, 46 Jahre, wohnhaft hier in Schwarzrheindorf, praktisch gleich um die Ecke.“

Walter kam hinzu, stellte sich dicht neben Sascha und blätterte in seinem Notizblöckchen. „Seine Frau rief gestern Abend kurz vor zwölf an, weil ihr Mann seit einer Stunde überfällig war. Zwei Kollegen sind die

Strecke abgefahren, sie haben aber keinen verunfallten Radfahrer gefunden."

„Welche Strecke?", wollte Andreas wissen.

„Na, die zwischen Tennisanlage und Wohnung."

„Der Mann hat also gestern Abend Tennis gespielt."

„Genau."

Mittlerweile war Peer mit der Untersuchung der Steinplatten fertig. „Sascha, hilfst du mir mal eben, den Mann umzudrehen?"

„Na klar. Welche Ehre."

Gemeinsam rollten sie Manfred Baum auf den Bauch, und Peer nahm sich zielsicher den Hinterkopf vor.

„Der Mann ist niedergeschlagen worden, die Wunde ist aber nicht so massiv, dass er daran gestorben sein könnte."

Er fuhr dem Toten ein paar Mal mit der Hand durchs kurze, braune Haar. „Komisch, die Haare sehen irgendwie feucht aus." Er zog einen Handschuh aus und tastete vorsichtig über den Kopf. „Hat es heute Nacht geregnet?"

„Müsste dann nicht auch seine Kleidung feucht sein? Wenigstens auf der Vorderseite?", vermutete Sascha, und zusammen drehten sie die Leiche wieder auf den Rücken.

Zwischenzeitlich hatte sich auf Baums Brust ein seltsames Phänomen ereignet: das weiße Oberhemd mit den blauen Streifen schien in Höhe des Brustbeins am Körper zu kleben.

„Die Kleidung wirkt ziemlich trocken." Peer zog den Handschuh wieder an und griff nach einem Hemdknopf. „Aber das hier guck ich mir mal an."

Andreas ging ein bisschen näher heran, und auch Walter und Wilfried streckten die Köpfe vor. Peer öffnete die obersten Knöpfe und löste dann millimeterweise, ganz behutsam, den Stoff von Baums Körper. Die Haut, die zum Vorschein kam, war teilweise hochrot mit massiver Blasenbildung, teilweise schwarz verkohlt. Als Peer schließlich das Hemd rechts und links zur Seite schob, wurde eine sehr hässliche Brandwunde sichtbar, in Form eines ca. 12 Zentimeter langen und 8 Zentimeter breiten Kreuzes.

„Na, das ist aber eine schöne Scheiße", bemerkte Sascha treffend und fügte hinzu: „Kreuz – Brandzeichen – Ritualmord? Der Anfang einer Mordserie?"

Glitzerte nicht ganz kurz Begeisterung in seinen Augen auf? Auch Peer schien es bemerkt zu haben. „Ja, Sascha, dein großer Tag scheint gekommen zu sein. Übrigens ist dieses Brandmal garantiert auch nicht die Todesursache."

„Vielleicht ist er vor Schreck oder vor Entsetzen gestorben", bot Sascha an.

„Das kann nicht sein", behauptete Peer. „Er war schon tot, als du dich über ihn gebeugt hast."

Andreas verdrehte die Augen und wartete darauf, dass Sascha zurückschoss. Aber der blieb stumm, als habe er zurzeit keinen Kopf für solche Reibereien. Andreas sah auf seine Uhr: kurz nach sieben, und das ohne Frühstück!

Er wandte sich an seine Kollegen: „Peer, du wirst die Todesursache schon rausfinden. Walter, du bringst bitte Frau Baum zur Identifizierung hierher und kümmerst dich anschließend ein bisschen um sie. In etwa einer Stunde vernehmen wir sie bei sich zu Hause. Ich muss jetzt was essen, wer kommt mit?"

Wilfried meldete sich, und zu dritt machten sie sich auf die Suche nach einem Café oder Schnellrestaurant, das so früh geöffnet hatte. Sie frühstückten und waren gegen halb acht zurück in Schwarzrheindorf. Obwohl die Leiche bereits abtransportiert worden war, wurde der Tatort inzwischen von Neugierigen und den Medien belagert.

Wilfried stieg dort aus, während Sascha und Andreas zu Frau Baum nach Hause fuhren. Sie wohnte in einem sehr ordentlich wirkenden Mehrfamilienhaus und öffnete auch sofort die Tür. Sascha und Andreas stiegen in den ersten Stock, wo sich Kollege Thomas gerade um die seelische Betreuung von Frau Baum kümmerte, die anscheinend noch nicht nach einem Arzt verlangt hatte.

„Wir sind Piel und Montenar von der Bonner Kripo. Unser herzliches Beileid, Frau Baum. Wenn Sie sich dazu in der Lage fühlen, erzählen Sie uns doch mal, was gestern Abend los war."

Frau Baum, mittelgroß, mit leicht herben, ungeschminkten Gesichtszügen, legte bereitwillig los, wie so mancher, der mit Gewalt, Katastrophen und Schicksalsschlägen konfrontiert worden war. Während sie vom Telefonat und dem Nicht-Eintreffen ihres Gatten erzählte, schaute sich Andreas, der neben Sascha auf einem Sofa Platz genommen hatte, das fantasielose, im Möbelhausdesign eingerichtete Wohnzimmer an. Sascha machte sich Notizen.

Als die Baum fertig berichtet hatte, fragte Andreas: „Ging Ihr Mann regelmäßig zum Tennisspielen?"

„Eigentlich schon. Er hat mal 'ne Pause gemacht wegen einer Verletzung, aber seit vier oder fünf Wochen ist er jeden Sonntagabend auf dem Platz gewesen."

„Und er spielte immer zur gleichen Zeit und mit demselben Partner?"

„Ja, immer um 20.30 Uhr mit Gerd. Ich geb Ihnen gleich Adresse und Telefonnummer." Frau Baum wirkte sehr gefasst, auch wenn ihr Blick ab und zu ins Leere driftete.

„Was war Ihr Mann von Beruf?"

Sie schaute auf ihre Hände, an denen kein Schmuck, nicht einmal ein Ehering zu sehen war. „Er arbeitete bei der ARGE Bonn."

Andreas wartete auf eine Bemerkung Saschas, die auch prompt kam. „Dann hatte Ihr Mann also theoretisch ein paar tausend Feinde."

„Darüber reden Sie besser mit seinen Kollegen", presste sie schmallippig hervor.

Andreas übernahm wieder. „Fällt Ihnen jemand ein, der Ihrem Mann so was angetan haben könnte?"

Anscheinend ließ sie in Gedanken ein paar Leute Revue passieren, schüttelte dann aber den Kopf. „Ich kenne zwar jemanden, mit dem Manfred schon ein paarmal heftig Krach hatte, aber ich glaube, der hat mit Religion nicht viel am Hut."

„Sie meinen, wegen dem Kreuz und der Kirche? Das kann ein Täuschungsmanöver sein. Wer ist diese Person?"

„Der ist Schweißer in irgendeiner Firma. Ein richtiger Prolet. Und ein Choleriker." Frau Baum machte ein angewidertes Gesicht. „Er hat Manfred Anfang letzten Jahres einen Wagen abgekauft. Und da ging's los: Er fand an dem Wagen einen Mangel nach dem anderen, die mein Mann angeblich alle verschwiegen hat. Der Kerl stand fast jeden Monat bei uns auf der Matte und wollte Geld für die Reparaturen. Die beiden sind dann im Februar vor Gericht gelandet."

„Wer hat gewonnen?"

„Manfred. Er hat erzählt, dass der andere ihn schwer beschimpft hat. Ob er ihn auch bedroht hat, weiß ich nicht."

Sascha hob fragend die Augenbrauen. „Haben Sie einen Namen oder eine Adresse für uns?"

Frau Baum stand auf, kramte in einer Schublade des Wohnzimmerschranks und reichte Sascha schließlich einen Rechtsanwaltsbrief, in dem Name und Adresse des ‚Cholerikers' verzeichnet waren: Werner Heinemann, wohnhaft in Bonn-Buschdorf.

„Gut, Frau Baum, fällt Ihnen sonst noch ein potentieller Täter ein?"

Sie schüttelte den Kopf und zog ein Taschentuch aus der Hosentasche, was vielleicht ein Zeichen sein sollte, dass sie jetzt erst einmal genug hatte von der Fragerei und sich ausgiebig ihrer Trauer hingeben wollte.

Andreas stand auf. Die anderen taten es ihm nach. „Frau Baum, haben Sie was dagegen, wenn sich nachher ein paar Kollegen von uns in Ihrer Wohnung umsehen? Vielleicht finden wir einen Hinweis."

Ganz kurz zögerte sie, dann war sie einverstanden. Nicht viel später raste Sascha auf die A 565 und war genauso schnell beim Thema ‚religiösfanatischer Serienmörder'.

Andreas bremste ihn ab. „Erst mal ist *ein* Mord noch keine Serie. Aber mir wär's auch lieber, wenn wir hier einen Täter mit religiösem Wahn vor uns hätten, als einen, der das nur vortäuscht. Echte Fanatiker sind nämlich selten und deswegen vielleicht eher aufzuspüren."

„Dann hoffen wir also, dass unser Mörder ein waschechter Irrer ist, und dass er noch ein paar Leute umbringt und dabei gute Spuren hinterlässt."

„Sascha!"

„Du weißt schon, wie ich das meine!" Sascha zog nach links in eine Lücke und überholte ein paar Lastwagen. „Aber wo findet man einen komplett wahnsinnigen Katholiken?"

„Darüber zerbrechen wir uns den Kopf, wenn wir mit diesem Heinemann gesprochen haben."

*

Bonn-Buschdorf,
8.10 Uhr

Sascha ergatterte in der Wohnsiedlung im Nordosten von Buschdorf einen Parkplatz, als einer der Anwohner wegfuhr.

„Glaubst du wirklich, der Kerl ist noch nicht zur Arbeit?", fragte Sascha und schaute sich die zweistöckigen Wohnblocks an. Hier würde er auch nicht unbedingt wohnen wollen.

„Werden wir ja sehen."

Fünf Minuten später klingelten sie an Heinemanns Wohnungstür im Erdgeschoss. Ein mittelgroßer, stämmiger Mann mit grau meliertem Haar öffnete. Schwarze Hose, weißes Hemd, schwarze Krawatte.

Andreas zeigte ihm seinen Ausweis, stellte sich und Sascha vor und meinte: „Herr Heinemann? Können wir kurz mit Ihnen reden?"

Das gerötete Gesicht des Mannes drückte Missmut im Quadrat aus. „Ich muss gleich weg, mein Vater wird beerdigt." Er dachte nach. „Aber meine Frau ist noch im Bad, ich hab also noch ein bisschen Zeit. Kommen Sie rein. Was ist denn los?"

Heinemann führte sie durch einen dunklen, muffigen Flur ins Wohnzimmer, das groß und hell und auf eine Weise dekoriert war, dass Sascha nur noch denken konnte: VOLLTREFFER!

Überall Kruzifixe, Christusfiguren, biblische Bilder an den Wänden!

Auch Andreas wirkte überrascht, und Heinemann, dem das nicht entgangen war, brummte entschuldigend: „Ja, furchtbar, was? Das ist von meiner Frau. Ich hab sie schon gewarnt, wenn das nicht bald aufhört, zieh ich aus! Das ist doch nicht normal, oder? Sie ist in so 'ner Sekte, und die machen sie da noch völlig bekloppt!"

„Ach, in einer Sekte." Andreas nickte mehrmals mit dem Kopf, als sei ihm gerade etwas klar geworden, und fuhr fort: „Herr Heinemann, gestern Abend wurde Herr Baum ermordet, den kennen Sie doch, nicht wahr?"

Heinemann griff sich mit kurzen, dicken Fingern an den Krawattenknoten, als fühle er sich plötzlich gewürgt. Überraschung stand ihm ins Gesicht geschrieben. „Baum? Der mir die Schrottkarre angedreht hat? Der ist ermordet worden? Und jetzt wollen Sie mich verhaften?"

„Wie kommen Sie denn darauf?", fragte Andreas, genauso überrascht.

„Na, weil ich den Kerl doch vor Gericht bedroht hab, von wegen `Du wirst mich noch kennen lernen´ und so."

„Nur deswegen können wir Sie wohl kaum verhaften", beruhigte ihn Andreas. „Wo waren Sie gestern Abend?"

Einen Moment lang guckte Heinemann verwirrt aus der Wäsche, dann klärte sich sein Blick. Erleichterung. „So um halb acht hab ich meine Frau von ihrer ‚Versammlung' abgeholt, dann sind wir nach Godesberg zu meiner Schwester gefahren. Wir sind vier Geschwister, wissen Sie, und wir haben den ganzen Abend über die Beerdigung und über...na ja, so Erbsachen geredet. Wann waren wir zu Hause?" Er legte zwei Finger ans Kinn und schaute auf ein großes, braunes Holzkreuz mit eingebautem, kupfernem Weihwasserbehälterchen, das neben einer Tür hing. „Wir sind so um halb zwölf von meiner Schwester weggefahren und waren etwa um zwölf zu Hause."

„Zusammen mit Ihrer Frau?"

„Ja, klar."

„Dann geben Sie meinem Kollegen doch bitte Adresse und Telefonnummer Ihrer Schwester. Kennen Sie den Namen der Sekte?"

„Nee, da müssen Sie Yvette fragen." Heinemann schaute auf seine goldene Armbanduhr. „Die ist sicher gleich fertig. Können Sie ihr nicht ein bisschen ins Gewissen reden? Oder irgendwas gegen die Sekte unternehmen?"

„Tun die was Ungesetzliches?", fragte Andreas.

„Weiß ich nicht. Auf jeden Fall geht da 'ne Menge Geld drauf!"

„Inwiefern?"

„Na, die treffen sich doch zweimal die Woche, immer in 'ner anderen Gaststätte. Und weil Yvette keinen Führerschein hat, kurvt die mit Bus und Bahn durch die Gegend – was glauben Sie, was das kostet!? Deshalb hol ich sie ja auch oft ab."

„Wo war denn die Versammlung gestern?"

„In Witterschlick! Noch weiter weg geht ja kaum! Ich musste –"

Der Klingelton von Saschas Handy schnitt dem Mann das Wort ab. Sascha sah aufs Display: Annika. Wenn sie ihn bei der Arbeit anrief, musste etwas passiert sein. Er wandte sich ab, presste das Telefon ans Ohr und ging langsam Richtung Flur.

„Ja?"

„Hallo, Schatz, mir geht's irgendwie nicht gut...und es kommt mir so vor, als hätte sich das Baby seit Stunden nicht bewegt. Ich –"

„Seit Stunden? Leg dich hin und entspann dich, ich bin gleich da!" Er steckte sein Handy ein und informierte Andreas, der ihn mit fragend gehobenen Augenbrauen anschaute: „Ich muss nach Hause. Notfall. Bis später."

„Und wie komme *ich* zurück?!"

Im Hinausgehen rief Sascha ihm zu: „Ruf Wilfried oder Walter an, die sind noch in Schwarzrheindorf, die können dich abholen!"

Unten stieg Sascha in den Wagen, fuhr zurück auf die Autobahn und zwang sich dazu, nicht zu rasen. Unentwegt dachte er daran, dass Gabriel vielleicht nicht lebend zur Welt kommen könnte! Und das jetzt, wo sich Sascha seit Wochen ausmalte, wie er Gabriel in den Armen wiegte, ihm das Fläschchen gab, wie er seinen Sohn in den Kinderwagen packte und lange Spaziergänge mit ihm machte, wie er mit Klein-Gabriel in der Badewanne saß und mit knallbunten Plastikschiffchen spielte. Und das alles sollte vielleicht nie stattfinden?!

Saschas Herz klopfte schneller, je näher er Vinxel kam, und als er die Treppe zur Wohnung emporstürmte, bemerkte er, dass er schon weiche Knie hatte. Er stellte sich bereits vor, dass Annika bewusstlos im Badezimmer lag, in einer Lache aus Blut.

Im Wohnungsflur angekommen rief er nach ihr: „Annika, wo bist du? Ich bin's. Schatz?"

Zunächst hörte er nur eine tiefe, beunruhigende Stille, dann kam ein schwächliches „Hier" aus dem Wohnzimmer. Sie lag dort auf dem Sofa, in der schwarzen, unförmigen Schwangerschaftshose und im roten, weiten Shirt.

„Wie geht's dir?" Sascha drückte ihr vorsichtig einen Kuss auf die Stirn.

„Besser. Ich hab noch ein bisschen geschlafen." Annika gähnte und setzte sich schwerfällig auf.

„Und, hat er sich inzwischen bewegt?"

„Weiß nicht, es fühlt sich alles so schwer an."

„Ok, zieh deine Schuhe an und eine Jacke, wir fahren sofort zu Dr. Bergfuß!"

„Ach nee..."

„Doch! Komm, steh auf! Ich will jetzt wissen, ob alles in Ordnung ist!"

Annika schien kaum vom Sofa hochzukommen, aber Sascha kannte kein Erbarmen.

„Ja, ist ja gut", murrte sie ungnädig. „Ich muss aber vorher noch mal aufs Klo!"

Eine halbe Stunde später saßen sie in Dr. Bergfuß' Wartezimmer, das seinem Namen alle Ehre machte. Nachdem Sascha vorne beim Personal von wegen Notfall ein bisschen Druck gemacht hatte, schien alles noch langsamer voranzugehen.

Um elf Uhr wurden sie schließlich (nachdem Annika zum dritten Mal die Toilette aufgesucht hatte) vorgelassen, der Doktor untersuchte Annika gründlich, hängte sie noch für eine Weile ans CTG und behauptete dann, alles sei in bester Ordnung, der kleine Gabriel habe sicher nur ein längeres Schläfchen gehalten. Und am Mittwochvormittag solle Annika unbedingt noch mal bei ihm vorbeischauen.

Sascha war so erleichtert, dass er darüber sogar seinen Ärger über die Praxis-Besatzung vergaß. Mit ein paar Witzchen und wieder positiver Betrachtung der Welt brachte er Annika zurück nach Hause und fuhr anschließend in gewohnt schnittigem Tempo zum Polizeipräsidium.

Andreas empfing ihn mit ernster Miene. „Wie geht's Annika?"

„Gut."

„Ich dachte, es war ein Notfall?"

„Ja, sah so aus. Aber dann war es doch falscher Alarm."

„Willst du jetzt etwa bei jedem Anruf von ihr nach Hause rasen?"

„Das verstehst du nicht. Du kannst nicht nachvollziehen, welche Sorgen man sich als werdender Vater um sein Kind macht."

„Würdest du mir das bitte nicht alle fünf Minuten unter die Nase reiben?", verlangte Andreas und runzelte die Stirn. „Ich hab vorhin veranlasst, dass die Straße zwischen den Tennisplätzen und der Kirche unter die Lupe genommen wird. Da ist ja viel Feld, Wald und Wiese, vielleicht finden wir da den Tatort. Dich brauche ich allerdings hier. Wir müssen uns dringend mit der Bonner Sektenwelt beschäftigen."

„Was ist denn mit Heinemanns Frau?"

„Sie ist gar nicht seine Ehefrau. Sie heißt Yvette Glaser, ist 45 und Mitglied der ‚Freien Gemeinde Glaube, Glück und Gerechtigkeit'. Und das sei *keine* Sekte, wie sie ungefähr 82 Mal betonte."

„Meinst du, die beiden sind eine Sackgasse?"

Andreas kritzelte etwas auf ein Blatt. „Wahrscheinlich. Aber immerhin haben wir jetzt eine grobe Richtung, in der wir nachforschen können."

„Also, ich bin skeptisch." Sascha holte sich einen Kaffee, setzte sich und schaltete den PC ein. „Ich hab genug Filme über religiös motivierte Serienkiller gesehen – und das sind durchweg Einzelgänger, die garantiert keine netten Kirchengruppen besuchen."

„Danke. Aber wir sind in Bonn, hier ist das anders."

„Glaube ich nicht. Aber wenn es deinem Seelenfrieden dient, gucke ich mal nach, was unsere schöne Stadt an Glaubensrichtungen so zu bieten hat. Wie heißt noch mal der Verein von der Heinemann?"

„Die Frau heißt Glaser und der Verein ‚Freie Gemeinde Glaube, Glück und Gerechtigkeit'."

Sascha gab sich wirklich Mühe. Aber eine derartige Gemeinde existierte schlicht nicht im Internet.

„Vielleicht ist das eine von den Sekten, die jede Art von moderner Technik ablehnen." Andreas machte sich noch eine Notiz. „Was gibt's denn sonst so?"

Sascha gab *Sekten in Bonn* ein und wurde gleich mit einer Vielzahl von Einträgen bombardiert. Gleich über den ersten stieß er auf die Seite ‚sekten-info-nrw.de', die Information und Beratung anbot. Er fand eine Auflistung von gut und gerne 20 Sekten, die in NRW ihr Unwesen trieben und von denen er größtenteils noch nie gehört hatte.

Er diktierte Andreas ein paar Namen. „Wenn du willst, vertiefe ich mich mal in die Einzelheiten. Das wird aber dauern."

„Ja, mach das. Such mir aber erst ein paar Adressen und Telefonnummern raus. Ich telefoniere dann ein bisschen rum."

Auf diese Weise vergingen einige Stunden, bis Andreas einen Anruf erhielt. Er lauschte, rief zweimal „Wie bitte?" in den Hörer und informierte anschließend Sascha.

„Das war Peer. Manfred Baum ist zwischen 22 und 23 Uhr gestern Abend verstorben. Rate mal, woran."

Wenn man nicht gerade 10.000 Euro damit gewinnen konnte, hasste Sascha solche Ratespiele. „Er hat sich über dumme Fragen zu Tode geärgert?"

„Nein." Andreas sah ihn immer noch erwartungsvoll an.

„Er hat sich an einem Tennisball verschluckt?"

„Fast. Er ist ertrunken."

„Häh?"

„Also in diesem Fall wohl eher ertränkt worden. In seiner Lunge befand sich Salzwasser."

„Er ist im Meer ertränkt worden? Ist das nicht ein bisschen weit weg?"

„Ja. Aber es war auch kein Meerwasser, sondern mit Salz versetztes Leitungswasser."

„Wieso das denn? Um uns zu verwirren?"

„Peer hat sich kundig gemacht: Er meint, es könnte sich um Weihwasser handeln."

„Um echtes Weihwasser? Richtig mit Segen und so?"

Andreas schaute ihn eine Weile schweigend an. „Lieber Sascha, ich bin sicher, dass nicht einmal der weltbeste Forensiker – und du weißt bestimmt, in welcher Serie der mitspielt – nachweisen kann, ob das Wasser gesegnet ist."

„Du verstehst mich schon wieder nicht!", tadelte Sascha. „Wenn Baum in Weihwasser ertränkt wurde, dann muss es doch eine ordentliche Menge gewesen sein! Vielleicht ein Taufbecken, oder der Täter hat das Zeug eimerweise geklaut, oder er hat gesalzenes Leitungswasser gleich selbst gesegnet. Vielleicht ist er sogar Priester!"

Andreas überheblicher Gesichtsausdruck changierte ins Überraschte. „Ein interessanter Aspekt." Den er sofort notierte. „Obwohl ich das nicht wirklich glaube. Ach, Peer hat übrigens Restspuren von Klebeband an Händen, Füßen und um die Augen und den Mund herum entdeckt. Und wir machen jetzt erst mal weiter mit unseren Sekten. Ich will gleich noch zur ARGE. Und dann fahr ich zu den Tennisplätzen in Geislar und zu Baums Tennispartner, vielleicht bringt uns das ja weiter." Kurze Pause. „Übrigens, das mit dem Weihwasser geben wir nicht an die Medien weiter, klar?"

*

Bonn-Oberkassel,
19.20 Uhr

Andreas streifte die Schuhe von den Füßen, legte sich aufs Bett und schaute durch das Dachflächenfenster in den wolkenlosen, blassen Himmel.

Das Fenster musste unbedingt geputzt werden, fuhr es ihm durch den Kopf, aber gleich darauf widmete er sich ganz der Hoffnung, dass der unüberlegte Wunsch eines gewissen draufgängerischen Kommissars namens Sascha Piel nicht in Erfüllung gehen möge.

Er hatte im Moment nämlich wirklich keine Lust auf Serienkiller. Ihm reichte es, dass ihm drei unzufriedene Frauen auf die Nerven gingen: seine Oma Elli, die unbedingt die ‚Hotelangestellte' Sabine feuern wollte, seine Mutter, die an jedem Seniorenheim für Elli, das sie besichtigte, etwas anderes auszusetzen hatte, und nicht zuletzt auch Sabine, die neuerdings über einen gemeinsamen Urlaub mit ihm phantasierte.

Wie sollte er ihr klarmachen, dass er seinen Urlaub am liebsten zu Hause verbrachte? Er würde diese Gewohnheit gewiss nicht ihr zuliebe aufgeben! Aber was würde er tun, wenn sie beispielsweise behauptete, wenn er nicht mitwolle, führe sie eben mit jemand anderem weg? Er würde es akzeptieren und sich freuen, dass sie bekam, was sie wollte, und er das, was er wollte. War doch im Grunde ganz einfach.

Andreas ließ sich diese Überlegungen noch ein Viertelstündchen durch den Kopf gehen, dann stand er auf, holte sich ein Glas Orangensaft aus der Küche und setzte sich an seinen Schreibtisch. Er achtete neuerdings noch mehr als bisher darauf, möglichst viele Vitamine und andere gesunde Dinge zu sich zu nehmen. Ab 50 sollte man besonders auf sich achten. Ansonsten hatte er beschlossen, diese garstige Zahl zu ignorieren, denn im Geiste und im Herzen fühlte er sich deutlich jünger.

Er schlug das Notizheft auf, das er aus dem Büro mitgenommen hatte, und machte aus den Stichpunkten über die Vernehmungen vom Nachmittag so etwas wie einen vorläufigen Bericht.

Die Kollegen der ARGE Bonn bezeichneten Manfred Baum als Mitmenschen, der keinem Streit aus dem Weg ging und in oft unflätiger Weise über ‚Steuergeld-Empfänger' herzog, die sich ihm gegenüber angeblich unverschämt verhielten oder gegen Beratungsmaßnahmen resistent waren. Andreas hatte sich eine Liste von Kunden geben lassen, mit denen Baum im letzten und in diesem Jahr zu tun gehabt hatte. Da kamen einige zusammen, die überprüft werden mussten.

Baums Tennispartner hingegen war extrem unergiebig. Er hatte nichts mitbekommen an dem Abend und auch keine Ahnung, wer Baum so etwas angetan haben könnte. Mehr war auch aus den Beschäftigten der Tennisanlage nicht herauszuholen.

Immerhin war ein möglicher Tatort gefunden worden: Auf der kurzen Strecke zwischen Tennisplätzen und Kirche gab es ein Stück Straße mit Wald und Wiesen zu beiden Seiten und einem asphaltierten Weg, der zu einer Wasserburg führte. Deren Umgebung verfügte über ein paar uneinsehbare und abgelegene Stellen im Wald. Bestens geeignet, um ein Auto abzustellen und einen Mord zu begehen.

Ein Auto musste im Spiel gewesen sein, wegen der größeren Menge

Weihwassers. Außerdem hatte der Täter vermutlich irgendein Gerät benötigt, um das Metallkreuz zu erhitzen, mit dem er Baum das Brandzeichen verpasst hatte. So etwas war nicht mit einem Feuerzeug zu machen, hatte Peer behauptet.

Und nicht zuletzt hatte der Täter die Leiche transportieren müssen, vom Ort der Ermordung bis zum Fundort vor der Kirche.

4

Bonn,
Dienstag, 6. Mai, 11.45 Uhr

Tabea räumte in ihrer Boutique, die wegen der unbezahlbaren Mieten nicht in der Innenstadt, sondern in Richtung Endenich beheimatet war, Shirts in ein Regal zurück, die eine Kundin gerade anprobiert hatte. Natürlich hatte sie nichts gekauft.

Unordnung gemacht und nichts gekauft. Und Tabea musste freundlich bleiben, obwohl sie solche Kunden am liebsten erwürgt hätte!

Mit geübten Griffen faltete sie die Jeans zusammen, die über einem Hocker hing. Sie dachte an den morgigen Abend, und ihr Herz machte doch glatt einen Extraschlag, weil sie sich so freute: auf Jonas und die Gemeinschaft, die allmählich zu so etwas wie einer Familie wurde. Auch wenn man vielleicht drei oder vier Familienmitglieder nicht ausstehen konnte.

Wie diese Tina! Wie hieß sie noch gleich...Bruschinsky? Ja! Was für ein grässlicher Name! So grässlich wie die ganze Frau! Tabea war sicher, dass Tina hinter ihrem Rücken über sie lästerte, vielleicht sogar bei Jonas. Sie war –

Eine Kundin, die Tabea noch nie hier gesehen hatte, betrat den Laden. Ende Fünfzig, stark zurechtgemacht, mager, Jeans, hellblauer Blazer, an Händen, Hals und Ohren teuer aussehender Goldschmuck.

Tabea schaltete sofort um auf Geschäftsfrau. Das war ihr Leben. Sie teilte sich den Laden mit ihrer Zwillingsschwester, mit sonst niemandem. Kein Mann, kein Freund. Manchmal schien es ihr, dass sie lebten wie die Nonnen.

„Guten Tag, darf ich Ihnen weiterhelfen?“, grüßte sie die Frau, die bereits mit arroganter Miene an ihr vorbeimarschiert war.

„Danke, aber ich sehe mich erst mal ein bisschen um.“ Sie hätte auch sagen können: Ich glaube nicht, dass ich in diesem Schrottladen was Schickes finde. Ihre Stimme war fast so tief wie die eines Mannes...und schon wehte der Geruch kalten Zigarettenrauchs in Tabeas Nase. Sie hasste diesen Geruch.

Aber es kam noch schlimmer. Die Frau trat ein paar Minuten später mit einer weiß-blau gemusterten Bluse zu Tabea an die Theke, hielt ihr ein Schildchen an der Naht vor die Augen und fragte ungnädig: „Können Sie mir sagen, was das für ein Material ist? Ich hab meine Brille nicht dabei."

Tabea setzte ihre eigene Lesebrille auf und beugte sich vor, während sich die Kundin ebenfalls über das Etikett zu beugen versuchte. Ein Schwall süßlich-faulig riechender Atemluft wehte von ihr zu Tabeas Nase herüber. Um Himmelswillen! So hatte auch der ‚liebe' Onkel Helmut gestunken: nach Zigaretten und verfaulenden Zähnen!

Rasch drehte sich Tabea um und tat so, als müsse sie husten. Denn sonst hätte sie womöglich auf die Theke gekotzt.

*

Bonn, Abendgymnasium, 13.20 Uhr

Auf dem Schulhof, in der Ecke hinter den Mülltonnen, war Gottfried damit beschäftigt, Dreck zusammenzufegen, den die Schüler (die erwachsenen Schüler wohlgemerkt!) gerne neben, vor oder hinter die Tonnen warfen. Von hier aus hatte er einen guten Blick auf eine Gruppe junger Männer und Frauen, die an einem der großen Aschenbecher standen und rauchten. Einer rauchte allerdings etwas abseits. Den behielt Gottfried im Auge.

Er hatte eben zwei leere Cola-Dosen aufgesammelt, als es passierte: Der Endzwanziger, der in schwarzer Jeans und schwarzem Hemd abseits stand, schnippte die noch glimmende Zigarettenkippe auf den Boden. Er wandte sich ab und wollte zum Eingang des Schulgebäudes zurückschlendern.

Fast so schnell wie ein ICE neuester Baureihe war Gottfried hinter ihm, tippte ihm auf die Schulter und schnauzte: „Hallo?!"

Mit überraschtem Gesicht drehte sich der junge Mann um. Halblange Haare. Ohrringe. Hatte er etwa Lippenstift auf dem Mund?!

„Denken Sie, ich bin Ihr Dienstmädchen? Oder Ihre Mutter, die hinter Ihnen herräumt?", fuhr Gottfried sein Gegenüber an, das anscheinend immer noch nicht begriff, was los war. Gottfried wies auf den Boden. „Wären Sie so freundlich, die Kippe da aufzuheben? Und sagen Sie jetzt nicht, die ist nicht von Ihnen!“ Er bohrte seinen Blick in die blauen Augen des Mannes und ließ nicht locker.

Gehörte der Knabe etwa zu den Arschlöchern, die von ihren Eltern keine ordentliche Erziehung mitbekommen hatten und nun glaubten, sie müssten sich an keinerlei Regeln halten? Die würde Gottfried ihm schon beibringen!

Aber nein, vielleicht gehörte das Bürschchen doch nicht dazu. Es schaute weg, dann kurz zu der Gruppe der Raucher, die garantiert interessiert herüberstarrte, dann war der Typ mit wenigen Schritten bei der Kippe, hob sie auf und nahm sie mit zur Eingangstür, wo er sie demonstrativ in einen Abfalleimer fallen ließ.

Na also, warum nicht gleich so? Gottfried nickte ihm grimmig zu und drehte sich sofort zu der rauchenden Gruppe um – die machten doch bestimmt Unsinn, sobald er ihnen den Rücken zukehrte! Aber die Leute sahen längst lachend und plaudernd woandershin und benahmen sich anständig. Oh ja, sie wussten, wer hier für Ordnung und Sauberkeit zuständig war!

Eine Weile noch starrte er sie an, und ein moralisch sehr bedenkliches Gefühl schlich durch sein Herz: Neid. Tiefer, hässlicher Neid. Neid auf diese jungen, ehrgeizigen Menschen, die ihre Zukunft noch vor sich hatten. Sie hatten etwas, das er nie wirklich gehabt hatte: eine Chance.

Aber eigentlich, wenn er ehrlich war, machte er seine Arbeit gern. Ganz abgesehen davon, dass Neid eine Todsünde war – hatte er hier nicht ein angemessenes Betätigungsfeld für die Fähigkeiten gefunden, die Gott ihm geschenkt hatte? Nämlich Dinge zu reparieren und für Sauberkeit und Ordnung zu sorgen? Das konnte er, und das machte ihm Freude!

Dieser Gedanke erstickte den Neid wie Löschschaum einen Schwelbrand. Neid war nicht nur eine Sünde, sondern auch durch und durch negativ (ein Stolperstein des Teufels!) und Neid machte, was anscheinend vielen Menschen nicht bewusst war, nur unglücklich und sonst gar nichts. Das war ein Spruch von Jonas, und wo er Recht hatte, hatte er Recht.

Gottfried beendete seine Arbeit hinter den Mülltonnen und begab sich auf den Weg in den Keller, wo er nach einem Abfluss sehen musste.

Unterwegs merkte er, dass noch etwas in seinem Inneren nagte...irgendetwas, das mit Jonas zu tun hatte... Ach ja, es passte ihm gar nicht, dass sich Jonas in Bonn niederzulassen gedachte. Warum? Eifersucht. Schon wieder ein negatives Gefühl! Wo blieb sein Gottvertrauen?! Wenn Tina die Richtige für ihn war, würden sie zueinander finden! Auch wenn Tina vielleicht einen kleinen Umweg über Jonas machte.

Auf dem Flur im Erdgeschoss kam ihm eine der neuen Lehrkräfte entgegen. Eine schwabbelige, hochnäsige Person, die gerne einfach durch ihn hindurchsah. Die Welt war ungerecht, und manche Menschen taten mit voller Absicht alles, um die Ungerechtigkeit aufrecht zu erhalten. Diese Frau schien dazuzugehören. Musste also er, der Hausmeister, ihr, der Lehrerin, Manieren beibringen? Schien so.

Er stellte sich ihr in den Weg, stemmte die Hände in die Hüften und starrte ihr in die Augen. „Guten Tag, Frau Kurth-Westphal. Wie geht es Ihnen?"

Überrascht blieb die Frau stehen. „Danke, gut. Wieso?"

„Ich frage mich, warum Sie mich nie grüßen? Weil ich einen grauen Kittel trage und daher so schlecht zu sehen bin?"

Ihr weiches Gesicht rötete sich. Schnell dachte sie sich eine Ausrede aus. „Ich bin manchmal so in Gedanken, dass ich nichts um mich herum bemerke. Entschuldigen Sie mich, ich muss weiter."

Immer noch Arroganz in der Stimme. Das war sehr, sehr negativ.

„Mein Name ist übrigens Gottfried Liebetrau", informierte er sie, während sie an ihm vorbeihuschte. Er war sicher, dass sie ihn von nun an bemerken würde.

Zufrieden mit sich schloss er die Kellertür auf und dachte an den morgigen Abend. Er freute sich auf das Treffen. Bisher war er ohne Frau und ohne Kind durchs Leben gegangen, jetzt hatte er so etwas wie Freunde, eine Angebetete, ein Ziel. Das Ziel war, seine heimtückische Krankheit zu überwinden, damit er ein neues, glücklicheres Leben beginnen konnte.

*

Bonn-Beuel, 15.45 Uhr

Als Tina das Büro verließ, schwebte sie förmlich davon. Sie hatte eine Verabredung mit Jonas. In einem Restaurant am Rhein in Beuel.

15 Minuten später entdeckte sie ihn schon von weitem auf der Terrasse. Als er sie sah, lächelte er erfreut und stand auf. Tinas Herz schlug schneller.

Wie immer trug Jonas einen eleganten, hellen Anzug. Sie kam sich ein wenig provinziell vor in ihrem Rock und der orangeroten Bluse. Die zwei umarmten sich und bestellten einen Kaffee. Dann kam Tina gleich zur Sache, denn sie waren keineswegs zum Vergnügen hier. Sie griff in ihre Handtasche, holte einen weißen Briefumschlag heraus und hielt ihn Jonas hin.

„Du wirst nicht glauben, was da drin ist!", meinte sie. „5000 Euro! Eine anonyme Spende."

„Was?! Fünftausend? In bar?", rief Jonas erfreut aus. „Wo kommen die her?"

„Keine Ahnung. Als ich heute Morgen zur Arbeit wollte, lag der Umschlag in meinem Briefkasten. Da, lies: Für die Freie Gemeinde Glaube, Glück und Gerechtigkeit." Tina fischte noch eine rote Kladde aus ihrer Tasche, nahm einen Stift und notierte die Summe im Spendenbuch. Sie war neuerdings gemeinsam mit Jonas für die Finanzbuchhaltung der Gemeinde zuständig „Ich bringe das Geld gleich zur Bank. Wenn das so weitergeht, können wir vielleicht schon dieses Jahr was Geeignetes kaufen!"

„Ich weiß nicht… Sieh mal, die meisten Spenden sind nicht so üppig." Jonas' Zeigefinger deutete auf die letzten Einträge, die er selbst gemacht hatte. „Große Beträge sind extrem selten. Gib mir das Buch bitte mit, ich muss noch was nachtragen… Nichts Tolles."

Tina reichte ihm die Kladde. „Also ich finde, wir sollten noch mehr an die Öffentlichkeit gehen, wir brauchen einen Sponsor, der –"

„Dagegen hab ich was", fiel ihr Jonas uncharmant ins Wort. „Weißt du, ich bin lieber unabhängig. Je mehr so ein Sponsor investiert, desto mehr glaubt er, sich in alles einmischen zu dürfen!" Die wunderschönen Augen hinter der Silberbrille funkelten ungehalten.

Na, dieses Thema würde Tina vorläufig auch nicht mehr anschneiden! Schnell lenkte sie das Gespräch auf andere Finanzierungsmöglichkeiten. Darüber diskutierten sie noch eine halbe Stunde, bis Jonas das Zusammentreffen plötzlich beendete, weil er sich auf die morgige Predigt vorbereiten wollte.

Also tranken sie ihren zweiten Kaffee aus, Tina zahlte, und gemeinsam verließen sie das Restaurant, um sich auf dem Parkplatz zu verabschieden. Mit Umarmungen und Küsschen auf die Wangen.

Was für ein berauschendes, warmes, aufregendes Gefühl, diesem Mann so nah zu sein! Warum fiel sie ihm nicht einfach um den Hals und küsste ihn, bis er sich nicht mehr wehren konnte? Weil sie irgendetwas davon abhielt, weil er, trotz allem Charme und allem Lächeln, immer auch eine unterschwellige Distanziertheit verströmte.

Nun, die würde sie ihm schon noch austreiben! Aber jetzt würde sie erst einmal auskundschaften, wo er wohnte. Das wusste nämlich niemand, und er schien es, warum auch immer, geheimhalten zu wollen.

Jeder ging zu seinem eigenen Auto, und sie winkte ihm noch einmal zu. Dann wartete sie, bis er mit seinem alten, weißen Kleinwagen an ihr vorbeigefahren war, winkte ein zweites Mal und folgte ihm kurz darauf in, wie sie hoffte, sicherem Abstand durch Beuel.

Schließlich zockelte er über die Kennedy-Brücke Richtung Innenstadt, bog irgendwann links ab, und kurz darauf fand sich Tina in Poppelsdorf wieder, in einer Straße mit vielen schönen, alten Häusern. Ja, der Mann hatte Geschmack, dachte sie noch, als er auf einmal in eine Straße fuhr, deren Mehrfamilienhäuser deutlich geringeren Alters waren und die Tina unerfreulich bekannt vorkamen. Wohnte hier nicht Gerlinde, ihre Arbeitskollegin?

Was hatte das zu bedeuten? Wohnte Jonas zufällig ebenfalls hier in der Gegend oder –

Tina hielt mitten auf der wenig befahrenen Straße an, als sie sah, dass Jonas direkt vor Gerlindes Haus parkte. Das durfte doch nicht wahr sein!

Sie rammte den Rückwärtsgang ein und verschwand gerade noch rechtzeitig in einer Parklücke, als Jonas ausstieg und sich umsah. Nein, er hatte sie nicht bemerkt. Trotzdem rutschte Tina noch ein bisschen tiefer in den Sitz, passte aber genau auf, welches Haus Jonas ansteuerte. Er klingelte, bevor sich die Haustür öffnete, was vermuten ließ, dass er nicht in einer der Wohnungen lebte.

Sobald er ins Haus gegangen war, stieg Tina aus und lief hinüber zur Eingangstür, wo sie sorgfältig die Klingel- und Briefkastenschilder studierte: nein, ein ‚Jonas Kirch' war nicht zu finden, wohl aber eine ‚Gerlinde Tischler'. Zugegeben, es bestand die geringe Wahrscheinlichkeit, dass Jonas jemand ganz anderen im Haus besuchte, aber so viel Zufall auf einen Haufen schloss Tina gleich wieder aus.

Sie stieg in den Wagen, lehnte sich zurück und verbot sich, sich irgendetwas auszumalen. Nur nichts Negatives denken! Das brachte nichts!

Stattdessen holte sie die kleinen Kärtchen mit Jonas' Regeln aus ihrer Handtasche. Ihre Zahl war inzwischen auf 35 Kärtchen angewachsen. Manches auf ihnen leuchtete ihr nicht ein, manches wiederholte sich, aber Jonas war der Überzeugung, einiges könne auch gar nicht oft genug gesagt werden.

Trotzdem hatte sie immer ein unterschwelliges, schlechtes Gefühl gehabt, wenn es um die Regeln ging. Und es hatte lange gedauert, bis sie begriff, warum: Auch ihre Mutter hatte damals Regeln aufgestellt, die keiner mehr nachvollziehen konnte, und wohin das geführt hatte, darüber mochte Tina jetzt nicht nachdenken.

Aber eine der mütterlichen Regeln hatte Tina noch deutlich im Ohr, vermutlich, weil sie sie 500 Mal am Tag gehört hatte: *Wir sind böse, Tina, sehr böse, und deshalb müssen wir ganz still und leise sein, damit uns der Teufel nicht hört und uns holt!*

Und so war Tina stets ganz still und leise durchs Leben gegangen, durch ihre Kindheit, durch ihre Pubertät, bis zu ihrem zwanzigsten Lebensjahr, als sie beschloss, ein bisschen lauter zu werden.

Vielleicht sollte sie auch Jonas gegenüber endlich selbstbewusster auftreten. Vielleicht mochte er das. Tina träumte ein wenig vor sich hin und stellte sich vor, wie sie künftig (auf positive Weise natürlich!) selbstbewusster mit Jonas umging, und hätte beinah verpasst, wie der Mann nach ungefähr 30 Minuten das Haus wieder verließ, sich in seinen Wagen setzte und weiter Richtung Süden fuhr. Tina folgte ihm.

Diesmal ging die Reise über die Südbrücke nach Oberkassel, wo er erneut ein Restaurant am Rhein ansteuerte. Auf dem Parkplatz hielt sie Abstand und schlich zu Fuß hinter Jonas her bis zur Terrasse, die an diesem milden Frühlingsabend noch gut besucht war.

Tina versteckte sich hinter einer riesigen Kübelpflanze und beobachtete, wie Jonas auf einen Tisch zuging, an dem eine attraktive Blondine mit Brille saß. Ein neues Gemeindemitglied, das bisher vielleicht dreimal an den Versammlungen teilgenommen hatte. Gerade erhob sich die Frau. Umarmung, Küsschen auf die Wangen.

Tina war nicht erfreut. Was sollte das?

Die beiden saßen an einem Tisch und unterhielten sich. Tina hatte keine Lust, sich das anzusehen. Verstimmt und mit leichtem Schmerz im Magen setzte sie sich wieder in ihr Auto und zerbrach sich den Kopf. Hatten diese Verabredungen etwas damit zu tun, dass sich Jonas nach langen Reisen durch Deutschland in Bonn niederlassen wollte? Suchte er jetzt einfach die passende Frau dazu?

Ja, vielleicht machte er ein Ehefrauen-Casting! Wie lustig! Wie entwürdigend!

Tina wusste nicht, ob sie über diese Theorie lachen oder ob sie sich bei der Vorstellung ekeln sollte. Sie lachte. Bitter. Irgendwie konnte sie ihn ja verstehen: Inzwischen warfen sich Jonas mindestens sieben Damen an den Hals wie Teenager ihrem Lieblingsschauspieler. Falls er eine Ehefrau suchte, musste er sich eingehend über die diversen Qualifikationen der Bewerberinnen informieren, bevor er sich entschied.

Tina rieb ein paar Sekunden an ihrem Ohrläppchen, bevor es ihr auffiel. Das musste sie sich dringend abgewöhnen! Finger runter, Kopf angelehnt, Augen zu. Konzentration auf das Wesentliche: Was konnte sie tun, damit sich Jonas für *sie* entschied? Wie wurde sie zur Besten, Schönsten und einzig Richtigen?

Während sie auf Jonas' Rückkehr zu seinem Auto wartete, mobilisierte sie all ihre Phantasie und Kreativität, um einen Plan auszutüfteln, wie und womit sie am ehesten Jonas' Herz für sich gewinnen konnte. Etwas wirklich Brillantes war ihr noch nicht eingefallen, als sie ihn zwischen den parkenden Autos hindurchschreiten sah.

Tina duckte sich. Anscheinend hatte er sie wieder nicht bemerkt. Hoffentlich fuhr der Mann jetzt endlich nach Hause. Sie hatte Hunger und sie musste zur Toilette. Andererseits wollte sie unbedingt wissen, wo er wohnte.

Als er in seinem unscheinbaren Kleinwagen den Parkplatz verlassen hatte, folgte sie ihm. Zurück über die Südbrücke, nach Plittersdorf. In eine kurze Sackgasse. Tina fuhr daran vorbei, wartete fünf Minuten und spazierte zu Fuß zurück zu der Straße. Sein Auto parkte vor einem heruntergekommenen Hotel. Wohnte er dort, oder ging das Casting in einem der Zimmer weiter?

Tina musste auch das jetzt wissen! Sie stellte ihr eigenes Auto so an einer Ecke ab, dass sie Jonas' Wagen im Blick hatte. Dann wartete sie. Es wurde 21 Uhr, 22 Uhr. Irgendwann nickte sie kurz ein, aber als sie gegen 22.15 Uhr aufschreckte, stand der Wagen immer noch vor dem Hotel.

Da sie die Nase voll hatte, entschied sie sich, einfach davon auszugehen, dass Jonas tatsächlich in der billigen Absteige wohnte und es niemandem sagte, weil er sich schämte. Gut, jetzt kannte sie sein kleines Geheimnis.

Tina gähnte und machte sich müde, hungrig und mit sehr voller Blase auf den Heimweg nach Buschdorf.

*

Bonn, Polizeipräsidium, Mittwoch, 7. Mai, 7.45 Uhr

Seit über einer halben Stunde saß Sascha bereits am Schreibtisch, beschäftigte sich mit Religion und mit Sekten und glaubte ganz plötzlich, eine Erkenntnis über sich selbst zu haben.

Andere Menschen anzulügen mochte eine Sünde sein, aber sich selbst zu belügen war einfach nur dumm, denn dann entwickelte man sich nicht weiter. Statt zu behaupten, er habe so früh das Haus verlassen, um Annika in Ruhe weiterschlafen zu lassen, konnte er doch einfach dazu stehen, dass er keine Lust auf irgendwelche frühmorgendlichen Auseinandersetzungen gehabt hatte. Im Moment belegte sie ihn maßlos mit Beschlag, und er brauchte dringend mehr Freiraum. Wo sollte das noch enden? Was konnte er -

Die Tür ging auf, Andreas kam herein, lang und dünn wie immer. Das grau melierte Haar fiel wellig über seinen Hemdkragen, die graublauen Augen musterten Sascha mit leichter Verwunderung.

„Morgen. Du siehst aus, als hättest du die ganze Nacht im Büro verbracht."

„Nein. Mir geht es gut."

„Na, na, du sollst doch nicht lügen! Frisch mal ein bisschen dein Bibel-Wissen auf, du Heide! Das wär auch gut für unseren aktuellen Fall."

„Alles klar. Ich werde mich mit Jörg zusammentun, der ist streng katholisch", meinte Sascha und reichte Andreas eine Liste mit Sekten-Aktivitäten über den Schreibtisch, die er vorhin aufgestellt hatte.

„Jörg? Katholisch? Das wüsste ich aber! Hast du schon was vom Tatort im Fall Baum gehört?" Andreas zog auch ein paar Listen aus einer Mappe.

„Ich weiß nur, dass die gleich aufbrechen, um weiter nach Spuren zu suchen."

„Gut. Und was machen die Ermittlungen im Fall Hedwig Bach?"
„Da sind Manfred und Petra dran, aber da gibt's noch nichts Neues."
„Hab ich mir schon gedacht, wir haben null Anhaltspunkte. Dann also auf zum lustigen Listenvergleich."
Zwei Stunden später hatten sie neun Leute ausfindig gemacht, die erstens Hartz-IV-Empfänger waren und im letzten Jahr von Manfred Baum betreut worden waren, die sich zweitens einen Namen als Randalierer gemacht und sich drittens als besonders religiös geoutet hatten.
„Das geht ja noch, ich hatte mit mehr gerechnet." Andreas stand auf. „Die sehen wir uns jetzt alle mal an."

*

Bonn,Königstraße,
16.55 Uhr

Der Flieder blühte prächtig dieses Jahr. In Weiß, Helllila und Dunkellila. Auch der Rasen wuchs gut. Zu gut. Bald war Rasenmähen fällig.
Liselotte notierte auf einem Zettel, dass sie mit ihrem Gärtner telefonieren müsse. Zettel und Stift hatte sie immer dabei, weil ihr Gedächtnis doch arg nachgelassen hatte. Ihr Blick schweifte noch einmal kurz durch den Garten, über die wunderschön gewachsene Zeder, über die gewaltige Kiefer, über den weiß blühenden Jasmin, dessen Duft bis zur Terrasse drang, zurück zu dem Buch, das sie gerade las. Was hatte sie es doch schön hier!
Liselotte trank einen Schluck Kaffee und widmete sich dem Roman, der im Mittelalter spielte und an manchen Stellen so spannend war, dass ihr Herz beängstigend klopfte. Ihre Kinder hätten mit ihr geschimpft, wenn sie gewusst hätten, was sie da las.
Liselotte war noch nicht weit gekommen, als sie meinte, es könne an der Haustür geklingelt haben. Sollte sie einfach so tun, als sei sie nicht daheim? Vielleicht hatte sie sich auch verhört. Trotzdem stand sie ächzend von der Gartenbank auf und begab sich ins Wohnzimmer, wo sie erst einmal stehen blieb. Und schon klingelte es zum zweiten Mal.
Mit vorsichtigen Schrittchen machte sie sich auf den Weg zur Haustür. Nicht über eine Teppichkante stolpern, nicht am Telefonkabel hängen bleiben, ja nicht auf den Fliesen ausrutschen.

Besuch erwartete sie nicht. Wahrscheinlich wollte ihr jemand irgendeinen Blödsinn verkaufen. Durch die lange, mit verschnörkeltem Gitter versehene Scheibe in der oberen Hälfte der Tür sah sie draußen eine Frau stehen. Im Mantel, bei der Wärme! Das kam ihr komisch vor. Liselotte hängte die Kette vor und öffnete die Tür nur einen Spalt breit.

„Ja, bitte?"

„Guten Tag, Frau Degen. Hat Ihre Tochter Ihnen nicht Bescheid gesagt? Wir hatten doch eine Verabredung." Die Frau lächelte fragend, aber freundlich. Sie trug eine rote Brille, ihre Haare waren schulterlang und schwarz.

„Nein, davon weiß ich nichts! Wer sind Sie denn, und was wollen Sie?" Liselotte konnte durchaus schroff werden, wenn es sein musste.

„Ich bin Kriminalhauptkommissarin Falk von der Kripo Bonn, und ich –"

Liselotte ließ sie gar nicht ausreden. „Haben Sie einen Ausweis?"

„Aber natürlich, Frau Degen." Die Frau lächelte gutmütig, holte etwas aus ihrer großen Umhängetasche und drückte es gegen die Glasscheibe der Tür. „Das ist völlig richtig, dass Sie sich den Ausweis zeigen lassen."

Ja, das wusste Liselotte selbst. Die Plastikkarte, die die Frau ihr hinhielt, sah ziemlich amtlich aus, mit Foto, Stempel und einem vielzackigen Stern mit dem Wappen von NRW in der Mitte.

„Ja, und was wollen Sie von mir?"

Die Kommissarin steckte den Ausweis wieder ein und blieb freundlich. „Wir haben da ein Projekt, das heißt ‚Mehr Sicherheit für ältere Mitbürger', und darüber wollte ich mich einfach ein bisschen mit Ihnen unterhalten."

„Kostet das was?"

Kommissarin Falk lachte überrascht auf. „Aber Frau Degen, ich bin doch gewissermaßen von der Stadt!"

„Ja, genau deshalb! Was glauben Sie, wie viel Geld mir die Stadt schon aus der Tasche gezogen hat!" Liselotte schob die Tür ein wenig zu, entfernte die Kette und ließ die Frau herein.

Im Flur begrüßten sie sich noch einmal ganz offiziell, Frau Falk lobte Liselotte über den grünen Klee wegen ihrer umsichtigen Verhaltensweise, und eine Minute später saßen sie gemeinsam auf Liselottes gefliester, großer Terrasse mit Aussicht auf den wunderschönen, blühenden Garten.

Kommissarin Falk wollte den Mantel anbehalten und keinen Kaffee trinken. Stattdessen legte sie einen Hefter vor sich auf den Tisch, in dem sich ein Fragebogen zum Thema Sicherheit befand. Sie trug auch gleich Liselottes persönliche Daten ein: Liselotte Degen, 79 Jahre, ein Sohn, zwei Töchter, verwitwet, allein lebend.

Dann fragte sie, Mitgefühl in der Stimme und in den braunen Augen, nach Krankheiten, und Liselotte berichtete ausführlich über die Arthrose in ihren Fingern und im Knie, über den leichten, erfolgreich überstandenen Schlaganfall und über ihre Herzprobleme.

Irgendetwas an der Frau ließ Liselotte immer wieder überlegen, ob sie nicht schnell ihre Tochter anrufen sollte, um sie zu fragen, ob das überhaupt stimmte mit dem vereinbarten Termin.

Als die Kommissarin schließlich auf Liselottes finanzielle Situation zu sprechen kam, wurde die Grenze eindeutig überschritten. Das war Liselotte zu viel, da klingelten die Alarmglocken! Jetzt würde sie sofort und in aller Offenheit ihre Tochter anrufen – als plötzlich nebenan im Garten, hinter den hohen Hecken und Büschen jemand zu rumoren begann: ihr Nachbar, mit dem sie auf Kriegsfuß stand, und der die Angewohnheit hatte, immer dann den Rasen zu mähen, wenn sie Besuch bekam.

Und schon warf er den lauten Benzinmäher an. Irgendwie beruhigte sie das heute. Liselotte fühlte sich nicht allein, sie fühlte sich sicher. Ihr konnte nichts passieren, wenn gleich nebenan der Nachbar werkelte.

„Also, Frau Kommissarin, mir geht es finanziell nicht so gut, wie es aussieht", behauptete sie und strich mit der etwas verkrümmten Hand die Tischdecke glatt. „Es sind noch Schulden auf dem Haus, und meine Rente ist auch ziemlich mickrig."

„Ihre Tochter hat mir aber erzählt, dass Sie jeden Monat eine größere Summe vom Konto nehmen, und da frage ich mich schon, ob das Geld hier im Haus sicher ist."

Liselotte traute ihren Ohren nicht. Hatte ihre Tochter das wirklich weitererzählt? Sie schaute der Frau in die Augen und empfand ein immer größer werdendes Unbehagen. Frau Falk, wenn sie denn so hieß, wirkte ein klein wenig...ungeduldig? Ungehalten? Angespannt?

„Hier ist es ja so laut, dass man sein eigenes Wort nicht versteht. Könnten wir vielleicht reingehen?", bat Frau Falk.

Mit leisem Ächzen stand Liselotte auf. „Wissen Sie, mir wär's am liebsten, wenn Sie jetzt gehen. Ich hab furchtbare Kopfschmerzen, wir können ja einen neuen Termin ausmachen."

Die Kommissarin erhob sich ebenfalls und lächelte freundlich. „Aber sicher, das ist kein Problem. Ich komme gerne noch mal wieder."

Liselotte nickte und bewegte sich demonstrativ humpelnd ins Wohnzimmer. Sie hörte, wie die Frau ihr folgte und sogar die Terrassentür zumachte. Das gefiel Liselotte nicht. Sie drehte sich um und sah, wie die Frau Handschuhe aus ihrer Tasche nahm und anzog. Das gefiel ihr erst recht nicht.

„Was –"

„Hören Sie mir jetzt genau zu, Frau Degen!" Der Ton ein Zischen, das Gesicht unbewegt, die Augen kalt. „Ich habe gesehen, wie Sie Geld von der Bank abgehoben haben! Sagen Sie mir, wo es ist, dann gehe ich, und Ihnen wird nichts passieren!"

Liselottes Herz begann zu hämmern, sie brachte keinen klaren Gedanken zustande. Das einzige, was sie fassungslos von sich geben konnte, war: „Was sind Sie für ein böser Mensch!" Dann fühlte sie auch schon die Hände der Frau an ihrem Hals. Sie drückten zu.

„Sag mir, wo du das Geld versteckt hast, du alte, scheinheilige Kuh!", fauchte die Frau, und ihr Gesicht wurde zur wütenden Grimasse.

Jetzt begann Liselottes Herz Sprünge zu machen. Unregelmäßige, irgendwie zittrige Sprünge, die Liselotte in grenzenlose Panik versetzten. Sie versuchte, nach den Händen der Frau zu greifen, sie riss den Mund auf, um nach Luft zu ringen, doch plötzlich fuhr ein Stich durch ihren linken Arm, ihr Herz krampfte sich grässlich und schmerzhaft zusammen, Todesangst, und dann –

*

Bonn-Bad Godesberg, 18.15 Uhr

Diesmal hatte Holger vorgesorgt. Gut ein Promille hatte er schon getankt, als er mit Fiona am Versammlungsort ankam, einem Lokal in Godesberg.

Der normale Speiseraum war schon einfach eingerichtet, aber der Saal, den man durch einen Gang, der nach Toiletten roch, erreichte, war so gut wie dekorationslos. Keine Bilder an den Wänden, keine Pflanzen vor den Fenstern, dafür aber bräunliche Verfärbungen in den oberen Ecken.

Holger bemerkte, wie die magere Tabea bei diesem Anblick gleich das Gesicht verzog, als habe man sie in eine Jauchegrube gestoßen. Andererseits fand er die Kahlheit des Raums nicht unpraktisch, machte sie doch das Anbringen von Kameras und Wanzen schwieriger.

Holger suchte sich einen Platz mit freiem Blick, Rückendeckung und guten Fluchtmöglichkeiten und beobachtete die Leute aus seiner Gemeinde, wie sie eintrudelten, sich begrüßten und Plätze suchten. Als aber sein Blick auf Ramona fiel, verabschiedete sich seine Entspanntheit, und alles, was am Vormittag passiert war, kam wieder hoch. Das lag daran, dass diese Frau, diese Ramona, ihn äußerlich extrem an seine Chefin erinnerte: klein, etwas pummelig, bleiche Haut und helle, kurze Naturlocken. Keine Schminke störte die Unscheinbarkeit...und die Augen, diese wasserblauen Augen!

Immer, wenn er Ramona über den Weg lief, erschrak er und dachte: Verdammt, was macht die Chefin hier?!

Und manchmal war er sogar überzeugt, dass die Chefin es wirklich war, dass sie sich verkleidet hatte, dass sie heimlich ein Doppelleben führte, dieses Luder! Weil sie ihn ständig unter Beobachtung halten wollte!

Holger lockerte die Krawatte. Am Morgen war die Chefin in sein Büro gekommen, hatte ihn festgenagelt mit ihrem hellblauen Blick, hatte die Stirn gefurcht, und in ihren schrecklich schwarzen Pupillen flammte für den Bruchteil einer Sekunde ein winziges Feuer auf, während sie Holger drohte: „Herr Zorn, wenn Sie sich nicht bald wegen Ihrer ‚Krankheit' in Behandlung begeben, dann gibt es nicht nur die nächste Abmahnung, sondern dann mache ich Ihnen persönlich die Hölle heiß!"

Wenn das nicht der Teufel gewesen war, der aus dieser Frau gesprochen hatte!

*

Gottfried hatte es geschafft, einen Platz neben Tina zu ergattern. Natürlich nahm sie ihn kaum wahr, weil gerade Jonas den großen Raum betrat und ihr zulächelte. Nein, so ging das nicht weiter! Gottvertrauen hin oder her! Der Spruch hieß schließlich: ‚Hilf dir selbst, dann hilft dir

Gott!‘ und nicht: ‚Sitze herum, bis du alle Gelegenheiten verpasst hast!‘ Geduldig wartete er, bis Jonas die Leute in seiner Nähe (inklusive Tina) begrüßt hatte und sich dann zwei Neuzugängen widmete. Dann sprach Gottfried Tina mit möglichst neutraler Stimme an.

„Hallo Tina, wie geht's dir?“

Sie wandte sich Gottfried zu, Verwunderung in den wunderschönen, azurblauen Augen, die vor Begeisterung und Leidenschaft nur so leuchten konnten. Zum Beispiel, wenn Jonas eine Rede hielt. „Danke, mir geht's gut, und dir?“

„Danke, ebenfalls gut. Ich frage nur, weil ich kürzlich bei Ramona war und ihre Balkontür repariert hab, und da sagte sie mir, du hättest Probleme mit dem Rollladen in der Küche. Ich komme gern mal vorbei und bringe das wieder in Ordnung.“

Tina sah ihn einen Moment lang an, als hätte er ihr vorgeschlagen, einen Pornofilm zusammen zu drehen.

Gottfried rang sich ein harmloses Lächeln ab. „Wir sind doch auch hier, um einander zu helfen, oder nicht?“

Tinas Miene entspannte sich. Sie zupfte eine dunkelbraune, lockige, lange Haarsträhne an der linken Halsseite zurecht, wahrscheinlich, um die Narben ein wenig mehr zu verbergen. Gottfried bemühte sich, nicht hinzusehen, und brachte noch einen Trumpf ins Spiel. „Bei der Gelegenheit könnten wir auch, also während ich den Rollladen repariere, über Jonas' Regeln diskutieren. Ein paar von denen sind im Alltag echt schwer umzusetzen.“

So, jetzt wusste sie erstens, dass er nicht dumm war, zweitens, dass er gerne diskutierte, und vielleicht drittens sogar, dass er sie nicht sofort ins Bett zerren wollte – falls sie davor Angst hatte.

Tina wirkte abgelenkt. „Ja, danke, ich melde mich, wenn ich Zeit hab“, ließ sie ihn wissen und schaute zu Jonas hinüber, der Hände schüttelte und halbherzig versuchte, einige besonders fanatische Anhänger davon abzuhalten, ehrfürchtig das silberne Kreuz auf seiner Brust zu berühren.

Na, das war ja nicht ganz so gelaufen, wie Gottfried sich das vorgestellt hatte. Aber immerhin, ein Anfang war gemacht. Sie hatte ihn wahrgenommen. Irgendwie.

5

Bonn-Oberkassel, Donnerstag, 8. Mai, 7.40 Uhr

Gerade, als Andreas die Wohnung verlassen wollte, rief ihn seine Mutter an.

„Morgen, Andy, gut geschlafen?"

„Danke. Und du?" Andreas ahnte, was kommen würde.

„Geht so. Ich konnte schlecht einschlafen, weil ich dauernd an Oma Elli denken musste. Hast du heute nach der Arbeit ein bisschen Zeit?"

„Mutter, bitte! Ich hab zwei Morde am Hals! Können wir das nicht verschieben? Was immer du auch vorhast?"

„Es geht um den Termin in Hennef, das Seniorenheim. Klar, den kann ich absagen. Es ist ja schließlich *deine* Oma."

Nein, das zog heute nicht. „Ja, sag ab oder fahr allein mit dem Taxi hin."

„Weißt du, was das kostet?!"

„Ich schätze mal, weniger als ein Friseurbesuch."

Seine Mutter brauchte geschlagene zehn Sekunden für eine Antwort. „Aber vom Friseurbesuch hab ich wenigstens was!"

„Wenn du meinst. Hör mal, ich muss jetzt los. Lass uns doch heute Abend über einen anderen Termin reden, ja?"

Zehn Minuten später betrat Andreas das Polizeipräsidium durch den Haupteingang, begrüßte ein paar Leute und stieg zu Fuß in den ersten Stock. Im Büro saß schon Sascha, der werdende Vater. Er las sich anscheinend in die Aussagen der religiösen Hartz IV-Empfänger ein, die Andreas befragt hatte.

Andreas hatte sich umgekehrt bereits Berichte der von Sascha vernommenen, potentiell Verdächtigen durchgelesen.

„Morgen", grüßte Andreas. „Wie war die Nacht?"

„Unruhig", antwortete Sascha und gähnte auch gleich demonstrativ. „Annika will zurzeit nur im gemeinsamen Schlafzimmer nächtigen, damit ich sofort zur Stelle bin, wenn es losgeht. Und heute Nacht ist sie geschätzte 180 Mal aufs Klo gegangen, und ich bin jedes einzelne Mal wach geworden."

„Beschwer dich nicht, du hast es so gewollt. Ist dir schon was zu unseren neun Ritualmord- Verdächtigen eingefallen?“

„Einer von denen klingt ziemlich durchgeknallt.“ Sascha kramte in den Blättern, die vor ihm lagen und fischte eins heraus. „Jakob Valoschek, mit dem hast du geredet... Hier, der erzählt, dass jeder den Teufel in sich hat und dass man ihn bekämpfen muss.“

„Der ist mir auch aufgefallen. In seinem Wohnzimmer hingen lauter Bilder mit Spiralen an den Wänden.“ Andreas setzte sich an seinen Schreibtisch. „Ich hab mich gefragt, ob der Mord nicht was von einer Teufelsaustreibung hat, von wegen eingebranntes Kreuz und Ertränken in Weihwasser.“

„Kann sein. Oder es war eine Art Bestrafung, weil Baum diesen Valoschek immer wieder, steht hier, wie den letzten Abschaum behandelt hat, und sich unser Jakob vielleicht berufen fühlte, die Menschheit von so einem ‚Teufel‘ zu befreien.“ Sascha sah sich die Aussage noch einmal an. „Der Mann ist also auch in der Freien Gemeinde Glaube, Glück und Gerechtigkeit.“

„So ist es. Such mir doch bitte Heinemanns Nummer raus, damit ich ihn samt seiner Freundin hierher zitieren kann. Und den Valoschek gleich dazu, vielleicht kriegen wir auf die Weise mehr über die Sekte raus.“

Andreas rief an, und Yvette Glaser betonte mehrfach, ihr Mann sei um diese Zeit selbstverständlich auf der Arbeit. Andreas ließ sich seine Handynummer geben und verabredete sich mit ihm und seiner Lebensgefährtin für 17.15 Uhr im Polizeipräsidium. Mit Müh und Not bekam er auch Jakob Valoschek dazu, sich zum selben Zeitpunkt einzufinden.

Anschließend gingen Sascha und Andreas zum zweiten Mal ihre Kundenkartei nach Raubmördern und religiös motivierten Mördern durch, bis gegen 10.30 Uhr Andreas’ Telefon klingelte. Die Zentrale informierte ihn, dass es anscheinend einen zweiten Raubmord an einer älteren Frau in der Bonner Südstadt gegeben habe. Die Putzfrau habe die Tote gefunden und vor fünf Minuten angerufen.

Andreas gab es an Sascha weiter, der froh zu sein schien, den Schreibtisch verlassen zu können.

„Ich hätte nicht übel Lust, mein Handy versehentlich hier irgendwo liegen zu lassen“, brummte er.

Andreas verstand erst nicht, was er meinte, doch dann riet er ihm: „Tu das lieber nicht. Wenn du die Geburt verpasst, wirst du dir das nie verzeihen. Und Annika erst recht nicht."

Sascha murmelte daraufhin etwas, das klang wie: „Ich weiß gar nicht, ob ich bei der Geburt dabei sein will", aber schon waren sie, inklusive Handy, auf dem Weg nach unten und traten aus dem Gebäude auf den Parkplatz.

Die Sonne schien, kleine weiße Wolken trieben friedlich über den Himmel, und Andreas zog seine Jacke aus. Im Auto war es schon unangenehm warm.

Auf der Südbrücke fragte Andreas: „In welchem Krankenhaus habt ihr euch denn angemeldet?"

„Wir kommen gleich dran vorbei."

„Habt ihr euch auch genau informiert? Ich hab da kürzlich in einem Buch gelesen, dass es lebensgefährlich ist, ins Krankenhaus zu gehen."

„Mag sein. Aber Annika wollte keine Hausgeburt, und ich auch nicht. Das Krankenhaus ist uns von mehreren Leuten empfohlen worden."

„Na dann. Ich will ja auch nicht alles schwarz malen -"

„Das tust du aber!", fiel Sascha ihm ins Wort und bog mit quietschenden Reifen auf die Friedrich-Ebert-Allee ab.

Andreas sagte gar nichts mehr, während Sascha Richtung Poppelsdorf raste.

Gegen elf Uhr kamen sie in der Königstraße an. Feine Gegend, gepflegte Häuser aus der Jahrhundertwende, alte Bäume, die Fahrbahnen zugeparkt bis an die Schmerzgrenze. Der bereits vor Ort befindliche Streifenwagen blockierte die Straße zusätzlich.

„Hier kommt ja keiner mehr durch! Wir sollten eine Umleitung organisieren", meinte Andreas mehr zu sich selbst, während Sascha das Auto einfach hinter dem Streifenwagen abstellte.

*

Sascha merkte, dass er nicht ganz bei der Sache war. War das ein Wunder?

Er stieg aus, nickte dem Kollegen an der Haustür zu, sah sich kurz das Haus an (alt, hohe Fenster, kleiner Steinbalkon, Stuckverzierungen, grau, lange nicht gestrichen) und ging hinein. Aus einem Zimmer rechts war eine laute, aufgeregte, weibliche Stimme zu hören, mit russischem Akzent. Vermutlich die Putzfrau.

Sascha trat in eine sehr aufgeräumte Küche, in der eine Frau in mittleren Jahren am Tisch saß. Ein uniformierter Kollege stand neben ihr und versuchte, sie zu beruhigen.

Andreas, der ihm auf dem Fuß folgte, kam herein, stellte sich und Sascha vor und erfuhr, dass die Frau ‚Müller' hieß, um zehn Uhr zum Putzen hergekommen war, mehrfach geklingelt und schließlich den Ersatzschlüssel benutzt hatte, den Frau Degen (so hieß die Tote) ihr anvertraut hatte.

„Ich sie gefunden in Wohnzimmer, auf Teppich", klagte Frau Müller. „Und alles durcheinander."

„Gut, wir sehen uns das mal an. Bleiben Sie bitte hier", wies Andreas die Frau an und machte sich auf den Weg ins Wohnzimmer, dessen Eingang sich am Ende des Flurs neben der Treppe befand.

Dort lag eine ältere, weißhaarige Frau auf dem Boden, mitten im Raum, Mund und Augen halb offen. Im Raum herrschte Chaos. Alle Schränke waren durchwühlt worden, der Inhalt lag überall verstreut.

„Sieh dich doch mal in den oberen Räumen um. Ich sag Peer Bescheid."

Sascha stieg die Treppe hinauf, ganz am Rand und ohne das Geländer anzufassen, um keine Spuren zu vernichten. An der Wand hingen Luftaufnahmen von Haus und Grundstück.

Oben gab es ein Bad, ein Zimmer mit Schreibtisch, Sofa und Schrank, sowie ein Schlafzimmer, das auch durchsucht worden war. Kleidungsstücke, Schmuck, Kleinkram, Zeitschriften und ein paar Tablettenschachteln häuften sich auf dem Boden. Da die anderen Zimmer unberührt aussahen, hatte der Täter wohl im Schlafzimmer das gefunden, was er hatte haben wollen.

Sascha ließ alles so, wie es war, und trabte wieder nach unten. Im Flur rief ihm der draußen stehende Kollege durch die halb offen stehende Haustür zu: „Hier ist ein Nachbar, der möchte mit euch sprechen, weil er was gesehen hat!"

„Ok, ich komme raus."

Auf der Straße standen ein paar Leute, die neugierig guckten und miteinander tuschelten.

„Ist Frau Degen was passiert?", begrüßte ihn ein mittelgroßer, drahtiger Mann um die Sechzig, der (was Sascha schon lange nicht mehr hatte sehen dürfen) ein paar lange Strähnen seines noch dunklen Haupthaares quer über seine Halbglatze drapiert hatte.

„Ja, Frau Degen ist leider verstorben“, antwortete Sascha. „Wer sind Sie, und warum fragen Sie?“

„Ich heiße Kraus und wohne direkt nebenan. Sie ist ermordet worden, nicht wahr?“

Sascha schaute zu den Leuten auf der Straße hinüber, die natürlich jedes Wort mitbekommen hatten und auf einmal auffallend still geworden waren.

„Kommen Sie bitte rein.“ Sascha trat zur Seite, während ihm einfiel, dass sich sein Block, der Stift und natürlich auch sein Handy in seinen Jackentaschen befanden. Die Jacke lag im Auto. Nein, er war definitiv nicht bei der Sache. Schnell holte er die Jacke und schrieb auf, was Herr Kraus mit der 50er-Jahre-Frisur auszusagen hatte.

Dass er nämlich, bevor er gestern am späteren Nachmittag mit Rasenmähen angefangen hatte, Stimmen auf Frau Degens Terrasse gehört und kurz durch die Hecke gelugt habe. Andreas, der sich zu ihnen gesellt hatte, warf Sascha einen Blick zu.

Kraus fuhr fort. „Ich habe doch ihren Kindern versprochen, mich ein bisschen um die alte Dame zu kümmern...und die Frau, die auf der Terrasse saß, hab ich noch nie bei ihr gesehen. Und ob Sie's mir glauben oder nicht, die Frau kam mir verdächtig vor! Es war ja ziemlich warm gestern, aber die saß da im langen Mantel, bis zum Kinn zugeknöpft! Und dann diese komische rote Brille und die pechschwarzen Haare, das war garantiert eine Perücke!“

Sascha notierte diese Beschreibung und ließ sich die Adresse von Frau Degens Kindern geben.

„Herr Kraus, Sie haben nicht mitbekommen, wann die Frau das Haus verlassen hat?“, fragte Andreas.

„Nein, ich war ja mit Rasenmähen beschäftigt. Als ich fertig war, war niemand mehr draußen, und die Terrassentür war auch zu. Mein Gott, wenn ich geahnt hätte, was da vor sich geht...“

Andreas bedankte sich, komplimentierte den Mann hinaus und trug Sascha gerade auf, mit den anderen Nachbarn zu reden, als dessen Handy sich meldete.

„Das ist Annika“, informierte er Andreas. „Ja, Schatz?“

„Ich glaube, es ist so weit", keuchte Annika ins Telefon, „ich hab eindeutig Wehen!"

„Ist gut, ich bin schon unterwegs! Wenn du's nicht mehr aushältst, ruf einen Krankenwagen!" Sascha steckte sein Handy ein. „Tut mir leid, ich muss weg. Sag doch Manfred und Petra Bescheid, die sind sowieso an dem Fall dran."

„Ja, mache ich. Sascha, kannst du jetzt wirklich fahren, ohne eine Spur der Verwüstung durch Bonn zu ziehen?"

„Ich versuche es, bis dann."

Sascha stürmte nach draußen, sprang ins Auto, musste wenden, weil er geradeaus nicht weiterkam, hätte fast den Streifenwagen gerammt und blieb kurz stehen. *Jetzt beruhige dich...oder willst du, dass dein Sohn noch vor der Geburt den Vater verliert?!*

Er bekam sich tatsächlich halbwegs unter Kontrolle, konzentrierte sich auf den Verkehr und fuhr für seine Verhältnisse recht defensiv. Er verkniff sich jedes riskante Überholmanöver, hielt sich an fast alle Geschwindigkeitsbeschränkungen und kam heil, wenn auch mit erhöhtem Puls, zu Hause an.

Dort erwartete ihn eine gereizte Annika, deren Wehentätigkeit sich bereits wieder verflüchtigt hatte. Sie saß schweißgebadet auf dem Sofa und schaute Sascha leidend entgegen. „Ich bin schon fast eine Woche über dem Termin! Ich halte das nicht mehr aus! Ich will zum Arzt, der soll nachsehen, ob alles in Ordnung ist!"

Ihr Ton duldete kein Nein. „Gut, fahren wir. Musst du vorher noch mal aufs Klo?"

Zehn Minuten später waren sie auf dem Weg zum Frauenarzt. Annika hatte darauf bestanden, die fertig gepackte Tasche fürs Krankenhaus schon mitzunehmen, für alle Fälle.

Die Arzthelferin in der Praxis wirkte ein wenig ungnädig und ließ sie nicht sofort zum Doktor, sondern meinte: „Setzen Sie sich bitte noch einen Moment ins Wartezimmer."

Sascha, in ärztlicher Hinsicht unerfahren, nahm diese Anweisung wörtlich, und regte sich innerlich während der nächsten eineinhalb Stunden mächtig auf. Dann waren sie an der Reihe.

Der Arzt schien nicht weiter besorgt, sagte: „Ich schau mal nach, ob mit dem Fruchtwasser alles in Ordnung ist", und zückte ein nicht eben dünnes, metallenes Sehrohr.

Sascha konnte das nicht mitansehen, hörte Annika einmal quieken und erfuhr vom Doktor, dass alles bestens sei. Also fuhren sie wieder nach Hause. Unterwegs bekam Annika wieder eine Wehe, aber ins Krankenhaus wollte sie dann doch nicht. Sie wollte etwas anderes.

„Ich möchte, dass du dir wenigstens bis Montag frei nimmst und für mich da bist", verlangte sie von Sascha. Als er nicht sofort antwortete, wurde ihre Stimme weinerlich: „Ich muss diesen Bauch hier mit mir rumschleppen und die ganzen Schmerzen ertragen, und du versuchst dich wieder mal vor allem zu drücken!"

Fiel das nun unter emotionale Erpressung oder hatte sie Recht? Sascha schaute ihr in die wunderschönen, schwarzen Augen, in denen Tränen glitzerten, dachte an seinen Sohn und entschied sich für die Beschützerrolle.

„Ok, ich sag Andreas Bescheid, und anschließend nimmst du ein schönes, heißes, langes Bad. Vielleicht wird's Gabriel zu warm, und er kommt freiwillig raus."

*

Bonn,
12.05 Uhr

Kurz nach Mittag verließ Tina das Büro. Sie hatte behauptet, plötzlich von geradezu migräneartigen Kopfschmerzen befallen worden zu sein und dringend Ruhe zu benötigen. Die nötige Ruhe, zumindest äußerlich, fand sie dann in ihrem Auto in einer Straße in Plittersdorf vor dem heruntergekommenen Hotel, in dem sich Jonas Kirch einquartiert hatte.

Da Tina keine Ahnung hatte, ob und wann sich Jonas blicken lassen würde, hatte sie vorsichtshalber etwas zu essen, zu trinken und zu lesen dabei. Jonas war im Hotel, zumindest stand sein Wagen vor der Tür.

Um Viertel vor vier tauchte er endlich auf, im hellen Anzug und silberner Brille. Das Kreuz auf seinem Hemd blitzte einmal kurz in der Sonne auf. Tina bekam heftiges Herzklopfen, das noch stärker wurde, als sie an seine gütigen Augen dachte, an seine sanfte Stimme, an sein liebevolles Lächeln. Statt Jonas hinterher zu fahren, würde sie viel lieber neben ihm sitzen, ein Glas Wein mit ihm trinken, tiefsinnige Gespräche mit ihm führen, seiner Stimme lauschen, sich in seinem Blick sonnen. Aber jetzt war er in seinem Auto verschwunden und kurvte davon.

Zuerst nach Godesberg, wo er sich in einem Straßencafé mit einer eher unattraktiven Frau aus der Gemeinde traf. Wonach suchte dieser Mann? Nach welcher Art Frau?

Tina fing an zu rätseln und rätselte während der Fahrt in die Innenstadt weiter, wo sich Jonas vor einer Eisdiele auf dem Markt mit der nächsten Frau verabredet hatte: eine Witwe um die Siebzig, die ungeahnte innere Werte besitzen musste, wenn sie als Ehefrau für ihn in Frage kommen sollte!

Eine weitere Kandidatin schien in Poppelsdorf zu wohnen, wo sich Jonas fast eine Stunde lang in einem nobel aussehenden Haus aufhielt. Und so ging es weiter nach Tannenbusch, nach Siegburg, nach Oberdollendorf.

Jonas graste Bonn und Umgebung ab, und Tina begann sich zu fragen, ob er wirklich nach einer passenden Ehefrau für sich suchte, oder nach etwas ganz anderem.

*

Bonn,Polizeipräsidium, 17.30 Uhr

Benjamin wartete in seinem uralten, orangefarbenen Auto auf dem Parkplatz neben dem Polizeipräsidium auf Jakob, der bei der Polizei eine Aussage machen sollte.

Benjamin wusste nicht, um was es ging, aber das würde er Jakob schon noch aus der Nase ziehen. Hoffentlich hatte der Blödmann nicht wieder Mist gebaut! Drogen genommen oder irgendwas geklaut oder irgendjemanden verprügelt!

Von nun an würde er noch besser auf Jakob aufpassen! Das schwor er sich! Gemeinsam hatten sie es geschafft, das beschissene Heim zu überleben, von den Drogen loszukommen und regelmäßig zu Jonas' Gemeindeversammlungen zu gehen. Jetzt würde jeder für sich den Grundstein für ein neues, gläubiges und glückliches Leben legen! Und jeder Versuchung widerstehen!

Und schon kam Jakob aus einer Seitentür, dürr, ganz in Schwarz gekleidet, die langen, schwarzgefärbten Haare zum Zopf gebunden. Sein Blick wanderte suchend umher, bis er an Benjamins Auto hängenblieb. Er hob einmal müde die Hand zum Gruß und ging – irgendwie kraftlos, fand Benjamin – auf den Wagen zu.

Freund hin oder her, der Kerl hatte ganz schön einen an der Waffel: Vor ein paar Wochen hatte er Benjamin eröffnet, er habe jetzt bereits den zweiten Film gesehen, in dem eine Spirale die Hauptrolle spielte. Das müsse etwas zu bedeuten haben. Seitdem malte Jakob überall Spiralen hin. Die sind wie mein Leben, hatte er gesagt, aber von außen nach innen. Benjamin verstand nicht, was er meinte, aber es klang nicht gesund.

Bedächtig zog Jakob die Tür auf, ließ sich auf den Beifahrersitz plumpsen und holte eine Schachtel aus der schwarzen Jackentasche.

„Mann, du wolltest doch aufhören mit dem Scheiß!“, schimpfte Benjamin.

„Ja, später, wenn das hier vorbei ist“, knurrte Jakob, kurbelte das Seitenfenster herunter, zündete sich eine Zigarette an und blies den Rauch nach draußen. Diese dunkelbraunen Flecken auf seinen Armen und Händen wollten Benjamin auch nicht gefallen, aber wenn er Jakob fragte, was der Arzt dazu gesagt hatte, erntete er nichts als Schweigen.

„Was soll das heißen?“, fuhr er Jakob an. „Was wollten die denn von dir?!“

Jakob starrte nach vorn. „Es geht immer noch um den Typ, der da am Sonntag massakriert worden ist, der mit dem aufgebrannten Kreuz.“

„Ja, und?“

„Die haben mich über unsere Gemeinde ausgequetscht...und dann wollten sie wissen, wo ich am Sonntagabend war. Ich hab gesagt, ich war bei dir.“

„Verdammt noch mal, bist du denn –“ Benjamin brach ab und überlegte. Die Idee war eigentlich gar nicht so schlecht: So konnten sie sich, falls nötig, gegenseitig ein Alibi liefern.

*

Siegburg, 22.10 Uhr

Hugo schloss leise die Hotelzimmertür hinter sich und sah sich sofort routinemäßig auf dem Flur um. Niemand da. Wär ja auch zu dämlich, hier einem Kollegen in die Arme zu laufen!

Während er zum Fahrstuhl ging, zog er den Reißverschluss der Lederjacke hoch. Der schwarze Helm baumelte an seinem linken Arm. Auch im Fahrstuhl war niemand. Der Empfangschef an der Rezeption nickte ihm mit schleimigem Lächeln zu. Natürlich wusste der Penner, wer das wunderschöne, blonde Wesen war, mit dem sich Hugo jeden zweiten Donnerstagabend ein Zimmer nahm. Nämlich nicht seine Frau.

Hugo marschierte zu seiner Maschine, die er hinter dem Hotel geparkt hatte. Links oben auf dem Berg thronte majestätisch die erleuchtete Michaels-Abtei. Hugo bestieg das Motorrad, stülpte sich den Helm auf den Kopf und fuhr los. Und zwar mehr als vorschriftsmäßig. Er wollte auf keinen Fall geblitzt oder angehalten werden, denn eigentlich sollte er um diese Zeit gar nicht hier sein.

Hugo konnte sich ein Grinsen nicht verkneifen, während er über die Sieg-Brücke fuhr. Manchmal kam ihm seine Alte echt zurückgeblieben vor!

Hinter der Brücke bog Hugo nach links in die Meerstraße ein, die kurz darauf zur Schulstraße wurde und um diese Uhrzeit völlig verlassen dalag. Rechts befand sich eine ausgedehnte Siedlung, die zur Straße hin von einer Mauer abgeschirmt wurde; links ab Gut ‚Friedrichstein' gab es nur noch unbebaute Wiesen bis zur Sieg hinunter.

Am Straßenrand hohe Bäume, Gebüsch und ein weißer Wagen, der auf der anderen Fahrbahn parkte. Vielleicht Zivilpolizei?

Hugo nahm noch ein wenig Tempo weg – als plötzlich und ohne Vorwarnung etwas über den Wagen auf die Straße flog. Oder sprang? Ein großer Hund?

Hugo machte eine Vollbremsung, die Maschine brach hinten aus, rutschte weg. In letzter Sekunde konnte er sein Bein unter dem kippenden Motorrad herausziehen, dann lag er mit schmerzenden Handgelenken auf der Straße. Mühsam drehte er sich auf den Bauch, stützte sich unbeholfen mit den immer wieder einknickenden Händen ab und kam endlich auf die Knie.

Hugo schob eben das Helmvisier hoch, als er rechts von sich eine Bewegung wahrnahm, ein Gegenstand tauchte vor seinem Gesicht auf, der plötzlich ein hässliches Zischen von sich gab. Jemand sprühte ihm etwas Bitteres, Muffiges in Augen, Mund und Nase. Hugo hatte das Gefühl, keine Luft mehr zu bekommen. Was war das, zum Teufel?

In Panik riss er den Helm ab, und erhielt zwei Sekunden später einen massiven Schlag auf den Hinterkopf.

*

Bonn, Oberkassel,
Freitag, 9. Mai, 6.45 Uhr

Andreas war wach, lag aber noch im Bett und dachte über seine Beziehung zu Sabine nach, die er gerne als überwiegend körperlich bezeichnete.

In unregelmäßigen Abständen malte er sich aus, wie es wohl sein würde, wenn sie sich in einen anderen Mann verliebte und Schluss mit ihm machte. An manchen Tagen war diese Vorstellung beunruhigend und bedauerlich, an anderen Tagen war Andreas sicher, dass er das gut würde wegstecken können. Schrecken und Verzweiflung waren bisher nicht aufgetreten. Auch heute nicht.

Er drehte sich auf den Rücken und schaute durch das Dachflächenfenster in den zartblauen, wolkenlosen Himmel. Vielleicht lag es daran, dass er wusste, dass er durchaus gut alleine zurechtkam. Vielleicht war er auch einfach nicht der Mensch für tiefe, emotionale Bindungen. Und auch wenn sich sämtliche Psychologen Deutschlands die Haare rauften – Andreas war überzeugt, dass das nichts mit seiner Kindheit zu tun hatte. Das war einfach sein freiheitsliebendes Wesen. Sein neugieriges, analytisches, unkonventionelles Wesen. Sein luftiges Wassermann-Wesen. Mit dem er natürlich auch bei Sabine hin und wieder auf Ablehnung stieß. Aber sie erwies sich immer wieder als erstaunlich tolerant, was seine Eigenheiten –

Das Klingeln des Telefons riss ihn aus seinen Gedanken. Er warf die Decke weg, schwang sich aus dem Bett und machte sich in Shorts und Hausschuhen auf den Weg in den Flur, wo er das Telefon hatte liegen lassen.

„Ja?“

Ein Kollege aus der Zentrale meldete, dass ein Frühaufsteher mit Hund vor der Pfarrkirche in St. Augustin-Niederpleis eine Leiche gefunden habe.

Andreas zog sich rasch an, sagte Walter, Wilfried und Peer Bescheid, steckte sich einen Schokoriegel in die Tasche und fuhr in seinem ‚neuen' Gebrauchtwagen (diesmal ein schwarzer Opel) nach Niederpleis. Bis zu den Hochhäusern im Wacholderweg kannte er sich aus, dann musste er den Stadtplan zu Rate ziehen. Auf diese Weise gelangte er in den älteren Teil von Niederpleis und zur katholischen Pfarrkirche St. Martinus. Er parkte das Auto am Fuß eines bescheidenen Hügels, auf dem die Kirche stand. Es war eine alte Kirche inmitten hoher Bäume, gedrungen und in Teilen weiß angestrichen, dem Stadtplan und Andreas' Gehör zufolge unmittelbar an der A 560 gelegen.

Eben kamen auch Walter, Wilfried und Peer in voller Montur vor der Kirche an. Der einzige, der frisch und wach wirkte, war Walter mit den ausdrucksvollen Augen.

„Morgen zusammen. Alles fit?", fragte Andreas rhetorisch und nickte allen grüßend zu. „Dann gucken wir uns die Bescherung mal an."

Die Luft war recht frisch, der Himmel klar, die Sonne noch nicht über die Häuser gestiegen. Vor den Stufen des Haupteingangs lag, von der Streife bewacht, ein Mann in schwarzer Motorradkleidung auf dem Boden. Auf dem Rücken. Die Hände über dem Bauch zusammengelegt.

Peer schaute sich suchend um. „Wo ist denn unser junger Hüpfer?"

„Wer?"

„Unser Action-Freund!"

„Du meinst Sascha? Der hat sich ein paar Tage Urlaub genommen, wegen der Geburt."

„Auweia, wenn der wüsste, was er hier verpasst!"

„Ja, das sieht ganz nach einem zweiten Ritualmord aus", meinte Andreas und war alles andere als erfreut. „Guck dir am besten zuerst seine Brust an."

Er ging mit Peer zur Leiche hinüber, Peer kniete nieder, öffnete den Reißverschluss der Lederjacke, schob sie auseinander und dann das mintgrüne T-Shirt nach oben. Auf der reichlich behaarten Brust prangte rosa verbrannt ein großes Kreuz.

„Wenn der Mann auch noch ‚Weihwasser' in der Lunge hat, war es ziemlich sicher der gleiche Täter wie bei Baum", murmelte Andreas und fügte lauter hinzu: „Hat er eine Brieftasche dabei?"

„Moment." Peer suchte in den Taschen der Jacke herum, zog etwas heraus und reichte es Andreas.

Der fand sofort einen Personalausweis auf den Namen Hugo Voss, 52, wohnhaft in Sankt Augustin, ‚In der Mersbach'. „Das ist hier irgendwo um die Ecke, hab ich vorhin im Stadtplan gesehen."

Er setzte sich ins Auto, ließ sich seine Vermutung vom Stadtplan bestätigen und forderte Petra an, die ihn zur Vernehmung der Witwe Voss begleiten sollte. 25 Minuten später war die Witwe Voss, die in einem schönen, neuen Haus wohnte, im Bilde. Sie reagierte nicht ganz so erschüttert, wie man sich das gemeinhin vorstellte.

„Ihr Mann ist also gestern Abend nicht nach Hause gekommen. Haben Sie sich keine Sorgen gemacht?", wunderte sich Andreas, der sich im Wohnzimmer neben Petra auf ein elegantes, cremeweißes Sofa gesetzt hatte.

Frau Voss, eine stämmige Dame um die Fünfzig mit kastanienbraunem, schulterlangem Haar und graugrünen Augen, noch ungeschminkt am frühen Morgen, ließ ein bitteres Lächeln sehen. „Wir schlafen in getrennten Zimmern, ich hab es also erst vorhin gemerkt, als er nicht zum Frühstück erschien, und da dachte ich mir, aha, jetzt ist es also so weit, jetzt hat er bei der Schlampe übernachtet."

Ihre Augen schimmerten plötzlich feucht, und Petra, die sich sonst weder von Leichen noch von Blutbädern beeindrucken ließ, schaute peinlich berührt zur Seite.

„Ihr Mann ging fremd?", hakte Andreas nach. „Wissen Sie, mit wem?"

„Nein, ganz bestimmt nicht, sonst hätte ich längst mal ein Wörtchen geredet mit der...mit dieser...!"

Sie brach ab, weil ihr anscheinend kein ausreichend unflätiger Ausdruck für ihre Konkurrentin einfiel.

„Aber Ihr Mann ist gestern mit dem Motorrad weggefahren? Das haben wir nämlich noch nicht gefunden."

Frau Voss blickte seufzend aus dem Wohnzimmerfenster. „Ja, gegen 19 Uhr ist er da lang gefahren." Sie deutete mit dem Finger die Straße hinunter. „Nach Siegburg oder Sieglar oder so, ich weiß nicht genau. Angeblich traf er sich alle zwei Wochen mit Arbeitskollegen zum

Bowling. Natürlich hab ich ihm das nicht abgekauft." Sie sah Andreas unerwartet in die Augen. „Aber ich habe auch meinen Stolz. Ich hab seine Kollegen nicht ausgefragt, und ich hab auch nicht hinter ihm hergeschnüffelt!"

Schade, dachte Andreas. Das musste nun er machen. „Das war zweifellos eine sehr reife Reaktion. Aber woher wussten Sie denn dann so genau, dass Ihr Mann Sie betrügt?"

„Das war mehr so eine Ahnung, es gab da viele Kleinigkeiten und Ungereimtheiten, die mir komisch vorkamen."

„Ah ja. Wo hat Ihr Mann gearbeitet?"

„Er war der Leiter einer Bankfiliale in Bonn."

„Hatte er Feinde, von denen Sie wissen?"

„Nein, keine, von denen ich weiß, aber er hatte bestimmt welche."

Die Voss strich ihre Haare zurück und in ihren Augen funkelte es verächtlich. „Er kam immer wieder mit dem blöden Spruch, er hätte irgendeinem ‚Hungerkünstler mit Phantasieprojekt' einen Kredit verweigert, und ich dachte nur: Ja, du warst schon immer ein arrogantes, kaltes Arschloch, ohne Phantasie und Verständnis!" Sie stand auf. „Ich hole mir mal eben ein Taschentuch."

Sie verschwand in irgendeinem Raum, aus dem gedämpftes Naseputzen zu hören war. Ein paar Minuten später setzte sie sich mit roter Nase und roten Augen wieder in ihren Sessel und fragte gefasst: „Er wurde also genauso umgebracht wie das erste Opfer?"

„Ja, genau wie Manfred Baum. Entschuldigen Sie bitte, aber ich muss das fragen: wo waren Sie gestern Abend?"

Frau Voss gab sich verständnisvoll. „Ich war zu Hause und hab ferngesehen. Allein." Sie senkte den Blick. „Vielleicht sollte ich das nicht sagen...aber ab und zu hatte ich Mordgedanken. Aber auf die Art? So grausam bin ich nicht, und auch nicht so kräftig."

Da stimmte Andreas ihr zu. Bis auf weiteres. „Danke, Frau Voss. Wenn Sie möchten, schicke ich Ihnen einen Psychologen oder einen Arzt vorbei."

„Das ist nett von Ihnen", betonte die Frau und stand auf. „Aber ich möchte jetzt erst mal ein bisschen allein sein. Und dann rufe ich meine Kinder an."

Andreas ließ ihr seine Karte da und fuhr mit Petra zurück zum Fundort an der Kirche, der kaum eine halbe Minute entfernt war. Dort studierte er ausgiebig den Stadtplan und kam zu dem Schluss, dass Hugo Voss, wenn er aus Richtung Siegburg gekommen war, vermutlich die Schulstraße benutzt hatte.

Andreas bat eine Streife, ihm zu folgen, um die Schulstraße abzufahren, und zwar besonders das Stück, an dem keine Häuser standen. Schön langsam und mit Zwischenstopps. Er konzentrierte sich erst einmal auf die rechte Seite, denn links zog sich eine nur selten unterbrochene Mauer um eine Siedlung.

Wieder einmal hielt Andreas rechts an, stieg aus, stiefelte hinter das Gebüsch zwischen hohen Bäumen und stieß auf einen kleinen unkrautbewachsenen Platz, der ein paar Meter weiter abfiel und eins wurde mit den Wiesen am Siegufer. Und da lag es, das Motorrad. Hier war der Tatort. Hier konnten Walter und Wilfried gleich weitersuchen.

Andreas fuhr zurück zur Kirche, saß eine Weile im Wagen, überlegte und machte sich einen Plan. Zuerst würde er mit Petra nach Bonn zur Bankfiliale fahren, in der Hugo Voss gearbeitet hatte, die Arbeitskollegen befragen und herauszufinden versuchen, mit wem der Kerl fremdgegangen war. Immerhin kam, falls die Dame verheiratet war, noch ein eifersüchtiger Ehemann ins Spiel, der den ersten Ritualmord möglicherweise nur nachgeahmt hatte.

Anschließend im Bonner Talweg essen gehen. Dann einen Termin machen mit Jonas Kirch, dem Sektenführer, möglichst heute noch. Kirchs Handynummer hatte er Valoschek abgeschwatzt. Und schließlich als Höhepunkt des Tages eine zeitgleiche Doppelbefragung Jakob Valoscheks und seines Alibis Benjamin Fiedler, damit sich die beiden nicht warnen oder absprechen konnten.

Das war der Plan. Aber Andreas war alt genug, um zu wissen, dass Pläne hauptsächlich dazu da waren, um durchkreuzt zu werden.

*

Königswinter-Vinxel,
11.35 Uhr

Sascha bereitete ein zweites Frühstück vor.

Vorhin hatte er ein Bad genommen, um wenigstens (man stelle sich vor!) eine halbe Stunde lang allein zu sein. Denn Annika lief hinter ihm her wie ein verirrtes Lamm. Nein, Lamm war das falsche Wort. Wie ein bissiger Hund, der auf den Postboten wartet. Nein, auch das war nicht richtig: wie ein Hypochonder, der Publikum braucht. Wie ein –

„Sascha, bringst du bitte Taschentücher mit?", rief sie mit nicht eben schwacher Stimme aus dem Wohnzimmer.

Sascha legte ein Päckchen Papiertücher neben die beiden Kaffeetassen auf das Tablett und trug alles nach nebenan.

„So, jetzt machen wir es uns gemütlich", stellte er klar. „Und du willst wirklich nichts essen?"

„Nein, ich fühle mich unheimlich voll", stöhnte Annika und drückte ein bisschen auf ihrem Bauch herum. „He, Gabriel, mach mal voran und quäl deine arme Mutter nicht so!"

„Setz das Kind nicht unter Druck", mahnte Sascha und stellte ihr die Kaffeetasse hin. „Hier, trink das, vielleicht hilft eine Ladung Koffein. Und jetzt gucken wir uns einen fröhlichen Film an."

„Nein, ich will jetzt was Aufregendes gucken!", protestierte Annika, die wieder einmal ihren eigenen Kopf hatte.

Sascha überlegte nicht lange. „Gut, dann sehen wir uns Lara Croft an, die könnte glatt deine Schwester sein!"

Annika war sofort einverstanden. Schon gleich in der ersten Szene, in der sich Lara alias Angelina ein Duell mit einem fast unzerstörbaren Roboter lieferte, bekam Annika eine Wehe. Als der Film dann etwas ‚besinnlicher' wurde, griff sie zur Fernbedienung und drückte den Knopf für schnellen Vorlauf, bis sich Lara im Schlafanzug mit einer ca. 20-köpfigen Privatarmee anlegte. Zwei Wehen. Schneller Vorlauf.

Es folgte die lange, spannende Szene im uralten kambodschanischen Tempel. Annikas Körper schüttete Adrenalin aus und produzierte drei Wehen im Abstand von zehn Minuten.

Sascha sah auf die Uhr und notierte alles fein säuberlich.

Als ‚Tomb Raider' zu Ende war, ließen die Wehen wieder nach. Annika wollte mehr Action.

Sascha hockte sich vor eins seiner DVD-Regale, bot ihr den SF-Horrortrip ‚Event Horizon' an, aber der war Annika zu gruselig, dann den blutigen Ozean-Reißer ‚Octalus', aber das klang Annika zu eklig, also wählte er den komplex verschachtelten Thriller ‚Inception' aus.

Der Thriller tat seine Pflicht und trieb die Wehentätigkeit wieder nach oben. Etwa eine Stunde später kamen die Wehen alle 7 Minuten. Sascha beschwor Annika, endlich ins Krankenhaus zu fahren, aber Annika wollte den Thriller zu Ende sehen. Wenn das mal nicht an Klein-Gabriel lag, der die Film-Gene seines Vaters geerbt hatte!

Kaum lief der Abspann, als Sascha Annika und ihre Tasche ins Auto beförderte und losraste.

Er fuhr über die Dörfer und durch grünende Felder und Wiesen. Kurz hinter Stieldorf platzte wohl die Fruchtblase, denn Annika meinte, etwas Feuchtes an ihren Beinen zu spüren. Die Wehentätigkeit verstärkte sich, wurde noch schmerzhafter, und Annika stöhnte und keuchte zum Gotterbarmen. Hoffentlich kam das Kind nicht im Auto! Sascha fuhr noch ein bisschen schneller und Annika protestierte nicht einmal.

Auf den Landstraßen hatte glücklicherweise der Berufsverkehr noch nicht eingesetzt. Schon waren sie in Birlinghoven, und Sascha befahl Annika, noch zehn Minuten durchzuhalten, dann seien sie in der Klinik. Daraufhin warf sie ihm ein sehr unangemessenes Schimpfwort an den Kopf und stöhnte weiter.

Endlich erreichte Sascha die schnurgerade Hennefer Straße, auf der mehr Verkehr herrschte; mehrmals ließ er dunkelgelbe Ampeln hinter sich, denn jetzt noch anhalten zu müssen, das ging gar nicht!

Dann musste er doch: an der Kreuzung zur B 56 staute es sich. Annika krallte eine Hand in den Sitz, krümmte sich und keuchte: „Oh nee, das halte ich nicht aus …"

„Und ob du das aushältst!", knurrte Sascha und beschimpfte gleich noch den Autofahrer vor sich, der, als endlich Grün kam, nicht schnell genug beschleunigte: „Nun fahr doch, du Schlafmütze! Brauchst du einen schriftlichen Bescheid oder was?!"

Auch diese Ampel sprang auf Rot, aber Sascha flitzte noch schnell über die Kreuzung. Kurz darauf bog er in die Einfahrt zur Kinderklinik ein. Mit der Parkplatzsuche hielt er sich nicht unnötig auf, sondern fuhr nach 50 Metern wieder rechts in den Bereich für die Rettungswagen und stellte das Auto – da gerade weder Mensch noch Fahrzeug zu sehen waren – auf dem Platz für den Notarzt ab.

Annika stieg stöhnend und schwerfällig aus, während sich Sascha die Tasche und den Arm seiner Liebsten schnappte und zum Vordereingang eilen wollte.

„Sag mal, spinnst du? Ich kann nicht so schnell!", zischte Annika, blieb stehen, hielt sich den Bauch, keuchte und wartete, bis die Wehe vorüber war.

Dann spazierten sie mit kleinen Schritten um das Haus herum auf den Haupteingang zu.

„Schatz, warte mal – wie wär's, wenn ich dir einen Rollstuhl –"

Dieser Vorschlag beleidigte Annikas Stolz. „Nein!", fauchte sie ihn an. „Solange ich gehen kann, gehe ich!"

Also schleppte sie sich an Saschas Arm weiter. Gleich neben der kleinen Skulptur mit den beiden Kindern kam die nächste Wehe. Stehen bleiben, Bauch festhalten, schwer atmen, weitergehen, durch den Eingang, nach rechts, an dem großen, hölzernen Spielschiff vorbei, dessen Anwesenheit Gabriel vielleicht irgendwie übersinnlich wahrnahm, denn wieder tat er vehement kund, dass er endlich aus Mutters Leib herauswollte.

Annika schaffte es in den Fahrstuhl. Sie kamen heil und immer noch zu zweit im zweiten Stock an und schlugen sich zur Geburtsstation durch.

Dort wurden sie mitfühlend in Empfang genommen und an eine Hebamme übergeben. Die nahm sie erst einmal mit zur Untersuchung in einen nicht zu großen, für ein Krankenhaus geradezu gemütlichen Raum.

Schließlich teilte sie ihnen mit, alles sei in bester Ordnung, aber der Muttermund noch nicht weit genug geöffnet, so dass sich das Ganze noch ein paar Stunden hinziehen könne.

„Mist!", meinte Sascha. „Da hätten wir ja noch einen Film gucken können!"

Annika lächelte gequält, und die Hebamme furchte die Stirn.

*

Bonn, Lengsdorf,
15.30 Uhr

Gottfried saß zu Hause auf einem Küchenstuhl und hielt das Telefon in der Hand. Er hatte den restlichen Tag frei, und er ging davon aus, dass Tina, die ja auch im öffentlichen Dienst beschäftigt war, jetzt ebenfalls zu Hause sein müsste.

Die Frage war nur, ob er den Mut hatte, sich ihr aufzudrängen? Aber war es nicht so, dass man manche Menschen regelrecht zu ihrem Glück zwingen musste?

Er gab Tinas Telefonnummer ein und lauschte. Und tatsächlich, sie nahm ab. Sein Herz schlug schneller, er räusperte sich.

„Ja, bitte?“, hörte er Tinas Stimme, die ihm, so aggressiv sie auch unterschwellig manchmal klingen mochte, immer ein warmes, angenehm aufgeregtes Gefühl im Magen verursachte, ein Gefühl von Freude und Zuneigung.

„Gottfried hier. Du, ich hätte gerade Zeit für deinen Rollladen, was meinst du, soll ich eben vorbeikommen?“

Tina sagte erst einmal gar nichts. War sie schockiert? War sie wütend? Wusste sie nicht genau, was sie wollte? Das wäre kein schlechtes Zeichen, denn das –

„Ja, warum nicht, “ meinte sie plötzlich, nicht gerade begeistert, aber immerhin. „Glaubst du, du bist so gegen fünf Uhr fertig? Dann muss ich nämlich noch mal weg.“

„Kein Thema“, versicherte Gottfried. „Du wohnst immer noch in Buschdorf?“

„Klar, ich bin ziemlich sesshaft im Gegensatz zu einigen anderen Leuten.“

Auf wen mochte sie anspielen? Jonas? Hatte sie denn nichts anderes im Kopf als diesen Kerl? Verdammt noch mal, dagegen musste er etwas unternehmen! Gottfried murmelte schnell ein „Dann bis gleich“, griff sich seine Werkzeugtasche und machte sich auf den Weg.

Von Lengsdorf brauchte er über die Autobahn gerade einmal 15 Minuten bis Buschdorf. Auch die Friedlandstraße hatte er rasch gefunden und genauso Tinas Wohnblock. Kurz darauf öffnete sie in alter Jeans und weitem Pullover die Tür, als hätte sie sich extra für ihn unattraktiv gemacht. Wenigstens lächelte sie ihn halbwegs freundlich an.

Zur Begrüßung Küsschen links, Küsschen rechts. Gottfried musste arg an sich halten, um Tina nicht zu packen und ihr einen langen, innigen Kuss auf den Mund zu drücken. Aber wenn er das tat, konnte er die Sache vermutlich komplett vergessen.

Also gab er sich munter und gesprächig, fragte, wie es ihr ging, und ließ sich in der Küche den klemmenden Rollladen vorführen. Routiniert schraubte er den Rollladenkasten auf, brachte die bockigen Lamellen auf

Linie und drehte keine zehn Minuten später die letzte Schraube wieder ein.

„So, fertig!", verkündete Gottfried und strahlte Tina an, die deutlich weniger enthusiastisch zurücklächelte.

„Danke, das war wirklich lieb von dir. Kann ich dir einen Kaffee anbieten?", fragte sie.

Gottfried räumte ordentlich sein Werkzeug ein. Kaffee? Das war ja wohl das Mindeste. „Hast du auch schwarzen Tee?"

„Klar, ich trinke eigentlich nur Tee."

Während sie Tee machte, sah er sich die Küche an, die er ja schon flüchtig vom Februar kannte, als die erste Versammlung in Tinas Wohnung stattgefunden hatte. Weiße Wände, gelbe Einbauküche, an einer Seite ein winziger Tisch mit zwei Stühlen. Darüber hing ein Schwarz-Weiß-Foto der New Yorker Skyline aus der Zeit, als die Türme noch standen. Außerdem gab es einen großen Kalender mit Bauerngärten und eine Uhr mit Holzrahmen.

„Hübsche Küche. Gefällt mir", vertraute er Tina an und setzte sich an den Tisch. „Auch dein Wohnzimmer, diese fröhlichen Bilder mit den Blumen, die find ich gut. Und wie hast du...äh...also, jetzt rein interessehalber, wie hast du dein Schlafzimmer eingerichtet?"

Drei Möglichkeiten: entweder kaufte sie ihm sein einrichtungstechnisches Interesse ab (sehr unwahrscheinlich), oder sie ergriff die Gelegenheit, um ihm näher zu kommen und zeigte ihm ihr Schlafzimmer (völlig unwahrscheinlich), oder sie sprang ihm ins Gesicht, weil sie die Frage unverschämt fand (sehr wahrscheinlich). Erst einmal schenkte sie ihm einen langen, schwer deutbaren Blick. Hatte sie begriffen? War sie empört? War da Ablehnung?

Das Azurblau ihrer Augen schien jedenfalls ein paar Schattierungen dunkler zu werden, als sie ihn einfach ins Leere laufen ließ: „Ich denke, wir trinken unseren Tee im Wohnzimmer."

Gottfried ärgerte sich ein bisschen über seine eigene Unsensibilität und ließ Tina vorausgehen. In dem großen, hellen Wohnzimmer mit den freundlichen Bildern an den Wänden roch es leicht zitronig. Tina stellte das Tablett mit den Teetassen ab und setzte sich in einen blauen Sessel. Gottfried nahm auf dem gleichfarbigen Sofa Platz.

Und da saßen sie nun und schauten in ihre Teetassen. Aber Gottfried hatte noch mehr vorbereitet. Er würde versuchen, sie zum Lachen zu bringen. Das mochten Frauen! Mit ein paar Erinnerungen, die sie gemeinsam hatten.

„Weißt du, woran ich gerade denken musste?" Er schüttelte amüsiert den Kopf. „An diesen arroganten Typen, mit dem du damals auf dem Schulhof aneinandergeraten bist. Der mit den dunklen Locken bis fast zum Hintern."

„Du meinst den Kerl mit der Zigarettenkippe? Dem ich gesagt hab, er soll sie aufheben, er sei hier nicht zu Hause?" Sie schmunzelte kurz, aber in fröhliches Lachen wollte sie anscheinend nicht ausbrechen.

„Ja, genau der. Ich weiß auch nicht mehr, wie der hieß. Aber ich kann mich noch genau an sein fieses Grinsen erinnern, und wie er dich zur Seite geschoben hat. Ich wollte gerade eingreifen – da bist du ausgerastet." Gottfried lachte, aber dann hörte er auf, als er sah, was Tina für ein Gesicht machte. Ein sehr wütendes Gesicht.

Verdammt, nicht die richtige Erinnerung! Was jetzt? Rückzug?

Unerwartet stahl sich ein schwaches Lächeln in Tinas tiefblaue Augen. „Das ist fünf Jahre her, ich war 32 und völlig unreif. Beinah hätte ich sogar eine Anzeige wegen Körperverletzung am Hals gehabt. Das war mir eine Lehre."

„Eine Anzeige? Der wollte dich echt anzeigen? Und was hat ihn abgehalten? Hast du dich etwa bei ihm entschuldigt?"

Tina senkte den Blick und verstummte. Gottfried hätte sich auf die Zunge beißen können. Zu spät. Was für ein Scheißthema war ihm da eingefallen! Und was hatte der Kerl von ihr verlangt, damit er sie nicht anzeigte?

„Das ist nur passiert, weil ich damals so eine Wut auf meine Mutter hatte", murmelte Tina wie zu sich selbst. „Das war genau zu der Zeit, als ich mich darum kümmern musste, dass sie in die geschlossene Anstalt kommt. Wo sie weiß Gott auch hingehört!"

Gottfried nahm ein paar Schlucke Tee und sagte lieber nichts dazu. Er kannte die Geschichte von der Mutter mit den religiösen Wahnideen. Und von den Auswirkungen auf die einzige Tochter.

Wie konnte man nach solchen Erfahrungen noch gläubig sein? Gottfried bewunderte Tina fast ein wenig dafür.

*

Wie immer, wenn Tina an ihre Mutter dachte, war sofort der Hass da. Das ganze Leben hatte sie ihr versaut!

Als Tina merkte, dass Gottfried sie beobachtete, fing sie an, an ihrem rechten Ohrläppchen herumzureiben. Was wollte er eigentlich von ihr? In seiner Gegenwart fühlte sie sich...na ja, nicht direkt unwohl, aber sie kannten sich seit gut sieben Jahren. Genau, sie waren *Bekannte,* mehr nicht! Wieso rückte er ihr plötzlich so auf die Pelle?

Früher fand sie es witzig, wenn Gottfried andere Leute derart penetrant anstarrte, dass die glatt ins Schwitzen kamen. Aber jetzt, wo er das Gleiche bei ihr machte, wo der Blick dieser dunklen, geradezu glühenden Augen mit extrem irritierender Ausdauer auf ihrem Gesicht klebte, fühlte sich das überhaupt nicht witzig an, sondern unangenehm. Und doch gleichzeitig irgendwie aufregend.

„Machst du das eigentlich mit Absicht? Die Leute so anstarren?", platzte es aus ihr heraus.

Gottfried tat so, als werde ihm sein Verhalten gerade erst bewusst. Aber das kaufte Tina ihm nicht ab. Jedenfalls schaute er schnell zum Fenster hinaus und murmelte: „Tschuldigung, ist so 'ne Angewohnheit von mir."

Tina hatte ein paar Sekunden Zeit, sein Profil zu studieren, und sie stellte sich vor, wie er ohne den dicht wuchernden Vollbart aussehen würde. Garantiert nicht so finster und vermutlich ein paar Jahre jünger. Und wenn er statt Jeans und Karohemd einen eleganten Anzug über seinen hageren Körper ziehen würde, könnte er es glatt mit Jonas aufnehmen.

Tina warf einen Blick auf seine Hände, die nicht unbedingt nach ‚Hausmeisterhänden' aussahen: kräftig, aber doch schlank und gepflegt. Sie stellte sich vor, wie er sie mit diesen Händen anfasste. Und die Vorstellung war nicht abschreckend. Nein, überhaupt nicht.

Die Frage war nur, ob sich der Mann wirklich für sie interessierte. Trotz der Narben, der psychischen und der körperlichen Narben, die sie entstellten. Und die vermutlich die Ursache dafür waren, dass sie Menschen immer wieder vor den Kopf stieß.

Gottfried wandte sich ihr wieder zu und sein Lächeln war eine Spur melancholisch, als er fragte: „Hast du sonst noch was zu reparieren?"

Tina senkte den Blick, dachte bei sich: *Ja, mein Leben, aber das schaffst du nicht!* Und meinte vage: „Ach, bei mir geht immer mal was kaputt. Aber ich muss wirklich gleich weg."

„In Ordnung. Ich trinke noch meinen Tee, und dann verschwinde ich. Aber jetzt mal unter uns: Was hältst du von Jonas′ Regel, dass wir uns keine Nachrichten angucken sollen? Kriegst du das hin?"

Aha, da war er ja wieder, der Mann mit dem Autoritätsproblem. Vielleicht lag es an seinem Beruf. In gewisser Weise war er der Herrscher über Schule und Schulhof. Sein Wort war Gesetz. Menschen gehorchten ihm. Erwachsene Menschen, denn das war keine Schule für Kinder. Tina hatte es oft genug miterlebt. Gottfried machte die Regeln für andere, nicht umgekehrt.

„Ja, mir fällt's schwer, keine Nachrichten zu gucken, aber im Prinzip finde ich die Regel gut, sie soll uns schützen", erklärte Tina und fügte hinzu, was sie dachte: „Manchmal verstehe ich nicht, was du überhaupt in der Gruppe willst. Immer stellst du alles in Frage, und immer zweifelst du erst mal alles an, was andere sagen. Du bist ein Einzelkämpfer, Gottfried."

„Mag sein, Kristina. Aber ich werde den Eindruck nicht los, dass du genauso bist wie ich." Wieder dieser bohrende Blick.

Tina versuchte, ihn auszuhalten, und starrte zurück...während in ihrem Verstand etwas nachgab. Natürlich hatte der Mann irgendwie Recht, sie zweifelte und hinterfragte genau wie er.

Ja, außer bei Jonas.

Ach ja? Und was hatte sie gleich vor? Ein bisschen hinter Jonas herspionieren?

*

Bonn, Polizeipräsidium, 15.35 Uhr

Andreas sortierte Aussagen und machte sich Gedanken. Die Arbeitskollegen von Hugo Voss hatten unisono ins selbe Horn geblasen: Hugo sei ein toller Kollege und ein guter Mensch gewesen, der garantiert nicht fremdgehen würde.

Doch schließlich war Andreas auf einen Azubi gestoßen, der noch nicht ganz in diese geschlossene Gesellschaft integriert war, und der hatte unbekümmert geplaudert: dass der Chef nicht beliebt, sondern gefürchtet war, dass er sich gerne an verheiratete Kundinnen heranmachte, und dass er Kredite oft rein nach Sympathie vergab.

Nach Voss' aktueller Eroberung befragt, wurde der Azubi rot im Gesicht und druckste herum. Nachdem Andreas ihn nachdrücklich und streng ermahnt hatte, die Wahrheit zu sagen, rückte der junge Mann schließlich damit heraus, dass es sich um die Frau seines ältesten Bruders handelte.

Natürlich wollte Andreas wissen, ob der Azubi seinem Bruder einen Tipp gegeben hatte, mit wem sich seine Frau vergnügte, aber angeblich hatte er das nicht getan.

Trotzdem wurde der Bruder für eine Aussage einbestellt. Als um Viertel vor vier Andreas' Telefon klingelte, und jemand aus der Eingangshalle meldete, da sei ein Mann, aufgeregt und anscheinend angetrunken, der unbedingt den Kommissar mit den Ritualmorden sprechen wolle, ging Andreas davon aus, dass es sich um den Azubi-Bruder handelte.

„Kann ihn jemand raufbringen? Nicht, dass der Kerl sich verläuft und irgendeinen Unfug anstellt."

Ein paar Minuten später stand ein Mann vor Andreas' Schreibtisch, der vom Alter her eher nicht der Bruder des Azubis war: über 40, dunkelgrauer Anzug mit offenem Jackett, unübersehbarer Bauch, dunkelblondes, schütteres Haar, extrem buschige Augenbrauen, blaue Augen, gerötetes, schwitzendes Gesicht, keuchend, wobei er eine Alkoholfahne verbreitete, die noch mindestens bis ins nächste Büro reichte.

„Hallo, setzen Sie sich doch. Wie heißen Sie, und wie kann ich Ihnen helfen?" Andreas machte eine Handbewegung zum Stuhl hin, aber vorerst blieb der Mann stehen.

„Holger Zorn, und ich war's!", stieß Zorn hervor und schaute sich zu Andreas' Kollegen um, der noch in der Tür stand. Auch Manfred war aufgetaucht.

„Was waren Sie?"

„Ich hab die zwei Männer umgebracht!"

„Ach wirklich." Andreas lehnte sich im Stuhl zurück. Einem Betrunkenen glaubte er ungefähr so viel wie einem Politiker.

„Nehmen Sie doch bitte Platz, Herr Zorn, und erzählen Sie mir die ganze Geschichte."

Sekundenlang glotzte Zorn Andreas in die Augen, dann sackte er plötzlich auf den Stuhl, als könnten ihn seine Beine nicht mehr tragen, und sprudelte, heftig gestikulierend, los.

„Das war Notwehr! Die Kerle haben mich beobachtet und verfolgt! Die wollten mich verschleppen, verstehen Sie? Ich musste denen endlich zeigen, dass das so nicht weitergeht! Das waren sowieso keine richtigen Menschen! Die hatten den Teufel im Leib, verstehen Sie? Den Teufel!" Zorn schnappte nach Luft, japste, als werde er immer noch gejagt, aber dann atmete er auf einmal ruhiger. „Das hat gedauert, bis ich das endlich kapiert hab...der Teufel...ja, und deshalb das glühende Kreuz und das Ertränken! Der Teufel muss vernichtet werden! Das sagt Jonas auch immer! Und der –"

„Sie meinen Jonas Kirch?"

„Ja, kennen Sie ihn?"

Andreas beugte sich wieder vor, faltete die Hände auf dem Schreibtisch und behauptete: „Natürlich, wir arbeiten quasi mit ihm zusammen. Sie kannten also die beiden Männer, weil die Sie verfolgt haben. Was wollten die beiden denn von Ihnen?"

Zorn guckte empört. Er hatte Tränensäcke unter den Augen. „Das hab ich doch gerade gesagt! Verschleppen wollten die mich!"

„Ja, das hab ich gehört. Aber warum?"

Diese Frage brachte Zorn anscheinend in schwere Erklärungsnot. Seine auffallend füllige Unterlippe fing an zu zittern, während sein Blick unruhig durch den Raum sprang. Er erhob sich schwerfällig, griff mit ebenfalls zitternder Hand in seine Hosentasche, zerrte ein Taschentuch heraus, tupfte sich damit im geröteten Gesicht herum und ging ein paar Schritte hin und her.

„Mein Gott, ich weiß es doch auch nicht! Sie haben nichts gesagt! Ich verstehe das nicht, aber da steckt bestimmt mein Vater dahinter!"

„Ihr Vater? Wieso denn das?"

„Der will mich fertigmachen!"

Andreas atmete einmal tief durch. Mit einem solchen Fall von schwerer Paranoia inklusive Vaterkomplex war er eigentlich überfordert. Aber eins musste er noch herausfinden.

„Herr Zorn, ich kann das nachvollziehen. Einen ähnlichen Fall hatten wir hier schon mal."

„Im Ernst?"

„Setzen Sie sich wieder hin, und erzählen Sie mir genau, wie Sie die beiden Männer umgebracht haben."

„Das hab ich doch gesagt!", regte sich Zorn auf, setzte sich aber.

„Ich brauche mehr Einzelheiten, sonst kann ich Ihnen nicht helfen. Wie zum Beispiel haben Sie die Männer aufgehalten?“

Zorn wollte sich konzentrieren, aber sein Blick glitt wie abwesend in die Ferne. „Ich weiß das alles nicht mehr so genau. Ich hab sie in einen Hinterhalt gelockt, dann niedergeschlagen und gefesselt. Dann hab ich sie vom Teufel befreit.“

„Womit haben Sie das Kreuz heiß gemacht?“

„Mit einem Camping-Kocher.“

Andreas bekam plötzlich Zweifel. War der Mann am Ende doch der Mörder? Kam ganz darauf an, wie er die nächsten Fragen beantwortete.

„Wie haben Sie denn die beiden Opfer ertränkt?“

„Opfer?! Auf welcher Seite stehen Sie eigentlich?“ Seine enormen Augenbrauen zogen sich drohend zusammen. „Ich hatte einen Kanister mit Wasser dabei, das kam in einen Eimer; und da passt so ein Kopf genau rein!“

„Was für Wasser war das?“

„Leitungswasser.“

„Sie haben nichts dazu gegeben?“

Zorn wollte schon antworten, aber auf einmal begann er, Andreas mit seinen dunkelblauen Augen, die außen gerötet und innen von vielen roten Äderchen durchzogen waren, eingehend zu mustern. Und wurde wohl misstrauisch. Plötzlich sprang er zum zweiten Mal auf, blieb leicht schwankend stehen und entrüstete sich: „Sie glauben mir nicht? Dann kann ich ja wieder nach Hause fahren!“

Auch Andreas erhob sich. „Nein, können Sie nicht! Erstens lasse ich Sie in diesem Zustand nicht Auto fahren, und zweitens haben Sie ein Geständnis abgelegt!“

Daraufhin kniff Zorn die Lippen zusammen, sagte nichts mehr und ließ sich abführen.

„Glaubst du, dass er es war?“, fragte Manfred, der sich auf Saschas Stuhl gesetzt hatte und an seinen Schnurrbartenden herumzwirbelte.

„Keine Ahnung. Die Sache mit dem Camping-Kocher fand ich interessant, und vielleicht fällt ihm ja noch mehr ein, wenn er wieder nüchtern ist.“ Andreas stellte sich ans Fenster und schaute hinaus. „Natürlich könnte er sich das alles auch zusammenphantasiert haben.“

„Stimmt, aber klang doch logisch. Obwohl der Kerl ja höchstens noch zwei Latten am Zaun hat.“

„Eben. Eigentlich ist der Mann viel zu unbeherrscht. Der hat sich ja kaum unter Kontrolle. Und unser Mörder hat die Sache genauestens geplant.“ Andreas setzte sich wieder hin.

„Da könntest du Recht haben. Wann treffen wir uns mit diesem Jonas Kirch?“

Andreas schaute auf die Uhr an der Wand. „Warten wir mal 'ne Viertelstunde, ob uns der Bruder vom Bank-Azubi noch die Ehre gibt. Wenn nicht, machen wir uns auf die Socken. Gib vorher noch einen Aufruf an die Medien weiter. Es geht um die Geislarstraße und um die Schulstraße, die sollen nachfragen, ob jemand Sonntag- oder Donnerstagabend dort was gesehen hat.“

Manfred war kaum zur Tür hinaus, als ein schlanker Mann im eleganten, dunkelblauen Anzug eintrat. Ende 30, Vollbart, Kurzhaarschnitt mit Scheitel, vorne am Kragen des blauen Hemdes eine blaugemusterte Fliege.

Andreas stand auf. Fliegen als Halsschmuck hatte er schon lange nicht mehr gesehen. Laut Aussage des deutlich jüngeren Bruders hieß der Mann Professor Dr. Peter Stockbauer und war Genforscher an der Uniklinik Köln.

„Sie sind Professor Stockbauer?“

„Ja, genau.“ Große Verwunderung in den wasserblauen Augen. „Warum sollte ich überhaupt hierher kommen?“

Andreas schüttelte ihm die Hand. „Bitte, setzen Sie sich. Ich habe heute Morgen mit Ihrem Bruder gesprochen, der arbeitet ja in der Bank. Kennen Sie einen Kollegen von ihm, einen Herrn Hugo Voss?“

Andreas beobachtete sein Gegenüber genau. Stockbauer schaute bei der Erwähnung des Namens ‚Hugo Voss‘ ganz kurz zur Seite.

„Natürlich hab ich ihn schon mal gesehen.“ Der Professor lächelte schwach und zupfte mit beiden Händen seine Fliege zurecht. „Ein unangenehmer Mensch.“

„Sie sagten gerade, Sie kennen ihn nur vom Sehen.“

„Ähm ja...aber...mein Bruder hat mir einiges über ihn erzählt, wissen Sie“, versuchte sich Stockbauer an einer Erklärung.

„Herr Voss wurde gestern Abend ermordet“, meinte Andreas und schaute Stockbauer in die Augen. Zuerst erwiderte der seinen Blick, dann wich er aus und sah im Raum umher. Irgendetwas ging ihm durch den Kopf, das war klar.

„Das...ähm...tut mir leid", behauptete Stockbauer zum Fenster gewandt.

„Wo waren Sie gestern Abend?"

„Ich?" Wieder gingen die Hände nach oben und zupften an der Fliege herum. „Ich war bis spät abends im Labor. Wir arbeiten da an einer hochinteressanten Sache auf dem Gebiet der Epigenetik, wissen Sie. Es geht nämlich darum, inwieweit Umwelt und Verhalten das An- und Abschalten bestimmter Gene beeinflussen können. Wir sind anscheinend genetisch längst nicht so festgelegt, wie bisher ange –"

Andreas fiel ihm ins Wort. „Ja, wirklich hochinteressant. War noch jemand außer Ihnen im Labor?"

„Nach 21 Uhr war ich allein." Jetzt traf Andreas doch ein Blick voller entrüsteter Ungläubigkeit. „Wieso fragen Sie das überhaupt? Was hab ich denn mit der Ermordung dieses Herrn zu tun?"

„Das versuche ich herauszufinden." Andreas beugte sich ein wenig vor und stützte die Unterarme auf den Schreibtisch. „Sie sind verheiratet, Herr Stockbauer?"

„Ja."

„Wie läuft es denn so in Ihrer Ehe?"

Stockbauer schaute weg, räusperte sich, befummelte seine Fliege und schien über die passenden Worte nachzudenken. Dann hatte er sie gefunden. „Wissen Sie, unsere Ehe verläuft ganz normal, mit allen Höhen und Tiefen. Warum fragen Sie?"

„Weil das Gerücht umgeht, dass Ihre Frau eine Affäre mit Hugo Voss hatte."

Stockbauers Gesicht versteinerte, sein Blick wurde abwesend. Eine Hand wanderte auf seinen Mund, er gab einen würgenden Laut von sich, und schon passierte das, was Andreas in seinem Büro noch nicht erlebt hatte: Stockbauer wandte sich zur Seite und übergab sich auf den Fußboden.

Andreas fühlte sich für die Beseitigung solcher Sauereien nicht zuständig, alarmierte eine Putzfrau und zog Stockbauer mit sich in Manfreds Büro. Stockbauer wischte sich ständig mit einem Taschentuch über Mund und Hände und bat um ein Glas Wasser.

Als er es vor sich stehen hatte, fragte Andreas: „Geht's wieder? Gut, Sie wussten also von dem Gerücht über die Affäre?"

„Nein, das war mir neu! Und im Übrigen ist da auch nichts dran, wissen Sie, das ist völliger Unsinn!" Er trank Wasser und tupfte an seinem Mund herum. Sein Gesicht war weiß wie eine Schäfchenwolke am blauen Himmel und versuchte, auch so harmlos zu wirken.

Aber natürlich sprach die Reaktion seines Körpers Bände. Wenn Stockbauer gewusst hatte, dass seine Frau ihn betrog, hatte er ein Motiv. Außerdem war er als Wissenschaftler sehr wohl in der Lage, einen Nachahmungsmord genau zu planen.

Andreas stutzte. Aber war es nicht schon vorgekommen, dass ein Täter, nur um die Polizei zu verwirren, zwei oder drei Morde begangen hatte, obwohl es ihm eigentlich nur um *ein* bestimmtes Opfer ging? Oder gehörten solche Gedankengänge in die spektakuläre Welt des Films? Hatte er sich bei Sascha angesteckt?

„Sie meinen also, das sei Unsinn. Und was wird Ihre Frau dazu sagen?"

„Das gleiche!"

„Ist Ihre Frau um diese Uhrzeit zu Hause?"

„Keine Ahnung."

„Dann geben Sie mir doch bitte ihre Handynummer."

Der Mann guckte so verstockt, dass Andreas schon dachte, er werde kein Wort mehr sagen und nach einem Anwalt verlangen. Aber dann bearbeitete er noch einmal heftig seine Fliege, dachte nach und rückte die Nummer seiner Frau heraus.

Andreas rief sie sofort an und bestellte sie ins Präsidium. Er ließ Stockbauer erst gehen, als seine Frau ankam. Stockbauer würdigte sie keines Blicks.

Was sicher nicht einfach war, denn sie zog die Blicke regelrecht an: eine schlanke Blondine mit langen Haaren und langen Beinen, gut erhalten für ihr Alter, ziemlich geschminkt, Röhrenjeans, enger, knallroter Pullover. Strahlend nahm sie in Manfreds Büro Platz, schlug elegant ein Bein über das andere und schaute Andreas aus lavendelblauen Augen treuherzig an.

„Um was geht's denn?", fragte sie mit sanfter, hoher Stimme.

„Frau Stockbauer, kennen Sie Hugo Voss?"

Sie starrte Andreas an, als wolle sie ihn hypnotisieren. Aber wahrscheinlich wusste sie einfach nicht, was sie antworten sollte. Schließlich rang sie sich zu einem „Ja, aus der Bank" durch.

„Herr Voss wurde gestern Abend ermordet."

„Was?!“ Sie riss die Augen auf. „Aber das kann doch nicht sein! Ich war doch gestern –“

Sie brach ab, und Andreas beendete den Satz für sie. „Sie waren gestern Abend mit ihm zusammen. Ja, davon gehen wir auch aus. Erzählen Sie uns doch mal was darüber.“

Mit immer noch großen, erschrockenen Augen gab sie an, von ca. 20.30 Uhr bis 22.10 Uhr mit Voss in einem Siegburger Hotel zusammengewesen zu sein. Mittlerweile hatte sie feuchte Augen bekommen und sich schon zweimal die Nase geputzt, aber nach großer Trauer sah das noch nicht aus.

„Wie lange ging das schon mit Ihnen und Voss?“

„Seit Anfang des Jahres. Alle zwei Wochen.“

„Jeden zweiten Donnerstag und immer im selben Hotel?“, wollte Andreas wissen. Sie nickte. Sehr schön, dann hatte der Mörder ja genauestens gewusst, wo Voss wann zu finden war. „Hatten Sie vorher noch andere Affären?“

Ein verletzter Blick. „Herr Kommissar, was denken Sie von mir?“

„Hatten Sie?“, wiederholte Andreas.

„Ja.“

„Wusste Ihr Mann davon?“

„Ich weiß nicht, er hat nie was gesagt. Und wenn er was gemerkt hätte, ich glaub, es wär ihm egal gewesen.“

„Wieso denn das?“

„Er ist eigentlich ein lieber Mensch, aber richtig besessen von seiner Arbeit. Für mich hat er immer weniger Zeit gehabt.“ Sie machte ein trauriges Gesicht.

Andreas fühlte sich berufen, einmal kurz den Eheberater zu spielen. „Ich hatte den Eindruck, dass er Sie sehr liebt. Wissen Sie, was passiert ist, als ich vorhin angedeutet habe, Sie und Voss hätten was miteinander? Er hat mir nebenan auf den Boden gekotzt! Also egal ist es ihm sicher nicht!“

Die Stockbauer guckte peinlich berührt auf ihre mit vielen goldenen Ringen bestückten Hände. Manfred grinste im Hintergrund. Andreas holte zur entscheidenden Frage aus.

„Können Sie sich vorstellen, dass Ihr Mann etwas mit der Ermordung von Voss zu tun hat?“

Sie schaute auf. „Ich traue jedem Mann alles zu.“

Na, das klang ja nach tonnenweise Erfahrung. „Ihrem Mann also auch?"

„Ja. Aber warum gerade Hugo? Warum nicht einer von den anderen? Warum hätte er so lange warten sollen?"

„Vielleicht war Voss der eine Tropfen, der das Fass... Sie wissen schon."

Frau Stockbauer wirkte nicht überzeugt, sagte aber nichts mehr. Andreas ließ sie gehen und wandte sich an Manfred. „Die wär doch was für dich, oder?"

Manfred, der die ganze Zeit an seinem furchtbaren Schnurrbart herumgefummelt hatte, spielte den Empörten. „Ich hab eine Freundin!"

„Ist das immer noch die aus dem Sonnenstudio? Kriegst du da Rabatt?"

„Ich leg mich doch nicht auf die Sonnenbank! Meine schöne Hautfarbe kommt daher, dass ich so viel Sport im Freien mache. Solltest du auch mal versuchen."

„Viel Sport? Du? Sascha treibt viel Sport. Ich finde, du bist in den letzten Jahren ein bisschen", Andreas hielt inne und überlegte, „ein bisschen – wie das heißt das noch auf modern? – moppelig geworden."

„Das nennt man athletisch, mein Lieber, und davon versteht du nun wirklich nichts", behauptete Manfred dreist, stand auf und nahm seine Jacke. „Komm, lass uns endlich mit diesem Sekten-Typen reden."

Andreas fuhr, denn er hielt Manfreds Fahrstil für ähnlich lebensgefährlich wie den von Sascha. Der Mann war zwar kein Raser, aber einer, der gerne plaudernd in der Gegend herumguckte oder sich mit der Innenausstattung des Wagens beschäftigte, anstatt auf den Verkehr zu achten.

Eine halbe Stunde später spazierten sie über den Münsterplatz auf ein Café zu.

„Hast du was von Sascha gehört?", fragte Manfred, der seine Jacke über dem Arm trug. Auch Andreas schwitzte.

„Vor einer Stunde hat er mal kurz aus dem Krankenhaus angerufen. Er meint, dass das Kind wohl heute noch kommt. Anscheinend möchte er uns alle an der Geburt teilhaben lassen."

„Er kann ja hinterher einen Bericht darüber schreiben. Hast du eigentlich schon mal mit einem Sektenführer persönlich gesprochen?"

„Nee, wieso das denn? Lassen wir uns einfach überraschen. Polizeilich liegt jedenfalls nichts gegen ihn vor."

Als sie das Café betraten, war sofort klar, wer von den Gästen Jonas Kirch war. Er saß in der hintersten Ecke, im cremefarbenen Anzug, mit unübersehbarem, silbernem Kreuz auf der Brust. Die Haare noch länger als die von Andreas. Und grauer. Er trug eine silberne Brille in einem nicht unattraktiven Durchschnittsgesicht.

Als er Andreas und Manfred auf sich zukommen sah, stand er auf und lächelte huldvoll. Sie stellten sich einander vor, setzten sich alle an den kleinen Tisch und Andreas begann, den Mann auszufragen.

„Herr Kirch, seit wann sind Sie in Bonn?"

„Seit Anfang des Jahres. Bonn ist eine wunderschöne Stadt, und ich wusste sofort, hier lässt du dich nieder und hilfst den Menschen, so gut du kannst."

„Und was haben Sie vorher gemacht?"

„Ich bin durch das Land gereist und habe die Menschen studiert. Ich wollte herausfinden, was sie brauchen und wonach sie sich sehnen."

„Sie sind Idealist und Philanthrop?"

„Natürlich. Aber ich habe auch Psychologie studiert. Und jetzt fühle ich mich als eine Art Prediger."

„Sie wissen also inzwischen, was der Mensch braucht."

In Kirchs graugrünen Augen tauchte ein Leuchten auf. „Ja, Glaube. Den Glauben an Gott und an sich selbst. Wenn man daran glaubt, dass man viel mehr erreichen kann, als man je dachte, und daran glaubt, dass letztlich alles gut wird, weil man auf Gottes Hilfe vertrauen kann, dann hat man schon viel für das eigene Glücklichsein getan!"

„Zweifellos", stimmte Andreas zu. Der Mann predigte anscheinend für sein Leben gern. „Und welche Rolle spielt der Teufel in dieser Philosophie?"

Das Leuchten in Kirchs Augen wurde schwächer, und er rührte ein paar Mal seinen Kaffee um. In diesem Moment erschien die Bedienung und fragte nach Manfreds und Andreas' Wünschen. Sie bestellten sich ebenfalls einen Kaffee.

Als sie wieder allein waren, verschränkte Kirch die gepflegten Finger auf dem weißen Tischtuch und antwortete in einem Ton, als spreche der weise Lehrer zu seinen Schülern:

„Ich glaube nicht an den Teufel in Gestalt eines gehörnten Monsters mit Pferdefuß. Das gehört ins Mittelalter. Nein, ich glaube, der Teufel steckt in uns selbst... Eigentlich sind es viele kleine Teufel. Man sollte nie vergessen, dass der Mensch auch ein denkendes und planendes Raubtier ist, das in der Kindheit ordentlich erzogen werden muss, und zwar dazu, die vielen, kleinen Teufel in sich zu kontrollieren. Manche Eltern schaffen das nicht, und ich versuche nun, diese ‚Erziehung' bei den Erwachsenen nachzuholen. Die meisten Leute verstehen nicht, dass sie sich mit ihrem unkontrollierten Verhalten letztlich selbst schaden. Was meinen Sie, welches Teufelchen ist das Schlimmste?" Kirch schenkte Andreas ein warmes Lächeln. Andreas schüttelte den Kopf.

„Es ist der Neid. Menschen wollen das haben, was andere Menschen haben (da kommt übrigens der Affe durch): Geld, Erfolg, Gesundheit, geliebte Menschen, Glück in jeder Form. Aber sagen Sie selbst, was bringt es, voller Neid auf andere zu starren und nichts für die eigene Zufriedenheit zu tun? Gar nichts, es tut nur weh, und es macht bitter! Und dabei weiß man noch nicht mal, ob man mit dem, um das man die anderen beneidet, wirklich glücklich wäre. Nehmen wir ein Beispiel."

Kirch machte eine Pause, überlegte, strich sich übers graue Haar und fasste an sein Kreuz. Das durchaus, wie Andreas auffiel, die richtige Größe für die Brandverletzungen hatte. Dann fuhr er fort: „Es gibt viele Menschen, die berühmte Schauspieler oder Sportler beneiden, vor allem sicher um ihr Geld. Aber würden diese Menschen tatsächlich in der Schauspielerei oder im Sport ihre Erfüllung finden? Ich habe gehört, dass beides harte Arbeit ist, dass man viel unterwegs ist und wenig Zeit fürs Privatleben hat. Das bedenken die Wenigsten! Nein, der Kern der Suche ist doch der, dass man herausfinden muss, was der Begriff ‚Glück' für einen selbst bedeutet. Und –"

„Herr Kirch, entschuldigen Sie, aber wir wollten eigentlich über etwas anderes mit Ihnen reden", fiel ihm Andreas leicht gereizt ins Wort. Er war nicht hier, um einem Vortrag über Glück zu lauschen! „Können Sie sich vorstellen, dass einer Ihrer Anhänger die Sache mit dem Teufel im Menschen falsch verstanden hat und jetzt durch die Stadt zieht und Teufel austreibt?"

Kirch guckte ein wenig indigniert, dann dachte er ausführlich nach. Was er dann sagte, klang nicht mehr ganz so heilig.

„Sie reden von den sogenannten Ritualmorden? Na ja, ich kenne noch nicht alle Mitglieder der Gemeinde so gut, dass ich das komplett ausschließen würde. In jeder Stadt gibt es mindestens einen Schwerstgestörten, dem nicht zu helfen ist und der sich vielleicht zufällig in meine

Gruppe verirrt hat. Aber ich würde mich auf keinen Fall dafür verantwortlich fühlen, wenn er Leute umbringt!"

„Das müssen Sie auch nicht, Herr Kirch", beruhigte ihn Andreas. „Kennen Sie denn Herrn Zorn, Herrn Fiedler oder Herrn Valoschek näher?"

Kirch wirkte erstaunt. „Sie meinen, einer von denen könnte der Mörder sein?" Wieder dachte er nach. „Sie waren alle von Anfang an in der Gruppe, wir haben uns ab und zu was aus unserem Leben erzählt, und besonders Holger redete immer ziemlich wirres Zeug. Bei ihm bin ich mir nicht sicher, ob er geisteskrank ist oder einen Hirnschaden vom Alkohol hat! Ich kann nicht ausschließen, dass er ein irrer Killer ist." Kirch trank Kaffee und runzelte die Stirn. „Benny war im Heim und als Jugendlicher drogenabhängig. Bis er ein Nahtoderlebnis hatte: Sein Herz blieb stehen. Jesus erschien ihm und sagte ihm, er gäbe ihm eine letzte Chance. Die Ärzte holten Benny zurück, und er machte einen Entzug. Zurzeit wird er zum Industrietaucher ausgebildet."

„Trauen Sie ihm die Morde zu?"

„Ich traue grundsätzlich jedem Menschen einen Mord zu. Aber ich kann bei Benny kein Motiv sehen... Es sei denn, er wäre rückfällig geworden. Gibt es eine Verbindung zwischen ihm und den Ermordeten? Wie sind Sie überhaupt auf die drei gekommen?"

Andreas, der Notizen gemacht hatte und sich von Kirchs verbalen Ergüssen leicht eingelullt fühlte, wurde wieder wach. „Dazu darf ich Ihnen leider nichts sagen. Was wissen Sie über Jakob Valoschek?"

Die Mitteilungsfreude des Herrn Kirch schien langsam zu versiegen. „Falls ich mich richtig erinnere, kennen sich Benny und Jakob aus dem Heim und von gemeinsamen Drogenexzessen. Jakob ist wohl noch nicht ganz clean. Mehr weiß ich nicht."

„Das ist doch schon eine ganze Menge. Fällt Ihnen sonst noch jemand ein, der diese Art Morde begehen könnte?"

Kirch fasste sich wieder an das silberne Kreuz, als suche er Beistand bei höheren Instanzen, schaute an Andreas vorbei und verkündete kurz angebunden: „Nein, niemand. Ich muss jetzt gehen, ich hab eine Verabredung."

„Mit wem?"

„Mit jemandem, der der Gemeinschaft eine Kleinigkeit spenden möchte."

„Rufen Sie da an und sagen Sie, Sie kommen fünf Minuten später. Ich habe noch ein paar Fragen an Sie“, stellte Andreas klar. Für wen hielt sich der Mann? Für den Papst?

Kirch senkte den Blick und schluckte. Irgendetwas daran machte Andreas plötzlich misstrauisch. „Herr Kirch, wovon leben Sie eigentlich?“

„Von Spenden und Sponsoren“, antwortete er treuherzig. „Das ist doch legal, oder?“

„Natürlich. Solange Sie niemanden physisch oder psychisch unter Druck setzen.“

„Fragen Sie doch die Leute, ob sie sich gezwungen fühlen!“

„Vielleicht tue ich das auch. Herr Kirch, wo waren Sie am Sonntagabend und gestern Abend?“

Diese Frage schien Kirch nicht im Mindesten erwartet zu haben. Erst ein schneller, überraschter Blick zu Andreas, dann zu Manfred, der ein undurchsichtiges Lächeln aufgesetzt hatte, dann zurück zu Andreas.

„Hören Sie mal, ich bin doch kein religiöser Fanatiker, der Leute abschlachtet! Ich bin das genaue Gegenteil, ich will Menschen helfen!“

Als dazu niemand etwas sagte, wurde er einsilbig. Relativ einsilbig. „Ich wohne zurzeit noch in einer kleinen Pension in Plittersdorf. Da war ich am Sonntagabend nach der Versammlung und auch gestern Abend ab ca. 20.30 Uhr.“

„Ich nehme an, dafür gibt es keine Zeugen.“

„Richtig.“

„Danke, Herr Kirch, das war's erst mal.“ Andreas stand auf. „Nett, Sie kennengelernt zu haben. Mein Kollege schreibt sich noch eben die Adresse Ihrer Pension auf. Wir bleiben in Kontakt, nicht wahr?“

Kirch schaltete ziemlich flott um und lächelte. „Gerne, Herr Kommissar. Sie sind doch ein Mann, mit dem man reden kann. Mich würde ja auch Ihre private Meinung zu dem einen oder anderen Thema interessieren. Wenn Sie mal Zeit haben...“

„Erst müssen wir den Mörder dingfest machen. Einen schönen Tag noch.“

Sie gaben sich zum Abschied sogar die Hand. Alles schien harmlos und wunderbar. Aber kaum wieder auf dem Münsterplatz, meinte Manfred: „Der hat Dreck am Stecken!“

„Ja, denke ich auch.“

Andreas warf einen Blick auf das Beethoven-Denkmal. Beethoven in

Bronze, überlebensgroß und auf einem gewaltigen Podest. So stellte man die Leute früher dar. Heute neigte man dazu, die Leute vom Podest herunterzuholen. Und wenn man von seiner genialen Musikalität absah, war auch Beethoven nur ein Mann. Andreas meinte gelesen zu haben, dass dieser leidenschaftliche, großartige Komponist es zum Beispiel nicht geschafft hatte, eine Ehefrau zu finden.

„Wieso grinst du so?", wollte Manfred wissen.

Andreas wies zum Denkmal hoch. „Mir fiel gerade auf, dass ich mit ihm hier was gemeinsam habe."

„Was denn?"

„Keine Ehefrau."

Manfred guckte verständnislos und wechselte das Thema. „Sollen wir unseren Sektenführer nicht überwachen lassen?"

„Das kriegen wir bei der jetzigen Beweislage nicht durch. Vor allem, weil wir jemanden haben, der die Morde gestanden hat."

„Stimmt. Dann hab ich noch einen anderen Vorschlag: Wie wär's, wenn wir einen von uns in die Sekte einschleusen, der sich das Ganze mal von innen anguckt?"

„Nicht schlecht. An wen hast du gedacht? An dich?"

„Quatsch, der kennt mich doch jetzt! Ich dachte an unseren werdenden Vater."

„Sascha? Aber der hat doch auch –" Andreas überlegte, während sie rechts an der Post vorbei Richtung Friedensplatz marschierten. „Könnte klappen, Sascha ist weder Valoschek, noch Zorn, noch Kirch persönlich begegnet! Nicht einmal Yvette Glaser, er war ja dauernd mit seiner schwangeren Annika beschäftigt."

„Siehst du?", triumphierte Manfred. „Wir verpassen Sascha eine schreckliche Kindheit und einen anderen Namen. Und dann kann er das tun, wovon er sicher nicht nur nachts träumt: Undercover-Agent spielen!"

„Oh ja, er wäre begeistert. Allerdings hat er ein paar Tage Urlaub genommen."

„Pass auf, der hält es keine 48 Stunden am Stück zu Hause aus."

Sie hatten den Eingang zur Friedensplatzgarage erreicht. Andreas ging voraus. „Ich werde ihn fragen, wenn er wieder anruft."

Im Auto nahmen sie zuerst Kontakt zu Ulli und Petra auf, die möglichst zur gleichen Zeit bei Jakob Valoschek auftauchen sollten wie Manfred und Andreas bei Benjamin Fiedler.

Andreas hoffte nur, dass die beiden undurchsichtigen Gemeindemitglieder zu Hause waren.

*

Sankt Augustin, Kinderklinik, 17 Uhr

Annikas Wehen wurden immer stärker. Presswehen, erklärte die Hebamme.

Schön, sollte sie pressen. Aber Sascha brauchte ab und zu eine Auszeit von den grauslichen Geräuschen, die Annika von sich gab, und ging dann für ein paar Minuten auf den Flur vor dem Kreißsaal. So eine Live-Veranstaltung war doch etwas ganz anderes als eine Geburt im Fernsehen!

Leise schloss er die Tür hinter sich und atmete auf. Der Beruf einer Hebamme war definitiv nichts für ihn.

Sascha sah sich um… Von wo war er vorhin gekommen? Diese Station schien räumlich ebenso verschachtelt wie die Zeitebenen von ‚Inception'! Er hielt sich erst einmal rechts. Die Flure hier waren sehr angenehm gestaltet: viel zartes Orange, sogar der Fußboden war fröhlich orange. Am besten gefielen ihm die riesigen Fotos von verschiedenen Blüten an den Wänden. Und schön warm war es! Sollte er nach draußen gehen? Nein, auf keinen –

„Möchten Sie vielleicht was Kaltes trinken?", sprach ihn eine pummelige, blonde Schwester jenseits der Fünfzig an, als habe sie seine Gedanken gelesen. Sascha nickte, und die Frau führte ihn in die kleine, eigene Cafeteria, die sich die Station leistete. Hier saßen bereits zwei Männer, die angespannt wirkten wie vor der mündlichen Abiturprüfung, aber wohl auch nur darauf warteten, dass sich ihre Kinder endlich auf den Weg ans Tageslicht machten.

Sascha holte sich eine Cola, stellte sich ans Fenster und sah hinaus. Er kippte die Cola in großen Schlucken in sich hinein und dachte an den kleinen Disput mit einem Arzt, als er vorhin das Auto vom Notarztparkplatz hatte wegfahren wollen. Der Mann hatte herumgezetert, als habe Sascha Hunderte von Menschenleben gefährdet!

Also hatte Sascha ihm seinen Dienstausweis präsentiert und behauptet, es handele sich um einen polizeilichen Einsatz. Dann hatte er den Arzt, der schon ganz rot im Gesicht war, stehen lassen und sich einen anderen Parkplatz gesucht. Mal abwarten, ob das Konsequenzen hatte. Aber letztlich war ihm das egal, es ging um seinen Sohn, um sein Fleisch und Blut, um einen Teil von ihm!

Plötzlich hielt es ihn nicht mehr in der Cafeteria. Er musste nach Annika sehen! Er fand erstaunlich schnell zurück zum Kreißsaal. Als er die Tür öffnete, bekam er gerade noch mit, wie Annika die Hebamme anfuhr: „Verdammt noch mal! Wie lange dauert das denn noch?"

Die Hebamme, eine kleine, dünne, sehr ruhige Person, die solche Beschimpfungen von unzurechnungsfähigen Erstgebärenden vermutlich gewöhnt war, lächelte verständnisvoll und meinte: „Ich guck mal nach dem Muttermund." Was sie auch tat. „Wenn der sich noch zwei, drei Zentimeter öffnet, kann's losgehen... Ich schätze mal, das dauert keine Stunde mehr."

„Was? Noch eine Stunde?!" Annika war entsetzt. „Das halte ich keine fünf Minuten mehr aus!" Und schon stöhnte sie wieder, dass es einem durch Mark und Bein ging.

Sascha verschränkte die Arme. Wer fragte eigentlich danach, wie lange *er* das hier noch aushielt?

*

Bonn, Maxstraße,
17.15 Uhr

Als Benjamin Fiedler ihnen die Haustür aufdrückte, holte Andreas sein Handy heraus und fragte bei Petra nach, ob Jakob Valoschek auch zu Hause war. War er.

Na, wenigstens das klappte. Zufrieden hielt Andreas Manfred die Tür auf und gemeinsam stiegen sie die knarrende Treppe im Flur des mehrstöckigen Altbaus nach oben. Im zweiten Stock wies er sich an Fiedlers Wohnungstür aus und fragte, ob es möglich sei, in der Wohnung kurz mit ihm zu sprechen. Fiedler war nicht begeistert, das merkte man ihm an. Er hatte, wie Andreas wusste, schon ausreichend mit der Polizei zu tun gehabt.

Der Mann war mittelgroß, eher zierlich gebaut und hatte einen unglaublich dünnen Hals, der viel zu schwach schien für den kugelrunden

Kopf, der darauf saß. Benjamin Fiedler führte sie in sein Wohnzimmer mit abgehängter Decke, das spartanisch und farblos mit billigen, aber ordentlichen Möbeln eingerichtet war.

„Herr Fiedler“, begann Andreas, als er neben Manfred auf dem beigebraun gemusterten Sofa saß, „Sie wissen, warum wir hier sind?“

Fiedler, in Jeans und grünem T-Shirt, hockte sich auf die Vorderkante eines Sessels und stützte die Hände auf die Oberschenkel. „Wegen den Ritual-Morden? Und da soll Jakob irgendwas mit zu tun haben?“

„Ja, kann man so sagen.“

„Ist doch Blödsinn!“ Fiedler schaute Andreas mit einem herausfordernden Blick aus blaugrünen Augen an, die zu weit auseinander standen. Das sah unschön aus. „Sagen Sie mir einen Grund, warum er so was machen sollte!“

„Gern. Ihr Freund kannte den Ermordeten und hatte des Öfteren Streit mit ihm. Und gehört einer dubiosen Teufelssekte an.“

„Wir sind keine Sekte! Und schon gar keine Teufelssekte!“, regte sich Fiedler auf, beruhigte sich aber schnell wieder und dachte ein bisschen nach. „Wir sind inzwischen über 70 Leute in der Gemeinde. Vielleicht gibt's ja noch jemand, der den Baum kennt und sauer auf ihn war.“

„Möglich. Wir sind durchaus noch nicht fertig mit unseren Ermittlungen.“ Andreas machte eine Pause, beugte sich vor und blickte dem Mann fest in die Augen. „Herr Fiedler, glauben Sie an den Teufel?“

Fiedler hielt dem Blick nicht lange stand, sondern schaute zu einem Kruzifix aus dunklem Holz hinüber, das zwischen zwei Fenstern an der Wand hing. „Ja, ich glaube, dass es den Teufel gibt...und manchmal nimmt er Menschengestalt an.“

„Das klingt aber etwas anders als das, was Herr Kirch sagt.“

„Woher wollen Sie das wissen?“

„Wir haben gerade mit ihm geredet.“

In Fiedlers Augen blitzte kurz Spott auf. „Denken Sie wirklich, Jonas redet mit Ihnen so, wie er mit uns redet?“

Andreas rieb sich innerlich die Hände. Was für ein netter Hinweis! Und ein Grund mehr, jemanden in die Gruppe einzuschleusen.

„Herr Kirch hat uns erzählt, dass Sie im Heim aufgewachsen sind, dass Sie drogenabhängig waren und jetzt eine Ausbildung zum Industrietaucher machen. Stimmt das?“

„Ja.“

„Herr Fiedler, kennen Sie Hugo Voss, den Mann, der gestern ermordet wurde?“

„Nein, woher denn? Und ich sag Ihnen gleich, Jakob kennt den Mann auch nicht!“

„Ich dachte mir schon, dass Sie das sagen. Eine letzte Frage: Wo waren Sie gestern Abend zwischen 21.30 Uhr und 23 Uhr?“

„Ich war mit Jakob zusammen.“

„Was haben Sie gemacht?“

Mit leichter Verzögerung behauptete Fiedler: „Wir haben bei ihm einen Film geguckt. Aus der Videothek. Da können Sie nachfragen.“

„Welche Videothek ist das?“

Fiedler nannte den Namen, Andreas erhob sich, Manfred auch. „Danke, Herr Fiedler. Wir melden uns dann wieder.“

Manfred, der mit Zeugen oder Verdächtigen ungern ein Wort zuviel redete, meinte, kaum dass sie unten auf der Straße standen: „Jetzt ruf doch schon Petra an! Ich will wissen, was der andere gesagt hat!“

„Herrgott, du bist ja schlimmer als Sascha!“ Andreas holte sein Handy heraus und ließ es ein paar Mal bei Petra klingeln.

„Ja?“

„Seid ihr auch schon fertig?“

„Ja, seit zwei Minuten. Was hat denn der Fiedler als Alibi angegeben?“

„Er sagt, er hat bei Valoschek einen Film aus der Videothek angeguckt.“

Petra lachte so laut auf, dass Andreas den Apparat ein Stück vom Ohr weghielt. Dann hörte er sie sagen: „Valoschek gibt aber an, dass er mit Fiedler bis nach 23 Uhr in einer Kneipe in Tannenbusch gesessen hat!“

Auch Manfred lachte, als Andreas ihm die Antwort weitergab. „Ich wette, die zwei waren's! Die haben ihre Alibis schlampig abgesprochen.“

„Glaub ich nicht“, stellte Petra klar, die Manfreds Antwort gehört hatte. „Die beiden sind keine Anfänger und auch nicht blöd! Wahrscheinlich ist nur einer der Mörder und benutzt den anderen ohne sein Wissen als Alibi!“

„Kann sein“, meinte Andreas. „Oder sie sind beide unschuldig und lügen sich aus lauter Angst was zusammen!“

„Angst wovor?“

„Vor uns. Die sind doch beide vorbestraft.“

„Was machen wir jetzt?“

„Wir setzen uns im Präsidium zusammen und denken nach. Übrigens hatte Manfred eine klasse Idee.“

„Ist man gar nicht von ihm gewöhnt.“

„Ach ja? Dann lass dir doch selbst mal was einfallen.“

Andreas legte auf, und Manfred hakte sofort nach: „Hat sie über mich gelästert? Was hat sie gesagt?“

„Dass man klasse Ideen von dir nicht gewohnt ist.“

Manfred war einen Moment sprachlos, dann schimpfte er: „Ich weiß nicht, was mit der Frau los ist! Die legt's nur noch darauf an, mit jedem Streit anzufangen!“

„Ist mir auch schon aufgefallen. Wahrscheinlich ist der Teufel in sie gefahren.“

*

Sankt Augustin, 17.45 Uhr

Annika presste aus Leibeskräften. Der Arzt, mittelalt, dunkelhaarig, Adlernase, drückte zusätzlich mit beiden Händen auf Annikas Bauch herum.

Sascha stand am Kopfende dieses Zwischendings aus Liege und Stuhl und fühlte sich sowohl nutz- als auch hilflos. Wie ein Fluglotse im Tower, der mitansehen muss, wie ein Flugzeug abschmiert und mit dem Boden kollidiert.

Ja, er gestand sich eine gewisse Angst ein. Eine Geburt war schließlich kein Ausflug mit dem Rheindampfer! Was da alles passieren konnte: die Nabelschnur wickelte sich um Gabriels Hals, er blieb im Geburtskanal stecken, Gefäße platzten und Annika verblutete! Und das war –

Ein wildes Stöhnen von Annika, die nächste Wehe, das nächste Pressen, und Sascha presste in Gedanken mit und drückte und presste, und plötzlich ein Aufschrei von Annika, und Gabriels Köpfchen war draußen. Und dann ging es rasend schnell: Gabriel flutschte der Hebamme förmlich in die Arme, sie legte ihn auf Annikas Bauch, und der Arzt fragte Sascha, ob er die Nabelschnur durchschneiden wolle.

Sascha machte es, aber eher nebenher, denn er war völlig versunken in den Anblick seines verschmierten, schrumpeligen Sohnes, dessen Gesicht irgendwie gequetscht und so...so fremd aussah. Doch ein Außerirdischer!

Sofort schämte er sich für diesen Gedanken und holte die Kamera aus Annikas Tasche. Sie hatte ihm ausdrücklich verboten, die Geburt zu filmen, aber jetzt durfte er.

Die Hebamme wog, vermaß, wusch und zog Klein-Gabriel an. Zwischendurch präsentierte der Arzt die Plazenta, die grau, blutig und platt wie ein Pfannkuchen auf einem Tisch lag und ohne weiteres die Hauptrolle in einem Horror-Film hätte spielen können.

Der Arzt war anderer Meinung, behauptete erfreut: „Die sieht ja aus wie neu", und widmete sich irgendwelchen Untersuchungen an Gabriels Reflexen.

Annika lächelte glücklich und zufrieden und schickte Sascha nach draußen, damit er allen Verwandten und Freunden telefonisch Bescheid gab, dass die menschliche Gemeinschaft ein neues, gesundes Mitglied hatte.

6

Bonn, Polizeipräsidium, Samstag, 10. Mai, 5.55 Uhr

Holger fühlte sich hundeelend. Sein Kopf schmerzte, als fahre in regelmäßigen Abständen ein Bus darüber, ihm war übel, und seine Hände und Beine zitterten.

Er schaute auf seine Armbanduhr. Seit mindestens zwei Stunden war er schon wach, und die Angst kroch näher, eine ganz gewaltige, grässliche Angst, die nicht wirklich konkret werden wollte. Wovor hatte er solche Angst?

Mit schwerem Seufzer drehte sich Holger auf der Liege auf die Seite, was sowohl den Kopfschmerz als auch die Übelkeit verstärkte. Es würde etwas Schreckliches geschehen. Mit ihm. Ihm würde etwas Unvorstellbares zustoßen. Etwas, das tausendmal schlimmer war als das, was er den beiden Männern angetan hatte.

Obwohl er sich gar nicht so sicher war, dass er die beiden wirklich ermordet hatte. Aber gestern Vormittag in seinem Büro, als er sich im Internet die Fotos der Männer und der Tatorte angeguckt hatte, da war ihm das alles so entsetzlich bekannt vorgekommen. Minutenlang hatte er die Bilder regelrecht angestarrt, wobei er fast nüchtern geworden wäre, während ihm wie in Zeitlupe das Blut in den Adern zu stocken schien, die Gesichter, die Straßen, die Sache mit dem Kreuz und dem Ertränken, und er dachte, das bist du gewesen, im Rausch, du hast sie im Rausch ermordet, nein bestraft, du hast sie bestraft, weil sie dich in den Wahnsinn treiben wollten! Ja, so hatte er gedacht.

Vorsichtig drehte sich Holger wieder auf den Rücken. Gott, ging es ihm dreckig!

Inzwischen war ihm ein neuer Gedanke gekommen: Jemand hatte ihn heimlich unter Drogen gesetzt, damit er die beiden Männer tötete, dann eingesperrt wurde und von da an unter Polizeikontrolle war. Ja, er sollte für den Rest seines Lebens eingesperrt werden, damit man ihn rund um die Uhr unter Beobachtung halten konnte!

Hatte er nicht gestern in den Augen des Kommissars, der ihn verhört hatte, so ein merkwürdiges Funkeln gesehen? Das Feuer des Teufels?

Dieser Mann war kein Mensch, sondern eine Kreatur aus der Hölle!

Die Angst kroch höher, an seinem Rückgrat entlang, Wirbel für Wirbel, kroch noch höher, bis ins Gehirn hinein...und dort verschlang sie einen Gedanken nach dem anderen, wurde immer dicker und fetter, ließ ihn plötzlich aufspringen und mit beiden Fäusten auf die Tür einhämmern und schreien: „Lasst mich raus hier! Ich muss hier raus! Um Gotteswillen! Ich muss hier raus!"

*

Bonn-Oberkassel, 7.30 Uhr

Andreas saß in seiner winzigen Küche, trank Kaffee, aß einen Salamitoast und las in einem Fachbuch über Neurologie und Psychiatrie, das seit Jahren in einem Regal verstaubte. Er wusste kaum noch, aus welchem Grund er es sich angeschafft hatte. Es enthielt eine Übersicht über Krankheiten des Gehirns und der Persönlichkeit, und Andreas war überrascht, beeindruckt und auch beunruhigt, was es da so alles gab.

Während des Frühstücks gelang es ihm noch nicht, die Auffälligkeiten eines Holger Zorns einer bestimmten psychiatrisch-neurologischen Erkrankung zuzuordnen, zumal er überzeugt davon war, dass es auf diesem Fachgebiet jede Menge unklarer Grenzen gab. Von individuellen Interpretationen der Psychiater ganz zu schweigen.

Andreas legte das Buch beiseite und schaute aus dem Fenster: schönstes Frühsommerwetter. Ein Blick auf das Außenthermometer: 15 °C. Könnte heiß werden heute. Er zog trotzdem eine Jacke über, packte ein paar notwendige Dinge wie Taschentücher, Lesebrille, Handy und Ausweis in die Taschen und machte sich zu Fuß auf zum Präsidium.

Im Büro setzte er zunächst frischen Kaffee auf und forschte nach, wer an diesem Samstag außer ihm noch hier anzutreffen war. Manfred nicht, Petra nicht. Niemand. Und Ulli würde sicher erst im Laufe des Vormittags eintrudeln.

Andreas nahm sich forensische Berichte, Notizen, Aussagen und Fotos vor und versuchte sich an einer Art übersichtlicher Zusammenfassung.

Zunächst die beiden Raubmorde an Hedwig Bach und Liselotte Degen. Erstere war erschlagen worden, die zweite war gewürgt worden und dabei einem Herzinfarkt erlegen. In beiden Fällen verschwanden größere Geldsummen. Andreas ging vorerst davon aus, dass die Frau, die vom Nachbarn bei Liselotte Degen auf der Terrasse gesehen worden war, auch Hedwig Bach beraubt und umgebracht hatte.

Was ihn wunderte, war die Brutalität der Täterin, schließlich hätte sie die beiden älteren, gebrechlichen Damen auch außer Gefecht setzen können, ohne sie gleich umzubringen... War es dieser Frau wirklich nur um Geld gegangen, oder hatte sie noch ein anderes Motiv?

Jedenfalls war in ganz NRW keine Raubmörderin mittleren Alters bekannt, und daher konnten auch die Fingerabdrücke, die man auf der Armlehne eines Gartenstuhls und am Griff der Terrassentür gefunden hatte, nicht zugeordnet werden. Zumindest schieden dadurch die Verwandten der Opfer vorerst aus.

Die Überwachungsaufnahmen der beiden Banken gaben ebenfalls nicht wirklich etwas her; außer, dass in einem Fall eine mittelgroße, schwarzhaarige Frau im beige Trenchcoat und roter Brille die Bankgeschäfte der älteren Dame beobachtet hatte – wobei sie, als sei sie erkältet, ständig mit einem Taschentuch an ihrer Nase herumtupfte und das halbe Gesicht verdeckte. In der zweiten Bank war sie nicht zu entdecken, vielleicht hatte sie sich dort eine andere Verkleidung zugelegt.

Das einzige, das man im Moment tun konnte, war, eine Warnung vor dieser Frau in den Medien herauszugeben.

Und jetzt zu den von der Presse so getauften ‚Ritual-Morden'. Wen hatte er denn da als Täter zur Auswahl? Jakob Valoschek und Benjamin Fiedler, entweder beide zusammen oder einer allein. Dann natürlich Jonas Kirch, aber möglicherweise gab es noch mehr Verdächtige in seiner Gemeinde. Außerdem Holger Zorn, dem der Psychiater gestern in einer ersten Schnelldiagnose vermutlich vom Alkohol erzeugten Verfolgungswahn bescheinigt hatte.

Vielleicht sollte man auch den einen oder anderen Sozialhilfeempfänger, für den Mordopfer Baum zuständig gewesen war, oder den einen oder anderen Bankkunden von Mordopfer Voss noch einmal gründlich unter die Lupe nehmen. Aber auffällig war es schon, dass drei Monate nach der Gründung einer religiösen Gruppe, die sich intensiv mit dem Teufel beschäftigte, zwei Morde begangen wurden, die stark an Teufelsaustreibungen erinnerten.

Es wurde Zeit, Manfreds brillanten Plan in die Tat umzusetzen und die ‚Gemeinde' von innen zu beleuchten. Andreas überlegte sich ein paar Strategiepunkte, bis es 9.30 Uhr war und somit spät genug, um bei Sascha anzurufen.

Der meldete sich mit kraftvoll-fröhlicher Stimme: „Morgen Andreas! Hältst du's mal wieder nicht ohne mich aus?"

„Genau, ich bin völlig haltlos ohne dich. Wie war die erste Nacht als Vater?"

„Sehr angenehm, ich war ja auch allein zu Hause. Wenn du Annika noch im Krankenhaus besuchen willst, musst du dich beeilen, sie darf am Dienstag gehen."

„Prima. Bist du die nächsten Tage sehr beschäftigt, oder hättest du morgen mal zwei Stunden Zeit? Es geht um die Ritual-Morde."

„Leute befragen?"

„Verdeckte Ermittlung. Ich würde gern die Einzelheiten kurz mit dir besprechen... Weißt du was? Ich komme zu dir, ihr habt so einen schönen Ausblick. Ruf mich an, wenn du nachher mal 'ne halbe Stunde Zeit hast."

*

Vinxel,
9.35 Uhr

Sascha legte auf. Eben noch hatte er ein paar freie Tage vor sich gehabt, und nun gab es schon wieder Arbeit. Gut.

Vorsichtshalber räumte er ein bisschen auf, falls Andreas ihm wirklich einen Besuch abzustatten gedachte. Anschließend besorgte er sich einen riesigen Blumenstrauß und fuhr zu Annika in die Kinderklinik, die gerade mit mittelmäßigem Erfolg versuchte, Baby Gabriel zu stillen.

Gabriel quengelte ein bisschen herum, und auch Annika wirkte alles andere als glücklich und zufrieden. Sascha hatte von diesem Phänomen gehört: schwere Stimmungsschwankungen infolge der nächsten dramatischen Hormonumstellung. Frauen konnten einem schon leid tun. Das behielt er für sich, nahm Annika das nörgelnde Kind ab und ging, leise auf Gabriel einredend, mit ihm auf und ab. Das beruhigte das Baby derart, dass ihm die Augen zufielen. Genau in diesem Moment kamen, angeregt miteinander plaudernd, Saschas und Annikas Mutter zur Tür herein und waren selbstredend hochgradig entzückt darüber, wie gut der Mann doch mit dem Kind umgehen konnte. Sascha reichte das Baby sofort weiter.

Die Mütter trösteten Annika und überschütteten sie mit guten Ratschlägen. Nebenbei fertigte man eine Einkaufsliste für den Nachmittag an, dann machte man sich, nachdem Gabriel in die Obhut einer Schwester übergeben worden war, auf den Weg in die große Cafeteria im Untergeschoss zum gemeinsamen Mittagessen.

In eigentümlich vorgebeugter und breitbeiniger Haltung lief Annika im pflaumenfarbenen Freizeitanzug durch die Flure. Sascha wollte sich über den Grund dieser Gangart lieber keine Gedanken machen.

Nach dem Essen verspürte Annika das Bedürfnis, sich auszuruhen. Also zog Sascha mit den beiden frischgebackenen Großmüttern los, um für das lange Pfingstwochenende einzukaufen und für die nächste Woche noch mehr Windeln, Babyöl, usw. einzulagern.

Gegen 15 Uhr setzte er die Omas zusammen mit einer Schachtel von Annikas bevorzugten Pralinen wieder am Krankenhaus ab und fuhr weiter nach Vinxel, um die Einkäufe nach Hause zu bringen. Er ließ Annika Bescheid geben, dass er sich eine kleine Pause genehmigen und ihr am späteren Nachmittag Gesellschaft leisten wolle.

Im trauten Heim gönnte er sich dann eine große Portion Eis mit Sahne und einen angejahrten Action-Film, in dem Schwarzenegger seinen getöteten Sohn rächen will. Eine Viertelstunde, bevor der Film zu Ende war, rief Sascha Andreas an, um ihm zu sagen, er könne jetzt kommen.

Das Timing war perfekt. Kaum hatte Arnie eher nebenher ein paar tausend Menschen das Leben gerettet und auch noch einen Ersatzsohn vom Schicksal geschenkt bekommen, als Andreas eintraf, minutenlang die Aussicht auf das Siebengebirge genoss und schließlich im Wohnzimmer – bei geschlossener Balkontür – zur Sache kam.

Er lehnte sich im Sessel zurück, schlug ein Bein über das andere und meinte: „Manfred hatte die Idee, jemanden in die Sekte einzuschleusen, der sich mal anhört, was Kirch zu sagen hat, wenn keine Polizei dabei ist." Nun rückte er die Brille gerade, die gar nicht schief gesessen hatte. „Mich würde auch interessieren, wie sich die Mitglieder, die wir im Verdacht haben, in den Versammlungen aufführen. Und weil dich niemand von denen kennt, wärst du der perfekte Mann dafür."

„Unter falschem Namen?"

Andreas lächelte amüsiert. „Klar."

„Natürlich gehe ich da hin. Ihr solltet froh sein, dass so ein intelligenter, hochbegabter Schauspieler wie ich überhaupt bei der Polizei arbeitet!"

Andreas lächelte immer noch väterlich. „Das sind wir. Du wirst dich fühlen wie James Bond."

„Sag mal, wie viele Bond-Filme hast du gesehen? Der Mann hat noch nie undercover ermittelt! Der stellt sich einfach hin und sagt: Hi, mein Name ist Bond, James Bond! Falls man ihn nicht sowieso längst erkannt hat!"

„Ja, genau, aus den Filmen."

Sascha schüttelte den Kopf. „Jetzt mal im Ernst, was hast du mir mitgebracht?"

Andreas zog mit seinen langen, dünnen Fingern ein paar gefaltete Zettel aus der Jackentasche, die er Sascha überreichte. „Kurze Zusammenstellung von Valoschek und Fiedlers Aussagen, und was wir sonst so über sie wissen. Ach ja, das weißt du ja noch gar nicht: Gestern kam noch ein Sektenmitglied zu uns, nämlich Holger Zorn, und hat die Morde an Baum und Voss gestanden. Aber der Mann ist Alkoholiker und spinnt sich einen ziemlichen Unsinn zusammen."

„Wollt ihr ihn gehen lassen?"

„Das ist noch nicht endgültig entschieden. Heute Morgen hat er jedenfalls sein Geständnis widerrufen. Der Kerl war auf Entzug und ziemlich fertig, wir mussten den Arzt kommen lassen." Wieder drückte Andreas mit den Fingern an der Brille herum, als säße sie nicht richtig. „Zorns Anwalt hat schon behauptet, wir hätten ihm das Geständnis entlockt, als er volltrunken war. Wir werden ihn wohl gehen lassen müssen... aber sein Führerschein bleibt bei uns!"

Sascha überlegte kurz. „Kein Führerschein? Aber wie kommt er dann zur Gemeinde-Versammlung?"

„Mit seiner Frau, die ist auch Mitglied."

„Schade, sonst hätte ich ihn mitnehmen und schon ein bisschen ausquetschen können."

„Rück dem nicht zu sehr auf die Pelle, der ist auch nüchtern hochgradig paranoid", warnte Andreas und ließ sich aus einer Thermoskanne einen Kaffee ausschenken. „Kann ja sein, dass er Stimmen hört, die ihm befehlen, Leute umzubringen. Und wenn er dich für Satan persönlich hält... Jetzt, wo du Vater bist, musst du natürlich besonders vorsichtig sein."

Sascha zählte lautlos bis 10. Würde das jetzt die nächsten Monate so weitergehen? Dreimal am Tag die gleichen Sprüche? Dagegen musste er sich dringend was einfallen lassen!

„Wann ist die nächste Versammlung?“, fragte er.

„Morgen. In Beuel.“

„Morgen schon?“ Na, das war doch wieder eine echte Herausforderung – sich in nur einem Tag eine neue, glaubwürdige Identität zurechtzimmern zu müssen!

*

Bonn-Lengsdorf, 10.55 Uhr

Gegen 11 Uhr wurde Gottfried bewusst, dass er den Anruf vor sich herschob. Eigentlich war das nicht seine Art. Wenn er etwas haben wollte, kämpfte er darum. Wie zum Beispiel um seine Gesundheit. Er würde alles tun, um die Krankheit, die in ihm lauerte, zu besiegen. Und er würde gewinnen!

Genug jetzt mit Aufräumen, Waschen und Putzen! Er würde jetzt sofort Tina anrufen! Entschlossen griff er zum Telefon, wählte ihre Nummer, und als er ihre Stimme hörte, wurde er ganz ruhig. „Hallo, ich bin's, Gottfried. Ich wollte fragen, ob du heute Nachmittag schon was vorhast.“

„Wieso?“

Was war denn das wieder für eine Frage? Gottfried holte tief Luft und bemühte sich, freundlich zu bleiben. Sie hatte durchaus das Recht, nein zu sagen. „Ich wollte dich zuerst ins Kino einladen, und dann könnten wir uns doch irgendwo draußen hinsetzen, was essen und uns ein bisschen unterhalten.“

Erst einmal Stille in der Leitung. Hatte sie schon aufgelegt? Die Blöße, „Hallo Tina?“ in den Apparat zu rufen, wollte er sich nicht geben. Also wartete er ab.

„Gottfried, bist du noch dran? Ich hab keine Lust, ins Kino zu gehen. Aber draußen sitzen und was essen, ja, das können wir machen. Wo und wann treffen wir uns?“

Jawoll! Er hatte es doch geahnt! Sie mochte ihn! „Kennst du das Lokal bei dir in der Nähe, direkt am Rhein?“

Er beschrieb ihr den Weg, und sie verabredeten sich für 18 Uhr. Äußerst zufrieden mit sich, legte Gottfried auf. Er hatte gewissermaßen einen Fuß in der Tür, und die würde er demnächst – nein, nicht aufstoßen, sondern ganz langsam aufschieben.

Kurz vor sechs traf er auf dem Parkplatz neben dem Restaurant ein. Tina kam ihm bereits entgegen. Sie trug einen langen, bunten Rock und eine schwarze Bluse mit halblangen Ärmeln, wegen der Narben wahrscheinlich.

Es folgte die obligatorische Umarmung, und er hielt Tina zwei, drei Sekunden länger fest als üblich. Hastig machte sie sich los. Ganz sicher hatte sie Probleme mit ihrem Körper, wegen der Narben. Gottfried konnte das verstehen.

Auf der Terrasse fanden sie einen freien Tisch unter einem riesigen, blauen Schirm. Die Sonne schien, es wehte ein warmer Wind, und die Aussicht auf den Rhein war wunderbar. Gottfried fühlte sich gut.

„Was hast du den ganzen Tag so gemacht?", fragte Tina, während sie die Speisekarte studierten.

„Ich habe Hausfrau gespielt. Du weißt, ich bin ein ordentlicher Mensch und halte meine Wohnung tiptop sauber."

Tina lachte. „Das ist selten bei Männern."

„Das ist ein Vorurteil, liebe Kristina."

„Das glaube ich nicht. Was willst du essen?"

„Ich nehme ein Steak."

„Ja, danach ist mir jetzt auch."

Gottfried bestellte und war entschlossen, keine Zeit zu verlieren. Als die Kellnerin gegangen war, fragte er geradeheraus: „Weißt du, worüber ich mich schon länger wundere? Dass du trotz der schrecklichen Erlebnisse in deiner Kindheit noch an einen Gott glaubst. Wie schaffst du das?"

Tina schaute einem Ausflugsdampfer hinterher und überlegte. „Du willst eine Erklärung dafür?" Ihr Blick wanderte in sein Gesicht zurück. Hatte sie sich etwa extra für ihn geschminkt? „Ich habe eine Erklärung, aber es ist eine brutale und rachsüchtige Erklärung: Nur wenn ich an einen Gott glaube, kann ich auch an eine Hölle glauben, und in der will ich alle leiden sehen, die mir je wehgetan haben! Ich kann einfach noch nicht anders empfinden."

Das war wenigstens ehrlich. Gottfried wollte auch ehrlich sein. So weit es ging. „Ich sehe das genauso, aber Jonas würde das sicher als sehr negativ bezeichnen." Hätte er Jonas erwähnen sollen? Wie würde sie reagieren?

„Das ist es ja auch. Aber wir sind doch in der Gemeinde, um diese Einstellung zu ändern. Oder willst du das gar nicht?"

Während sie mit einem Bierdeckel herumspielte, sah sie ihn herausfordernd an. Sollte er bei der Wahrheit bleiben?

„Ich bin nicht mit allem einverstanden, was Jonas sagt."

„Ach was! Das haben inzwischen ja wohl alle gemerkt." Tina lächelte merkwürdig. „Dann verrate mir doch mal, warum du eigentlich in der Gruppe bist!"

Die Getränke wurden gebracht, was Gottfried ein bisschen Zeit verschaffte, um sich die Antwort gut zu überlegen. Schließlich hob er sein Bierglas, prostete Tina zu und meinte: „Ich bin in der Gemeinde, weil ich Leute kennenlernen wollte, die so denken wie ich. Und ich wollte mehr über mich und meine Schwächen und Stärken erfahren. Aber der Hauptgrund warst du, Kristina. Ich hab mich damals im Februar so unglaublich gefreut, dich wiederzusehen."

Zum Ende hin hatte er seine Stimme ganz weich werden lassen und seinen Blick ganz sanft, woraufhin Tina rasch in eine andere Richtung schaute.

„Was für Schwächen hast du denn?", fragte sie mit aggressivem Unterton. „Frauen anmachen?"

„Das mag ich an dir: Du sagst immer, was dir in den Sinn kommt und spielst nicht das liebe Mädchen." So, und jetzt noch ein paar Komplimente nachschieben, aber nicht irgendwelche billigen Allerweltssprüche, sondern speziell auf sie zugeschnittene Komplimente. Nicht zuletzt, um sie von ihrer unangenehmen Frage abzulenken. „Außerdem mag ich deine witzige, schlagfertige Art... Die hat mich von Anfang an schwer beeindruckt."

„Noch was?" Sie schaute ihm immer noch nicht in die Augen.

„Deine Kratzbürstigkeit kommt doch nur daher, dass du dich selbst nicht magst, und deshalb kannst du auch nicht verstehen, wenn dir jemand was Nettes sagt. Du fühlst dich dann auf den Arm genommen, nicht wahr?"

„Ich wusste gar nicht, dass ich heute meine erste Therapiesitzung bei dir habe", wunderte sie sich mit spöttischem Lächeln.

„Ich will dir doch nur klar machen, dass Jonas nicht der einzige ist, der dich versteht und der Rücksicht auf dich nimmt!" Gottfried machte eine kunstvolle Pause und holte das Letzte aus sich heraus. „Hat Jonas dein herrlich ansteckendes Lachen bemerkt, oder die perfekte Form deiner Lippen, oder das einzigartige Azurblau deiner Augen? *Ich* habe es bemerkt."

Tina warf ihm einen misstrauischen Blick zu und trank ihr Bierglas leer. Plötzlich fing sein rechtes Auge an zu schmerzen, die Sicht wurde leicht verschwommen. Auch sein rechter Arm schien ein wenig taub zu werden. Das konnte er jetzt wirklich nicht gebrauchen.

Glücklicherweise kamen soeben die Steaks, und während des Essens diskutierten sie über Jonas' schwer verständliche 27. Regel: *Manche Handlung mag aussehen, als sei sie vom Teufel ausgedacht, aber sie ist von Gott gewollt. Wägt genau ab und überseht nicht das, was wirklich negativ ist.* Jonas war bisher jeder näheren Erläuterung zu diesem Thema erfolgreich aus dem Weg gegangen.

„Was glaubst du, was er damit meint?", fragte Gottfried und schnitt ein Stück Fleisch ab. Sein Auge und sein Arm fühlten sich wieder normal an.

„Ist das nicht völlig klar?", fragte Tina kauend zurück. „Wenn jemand was scheinbar Böses tut, damit aber Gutes bewirken will."

„Ja, das ist mir klar. Aber was genau soll das sein?"

Tina schaute auf ihren Teller, während sie antwortete. „Vielleicht, wenn du eine Bank ausraubst und das Geld an hungernde Kinder verteilst."

„Na ja, also...das überzeugt mich nicht wirklich."

„Oder vielleicht", wieder so ein schneller, merkwürdiger Blick von ihr, „wenn du Menschen umbringst, die Böses getan haben."

„Du sprichst vom Ritual-Mörder?" Gottfried lachte auf. „Du hast also doch Nachrichten geguckt?"

„Nein! Aber ich bin ja nicht blind – das war doch auf allen Zeitungen zu lesen!"

„Stimmt, das war nicht zu übersehen. Und du denkst wirklich, Jonas' Regel würde so ein Verbrechen rechtfertigen?"

Tina aß immer langsamer. War ihr der Appetit vergangen? „Ich meine damit nur, jemand könnte sie so auslegen."

„Dazu müsste er sie kennen."

„Ja...und dann wäre es jemand aus unserer Gemeinschaft."

Diese Unterhaltung gefiel Gottfried nicht. „Das ist Quatsch! Es gab schon immer Serienkiller, die aus religiösen Gründen Leute umgebracht haben! Und wahrscheinlich ist das religiöse Motiv auch nur vorgetäuscht, um die Polizei in die Irre zu führen. Das hab ich irgendwo gelesen."

Tina nickte und widmete sich eine Weile wortlos ihrem Steak. Gottfried wurde unruhig. Sogar sein rechtes Bein fing an zu kribbeln. Vielleicht sollte er doch langsam zu Plan B übergehen, obwohl es ihm verdammt schwerfiel. Ein paar Sekunden lang betrachtete er Tinas schlanken, leicht gebräunten, rechten Arm, auf dem sich kurz unterhalb des Ärmels der Anfang einer weißrötlichen, vermutlich riesigen Narbe abzeichnete. Also los.

Er schaute nachdenklich über den Rhein hinweg und gab dann möglichst friedlich zu: „Eigentlich macht Jonas seine Sache ziemlich gut."

Er wandte sich Tina zu, die ihn schon wieder mit Skepsis in den märchenhaft blauen Augen ansah. „Was wird denn das jetzt? Willst du dich bei mir einschleimen?"

„Es ist wohl völlig egal, was ich über Jonas sage – es ist immer falsch!" Gottfrieds Stimme wurde ein bisschen lauter. „Du bist ja bis zur Verblendung in den Kerl verknallt! Was findest du eigentlich an dem?"

„Zum Beispiel bleibt er immer ruhig und freundlich!", wies sie ihn zurecht. „Er ist ein reifer Mensch, der in sich ruht und sich nicht von negativen Gefühlen beherrschen lässt! So wie er ist keiner, den ich kenne! Keiner!"

Oh, das war unfair! Das tat richtig weh! Und Gottfried begann sich zu fragen, ob ihr das eigentlich klar war. Nein, wahrscheinlich nicht. Sie verletzte andere Leute nicht mit Absicht, sondern aus einer blinden, gedankenlosen Wut heraus.

Dieses Verhalten musste sie unbedingt überwinden! Auch dabei würde er ihr helfen. Gottfried atmete zweimal tief durch und bemühte sich, leise, ruhig und sanft zu reden. „Du willst sagen, er ist so was wie ein Heiliger? Kristina, wo bleibt deine Lebenserfahrung? Für mich ist er ein Blender. Natürlich, vor uns gibt er den Abgeklärten, aber glaub mir, er hat auch seine Fehler und Schwächen. Sonst wäre er kein Mensch."

Überraschenderweise schwieg sie zu diesem Punkt. Wusste sie etwas über Jonas, das er nicht wusste?

„Wollen wir uns wirklich seinetwegen streiten?" Gottfried lächelte versöhnlich und legte seine Hand auf ihre, mit der sie das Messer hielt.

Und ganz kurz blitzte in seinem Kopf das Bild auf, dass sie ihm in den nächsten zwei Sekunden ihre Gabel in die Hand rammte. Aber das tat sie nicht. Sie schüttelte ihn ab und aß weiter. Also machte er das gleiche, und eine Weile herrschte Schweigen.

Doch plötzlich begann Tina über ihre Büroarbeit zu sprechen. Als wäre es das Interessanteste auf der Welt. Gottfried gab sich alle Mühe, geduldig und so aufmerksam wie möglich zuzuhören. Tina entging das nicht, und ab und zu belohnte sie ihn mit einem lieblichen Lächeln. Gottfried fühlte sich ein wenig manipuliert, aber er bezwang auch dieses negative Gefühl und lenkte die Unterhaltung nach und nach wieder auf Jonas' Regeln, aber auf streng objektiver Ebene. Tina ließ sich darauf ein, und so wurde es noch ein halbwegs harmonischer Abend.

Schließlich zahlte jeder, weil Tina darauf bestand, für sich selbst. Als sie sich gegen 22 Uhr auf dem Parkplatz neben dem Restaurant umarmten und Küsschen auf die Wangen gaben, hatte Gottfried die winzige Hoffnung, Tina würde ihm vorschlagen, noch auf ein Tässchen Kaffee mit zu ihr nach Hause zu kommen.

Die Hoffnung war vergebens, und Gottfried hütete sich, die gute Stimmung kaputtzumachen, indem er zudringlich wurde. Im Gegenteil, er gab Tina schneller aus der Umarmung frei, als sie ihn, meinte aber, bevor jeder zu seinem Auto ging: „Falls dir der Abend gefallen hat, lass uns das doch morgen wiederholen, vor oder nach der Versammlung. Mir hat unser Gespräch viel gegeben... Schlaf mal drüber und sag mir morgen früh Bescheid. Ok?"

Als sie nickte, hob er noch einmal grüßend die Hand, wandte sich um und marschierte mit Freude im Herzen zu seinem Wagen.

*

Bonn, Markt,
17.30 Uhr

Tabea war aufgeregt wie vor ihrer Führerscheinprüfung: Sie hatte eine Verabredung mit Jonas! Und sie hatte etwas für ihn, das ihm sehr gefallen würde!

Seit einer Viertelstunde schon saß sie mit Herzklopfen an einem Tischchen draußen vor dem Restaurant, vor sich einen Eiskaffee, und wartete auf Jonas, der keine Minute zu früh, aber auch keine zu spät kam. Im weißen Anzug, die längeren, grauen Haare aus dem Gesicht gekämmt. Das Kreuz auf seiner Brust reflektierte das Sonnenlicht. In einer Hand trug er ein Aktenköfferchen, die andere hatte er lässig in der Hosentasche versenkt. Was für ein Bild von einem Mann!

Jetzt hatte auch er sie entdeckt und setzte ein Strahlen auf, das ihn noch jünger, noch attraktiver aussehen ließ. Als Tabea aufstand, um ihn zu begrüßen, nahm sie vorsichtshalber die Tasche an sich, in der ihr kostbares Geschenk verstaut war.

Nachdem sie sich umarmt und gesetzt hatten, bestellte Jonas einen Eisbecher. Dann plauderten sie über dies und das, und Jonas' Blick verirrte sich zwei- oder dreimal in ihren großzügigen Ausschnitt. Ja, gut so. Tabea hatte extra mit ein paar Tricks nachgeholfen, um ihr Dekolleté voller wirken zu lassen.

Jonas verspeiste vornehm sein Eis, machte zwischendurch unterhaltsamen Smalltalk mit Tabea, und als er den Löffel mit seinen schlanken, gepflegten Fingern auf dem Teller ablegte, hielt sie die Zeit für gekommen, den dicken Umschlag aus der Tasche zu holen.

„Hier“, meinte sie und überreichte ihm den Umschlag, „das ist mein bescheidener Beitrag zu unserem neuen Gemeindezentrum.“

Jonas nahm ihn an sich, warf einen kurzen Blick hinein und schaute sie überrascht an. Was hatte er doch für wunderschöne, gütige Augen!

„Aber Tabea, das müssen ja ein paar Tausend Euro sein“, flüsterte er ihr zu, damit niemand der anderen Gäste es mitbekam. „Das kannst du dir doch gar nicht leisten.“

„Ach was, das ist es mir wert! Ich hab sogar noch was auf meinem Sparkonto“, behauptete sie. Er musste nun wirklich nicht wissen, woher das Geld kam.

„Ich bin echt sprachlos. Mit so viel hab ich nicht gerechnet. Ich finde es toll, wie engagiert ihr hier alle seid... Ich fühle mich so wohl in dieser Stadt. Wir werden zu einer großen, glücklichen Gemeinschaft zusammenwachsen.“ Jonas ließ mit warmem Lächeln seine vollkommenen Zähne sehen, schaute auf seine Uhr mit dem weißen Lederarmband und fragte: „Was hast du denn heute noch so vor?“

Tabea blieb fast das Herz stehen. Was hatte seine Frage zu bedeuten? Wollte er etwa den Abend mit ihr verbringen? Ihr Herz schlug freudig schneller.

„Ich hab nichts Bestimmtes vor", antwortete sie so harmlos wie möglich. „Vielleicht ein bisschen Fernsehen gucken."

„Aber keine Nachrichten." Er drohte lächelnd mit dem Finger und seufzte plötzlich: „Ich hab noch ein paar Termine mit Leuten, die auch spenden wollen. Deswegen muss ich leider gleich wieder weg."

„Ach, wie schade." Tabea fiel unsanft zurück in die Wirklichkeit. Und ärgerte sich über sich selbst. Und über ihn. War denn dieser Mann mit nichts zu beeindrucken? Und auf einmal platzte sie mit dem Mut der Verzweiflung heraus: „Jonas, ich muss dir was beichten. Ich bin wahnsinnig gern mit dir zusammen, ich könnte dir stundenlang zuhören... und wenn du nicht da bist, fühle ich mich so leer...wie tot." Ihre Blicke irrten über die restaurierten Häuserfassaden und die vorbeischlendernden Passanten, während sie weiterredete. „Brauchst du nicht auch manchmal jemanden, der alle Sorgen mit dir teilt und der dich liebt wie sonst niemand? Als Mann, meine ich."

Ein Blick in sein Gesicht. Gott, hatte sie sich zu weit vorgewagt? Jonas schaute sie ernst an, dann ein wenig traurig. Hatte er schon eine andere?

Unerwartet schenkte er ihr ein warmes, herzliches Lächeln, das ihr fast den Verstand raubte, und erklärte mit sanfter Stimme: „Ich verstehe dich sehr gut, Tabea. Ja, ich fühle mich manchmal einsam...ja, auch als Mann. Aber ich habe einen Auftrag zu erledigen, ein Lebenswerk sozusagen, dem ich mich mit meiner ganzen Kraft widmen muss. Ich will den Menschen hier helfen, ihr Glück zu finden, indem ich eine starke Gemeinde aufbaue. Wenn ich das geschafft habe, dann erst kann ich an mich selbst denken." Sein Lächeln war verblasst, sein Blick ziemlich ungehalten. „Ich bin nicht blind, Tabea. Ich weiß, dass ich einige Verehrerinnen habe, aber die meisten von ihnen – und ich meine das weiß Gott nicht überheblich – werden nie die nötige geistige und moralische Reife erlangen, um mich auf meinem Weg zu begleiten."

Auf einmal fror Tabea. Eiskalt war ihr, und ein leichter Schmerz kroch vom Nacken in ihren Kopf. Sie fühlte sich irgendwie...zurechtgewiesen von dieser Ansprache. Sie musste ihren ganzen Mut zusammenkratzen, um die entscheidende Frage zu stellen: „Und wie sieht es bei mir aus?"

Jonas musterte sie so gründlich, als könne er auf diese Weise in ihrer Seele lesen. Ihr wurde heiß, als brate sie schon in der Hölle.

Plötzlich aber hellte sich seine Miene auf, und mit nachsichtigem Lächeln versicherte er ihr: „Du hast viel ungenutztes Potential in dir. Wenn du hart an dir arbeitest, hast du gute Chancen, in die engere Wahl zu kommen.“

*

Königswinter, 19.00 Uhr

Andreas stieg die tausend Stufen zu Sabines Domizil hoch und ging währenddessen in Gedanken noch einmal die Urlaubsargumente durch.

Sabine empfing ihn oben im kurzen, roten Sommerkleid, nachdem er ihr kürzlich gesagt hatte, ihre Beine seien viel zu hübsch, um sie immer unter langen Röcken und Kleidern zu verstecken. Sie sah wirklich sexy aus, und fünf Sekunden später lagen sie sich in den Armen. Sabine schob ihn gezielt in ihr abgedunkeltes Schlafzimmer, in dem immer noch zu viele Puppen ausgestellt waren. Die vergaß Andreas dann allerdings vorübergehend.

Eine Dreiviertelstunde später saßen sie am Küchentisch und vertilgten die Häppchen, die Sabine vorbereitet hatte. Sie wusste inzwischen genau, was Andreas mochte und was nicht. Sowohl im Bett als auch auf seinem Teller. Und plötzlich war sie beim Thema. Sie trank ein paar Schlucke Mineralwasser, überlegte kurz und führte dann aus: „Ich weiß ja, lieber Andreas, dass unsere Beziehung für dich nur eine Bettgeschichte ist... Nein, nein, Leugnen ist zwecklos, und deshalb wollte ich vorschlagen, dass wir's im Urlaub genauso machen: Jeder geht seiner eigenen Wege. Getrennte Hotelzimmer, getrennte Kasse, getrennte Aktivitäten. Und wenn wir mal Lust aufeinander haben, dann werden wir schon zusammenfinden. Na, wie hört sich das an?“

Andreas kratzte sich am Kinn. Damit brach die eine Hälfte seiner Argumente komplett weg.

„Klingt genau nach meinem Geschmack“, bestätigte er und biss in eine aufgerollte Scheibe Salami ohne Brot. „Aber ich hab trotzdem noch Bedenken.“

„Klar, spuck sie aus!“

Ja, das würde er tun. Ohne sich zu rechtfertigen. Er war eben so, wie er war! „Für mich ist jeder Urlaub zunächst mal Stress. Die Planung, die Organisation, die Anfahrt. Das nervt mich schon, wenn ich es nur aufzähle!"

Sabine sah ihn mit völliger Verständnislosigkeit im Blick an. „Was ist denn da großartig zu planen?", wunderte sie sich, stand auf, eilte ins Wohnzimmer und kam mit einem Reiseprospekt zurück. „Hier, sieh mal. Das ist Terracina, eine Hafenstadt am Mittelmeer. Da hab ich vor 35 Jahren ein paarmal Urlaub mit meinen Eltern gemacht, und ich würde gerne wissen, wie's da jetzt aussieht."

Sie hatte das Heft aufgeschlagen, setzte sich und hielt ihm eine Seite mit vielen traumhaften Fotos unter die Nase, Sandstrand, tiefblaues Wasser, antike Tempel, Rom und Neapel in der Nähe – und Andreas verspürte einen Hauch von Fernweh, der ihm sogar einen leisen Seufzer entlockte.

„Aber die Flüge müssen gebucht werden, das Hotel, eventuell ein Mietwagen, dazu fehlt mir die Zeit...und die Lust", erklärte er entschieden.

„Also entschuldige mal, das kann *ich* doch alles machen."

„Kannst du das? Willst du das?"

„Ob ich das kann? Willst du mich beleidigen? Meinst du, wir landen in Sibirien statt in Italien? Hältst du mich für blöd?"

„Nein, ich –"

„Eben, ich kann das, und ich mache das, aber nur, wenn du mir schriftlich gibst, dass du mitfährst!"

„Aber ich muss ja auch noch eine Liste machen von dem, was ich mitnehme."

Sabine verdrehte die Augen. „Soll ich das vielleicht auch noch für dich machen? Komisch, dass du Polizist geworden bist, du hättest auch 'ne tolle Laufbahn als zwanghafter Serienmörder einschlagen können."

„Das hat man mir schon oft gesagt. Willst du mich jetzt zurückbeleidigen oder mit mir in Urlaub fahren?"

„Du bist also auf den Geschmack gekommen?"

„Wenn ich mich tatsächlich um nichts kümmern muss und mich mit gepacktem Köfferchen in den Flieger setzen kann, dann würde ich glatt demnächst mal über diesen Vorschlag nachdenken."

Sabine strich mit der Hand über ihre blonde Dauerwelle, stützte die Ellbogen auf die Tischplatte und ihr Kinn auf die Hände. Mit liebevoll besorgter Verärgerung ließ sie ihren Blick über sein Gesicht wandern.

War das nicht der Blick, mit dem sie im Heim renitente Senioren wieder auf Kurs brachte?

„Weißt du was? Du bist jemand, der eine klare Ansage braucht: Ich stelle dir hiermit ein Ultimatum! Wenn du dich bis Sonntag, den 18. Mai, nicht entschieden hast mitzukommen, fliege ich im Sommer mit einer Freundin nach Italien!“

7

Bonn, Polizeipräsidium, Sonntag, 11. Mai, 16.05 Uhr

Sascha versorgte sich im Büro mit neuen Papieren und stellte sich im Toilettenraum vor den Spiegel, in der Absicht, sich auch äußerlich mit einfachen Mitteln so weit wie möglich zu verändern.

Er setzte eine runde Harry-Potter-Brille mit Fensterglas auf. Um Himmelswillen! Gerade wollte er sich die Brille wieder von der Nase reißen, als ihm einfiel, dass es hier nicht um Schönheit ging. Also ließ er die Brille, wo sie war, stülpte sich noch einen schwarzen, breitkrempigen Hut auf den Kopf, hängte sich eine rote Krawatte offen um den Hals und wickelte ein paar dünne, bunte Lederriemchen um sein linkes Handgelenk.

Er hatte lange darüber nachgegrübelt, als wen oder was er sich ausgeben könnte, bis ihm schlagartig die Schuppen von den Augen fielen: Wovon verstand er fast so viel wie von der Polizeiarbeit? Von Filmen.

Und so hatte er sich gerade in ‚Arthur Stein' verwandelt, einen herausragend erfolglosen Filmemacher, der sich selbstredend für genial hielt. So gestylt marschierte er zurück ins Büro, wo Andreas auf ihn wartete. Der tat zunächst so, als erkenne er ihn nicht, händigte ihm dann alles an Informationen aus, was er brauchte, und gab ihm noch ein paar Anweisungen mit auf den Weg, um welche Personen er sich vorrangig zu kümmern habe.

„Holger Zorn wurde übrigens entlassen, er steht aber ab sofort unter Beobachtung", teilte Andreas ihm mit, bevor er ihm viel Erfolg wünschte und ihn auf die ‚Freie Gemeinde Glaube, Glück und Gerechtigkeit' losließ.

Sascha brauchte mit seinem Mietwagen nicht weit zu fahren: Die Mitglieder trafen sich an diesem Sonntag in einem Lokal mit Saal in Beuel. Um 17.00 Uhr.

Unterwegs tauchten in seinen Gedanken die Gesichter von Baby Gabriel und Annika auf, der er zu ihrem ersten Muttertag ein Paar Ohrringe geschenkt hatte, über die sie sich so sehr freute, dass sie weinen musste. Überhaupt hatte die Frau wegen der erneuten Hormonumstellung momentan sehr nah am Wasser gebaut. Da kamen harte Zeiten auf ihn zu.

Nachdem er fast den ganzen Tag in der Klinik verbracht hatte, hatte Annika nichts gegen seinen Einsatz einzuwenden. Vielleicht war es ihr sogar ganz recht, dass er nicht da war, wenn am Nachmittag ihre Freundinnen das Zimmer stürmten.

Ah, da war ja das Lokal. Sascha schaute auf die Uhr: 17.10 Uhr. Der Parkplatz neben dem Gebäude war übervoll, und Sascha musste den Wagen in einer Seitenstraße abstellen.

Kurz darauf betrat er den vorderen Wirtsraum, wo bereits einige Gestalten an der Theke hingen und ihre Bierchen kippten. Die nette, blonde Bedienung zeigte Sascha den Weg zum Saal. Die Doppeltür stand offen.

Dort verharrte Sascha einen Moment mit lässig-künstlerisch in den Hosentaschen vergrabenen Händen und verschaffte sich einen ersten Überblick: Es waren schon ziemlich viele Leute da, einige saßen an den Tischen, einige standen in kleinen Gruppen zusammen und unterhielten sich. Der Saal war mit mehreren Tischreihen bestückt, an denen insgesamt vielleicht hundert Personen Platz hatten. Links eine Wand mit drei breiten Fenstern, die vom Boden bis fast an die Decke reichten, rechts an der Wand drei großformatige Kunstdrucke in blassen Farben.

Wo steckte der Anführer? Ganz hinten in einer Ecke wurde ein schlanker Mann im weißen Anzug von einer Horde Damen zwischen dreißig und siebzig Jahren belagert.

Sascha schaute sich weiter um, wobei er merkte, dass sich auch auf ihn immer mehr neugierige Blicke richteten. Er machte ein neutrales Gesicht und entdeckte links von sich an einem Tisch sitzend jemanden, der der Beschreibung von Jakob Valoschek entsprach: hager, dunkle Augen, schwarzes T-Shirt mit aufgedrucktem, weiß-silber glitzerndem Kreuz, lange, schwarz gefärbte Haare, blasse Haut, Lederbänder an den Armen, die mit ungesund aussehenden Flecken übersät waren. Wie der klassische Heroinsüchtige im letzten AIDS-Stadium.

Der Typ neben ihm, der mit dem zu großen Kopf auf dem zu dünnen Hals, musste Benjamin Fiedler sein. Seine Augen standen ungewöhnlich weit auseinander, sein Mund war breit, er hatte das reinste Froschgesicht! Was durchaus stimmig war, machte er doch eine Ausbildung zum Froschmann.

An einem anderen Tisch saß eine sehr ausgedehnte Frau mit roten Haaren und schwarzer Brille. Das musste Yvette Glaser sein! Als habe sie seine Blicke gespürt, starrte sie Sascha plötzlich an, nicht sehr freundlich. Er nickte ihr zu, machte sich auf den Weg in den hinteren Teil des Saals und nahm Kurs auf den umschwärmten Chef des Ganzen.

Aber noch bevor er Jonas Kirch erreicht hatte, löste sich aus dem Schwarm eine Frau um die Dreißig und eilte mit schüchternem Lächeln auf Sascha zu. Das Auffälligste an ihr war ihre unvorstellbare Unscheinbarkeit. Klein, pummelig, in Jeans und einem zu weiten T-Shirt in Graubraun, ungeschminkt, die Haare dünn und auch irgendwie graubraun, blassblaue Augen mit kaum sichtbaren Wimpern.

„Hallo. Neu hier?" Ihre Stimme war (natürlich) eher leise.

„Ja, genau", antwortete Sascha. „Ich hab von der Versammlung gehört und wollte mir mal angucken, was Sie hier so machen... Ich bin nämlich spirituell noch auf der Suche." Er schenkte der Frau ein charmantes Lächeln.

„Dann sind Sie ja vielleicht bei uns richtig." Sie guckte verlegen zu Boden. „Eigentlich duzen wir uns hier alle."

„Na prima! Das ist auch unter uns Künstlern so üblich. Ich heiße Arthur."

„Was für ein schöner Name!", begeisterte sich die Unscheinbare. „Ich bin Ramona. Was für ein Künstler bist du denn?"

„Ich mache Filme und so."

„Wie interessant! Lief schon mal was von dir im Fernsehen? Oder im Kino?"

Auf diese Frage hatte sich Sascha selbstverständlich vorbereitet. „Ach, weißt du, ich hab bisher mehr so experimentelle Sachen gedreht...so was Sozialkritisches." Ihr Blick verlor definitiv die Begeisterung, und Sascha fügte rasch hinzu: „Aber ich denke, ich geh jetzt mal in eine andere Richtung, mehr zum Thriller hin, mit mehr Spannung und ein bisschen Action und so. Mein Vorbild ist nämlich Oliver Stone, falls dir das was sagt."

„Klar kenn ich Oliver Stone: ‚JFK', ‚Wall Street'... Ja, der macht spannende Filme mit Anspruch. Aber ich stell dich jetzt mal Jonas vor, unserem Leiter." Na so was, die graubraune Maus kannte sich mit Filmen aus!

Ramona schob sich mit Sascha im Schlepptau an mehreren weiblichen Mitgliedern vorbei auf Kirch zu, der ihn schon ins Visier genommen hatte, sich bei den Damen entschuldigte und mit ausgebreiteten Armen und einem Strahlen im Gesicht näher kam, als sei Sascha der amerikanische Präsident auf Durchreise.

„Herzlich willkommen, Bruder!“, rief er aus und drückte Sascha einmal kräftig an sich. „Du willst dich uns anschließen? Wie heißt du?“

„Ich bin Arthur, und ich würde gerne erst mal gucken, was ihr hier so macht.“

„Aber natürlich! Auch Gäste sind uns jederzeit herzlich willkommen. Wer hat dir von uns erzählt?“ War da nicht ein Fünkchen Misstrauen in seinem Blick?

„Ein Freund meines Cousins“, fabulierte Sascha. „Der arbeitet in der Firma von Werner, dem Freund von Yvette da hinten.“

„Was bist du von Beruf?“

„Filmemacher.“

„Wie interessant, dann kannst du ja einen Dokumentar-Film über uns drehen!“

Jonas wandte sich um und meinte: „Wir sollten anfangen. Es sind doch immer dieselben, die zu spät kommen! Mit denen muss ich mal ein ernstes Wörtchen reden.“

Ramona, die graue Maus, packte Sascha ohne viele Umstände am Arm und zog ihn mit sich. „Komm, wir setzen uns zu Tina und Gottfried an den Tisch. Wir drei waren von Anfang an dabei.“

Da Jonas nichts zu Saschas Hut gesagt hatte, behielt er ihn einfach auf und begrüßte ein paar Schritte weiter am Tisch Tina, eine Frau um die Vierzig mit strahlend blauen Augen und einer dunkelbraunen Lockenmähne, die Sascha gleich verdächtigte, nicht ganz echt zu sein. Neben ihr saß ein sehniger Mann mit großkariertem Holzfällerhemd und kurz gestutztem Vollbart. Die beiden grüßten ernst und eher wortkarg zurück, und Gottfried starrte ihm in die Augen, als wolle er Saschas Gehirn bis in den letzten Winkel ausspionieren. Sascha starrte zurück, bis plötzlich ein großes Stühle-Rücken anhob, als sich nämlich die noch herumstehenden Mitglieder an den Tischen niederließen. Aber schließlich war es still, und fast alle blickten zu Jonas hinüber, der am Kopfende eines Tisches stand und die Hände faltete.

„Beginnen wir damit, dass jeder in sich schaut und Gott um Selbsterkenntnis und Zufriedenheit bittet“, forderte Jonas die Leute auf, die tatsächlich mehrere Minuten schwiegen.

Hier ging es um Selbsterkenntnis? Wie anspruchsvoll.

Sascha nutzte die Gelegenheit, um nach potentiellen Serienkillern Ausschau zu halten, aber alle Männer, die vom Alter her in Frage hätten kommen können, sahen aus, als könnten sie nicht einmal ein Auto klauen. Außer vielleicht Valoschek und der Froschmann...oder der kräftige Kerl in der schwarzen Lederjacke, der dauernd nervös mit den Augen zuckte...oder Kirch, der fast schon zu gut schien, um wahr zu sein.

Sascha war gerade bei Gottfried, dem Vollbärtigen mit den dunkel glühenden Augen angekommen (der ihn übrigens schon wieder anstarrte), als Kirch erneut das Wort ergriff.

„Da wir heute einen Gast aus der Filmbranche hier haben", er lächelte Sascha zu, „werde ich meine Predigt umstellen und über Filme reden. Ihr alle wisst, liebe Brüder und Schwestern, wie gefährlich negative Gedanken für uns sind, weil sie uns nur unglücklich machen und zu nichts führen. Aber es gibt auch negative Filme. Natürlich kann und will ich euch nicht vorschreiben, was ihr euch anseht, aber ihr solltet wenigstens vorher darüber nachdenken."

Ach, du liebes bisschen! Sascha ahnte schon, worauf das hinauslief. Und prompt ereiferte sich Jonas über Action- und Horrorfilme, die einem empfindsamen Menschen durch ihre massive Negativität wochenlang schwer auf der Seele liegen könnten. Sascha war natürlich anderer Meinung, aber das behielt er tapfer für sich.

„Glücklicherweise gibt es auch aufbauende Filme", dozierte Jonas Kirch weiter. „Filme über Menschen, denen Gott ein besonderes Talent geschenkt hat und die alle Hindernisse und Versuchungen überwinden, um das zu tun, wofür sie geboren sind. Denn nur das macht letztlich glücklich. Nicht Geld und nicht Ruhm. Ein schönes Beispiel dafür ist der Film über Billy Elliot. Hat den jemand gesehen?"

Etwa ein Drittel der Anwesenden hob zögernd die Hand. Auch Sascha.

Kirch fuhr fort: „Billy Elliot ist ein Junge aus dem Norden Englands, dessen größter Wunsch es ist, Balletttänzer zu werden. Denn das ist das einzige, das ihn glücklich macht. Das ist sein Talent, das ist für ihn der Sinn seines Lebens. Und dafür kämpft er, gegen den Vater, der ihn lieber zum Box-Training schicken würde, und gegen einen Großteil der Gesellschaft, die mit männlichen Balletttänzern nichts anfangen kann. Das ist ein Film, der Mut macht."

Deutlich vernehmbar knurrte Gottfried, der Bärtige, auf der anderen Seite des Tisches: „Ich kann aber nicht tanzen!"

Ein paar Leute lachten, während Kirch ihm einen mahnenden Blick zuwarf. „Davon ist hier auch niemand ausgegangen. Aber du hast eine andere Begabung, von der du uns selbst erzählt hast. Du kannst Dinge reparieren, und das ist genauso viel wert wie Tanzen. Oder wie Kindergroßziehen. Wie Komponieren, wie Putzen, Lebensmittel verkaufen, und so weiter und so fort. Alles, was ihr tut, hat den gleichen Wert, solange es euch etwas gibt: Zufriedenheit und einen Sinn."

Allmählich ging Sascha ein Licht auf: Die Leute waren gar nicht hier, um zu beten, sondern um kostenlose psychologische Lebensberatung zu erhalten. Oder war das am Ende das Gleiche?

Während Kirch weitere Beispiele für sinnspendende Tätigkeiten aus dem Hut zauberte, fühlte sich Sascha glatt ein wenig eingelullt von seinem Vortrag. Kirch hatte eine Überzeugungskraft allein in seiner Stimme, dass sogar Sascha auf einmal verstand, dass der Mann genau das tat, was er predigte – er hatte sein großes Talent zu seinem Beruf gemacht!

Ein paar dumme Fragen von Gemeindemitgliedern rissen Sascha schließlich aus seinem gebannten Zuhören heraus und ließen ihn ganz schnell zurück in die Wirklichkeit finden.

Er flüsterte Ramona, die ihm gerade einen neugierigen Blick zuwarf, ins Ohr: „Was kostet es eigentlich, hier Mitglied zu werden?"

Ramona, die Unscheinbare, hob die ungezupften Brauen über den blassen Augen und raunte zurück: „Das kostet gar nichts. Wenn du genug Geld hast, kannst du natürlich was spenden. Wir wollen uns nämlich ein Gemeindezentrum bauen. Ich hab allerdings noch nichts dazugetan, kann ich mir nicht leisten."

„Was machst du denn so?"

Sie schaute weg. „Ich sitze in einem Supermarkt an der Kasse."

„Und, gibt dir das was?"

„Ja, Geld, Nackenverspannungen und einen steifen Arm!"

„Dann ist das wohl nicht dein Traumjob."

„Du bist ja richtig scharfsinnig!" Aha, die graue Maus konnte beißen. „Ich hab ein paar Mal versucht, mein Abi nachzuholen, aber irgendwie kam immer was dazwischen. Ist eine lange Geschichte, weißt du."

Sascha nickte, als wisse er Bescheid, lauschte eine Weile der Diskussion zwischen Kirch und Mitgliedern der Sekte über die Sinnfindung im Arbeitsleben und wollte sich eben mit ein paar Fragen an Gottfried wenden, als die Tür des Saals aufgestoßen wurde. Ein massiger Mann im grauen Anzug, mit schütterem Haar und roter Gesichtsfarbe, kam hereingepoltert, sah sich gehetzt um und ließ sich auf den erstbesten Stuhl in seiner Nähe fallen.

Er japste nach Luft, als sei er eine halbe Stunde Seil gesprungen. Aus seinem Äußeren, inklusive der buschigen Augenbrauen (das waren ja wirklich die reinsten Handfeger!), schloss Sascha, dass es sich um den paranoiden und wahrscheinlich alkoholisierten Holger Zorn handelte, der von Satan, der CIA, seinem Vater oder einer ungesunden Mischung aus allen dreien gejagt wurde.

Während die anderen an Zorns Anblick und Auftreten gewöhnt zu sein schienen, sah Sascha immer wieder zu ihm hin. Zorn selbst schaute mit leicht irrem Ausdruck von einem zum anderen...und dann trafen sich ihre Blicke, bohrten sich regelrecht ineinander, Zorn griff sich an seine Krawatte, die sowieso nur noch lose um seinen Hals hing, zerrte daran und atmete immer heftiger. Sascha war überzeugt, dass der Mann ihn erkannt hatte, obwohl das eigentlich nicht möglich war.

*

Sie waren hier! Sie hatten ihn eingekreist!

Holger hatte das Gefühl, keine Luft zu bekommen. Panik kroch durch sein Hirn wie eine Made durch einen Apfel.

Der Mann dort, der mit dem Hut und den komischen Augen – wer war das? Und wie er ihn jetzt anguckte... Das war kein normaler Mensch! Und er war sicher nicht der einzige hier im Saal von seiner Sorte. Nein, sie kamen immer zu sechst, genau, sechs war die Zahl...und die rote Krawatte, das hatte etwas zu bedeuten...rot... Das war ein Zeichen!

Holgers Blick glitt weiter zu Ramona, die neben dem Kerl saß. Ramona, die aussah wie seine Chefin, aber so tat, als sei sie es nicht! Ramona hatte komische rote Flecken im Gesicht. Sie gehörte dazu! Warum begriffen die Leute hier das nicht, waren sie blind?

Holger stand auf, Schwindel, Angst, aber er ging mit ausgestrecktem Finger auf Ramona zu. Die Leute mussten gewarnt werden. „Diese Frau da treibt ein doppeltes Spiel! Sie ist der Teufel! Wir müssen sie –“

„Holger! Verflixt noch mal, reiß dich zusammen!“ Fiona, seine stämmige Frau in grüngemusterter Bluse, sprang von ihrem Stuhl auf, eilte auf Holger zu, stellte sich ihm in den Weg und packte ihn an der Schulter. Und da sah er, dass sie ein Armband aus lauter kleinen, roten Perlen trug.

Um Himmelswillen! Sie gehörte auch dazu! All die Jahre hatte er mit dem Feind unter einem Dach gelebt! Er war ständig unter Beobachtung gewesen! Ihm wurde übel. Wieso hatte er nie etwas bemerkt?

Und was jetzt? Konnte er diesen Ungeheuern überhaupt noch entkommen? Er schaute in die Menge und der Atem stockte ihm: hier ein roter Schal, dort ein rotes Hemd, ein roter Haarreif, eine rote Fliege, rote Weste, rote Fingernägel, roter Ring, rotes Einstecktuch, rot, rot, rot – das waren ja Dutzende!

Er musste sich eine Geisel nehmen, wenn er hier herauskommen wollte! Aber nicht Fiona, das würde niemand ernst nehmen. Er wollte sich an ihr vorbeischieben, aber sie hielt ihn weiter fest. Er schüttelte ihre Hand ab und stieß sie zur Seite. Fiona taumelte, stolperte, verlor das Gleichgewicht und setzte sich mit leisem Protestschrei auf den Schoß eines Mannes, der sich neugierig auf seinem Stuhl umgedreht hatte, um die Szene besser verfolgen zu können. Das Lederband seiner Uhr war rot.

*

Nachdem Zorn Sascha sekundenlang ins Gesicht gestarrt hatte, war sein Blick zu Ramona gewandert, dann durch den ganzen Saal. Seine Augen waren ihm fast aus dem Kopf gequollen, er war aufgestanden, hatte eine Frau (seine Ehefrau?) beiseite gestoßen, und stapfte jetzt mit wildem Blick direkt auf Ramona zu, die vermutlich nicht wusste, wie sie sich verhalten sollte. Vorsichtshalber stand sie auf und machte ein paar Schritte rückwärts, so dass sie sich nun hinter Sascha befand. Auch Sascha erhob sich, fest entschlossen, Zorn nicht an sich vorbeizulassen.

Der war keinen halben Meter mehr entfernt und glotzte Sascha mit geröteten Augen feindselig an. Er roch deutlich nach Alkohol.

Sascha hob die Hand. „Halt! Nun beruhigen Sie –“

Bevor er den Satz beenden konnte, verpasste ihm Zorn mit beiden Fäusten einen Stoß gegen die Brust. Sascha stolperte rückwärts, wurde von seinem eigenen Stuhl zu Fall gebracht und ging mit ihm zu Boden.

Jetzt war er aber verdammt sauer! Während er sich aufrappelte, hörte er ein lautes Klirren: Zorn hatte eine der auf dem Tisch stehenden Wasserflaschen gepackt und das untere Ende an der Tischkante zerschlagen. Leute schrieen und sprangen auf, aber statt sich auf Zorn zu stürzen, flüchteten sie hinter die Tische.

Nur Ramona nicht. Die stand wie hypnotisiert da und rührte sich selbst dann nicht, als Zorn sie am Oberarm packte und mit sich zog, weg von Sascha, an zwei Tischen vorbei, auf eins der Fenster zu. Was hatte der Verrückte vor?

Jemand nahm Sascha am Ellenbogen und half ihm aufzustehen. Es war Gottfried, der Bärtige mit dem bohrenden Blick, und er raunte Sascha zu: „Versuch, den Kerl abzulenken, dann schnappe ich mir Ramona."

Sascha nickte, sammelte seinen herabgefallenen Hut ein, setzte ihn auf und schaute zu Zorn hinüber. Der stand vor dem Fenster, hochrot im Gesicht, keuchend, den linken Arm um Ramonas Hals geschlungen, den rechten mit der abgeschlagenen Flasche drohend nach vorne ausgestreckt. Er war ziemlich in die Enge getrieben. Was würde er tun?

*

Holgers Herz pochte so stark, dass es wehtat. Er hatte Recht gehabt! Als er Ramona (oder seine Chefin oder was immer sie war!) anfasste, wusste er, dass er Recht gehabt hatte! Die Frau war heiß wie glühendes Eisen, heiß wie die Hölle! Der Arm, den er um ihren Hals gelegt hatte, brannte, als hielte er ihn ins Feuer! Kaum auszuhalten!

Doch das Schlimmste war: Er wusste überhaupt nicht, was er tun sollte!

Auf jeden Fall musste er weg hier. Aber der Kerl mit dem Hut auf dem Kopf würde das sicher nicht zulassen. Er schaute mit böse funkelnden Augen zu Holger hinüber, und jetzt kam er sogar auf ihn zu.

Auf einmal nahm Holger wieder all die roten Krawatten, Tücher, Ketten und Hemden wahr, die den Saal in eine Grube voller Monster verwandelten. Sie würden ihn überwältigen und schreckliche Dinge mit ihm tun!

*

Sascha marschierte auf Zorn zu, rechts von ihm schlich sich Gottfried näher heran. Ramona befand sich anscheinend in Schockstarre, nur ihr Blick irrte panisch umher.

Als Sascha sich vor ihm aufbaute, versuchte Zorn, weiter zurückzuweichen. Sascha hob die Fäuste und fuhr ihn an: „Komm schon, du Feigling, lass die Frau los und kämpfe mit mir!" Er tänzelte ein paarmal in Boxkampfmanier vor Zorn hin und her, aber das schien die falsche Taktik zu sein. Zorns Hand zuckte hoch, ein Zacken der zerbrochenen Flasche fand Ramonas Hals, und Zorn schrie hysterisch: „Geh weg, lass mich in Ruhe – sonst bringe ich die Bestie um! Sie ist der Teufel!"

Sascha hatte aufgehört, herumzuhüpfen. Er zog seinen Hut noch ein paar Zentimeter tiefer in die Stirn, stemmte die Hände in die Hüften und machte seine Stimme dunkel: „Du meinst, die Frau da ist Satan? Da irrst du dich! Sieh mir in die Augen, Holger! Sieh mir tief in die Augen!"

Er nagelte den verwirrten Zorn mit seinem Blick regelrecht fest, während er langsam ein möglichst diabolisches Lächeln auf seine Lippen legte. Er registrierte, wie die Hand mit der Wasserflasche abwärts sank – und wie plötzlich von der Seite Gottfried auftauchte, Ramona am Arm packte und sie zur Seite riss.

Bevor der alkoholisierte Mann richtig wusste, wie ihm geschah, war Gottfried mit Ramona schon aus seiner Reichweite, und Sascha verpasste Zorns Arm einen Handkantenschlag, der nicht von schlechten Eltern war.

Zorn schrie auf, ließ aber die verdammte Flasche nicht fallen, sondern ging jetzt damit auf Sascha los.

*

Holger stieß das spitze Glas ein paarmal nach vorne, aber viel erhoffte er sich nicht davon. Er war eingekesselt. Allein auf sich gestellt, die Geisel weg, er war ohne Chance!

Um Himmelswillen – Gott, so hilf mir doch!

Holger hielt die zerbrochene Flasche immer noch nach vorn, um diesen Satan abzuwehren. Denn der war schnell und hinterhältig.

Holgers Herz raste, er fühlte sich komplett nüchtern, ein Gedanke beherrschte seinen Verstand: *Du darfst dich nur ja nicht überwältigen lassen! Versuche, durch das Fenster zu fliehen!*

Gerade wollte er sich umdrehen, um durch das geschlossene Fenster zu springen, da sah er, wie die Augen des Teufels aufblitzten. Rot aufblitzten. Wie vorhin, als Holger von seinem Blick durchbohrt wurde und er in finsterste, rotglühende Abgründe geschaut hatte.

Noch bevor er reagieren konnte, war die Kreatur hinter ihm und nahm ihn in den Schwitzkasten. Er legte den brennenden Arm um seine Kehle und dünstete einen Geruch nach Schwefel aus.

Holgers Angst wuchs zur Panik, er brüllte „Du Scheißvieh!" und versuchte, den Teufel abzuschütteln. Der aber hielt Holger fest umklammert, schrie ihm ins Ohr „Lass die Flasche fallen!" und drückte ihm noch ein bisschen mehr den Hals zu.

Holger wurde die Luft knapp, und obwohl sein Verstand ihm sagte: *Gib auf - gegen diese Mächte kannst du nicht gewinnen!*, taten sein Arm und seine Hand etwas anderes: Sie versuchten, mit den Glaszacken der Flasche nach hinten dem Teufel ins Gesicht zu stechen.

Doch dann ließ der ihn ganz plötzlich los. Dann ein schrecklicher Schmerz in Holgers Knie. Er wusste, er würde fallen.

*

Nachdem Zorn mit der zerbrochenen Flasche fast Saschas Auge getroffen hätte, reichte es ihm. Er stieß den Mann von sich und trat ihm dann mit solcher Wucht in die Kniekehle, dass Zorn ächzend zu Boden stürzte. Als er bäuchlings vor Sascha lag, kickte der ihm noch schnell die Flasche aus der Hand.

Kurz darauf versuchte Zorn, sich aufzurichten, aber diese Anstrengung gab ihm wohl den Rest, denn auf einmal fing er an, sich zu übergeben. Sofort kamen ein paar Frauen näher, die anscheinend den Drang verspürten, sich um den Mann zu kümmern.

Sascha wandte sich ab und suchte nach Gottfried und Ramona. Die unscheinbare Ramona saß, noch blasser und grauer als sonst, auf einem Stuhl an der Wand. Eine schwarzhaarige Frau Mitte 30 presste ein Papiertuch gegen die Schramme an Ramonas Hals, wo sie vom Glas geschnitten worden war. Vor ihr standen Gottfried und Tina, verstrickt in eine Diskussion.

Sascha lächelte Ramona zu und meinte: „Na, bei euch ist ja wirklich was los! Schade, dass ich keine Kamera dabei hatte!"

Leidend lächelte sie zurück. „Danke, Arthur, das war genial von dir... und wie du Holger zum Schluss zu Fall gebracht hast – wo hast du das denn gelernt?"

„Ach was, das war doch alles Gottfrieds Idee." Sascha gab sich bescheiden und behielt Zorn immer noch im Auge. Ein Halbkreis aus Sektenmitgliedern hatte sich um den Schauplatz gebildet. Manche schauten ängstlich auf Zorn herab, der stöhnend am Boden lag, andere tuschelten, während sie zu Sascha hinübersahen. Vielleicht war jetzt eine Erklärung fällig. In Windeseile saugte sich Sascha eine aus den Fingern. „Weißt du, mein Hobby ist Kampfsport. Ich verdiene mir nämlich als Stuntman ein bisschen Kohle dazu. Grad vor zwei Wochen hatten wir eine ähnliche Szene im ‚Tatort'."

„Du hast im ‚Tatort' mitgespielt? Ist ja toll!"

Ramona schenkte ihm einen bewundernden Blick, und Sascha fühlte sich gebauchpinselt. Auch die schwarzhaarige Frau, die inzwischen ein Pflaster auf die Schramme geklebt hatte, geizte nicht mit verzückten Blicken und einem scheuen Lächeln. Sascha nickte ihr zu, und es sah so aus, als wolle sie etwas Nettes sagen. Doch bevor er weitere Komplimente einheimsen konnte, verkündete Kirch, der sich inzwischen auch bis zu Zorn vorgewagt hatte: „Ich habe die Polizei und einen Krankenwagen gerufen!" Er richtete ein paar anerkennende Worte an Gottfried und Sascha: „Das habt ihr gut gemacht. Ich denke mal, unsere Versammlung wird heute einen anderen Verlauf nehmen als geplant."

„Ich muss mal dringend zur Toilette", behauptete Sascha plötzlich und verließ eilig den Raum. In der engen Toilettenkabine holte er sein Handy heraus und fragte in der Zentrale nach, wer Zorn überwacht hatte. Ulli. Also rief er Ulli an und bat ihn, den Kollegen von der Streife, die gleich eintreffen würden, die Sachlage zu erklären und lieber selbst ins Lokal zu kommen.

„Meine Identität steht auf dem Spiel", erinnerte er Ulli, der sofort wissen wollte: „Welche denn jetzt, die echte oder die falsche?"

„Frag nicht so blöd, ich kann sie kaum noch unterscheiden!"

„Aber sicher, du verhinderter Geheimagent."

Sascha beendete das Gespräch und ging zurück in den Saal, wo man seine Qualitäten entschieden mehr zu würdigen wusste. Ein paar Leute klatschten sogar, als sie ihn sahen. Vom bärtigen Gottfried allerdings fing er einen misstrauischen Blick auf. Hatte er Sascha durchschaut?

Auch Tina guckte skeptisch. Oder war es einfach so, dass sich in dieser Gesellschaft außer Zorn noch mehr paranoide Gestalten herumtrieben? Natürlich.

Im Übrigen saß Zorn reglos auf dem Fußboden und schaute, am ganzen Körper zitternd, einer Bedienung dabei zu, wie sie sein Erbrochenes aufwischte. Wahrscheinlich war der Kerl inzwischen nüchtern und fragte sich, was er da angerichtet hatte. Aber wer wusste schon, was in so einem kranken Verstand vor sich ging.

Sascha ließ den Mann jedenfalls nicht aus den Augen, schenkte seiner Fan-Gemeinde ein kleines Lächeln und setzte sich neben Ramona, deren Wangen jetzt rot wie die Geranien in den Kästen vor den Restaurantfenstern waren.

„Wie fühlst du dich?", fragte er.

„Besser", behauptete sie und schwieg dann wieder.

In dem Moment tauchte Ulli auf und ließ sich von Kirch über die Gesamtsituation aufklären. Er sah erst zu Sascha hinüber, als Kirch dessen ‚Heldentat' schilderte.

Schließlich kam auch der Arzt, verabreichte dem auf dem Boden kauernden, vor sich hinstierenden Zorn eine Spritze und kümmerte sich hoffentlich darum, dass der Kerl irgendwo eingesperrt wurde. Nicht, dass Andreas Ärger bekam, weil er ihn hatte laufen lassen!

Ulli, der mit seinem zurückgegelten Haar und dem leicht schlampigen Outfit wieder einmal aussah wie der nette Kriminelle von nebenan, stellte sich Ramona und Sascha vor, ließ sich ihre Ausweise zeigen und nahm ihre Aussagen auf. Anschließend befragte er auch Gottfried und ein paar andere.

Als die Gemeinde wieder unter sich war, startete Kirch eine kurze Umfrage, ob man das Treffen nun beenden oder ob man weitermachen solle. Die Mehrheit sprach sich fürs Weitermachen aus, besonders Gottfried, der meinte, dass man sich von dieser extrem negativen Vorstellung einer armen Sau die Stimmung nicht verderben lassen dürfe.

Einige Leute machten sich trotzdem auf den Heimweg, die übrigen beteten für Holger Zorns Seelenfrieden, und dann feierte Kirch eine regelrechte Dankesorgie mit seinen Schäfchen. Er dankte Gott dafür, dass nichts Schlimmeres passiert war, dass alle Beteiligten unverletzt geblieben waren, und ging ins Allgemeine: Danke, dass man genug zu essen, ein eigenes Bett zum Schlafen und warmes Wasser zum Waschen hatte. Danke, dass man in dieser Region der Welt von Überflutungen, Dürreperioden, Erdbeben und Vulkanausbrüchen weitgehend verschont blieb. Danke für alle die Dinge, die man für selbstverständlich hielt.

„Merkt ihr, wie gut es tut, Gott zu danken?“, strahlte Kirch, der sich erhoben und die Arme ausgebreitet hatte. „Dankt ihm so oft am Tag, wie ihr könnt, und ihr werdet schon bald erkennen, wie viele gute Dinge euch jeden Tag widerfahren, die ihr vorher gar nicht wahrgenommen habt! Dankt ihm, wenn eine Ampel auf Grün steht, dankt ihm, wenn nur ein Kunde vor euch an der Kasse ist, dankt ihm, wenn euer alter Fernseher einen weiteren Abend überstanden hat.“

Die Leute klatschten begeistert Beifall, und Sascha wunderte sich. Sollte man sich etwa auch für die vielen Morde bedanken, für die verhungernden Kinder in Afrika, für die soziale Ungerechtigkeit in diesem Land? Was war das hier für ein weltfremder Verein?

Als anschließend ein paar von Kirchs Regeln diskutiert wurden, wunderte sich Sascha noch ein bisschen mehr. Keine Nachrichten gucken? Nicht im Internet surfen? Niemals neidisch sein auf andere? Wie sollte das denn gehen?

Was war das für ein Leben, in dem man alles Negative einfach ausblendete? Gab es nicht Leute, die behaupteten, man wachse eben gerade an Katastrophen und Schicksalsschlägen?

Sascha begutachtete die Sektenmitglieder und kam zu dem Schluss, dass die meisten von ihnen vermutlich schon so viele Schicksalsschläge hinter sich hatten, dass sie einen weiteren nicht verkraften würden – und deshalb einfach den Kopf in den Sand steckten und hofften, das Schicksal sähe sie nicht.

Eben sprach Jonas salbungsvoll: „Ich weiß, dass ich die Welt oder die Menschen nicht ändern kann, niemand kann das…aber ich kann versuchen, mich zu ändern und mir mein engeres Umfeld so einzurichten, dass es mir zumindest nicht mehr wehtut.“

Als Fiedler, der Mann mit dem dünnen Hals, daraufhin völlig zusammenhanglos das Thema ‚Kann das Malen von Spiralen ein Zeichen von Besessenheit sein?‘ ansprach, verschwand Sascha schnell ein zweites Mal auf der Toilette, um sich ein paar Notizen zu machen.

*

Tina war immer noch aufgewühlt: Da hatte Holger ja mal einen sensationellen Auftritt hingelegt! Was mochte nur in seinem armen Hirn vorgegangen sein? Und wie Gottfried und der seltsame Arthur zusammen Ramona befreit hatten! Als würden sie seit Jahren nichts anderes machen! Sehr eigenartig.

Noch weit mehr hatte sie aber Tabeas Verhalten aufgeregt. Erstens klebte sie seit ihrem Eintreffen an Jonas wie Kaugummi am Schuh, zweitens hatte sie sich gar an ihn geklammert, als Holger gewalttätig wurde, und drittens hatte sich Jonas die ganze Zeit fast ausschließlich um sie gekümmert! Fast sah es so aus, als gebe es neuerdings eine besonders innige Beziehung zwischen den beiden!

Gottfried hatte mehrmals versucht, Tina abzulenken, so als habe er gemerkt, was in ihr vorging. Aber sie wollte nicht abgelenkt werden! Verstand er nicht, dass er nur zweite Wahl war? Jonas war der, den sie haben wollte!

Und es schien so, als müsse sie sich noch ein bisschen mehr anstrengen, um ihn zu bekommen!

*

Benjamin mochte den Kerl mit dem Hut und der komischen Brille nicht. Von Anfang an nicht, und erst recht nicht, als er den Helden spielen und Ramona retten musste! So ein Angeber!

Zuerst hatte Benjamin sogar vermutet, dieser sogenannte Filmemacher habe sich mit Holger abgesprochen, um für einen spektakulären Auftritt in der Gruppe zu sorgen. Aber wie Holger zum Schluss zusammengebrochen war… Nein, ein so sensationeller Schauspieler war er bestimmt nicht!

Und was Holger anging…der erinnerte ihn immer an seine Säufereltern, die er am Tag seiner Einschulung das letzte Mal als Paar gesehen hatte.

Ja, er hatte das Bild noch vor Augen, wie er mit seiner bescheidenen Schultüte (man hatte nie viel Geld übrig, das wurde ja in Alkohol investiert!) zurück nach Hause kam, in die Küche, wo sein Vater saß, mit diesem hässlich roten Gesicht, mit diesem verhangenen und gleichzeitig bösartigen Blick.

Benny wollte gleich wieder aus der Küche verschwinden, aber sein Vater befahl ihm, zu erzählen, wie der erste Schultag gewesen war. Vor Angst fing Benny an zu stottern und bekam zu hören, dass er den Schulabschluss sowieso nicht schaffen würde. Er sei eine Niete, sei nichts wert, er würde als Obdachloser auf der Straße enden...also das, was er dreimal am Tag zu hören bekam. Und das alles mit einem Hass in der Stimme, den Benny nicht verstand.

Seine Mutter, die genauso gern zum Glas griff wie sein Vater, mischte sich ein, es gab Streit, Gegenstände flogen durch die Luft, und plötzlich hatte der Vater ein Messer in der Hand. Er jagte Frau und Sohn durch die ganze Wohnung, ein Nachbar rief die Polizei, und die brachte Benny und seine Mutter erst einmal in Sicherheit. Ein paar Monate im Frauenhaus folgten, dann eine neue Wohnung. Mutter kam mit der Situation nicht zurecht und soff noch mehr als vorher.

Vier Jahre später klappte sie mit schwerem Leberschaden und Wahnvorstellungen zusammen. Benny kam ‚vorübergehend' in ein Heim, und auch er war kein einfaches Kind mehr. Schließlich entschieden die Behörden, dass er an Pflegeeltern vermittelt werden sollte. Aber Benny war nicht vermittelbar und blieb im Heim. Und hasste fortan alle Alkoholiker.

Benjamin trank einen Schluck Wasser und hörte wieder Jonas zu, der gerade Gott für alles Mögliche dankte. Im Lauf der Zeit hatte auch Benjamin gelernt, wie gut es tat, sich zu bedanken. Ja, er bedankte sich sogar für die Begegnung mit wirklich schlimmen Menschen. Denn immerhin waren sie so etwas wie ein Auftrag für ihn – an ihnen konnte er sich beweisen.

Plötzlich merkte er, dass sein Blick wieder an diesem Arthur hängen blieb. Er konnte den Typ nicht einordnen. Aber je länger er ihn beobachtete, desto klarer wurde ihm, dass der Mann eine Brille mit Fensterglas trug, und dass er etwas zu verbergen hatte. War er vielleicht vom BND? Sollte er die Gruppe ausspionieren? Oder von der Polizei? Als Benjamins persönlicher Beschatter? Oder waren sie eher hinter Jakob her, der wie wild Spiralen auf seinen Bierdeckel kritzelte?

Das war alles nicht gut. Benjamins linkes Ohr begann zu jucken. Unauffällig – wie er hoffte – bohrte er mit dem linken, kleinen Finger im Gehörgang herum, bis sein Blick auf Gottfried fiel, der zu ihm herübersah, mit einem eigenartigen Ausdruck im Gesicht.

Der Kerl konnte einen mit seinen schwarzen Augen anstarren, dass einem angst und bange wurde.

*

Bonn, Altstadt,
19.00 Uhr

Andreas traf sich mit Udo Philipp in einer Kneipe im Norden Bonns. Da die paar Tische vor der Tür bereits alle mit Rauchern besetzt waren, suchten sie sich ein Plätzchen im Innern des Lokals. Sie bestellten sich ein Bier und Käseschnittchen, und Andreas erzählte Udo ausführlich, wie er den Tag damit verbracht hatte, seine Mutter zum Essen einzuladen und mit ihr Altersheime zu besichtigen.

„Ich sage dir, die Frau ist mit nichts zufrieden! Wahrscheinlich stirbt meine Oma, bevor wir was Passendes gefunden haben!"

Udo hatte sein Käsebrot auf die Hand genommen. „Andererseits siehst du jetzt mal, worauf es in Altenheimen ankommt, wenn's mal bei dir so weit ist."

„Um Himmelswillen! Ich hoffe doch, ich werde vorher im Dienst erschossen!"

Udo schüttelte kauend den Kopf. „Unsinn! Wir sterben alle an der Grippe!"

„Komisch. Jetzt, wo du's sagst: Ich hab dieses Frühjahr noch gar nichts von einer Grippe-Epidemie gehört."

Udo trank einen Schluck Bier, stellte sein Glas ab und machte ein erstauntes Gesicht. „Bitte? Du hast noch nichts von der Känguru-Grippe gehört?"

Andreas aß das Käsebrot mit Messer und Gabel und schnitt ein Stück ab. „Ist das so was Ähnliches wie die Pharma-Pest...oder die Medien-Seuche?"

„Genau. Verbreitet sich rasend schnell und verursacht Panik-Zustände."

Udo wirkte, als habe er einige Kilo zugenommen. Prall wölbte sich sein Kugelbauch unter dem dunkelgrünen Polo-Shirt. Einen Hals hatte er immer noch nicht. Und jetzt wechselte er abrupt das Thema.

„Wie kommt ihr denn mit den Ritualmorden voran?"

Ja, das Thema gefiel ihm. Aber Andreas erzählte ihm nur das, was schon in den Zeitungen gestanden hatte. *Das* gefiel Udo nicht.

„Habt ihr keine DNA-Spuren gefunden?", bohrte er nach.

„Nein, der Täter war leider nicht blöd genug, sich in den Finger zu schneiden."

Udos Augen wirkten im Kneipenlicht noch dunkler. „Die Mörder haben's aber auch schwer heutzutage - an was die alles denken müssen! Aber DNA-Tests sind ja nicht unfehlbar."

„Du redest von verunreinigten Wattestäbchen? So was gibt's in Bonn nicht."

Udo lachte, vertilgte weiter sein Schnittchen, redete aber beim Kauen weiter. „Ja, ja, Mensch und Technik. Es ist gar nicht gut, wenn man der Maschine an sich komplett ausgeliefert ist! Da brach doch kürzlich ein Flugzeugcomputer während des Landeanflugs die Landung einfach ab: weil nämlich ein kaputter Höhenmesser behauptete, die Maschine befände sich bereits zwei Meter *unter* der Landebahn! Schön, dass der Pilot Augen hatte und in letzter Sekunde einen Absturz verhindern konnte!"

„Können wir über was anderes reden als über Flugzeugabstürze? Ich will vielleicht nach Italien fliegen."

„Was? Du bist doch noch nie aus Bonn rausgekommen!"

Andreas erläuterte die Hintergründe, und sie unterhielten sich eine Weile über die ungewöhnlichen Manipulationsfähigkeiten der Frau an sich und wie man sich erfolgreich dagegen wehren könne.

„Hältst du es für möglich, dass euer Killer eine Frau ist?", fragte Udo unvermittelt und war wieder da, wo er vermutlich die ganze Zeit hingewollt hatte.

Andreas bestellte sich eine Cola und meinte vage: „Möglich ist alles."

„Andererseits würde eine Frau das Opfer nicht ertränken, sondern totquatschen."

Andreas schüttelte den Kopf. „Also du hast ein Frauenbild..."

„Ach komm, tu nicht so heilig! Hallo, könnte ich noch ein Bier haben? Habt ihr schon einen Verdächtigen?"

„Wir haben sogar einen Alkoholiker, der die Tat gestanden hat. Der Mann hört Stimmen und hat Halluzinationen und Verfolgungswahn. Ich hab gelesen, dass Alkoholismus z.B. Schizophrenie auslösen kann, genau mit diesen Symptomen."

Beim zweiten Bier fing Udo nun an zu schwitzen und holte ein großes, weißes Tuch aus der Hosentasche, mit dem er seine Halbglatze abtupfte. „Schizophrenie muss ganz furchtbar sein, hab ich gehört. Die Leute haben das Gefühl, dass ihnen fremde Gedanken eingeflößt werden."

Andreas säbelte Käsebrot ab. „Unvollstellbar! Wobei, andereseits, man kriegt ja auch als Normalbürger ständig fremde Ideen und Gedanken untergejubelt. So wie die ganze Scheiße, die einem die Medien immer weismachen wollen."

„So wie damals, als BSE angeblich die halbe Weltbevölkerung dahinraffen sollte."

„Oder wie Leute, die glauben, auf Pizzas befände sich echter Käse. Oder der nächste Bundesgesundheitsminister würde alles besser machen als der letzte."

Udo lachte. „Die erzählen uns nur Mist! Und da heißt es immer, wir Deutschen hätten keinen Humor! Ohne Humor hätten wir aus Frust längst den dritten Weltkrieg angezettelt! Nur unsere sogenannten Führungskräfte können nicht so richtig über sich selbst lachen."

„Warum sind die so?"

„Du meinst, so machtgeil, so verbohrt, so korrupt, so aalglatt, so resistent gegen Selbstkritik?" Udo dachte nicht lange nach. „Ich fürchte, das liegt daran, dass Menschen, die anders sind, erst gar nicht in die Politik gehen."

Aus dieser Aussage entwickelte sich eine gutgelaunte Diskussion über Selbstgefälligkeit, Austauschbarkeit und Geldvernichtung in der Politik, in die sich plötzlich zwei Damen um die Sechzig einmischten, die am Nebentisch saßen und anscheinend schon eine ganze Weile ungeniert gelauscht hatten.

Zunächst sträubte sich Andreas innerlich gegen diese ungebetene Beteiligung, aber die beiden schienen interessante Meinungen zu haben, und so taute er ein wenig auf, und es wurde ein richtig schöner Abend.

Eine der Damen tauschte sogar die Telefonnummer mit Udo aus. Bevor die andere auf dumme Gedanken kommen konnte, behauptete Andreas unverfroren, er sei glücklich verheiratet. Aber er könne sich trotzdem vorstellen, diese Diskussionsrunde demnächst zu wiederholen.

8

Bonn, Polizeipräsidium, Pfingstmontag, 12. Mai, 9.45 Uhr

Andreas hatte Sascha zur Besprechung gebeten, und der hatte von Annika wohl freibekommen.

„Wie geht's Mutter und Kind?", erkundigte sich Andreas und schaltete den PC ein, um Saschas Bericht über die Versammlung einzutippen.

„Prächtig, sie dürfen morgen Mittag nach Hause." Sascha trug ein weißes Hemd. Natürlich ohne Krawatte, die Ärmel hochgekrempelt. Dass der Mann etwas so Farbneutrales überhaupt in seinem Kleiderschrank hatte!

„Und wann stehst du uns wieder zur Verfügung?"

„Na ja, morgen wollte ich noch zu Hause bleiben, aber Mittwoch bin ich ab nachmittags wieder hier, wenn nichts dazwischen kommt."

„Ok, dann erzähl mal."

Sascha berichtete zunächst ausführlich über den Zwischenfall mit Holger Zorn. „Der hat echt nicht mehr alle Synapsen im Hirn. Wo habt ihr ihn hingebracht?"

„Forensische Psychiatrie. Was hältst du von den übrigen Verdächtigen?"

„An Fiedler und Valoschek bin ich nicht so richtig rangekommen. Ich hab nur von weitem gesehen, dass Valoschek wie irre Spiralen auf Bierdeckel gemalt hat. Der tickt auch nicht sauber." Sascha trank einen Schluck aus der Colaflasche, die er mitgebracht hatte. „Die Leute da reden sich übrigens nur mit Vornamen an – ich muss mir dringend was einfallen lassen, um die Nachnamen rauszufinden…ich meine, ohne dass jemand Verdacht schöpft. Sonst können wir nicht nachprüfen, ob was gegen sie vorliegt." Sascha strich mit dem Finger über eine Seite seines Errol-Flynn-Bärtchens, das er für seine Ermittlungen anscheinend nicht hatte opfern wollen. „Ramona meinte nur, dass Gottfried, Tina, Fiedler und Valoschek eine ungewöhnlich schlimme Kindheit hatten, aber das trifft sicher auf alle Mitglieder zu."

„Wieso?"

„Ich hab da so eine Theorie. Kennst du den Film ‚Carrie'?"

„Natürlich nicht", seufzte Andreas.

„Also, es geht um eine alleinstehende Frau, die ihre Tochter Carrie mit viel Religion und Gewalt großgezogen hat. Ist ja klar, dass das in einer Katastrophe enden muss. Unsere Sektenmitglieder kommen also entweder aus einem ähnlichen Elternhaus...oder sie haben in der Kindheit irgendwas anderes Schreckliches erlebt."

„Ich muss dich enttäuschen, Sascha, aber das ist nichts Neues."

„Mist!" Noch ein paar Schlucke Cola. „Na ja, wenn es auf alle zutrifft, hilft es uns sowieso nicht weiter."

„Musstest du auch was über deine Kindheit erzählen?"

„Bisher nicht. Gezwungen wird da niemand. Soll ich am Mittwoch noch mal hingehen?"

„Wenn du meinst, das bringt was."

„Kann ich nicht sagen. Ein paar Leute würde ich gerne noch genauer unter die Lupe nehmen. Vielleicht krieg ich auch noch ein paar Namen raus. Im Moment deutet jedenfalls nichts von dem, was Kirch gesagt hat, auf irgendeine Art von Fanatismus oder so was hin."

„Vielleicht hat er geahnt, dass wir jemand bei ihm einschleusen wollen und ist vorsichtig geworden. Und dein Auftritt war ja nicht gerade unauffällig."

„Dafür kann ich nichts!"

„Ich weiß... Ok, du solltest wieder hingehen, das ist weniger verdächtig, als wenn du jetzt einfach wegbleibst. Und versuch mal, noch was aus dieser Ramona rauszuquetschen."

Andreas sah ein paar Blätter durch, die auf dem Tisch lagen. „Hinweise aus der Bevölkerung." Plötzlich stutzte er. „Hier hat jemand am Abend des Mordes an Manfred Baum einen weißen Wagen am Straßenrand stehen sehen...und hier gibt ein Mann aus Sankt Augustin an, ihm sei am Abend des Mordes an Voss ein weißes Auto am Straßenrand aufgefallen."

„Das ist ja interessant", kommentierte Sascha. „Rate mal, womit Jonas Kirch gestern Abend den Parkplatz des Restaurants verlassen hat."

Andreas lehnte sich zufrieden zurück. „Der Kerl wird ab sofort überwacht."

*

Bonn, Polizeipräsidium

Sascha hatte Andreas noch ein Weilchen bei Recherchen im Internet und in den Polizeiakten geholfen, die nur ergaben, dass seltsamerweise nichts, aber rein gar nichts über diesen Jonas Kirch herauszufinden war. Mit diesem Problem beschäftigte sich Sascha auch noch auf dem Weg in die Kinderklinik. Als er dort ankam, ließ er jedoch Kirch und Konsorten gedanklich vor der Tür und kaufte einen Strauß roter und weißer Rosen für Annika. In ihrem hellgrünen Zimmer lag sie im pinkfarbenen Bademantel auf dem Bett und stillte Gabriel, was nach anfänglichen Schwierigkeiten jetzt besser zu klappen schien. Ihre Mutter war auch schon da.

Begrüßung von Annika, Gabriel und Verwandtschaft. Diskussion über Dinge, die unbedingt noch gekauft oder erledigt werden mussten. Mittagessen im krankenhauseigenen Restaurant. Dann stand für Annika und Gabriel ein Mittagsschläfchen auf dem Programm.

„Und du fährst jetzt nach Hause und baust endlich das Regal und die Wickelkommode auf!" ordnete Annika an. „Ich möchte, dass morgen alles fix und fertig ist! Wollte Max dir nicht dabei helfen? Oder hat der wieder nur 'ne große Klappe gehabt?"

Nein, Sascha war sicher, dass Max, ein Nachbar, mit dem er sich oberflächlich angefreundet hatte, da sein und helfen würde, weil es nach getaner Arbeit ‚Black Swan' mit Pizza gab. Davon musste Annika natürlich nichts wissen.

Gegen 13.30 Uhr verließ Sascha leise pfeifend die Klinik, setzte sich in seinen Wagen und vermisste plötzlich sein Handy. Also eilte er zurück in Annikas Zimmer, aber dort war der Apparat nirgends zu finden. Auch im Restaurant nicht. Hatte er das Ding etwa im Büro liegen lassen?

Mist, das bedeutete einen unnötigen Umweg! Hoffentlich hatte er dann noch genug Zeit, Wohnzimmer und Bad von den Spuren seines viertägigen Junggesellendaseins zu befreien und anschließend einen netten Horrorfilm zu gucken, bevor er Max zum Möbelaufbau antreten ließ.

Es half alles nichts: Sascha raste über die Autobahn zum Präsidium, wo sein Handy tatsächlich auf dem Schreibtisch lag, warf Andreas nur ein „Bin schon wieder weg!" zu und fuhr zwei Minuten später auf der Königswinterer Straße durch Oberkassel. Dort fiel ihm der Wagen zum ersten Mal auf. Er schien ihm durch den ganzen Ort zu folgen. Ein kleiner, grauer Wagen, der nie nahe genug herankam, als dass Sascha den Fahrer oder das Kennzeichen hätte erkennen können.

Als er nach links in die Langemarckstraße abbog, passte er genau auf: Ja, der graue Wagen folgte ihm. Er folgte ihm alle Serpentinen der Straße hinauf. Trotzdem konnte das noch Zufall sein. Also dann, ein Test!

Oben an der Kreuzung fuhr Sascha nicht nach links, Richtung Vinxel, sondern nach rechts, Richtung Königswinter. Der graue Wagen ebenfalls. Doch nach ein paar hundert Metern stellte Sascha sein Auto am Straßenrand ab und beobachtete im Rückspiegel, was passierte. Ja, das hatte er sich gedacht: Auch der graue Wagen blieb stehen.

Sascha wartete, bis ein paar Autos vorbeigefahren waren, wendete und kutschierte langsam auf das steingraue Auto am Straßenrand zu. Er drosselte seine Geschwindigkeit noch ein bisschen mehr, merkte sich die Bonner Nummer und versuchte, im Wageninneren etwas zu erkennen. Aber es sah so aus, als sei der Wagen leer.

War der Fahrer vorhin, als Sascha wendete, ausgestiegen und im Wald verschwunden? Machte er vielleicht doch nur eine Pinkelpause?

Sascha nahm jetzt Kurs auf Vinxel, gab aber das Kennzeichen des grauen Wagens an die Zentrale durch. Eine Minute später hatte er einen Namen, und er wusste nicht, ob er darüber lachen oder sich ärgern sollte. Er war jedenfalls noch nicht ganz zu Hause angekommen, als er in der Ferne hinter sich etwas sah, das durchaus ein kleiner, grauer Wagen sein konnte. Die Frau verfolgte ihn immer noch!

Sascha fuhr durch Vinxel hindurch, immer weiter, bis zur nächsten Tankstelle, die sich auf der linken Straßenseite kurz vor einer Ampel befand. Er bog ab und parkte seinen Wagen gut sichtbar neben dem Gebäude einer Waschanlage. Dann schlüpfte er, immer Deckung suchend, aus dem Auto und verbarg sich hinter einer Hausecke.

Von dort beobachtete er die Straße, und es dauerte nicht lange, bis der graue Wagen auftauchte und auf der gegenüberliegenden Straßenseite, halb auf dem Bürgersteig, stehen blieb. Schnell schlich Sascha in großem Bogen durch ein paar Höfe und Gärten, überquerte in einiger Entfernung die Straße und näherte sich jetzt dem grauen Kleinwagen, in dem diesmal definitiv jemand am Steuer saß, von hinten.

Da sich sein Verfolger ganz auf Saschas Auto an der Tankstelle konzentrierte, bemerkte er nicht, wie sich Sascha zur Beifahrertür schlich.

Er klopfte gegen die Scheibe. Die Frau zuckte sichtlich zusammen und schaute ihn erschrocken an. Trotzdem öffnete sie die Tür, und Sascha ließ sich neben ihr nieder.

„Hallo, Ramona!"

„Äh...ja, hallo, Arthur."

„Warum verfolgst du mich?"

Verlegen schaute sie auf ihre kleinen Hände. „Ja, also ich...äh...ich wollte mich noch mal bei dir bedanken. Du hast mir das Leben gerettet."

„Ach was, wahrscheinlich wär gar nichts Schlimmes passiert. Wie hast du mich gefunden?"

„Durch Zufall, ich wollte gerade meine Tante in Oberdollendorf besuchen, und da hab ich dich durch Oberkassel fahren sehen. Das heißt, ich hab dich nicht direkt erkannt, so ohne Hut und Brille."

Verdammt! Was sollte er dazu sagen? „Hm ja, ich bin manchmal ein bisschen vergesslich. Ich dürfte ohne Brille eigentlich gar nicht Auto fahren." Was mochte sie noch mitbekommen haben?

In den blassblauen Augen tauchte eine Mischung aus Sorge und Neugier auf. „Wieso warst du bei der Polizei? Ist was passiert?".

Verdammt, verdammt! Jetzt musste aber schleunigst eine gute Geschichte her. Er erzählte ihr etwas von *seinem Bruder*, der am Vorabend in einer Kneipe zusammengeschlagen worden war. „Ich hatte bei der Polizei noch eine Aussage zu machen."

„Und, wie geht's ihm?" Ramona trug ein graubeiges T-Shirt zu ihrer hellen Jeans. Sie war irgendwie fast unsichtbar vor lauter Farblosigkeit.

„Besser. Aber vorhin hatte ich richtig Angst, dass mich einer von den Typen verfolgt, die ihn verprügelt haben. Ich dachte, der will mir jetzt auch eine verpassen!"

„Das tut mir leid, ich wollte dir doch keine Angst einjagen." Zerknirscht schaute sie ihm in die Augen.

„Halb so schlimm, ich hätte dem Kerl schon gezeigt, wo der Hammer hängt!", prahlte Sascha, und anscheinend gefiel ihr das, denn sie lächelte schüchtern zurück.

„Darf ich dich als Entschädigung zum Essen einladen? Hast du heute Zeit?"

Ihr scheues, hübsches Lächeln vertiefte sich, und für Sekunden entkam sie ihrer Unscheinbarkeit und strahlte einen mädchenhaften Charme aus, der sogar Sascha berührte. Sie wirkte so über die Maßen harmlos und nett, dass es fast schon wieder verdächtig war. Er musste mehr über diese Frau herausfinden.

„Heute kann ich leider nicht, wie wär's mit morgen Mittag? Aber ich kann erst so ab 14 Uhr. Wo wohnst du überhaupt?"

„In Kessenich. Das mit der Zeit trifft sich gut, ich hab auch erst um halb drei frei."

Sie machten Ort und Zeit aus. Sascha ließ sich ihre Telefonnummer geben und schaffte es mit diversen Ausreden (kein Festnetzanschluss, Handy kaputt), seine eigene Nummer zu verschweigen.

Er verabschiedete sich von Ramona, stieg in seinen Wagen und fuhr erst einmal in der falschen Richtung weiter, bis er sicher war, dass sie ihm nicht mehr folgte. Er wollte auf keinen Fall, dass sie wusste, wo er wohnte.

Wieder zu Hause, rief er im Büro an, wo Manfred neben Andreas auch Dienst tat, und bat ihn, Ramona Linke zu überprüfen und ihm das Ergebnis mitzuteilen.

*

Bonn-Lengsdorf,
16.00 Uhr

Gottfried sah es als eine Art Prüfung. Er musste Gott zeigen, dass er geduldig, verständnisvoll und voller Liebe war. Denn nur so konnte er Tina mit all ihren Verschrobenheiten und Schwächen akzeptieren. Und nur, wenn er das tat, konnte er sie für sich gewinnen.

60, 61, 62... Gottfried hatte die Hände hinter dem Kopf verschränkt, die Fußspitzen unters Sofa geklemmt und machte Sit-ups. 70, 71, 72... Es konnte nicht schaden, Gott ein bisschen unter die Arme zu greifen bei der Heilung seiner tückischen Krankheit.

Noch war sie nicht ausgebrochen, aber natürlich hatte er schon erste Symptome bei sich bemerkt: dieses komische Kribbeln in den Beinen und manchmal Schwäche beim Gehen, und mehrmals war er sicher gewesen, mit einem Auge nicht mehr richtig sehen zu können. Bisher war alles wieder von allein verschwunden.

Aber er kannte die schleichenden Symptome der Krankheit seines Vaters, mit dem es von Jahr zu Jahr bergab gegangen war. Irgendwann hatte Gottfried es nicht mehr ausgehalten und war abgehauen. Mit 17 Jahren. Hatte seine Mutter mit dem schwerkranken Mann alleingelassen. Das hatte er sich bis heute nicht verziehen. Das musste er wiedergutmachen.

90, 91, 92... Verdammt, konnte er nicht an was Schönes denken? Daran zum Beispiel, wie er gestern Ramona aus den Fängen des Wahnsinnigen gerettet hatte! Für ein paar Minuten hatte er sich gefühlt wie ein Held, klug, stark, furchtlos! Er hatte zu Jonas hinübergesehen, der in der Gefahr untätig geblieben war, der sich bleich und erschrocken hinter ein paar Frauen versteckt hatte, der feige Schwätzer!

Gottfried hörte mit den Sit-ups auf und fragte sich, ob auch Tina aufgefallen war, wie Jonas sich verhalten hatte, und welche Schlüsse sie daraus zog. Gesagt hatte sie nichts, nicht einmal zu Gottfrieds mutigem Einsatz. Halt, doch – sie hatte mit ihm geschimpft, wie er so leichtsinnig hatte sein können, sich mit einem ausgerasteten Holger anzulegen. War das ein Zeichen ihrer Sorge um ihn?

Er legte eine Hand auf seinen Bauch. Kein Fett, nur Muskeln. Ganz kurz stellte er sich vor, die Hand gehörte Tina, und sie würde ihn streicheln...aber so weit war es noch lange nicht. Gottfried dachte an ihre Augen, ihr Lächeln, ihre samtige Haut, ihre zarten Hände, und seine Sehnsucht nach ihr tat fast weh.

Warum musste er unbedingt eine Frau lieben, die mit ihren Gedanken meistens bei einem anderen Kerl war! Würde er es je schaffen, sie diesen Jonas vergessen zu lassen?

Gottfried stand auf. Jawohl! Das würde er schaffen! Mit Geduld, Verständnis und Liebe!

Obwohl nur mit einer Unterhose bekleidet, schwitzte er wie das sprichwörtliche Schwein. Schwitzten Schweine überhaupt? Wie auch immer – ab unter die Dusche und dann zum Botanischen Garten, wo er wieder einmal mit viel Geduld und Verständnis auf Tina eingehen würde.

Während er warmes Wasser über seinen fast perfekten Körper laufen ließ, bat er Gott um Beistand für seine Begegnung mit Tina, und er dankte ihm für die Kraft, die er neuerdings verspürte, und dafür, dass er den Weg in diese wunderbare Gemeinde gefunden hatte. Und natürlich dafür, dass er im Supermarkt die letzte Tafel seiner Lieblingsschokolade erwischt hatte.

*

Bonn, Botanischer Garten, 17.15 Uhr

Mit kleinem Sicherheitsabstand saß Tina neben Gottfried auf einer Bank inmitten blau blühender, duftender Blumen. Es war angenehm warm, und unglaublicherweise trug Gottfried kein kariertes Hemd, sondern ein kräftig blaues Shirt, das seiner Meinung nach zu ihren `wunderschönen´ Augen passte.

Musste er immer so übertreiben mit seinen dauernden Komplimenten? Sie mochte das nicht! Wieso begriff er das nicht?

„Was hast du denn heute so gemacht?“, fragte er plötzlich.

„Was man als Alleinstehende an einem Feiertag halt macht.“ Ihr Ton war patzig. Mit Absicht. „Staubwischen, lesen, fernsehen, Achselhaare entfernen, Hunde vergiften, Kleinkinder überfahren.“

Daraufhin starrte er sie mit seinen fast schwarzen Augen lange an und lächelte auf einmal. „Warum reagierst du so? Was gefällt dir an meinen Fragen nicht?“

„Das ist alles so oberflächlich“, behauptete sie, ohne ihn anzusehen.

„Nein, es interessiert mich wirklich, was du gemacht hast.“ Und nach einer Pause: „Worüber möchtest du denn reden?“

„Ich möchte wissen, was du eigentlich von mir willst!“

„Ach, Tina, das weißt du doch.“

Ein Paar in mittleren Jahren schlenderte händchenhaltend an ihnen vorbei. Die beiden lachten und plauderten miteinander. Vermutlich kannten sie sich noch nicht lange. Tina stellte sich gerade vor, wie sie mit Jonas den Weg entlang spazierte, als Gottfried weitersprach.

„Ich finde, wir passen unheimlich gut zusammen. Wir haben dieselben Interessen, sind beide allein und wir möchten, wie so viele, nur ein bisschen Liebe und Glück... Warum nicht miteinander? Findest du mich als Mann nicht anziehend?“

Du lieber Gott! Tina fühlte, wie sie rot wurde. Sie begann an ihrem rechten Ohrläppchen zu reiben und räusperte sich, bevor sie antwortete. „Wenn das so wäre, hätte ich mich wohl kaum hier mit dir getroffen!“

„Richtig.“ Sein Blick wurde traurig. „Aber ich bin doch nur so eine Art Trostpflaster! Eigentlich willst du Jonas.“

„Ich bin mir nicht sicher.“ Was hatte sie denn da gesagt? Auf einmal hatte sie ein ganz komisches Gefühl im Bauch. Bevor sie sich jedoch damit befassen konnte, redete Gottfried weiter.

„Was kann ich tun, damit du diesen Kerl vergisst?“

Tina brauchte nicht lange zu überlegen. „Gib mir Zeit, um herauszufinden, ob Jonas wirklich der ist, für den er sich ausgibt.“

Das konnte Gottfried anscheinend nicht auf sich beruhen lassen. Er verschränkte die sehnigen und ziemlich behaarten Arme vor der Brust und fragte: „Was meinst du damit? Du hast neulich schon mal so ’ne Andeutung gemacht.“

Tina zögerte. Sollte sie ihn einweihen? Nein, noch nicht. „Ich weiß nichts Genaues. Ich verdächtige Jonas auch nicht wirklich, aber ich habe trotzdem Angst, dass er...dass er vielleicht was mit den Ritual-Morden zu tun haben könnte.“

Gottfried sah sie an, als hätte sie behauptet, der Papst sei verheiratet und habe fünf Enkelkinder. „Tina, wie kommst du denn auf so was?“

„Dieser komische Typ gestern, der mit der Brille und dem Hut, der uns weismachen wollte, dass er Filme dreht, der hat mich drauf gebracht. Was, wenn der von der Polizei war und sich bei uns eingeschlichen hat, um Jonas auf die Finger zu gucken?“

Gottfried rieb sich mit einer Hand unter dem Kinn in seinem Bart herum. „Du wirst lachen... Ich hatte auch die Idee, dass der Kerl von der Polizei sein könnte. Aber ich dachte, er sei wegen Holger gekommen.“

„Schön und gut, aber warum hat er sich dann nicht zu erkennen gegeben, nachdem er Holger unschädlich gemacht hat?“

„Weil er entweder doch kein Polizist ist, oder weil er es auf jemand anderen abgesehen hat.“

„Du sagst es.“

„Und du meinst wirklich, Jonas könnte der Killer sein?“

„Nein, wahrscheinlich nicht. Aber ich werde die Augen offen halten.“ Tina stand auf. „Komm, lass uns ein bisschen spazieren gehen. Und dann suchen wir uns ein nettes Lokal – ich hab allmählich Hunger.“

*

Bonn, Maxstraße, 17.55 Uhr

Benjamin legte eine gefaltete Decke auf den Fußboden, auf eine ganz bestimmte Stelle unter dem Kreuz, das zwischen den beiden Fenstern seines Wohnzimmers hing. Davor platzierte er eine Stoppuhr, eine Nadel und ein Glasschälchen.

Auf dieser Decke kniete er um Punkt 18 Uhr nieder und betete. Ein paar Vaterunser und ein paar selbst gestaltete Sätze, nach dem Vorbild seiner damaligen Therapiegruppe. Benjamin wusste, dass psychisch labile Menschen einen stabilen Tagesrhythmus brauchten, und das Beten zu festen Zeiten half ihm, der Versuchung zu widerstehen.

Seit etwa drei Wochen vollzog er eine Art Ritual nach dem Beten: Ein paar Mal holte er tief Luft, drückte auf die Stoppuhr, hielt die Luft an und bemühte sich, seine Gedanken und Gefühle unter Kontrolle zu bekommen. Er atmete nicht, bis ihm fast schwarz vor Augen wurde, dann aber saugte er gierig Luft in seine Lungen, drückte wieder auf die Stoppuhr und griff nach der Nadel. Kraftvoll stach er sich damit in den Zeigefinger, quetschte einen Tropfen Blut heraus und ließ ihn in das Schälchen fallen. Ein Blutopfer. Jeden Tag ein Tropfen Blut. Damit Gott ihn nicht vergaß. Und ihn in Zukunft vielleicht etwas besser behandelte.

Das erinnerte ihn natürlich an das, was ihn vor drei Wochen aus dem Gleichgewicht gebracht hatte, und sofort kippte seine Stimmung. Sofort war das Gefühl wieder da: dieses Gefühl von Demütigung, von Wertlosigkeit, von Selbsthass... Wochenlang hatte er mit dieser Tussi im Internet gechattet, hatte sich Hoffnungen gemacht, und dann servierte ihn die Kuh kaltschnäuzig ab und machte sich auch noch über ihn lustig!

„Verflucht, Gott! Warum tust du das?“, klagte er. „Hab ich nicht endlich mal ein bisschen Glück verdient? Kannst du vielleicht mal aufhören mit dem Scheiß?“

Benjamin ließ sich nach vorn fallen, schlug mit beiden Händen ein paar Mal wütend auf den Boden und fing an zu weinen. Wieso bekamen gerade die, die sowieso schon unten waren, immer noch einen Fußtritt obendrauf? Warum?!

Jetzt hatte er auch noch die Bullen am Hals! Und er glaubte nicht, dass die Verständnis hatten für das, was er getan hatte...obwohl er sich völlig im Recht fühlte! Er hatte vielleicht etwas Ungesetzliches getan, aber es diente einem guten Zweck! Ganz so, wie Jonas gesagt hatte! Man musste den Teufel bekämpfen, sobald man in sein hässliches Gesicht blickte!

Dieser Gedanke richtete Benjamin im wahrsten Sinne des Wortes wieder auf. Er kam auf die Knie, wischte sich mit den Händen Augen und Nase ab und dankte Gott für die Kraft, die er plötzlich in sich spürte. Er war auf dem richtigen Weg und er würde ihn weitergehen!

Und jetzt würde er in die Kneipe nach Tannenbusch fahren, wo Jakob und zwei andere Kumpels auf ihn warteten, und er würde gut auf alle aufpassen.

*

Bonn, 18.00 Uhr

Tabea trabte leichtfüßig und gleichmäßig atmend über das Laufband. Allmählich kam sie ins Schwitzen, trotz der geöffneten Fenster und der rotierenden Deckenventilatoren. Gedankenverloren schaute sie nach draußen und auf einmal machten sich ihre Erinnerungen selbständig und sprangen zurück zu einem sonnigen, heißen Augusttag vor 28 Jahren.

Tabea, dünn, 12 Jahre alt, eher verschlossen und nachdenklich, saß mit Daniela im Kinderzimmer an dem Schreibtisch, den sie sich teilen mussten.

Malen war die derzeitige Leidenschaft der Zwillinge. Tabea zeichnete mit Bleistift eine große Burg mit Zugbrücke und mehreren Türmen, die sie anschließend mit Wasserfarben ausmalen wollte. Diese Farben hatten einen ganz speziellen, aber nicht unangenehmen Geruch.

Sonnenlicht fiel durch die Gardine mit dem groben Lochmuster, das sich als Schatten auf dem holzfarbenen PVC-Boden abmalte. Tabea zeichnete gerade eine Fahne auf einen der Türme, als die Zimmertür aufgerissen wurde und ihre Mutter hereinplatzte. Und aus ihrem scheinheilig bedauernden Blick schloss Tabea sofort, was jetzt auf sie und Daniela zukam.

„Hört mal, ihr zwei, ich muss dringend weg und komme erst heute

Abend wieder, und deshalb bringe ich euch gleich zu Onkel Helmut. Macht euch schon mal fertig."

„Aber Mama, wir sind doch keine Babys mehr! Wir können auch alleine hier bleiben!", protestierte Tabea sofort.

„Ich weiß nicht, warum ihr neuerdings immer so ein Theater macht! Ihr bleibt nicht allein hier! Punkt und aus!"

Mutter rauschte aus dem Zimmer, und Tabea bekam Magenschmerzen, als sie an Onkel Helmuts süßlich-fauligen Atem dachte, an seinen schmierigen Pullover, den er nie zu wechseln schien und der nach Schweiß und Zigarettenrauch stank, an seine irgendwie schmutzigen Finger, mit denen er Tabea gern im Gesicht herumfummelte, bevor er auf einem ‚Onkel-Küsschen' mitten auf den Mund bestand.

Am Blick ihrer Zwillingsschwester erkannte Tabea, dass in ihrem Kopf der gleiche Film ablief. Trotzdem redeten sie nicht darüber, sondern ließen sich eine halbe Stunde später stumm und widerstandslos bei Onkel Helmut absetzen.

Er lebte ganz allein in einem kleinen Häuschen mit großem Garten etwas außerhalb der Stadt, und es hätte ein verwunschener, idealer Ort für phantasievolle Kinderspiele sein können, wären da nicht die verdreckten Zimmer gewesen und die kaputten Flaschen und anderer Unrat auf der Wiese, die vermutlich noch nie gemäht worden war. Und natürlich der Onkel selbst, dieses schmutzige, unberechenbare Monster.

Da es draußen zu heiß zum Spielen war, machten Tabea und Daniela das, was sie meistens bei Onkel Helmut taten: im Wohnzimmer vor dem Fernseher sitzen. In der Hinsicht war er großzügig - aber nur deshalb, weil er sich dann neben eine von ihnen aufs Sofa quetschen und den Arm um seine jeweilige Lieblingsnichte legen konnte.

So heiß war es, dass der Onkel nur mit grauen Shorts bekleidet herumlief, die unter seinem prallen Bauch hingen. Seine Brust bedeckten dunkle Haare, in denen Schweißtropfen glitzerten.

Am liebsten hätte Tabea die Augen zugemacht, sich Watte in die Nase gestopft und sich in irgendeine dunkle, kühle Ecke verkrochen. Aber da es hier nur dreckige Ecken gab, setzte sie sich auf die schmuddelige, braungemusterte Decke, die Onkel Helmut über das Sofa drapiert hatte.

Keine 10 Sekunden später ließ er sich neben Tabea plumpsen, gab ihr ein Küsschen auf die Backe (Tabea hielt die Luft an) und fragte: „Na, bin ich dein allerbester Onkel?"

„Klar", behauptete sie und versuchte seine Hand, die über ihre nackte Schulter rieb, und den Gestank nach Alkohol in seinem Atem zu ignorieren. Und sie fragte sich zum hundertsten Mal mit dem bittersüßen Gefühl von Hass im Bauch, was ihre Mutter wohl so Dringendes zu erledigen hatte, dass sie ihre Töchter einem Schmierlappen wie Onkel Helmut zum Fraß vorwarf! Tabea machte sich steif und starrte auf den Tisch, auf dem neben einer offenen Dose Thunfisch eine braune Socke lag. Unerwartet ließ Onkel Helmut seine Nichte los und beugte sich vor, um sich einen Schnaps einzugießen. Ein halbes Wasserglas voll. Er schüttete es auch wie Wasser in sich hinein, rülpste und zündete sich eine Zigarette an.

Tabea hatte das Gefühl, sich jeden Moment übergeben zu müssen. Bevor der Onkel sie wieder im Griff hatte, sprang sie auf und piepste: „Ich muss mal!"

Und neben ihr behauptete Daniela: „Ich auch!"

Der Onkel lachte. „Na, ihr zwei macht ja wohl immer alles zusammen."

Ja, so war es. Sie schlossen sich zu zweit in der übel riechenden Toilette ein, umarmten sich und vergossen schweigend ein paar Tränen. Als es ihnen ein klein wenig besser ging, besprachen sie flüsternd, was zu tun sei. Ob es nicht besser war, einfach wegzulaufen, auch wenn die Mutter dann für den Rest ihres Lebens nichts mehr mit ihnen zu tun haben wollte.

„Wir müssen uns doch gar nicht aufs Sofa setzen, wir können doch auf dem Boden sitzen", schlug Daniela vor, die noch nie viel vom Weglaufen gehalten hatte.

„Ja, ok, machen wir das", meinte Tabea, obwohl sie sicher war, dass es auf dem alten Teppich vor unappetitlichen Sachen nur so wimmelte, aber alles schien besser, als sich vom alten Onkel begrabschen zu lassen!

Sie betätigten die Wasserspülung, sprachen sich noch ein wenig Mut und Trost zu, verließen die Gästetoilette und schauten sich im Flur ein paar an der Wand hängende Fotos an, die sie sicher schon tausendmal gesehen hatten.

Schon da fiel Tabea dieser komische Geruch auf – es roch anders als vorhin, irgendwie...verbrannt.

Der Grund dafür wurde klar, als sie die Wohnzimmertür erreichten und ins Zimmer sahen: Onkel Helmut hatte sich aufs Sofa gelegt und war anscheinend sofort eingeschlafen. Mit der brennenden Zigarette in der Hand. Die Zigarette war auf eine zusammengefaltete Zeitung gefallen, die auf dem Teppich zwischen Tisch und Sofa lag, und das Papier hatte bereits Feuer gefangen. Flammen züngelten am Sofa empor, Onkel Helmut schlief weiter. Und –

„Entschuldigung?"

Tabea drehte den Kopf und schaute direkt ins Gesicht des mittelalten Mannes mit Brille, der sie schon seit Wochen immer wieder einmal während des Trainings anglotzte. Was wollte der Typ von ihr?

„Ja, was denn?", antwortete sie gereizt.

„Ich frag mich schon die ganze Zeit, ob wir uns nicht von der Schule her kennen... Realschule, Beuel. Du bist Tabea Römer, stimmt's?"

Der Mann mit den blauen Augen und dem lächerlich kurzen Sporthöschen schenkte ihr ein schalkhaftes, sympathisches Lächeln – und da erkannte sie ihn.

„Genau, und du bist Richard, der kleine Richard!" Jetzt lachten sie beide. „Du bist aber nicht viel gewachsen!"

„Danke." Er guckte gespielt beleidigt. „Wie wär's, wenn wir nach dem Training einen Kaffee trinken und ein bisschen quatschen?"

„Gute Idee."

Richard trollte sich zurück zu seinen Hanteln. Falls er irgendwelche Absichten hatte, sollte er sie schleunigst vergessen. All die Männer hier im Raum, ob mit oder ohne Muskeln, konnten Jonas nicht das Wasser reichen!

Als sie an ihn dachte, rieselte ein Schauer über ihren Rücken. Er hatte sie gestern in den Arm genommen und festgehalten, hatte sie beschützt vor diesem wildgewordenen Holger! Und die vielen neidischen Blicke einiger Damen waren ihr nicht entgangen. Besonders Tina schien kurz davor, Feuer zu spucken.

Tabea tupfte sich mit ihrem Handtuch die Stirn trocken. Vielleicht hatte es doch geholfen, dass sie Jonas so viel Geld gespendet hatte. Zwillingsschwester Daniela wusste noch gar nichts davon. Tabea bekam leichte Magenschmerzen. Wegen des Geldes.

Jetzt hatte sie keine Lust mehr, weiterzulaufen. Und als sie auf ein paar Tasten am Laufbandcomputer drückte, überfiel sie auch noch der Ekel. Wie viele Menschen mochten heute schon mit ihren schmierigen Fingern diese Tasten berührt haben!

*

Andreas verließ das Präsidium gegen 13 Uhr, nachdem er noch schnell ein Schnitzel mit Fritten heruntergeschlungen hatte.

Zu Hause traf er dann auf seine nicht übermäßig gut gelaunte Mutter im hellgrünen Kleid, das sie anscheinend für ausreichend feiertagstauglich hielt. Auf dem Programm stand die Besichtigung eines Altenheims in Sankt Augustin.

Unterwegs im Auto bemerkte die Mutter griesgrämig: „Wofür mache ich das eigentlich alles?"

„Das frage ich mich auch", antwortete Andreas mindestens ebenso unlustig. „Vielleicht, weil du nichts Besseres zu tun hast?"

Prompt kam ein empörtes: „Ich tu das für dich und deine Oma!"

Darauf erwiderte Andreas nichts, und auch seine Mutter schwieg ein Weilchen. Unterdessen schien auf der ampelreichen Strecke zwischen Oberkassel und Sankt Augustin jede zweite Ampel an einer Verschwörung beteiligt zu sein und sprang auf Rot, sobald Andreas' Auto näher kam.

„Du meine Güte, wie lange dauert das denn noch!", motzte die Mutter wie ein Kleinkind. So war sie schon reichlich mit Negativität aufgeladen, als das Altenheim endlich in Sicht kam.

Das Gebäude lag sehr schön und relativ ruhig zwischen vielen Bäumen und in Waldnähe - aber, wie seine Mutter schnell gemerkt hatte, doch nicht völlig abgeschieden. Nicht allzu weit weg gab es eine Hauptverkehrsstraße und einen kleinen Flugplatz.

Andreas hielt sich weiterhin zurück. Im Eingangsbereich ging es mit der Meckerei weiter.

„Also, das ist ja unübersichtlich hier! Wo müssen wir denn jetzt hin?", nörgelte die Mutter. Andreas fand es hier so freundlich, hell und begrünt wie in jedem anderen Seniorenheim auch, das sie bisher besichtigt hatten.

Aber natürlich hatte seine Mutter noch mehr auszusetzen: Das Treppenhaus gefiel ihr nicht, das Personal war nicht ‚zuvorkommend' genug, und die Essenszeiten schmeckten ihr auch nicht. Auf dem Heimweg fasste Andreas einen Entschluss, den er seiner Mutter schonend beizubringen versuchte.

„Das war jetzt vorläufig das letzte Altenheim, das ich mir angeguckt hab. Ich rede noch mal mit Sabine. Vielleicht finden wir noch 'ne andere Lösung für Elli."

Schweigen. Dann meinte die Mutter: „Ok. Ich hab die Nase auch voll. Wenn ich mir vorstelle, dass ich auch mal so leben muss..."

Aha, daher wehte also der Wind. Nun, wer wusste schon, was das Alter für einen selbst bereithielt.

Wieder zu Hause, nahm Andreas ein Bad, putzte sich ordentlich die Zähne, machte die Nägel sauber, kämmte die Haare und machte sich auf den Weg zu Sabine.

Und während der ganzen Zeit, in der er mit ihr zusammen war, fiel das Wort ‚Urlaub' kein einziges Mal. Und das war gut so, denn er hatte sich überhaupt noch nicht entschieden.

9

Bonn, Polizeipräsidium, Dienstag, 13. Mai, 7.45 Uhr

Andreas drückte auf das Knöpfchen der Kaffeemaschine, stellte sich ans Fenster und schaute abwesend auf das gegenüberliegende Gebäude.

Er war nicht zufrieden. Es ging nicht voran mit den Raubüberfällen und den Ritualmorden. Was sie an Spuren hatten, war mager: die Beschreibung der möglichen Raubmörderin bzw. die Beschreibung ihrer Verkleidung, die an die Medien weitergegeben worden war, des Weiteren ein paar Fingerabdrücke, ein weißes Auto, ein paar potentiell Verdächtige in einer Sekte. Die Suche nach Campingkochern und gestohlenem Weihwasser hatte bisher auch nichts gebracht. Sehr mager.

Als der Kaffee fertig war, setzte sich Andreas mit einer Tasse an seinen Schreibtisch und las sich Saschas Notizen durch. Es ging um Ramona Linke, die Sascha in der Sekte kennengelernt und die ihn am Vortag verfolgt hatte. Aus purer Begeisterung? Jedenfalls lag polizeilich nichts gegen sie vor. Sascha hatte am Nachmittag eine Verabredung mit ihr. Vielleicht konnte er seinen berühmten Charme ins Spiel bringen und ihr ein paar Insider-Informationen entlocken.

Andreas trank Kaffee, wobei er sich fast die Zunge verbrannte, holte sich Papier und Stift aus der Schublade und begann, sich den Kopf darüber zu zerbrechen, ob der ermordete Baum und der ermordete Voss nicht doch etwas gemeinsam hatten, das ihm bisher entgangen war.

*

Sankt Augustin, 11.00 Uhr

Sascha freute sich darauf, seinen Sohn nach Hause zu holen. Er war gespannt auf das neue Familienleben, denn die Berichte von frischgebackenen Vätern aus dem Kollegen- und Bekanntenkreis reichten von großer Verzückung bis hin zu wahren Horrorgeschichten.

Der Einfachheit halber wurde in der Kinderklinik zu Mittag gegessen.

Dann packte Sascha Annika und Gabriel ins Auto mit eigens angeschafftem Babysitz und kutschierte die kostbare Fracht besonders vorsichtig nach Hause. Annikas Mutter fuhr hinter ihm her.

Gabriel schlief im Auto ein und zu Hause in seiner liebevoll ausgestatteten Wiege zufrieden weiter.

Nach ausführlicher Besprechung fuhr Sascha zusammen mit Annikas Mutter einkaufen. Wieder zurück, erzählte Sascha endlich von seinem dienstlichen Termin um 15.30 Uhr. Er müsse sich unter falschem Namen mit einer Art Zeugin treffen, die er auszufragen gedachte.

Annikas Mutter guckte ein wenig missbilligend, aber Annika, die erschöpft wirkte und sich kaum geschminkt hatte, nickte, schaute verständnisvoll und stellte klar: „Ich habe gesagt, dass ich mich mit deiner Arbeit arrangiere, und das werde ich auch tun. Quetsch du ruhig mal deine Verdächtige aus. Ich lege mich gleich ein bisschen hin. Mami, du kümmerst dich doch um alles, oder?"

Sascha begriff allmählich, wofür ‚Mamis' gut waren und nahm sich vor, seiner Mutter in nächster Zeit einfach so einen Blumenstrauß vorbeizubringen.

Um drei Uhr fuhr er los, stellte den Wagen in einer Parkgarage ab und ging zu Fuß zum Friedensplatz. Es war sonnig und warm, einzelne, weiße Wolken segelten über den Himmel. Ein leichter Wind raschelte durch das dichte Laub der vielen Bäume auf dem Platz. An der Bushaltestelle lärmten ein paar Schüler.

Sascha musste nicht lange auf Ramona warten. Sie sah aus, als käme sie frisch vom Friseur, und ein wenig Farbe auf den Wangen und den schmalen Lippen machte sie gleich einen Hauch attraktiver. Sie hatte sich sogar einen kurzen Jeansrock und ein grünliches Shirt angezogen.

Sascha begrüßte sie zurückhaltend mit Handschlag und erzählte ihr, er als armer Künstler könne sie nur zu einem Fast-Food-Imbiss einladen, woraufhin Ramona sofort anbot, auf ihre Kosten in einem richtigen Restaurant zu essen. Schließlich habe er ihr das Leben gerettet. Sascha nahm das Angebot an.

Das Lokal war klein, schummrig und mit rustikalen Holzmöbeln ausgestattet. Sie bestellten, und Ramona kam gleich auf Filme zu sprechen.

Sascha war überrascht, was für Filme sich das ‚graue Mäuschen' so ansah. Zuerst plauderte sie über ‚Cube 1 bis 3'. Der erste Teil sei ja wirklich innovativ und unheimlich gewesen, aber den dritten Teil, der alles zu erklären versuchte, fand sie einfach nur Mist – man müsse halt nicht immer alles erklären wollen.

Sascha stimmte ihr zu. Dann ließ sie sich über ‚Saw 1 bis 3' aus. Auch hier hatte ihr der dritte Teil überhaupt nicht gefallen, deshalb hatte sie sich die restlichen Teile erst gar nicht angeguckt. Dann verlor sie ein paar Worte zu ‚The Hills Have Eyes, Teil 1 und 2', sowie zu ‚Wrong Turn, Teil 1 und 2', die sie alle vier als reichlich unlogisch und irgendwie läppisch abtat.

„Darf ich mal fragen, warum du dir solche brutalen Schocker antust? Jonas wäre entsetzt", meinte Sascha.

Ramona verzog ihren kleinen, dünnen Mund zu einem ziemlich bitteren Lächeln. „Das war vor Jonas. Aber ich sehe das auch nicht so eng, ich weiß doch in jeder Sekunde, dass das alles nicht echt ist. Und die Wirklichkeit ist sowieso viel brutaler."

„Du musst ja schlimme Dinge erlebt haben."

„Na ja..." Sie senkte den Blick. „Ich bin überwiegend im Heim aufgewachsen. Von dort kenn ich auch Benny und Jakob. Zwischendurch war ich immer mal wieder in verschiedenen Pflegefamilien." Während sie weiterredete, wanderte ihr Blick durch das Lokal, und es war ein Blick voller Abscheu, wenn nicht gar Hass. „Du glaubst nicht, was für Leute da drunter sind! Wie kann man sich Pflegevater nennen, wenn man in Wirklichkeit nur... Ach was, ist ja egal, jedenfalls war ich froh, als ich endlich 18 war! Ich hab dann angefangen, nach meinen sechs leiblichen Geschwistern zu suchen." Sie fummelte an dem kleinen, goldenen Kreuz ihrer Halskette herum. „Ich hab einen Bruder gefunden, der war ziemlich krank. Wir sind dann zusammengezogen, und ich habe mich um ihn gekümmert. Bis zu seinem Tod." Ramona schaute Sascha an und ließ ein merkwürdiges Lächeln sehen. Diesmal reichte es bis in ihre Augen, die von hellen, kaum sichtbaren Wimpern gesäumt wurden. „Ein paar Jahre später hatte ich dann meinen ersten Freund. Er war bei der Marine, und du wirst es nicht glauben, aber er ist ertrunken, und ich fing damals an, mich für einen...für eine Art Todesengel zu halten."

„Wie schrecklich."

„Ja, eine Zeitlang hab ich gar nicht mehr gewagt, Freundschaften zu schließen. Ich habe mich immer mehr zurückgezogen. Aber dann hab ich mich doch wieder verliebt."

„Jetzt sag nicht, dass der Mann auch gestorben ist!"

Ramona lachte. „Wär vielleicht besser gewesen! Aber im Ernst, nein, Marcel hat mich schwer verarscht. Der wollte nur mit mir ins Bett und hat sich hinterher auf übelste Weise über mich lustig gemacht! Ich hatte einen richtigen Nervenzusammenbruch."

Die Kellnerin brachte zwei Cola. Sascha versuchte sich an einem mitfühlenden Lächeln, wobei er sich schäbig vorkam, denn er verarschte Ramona schließlich auch. „Du hast ja ganz schön was durchgemacht."

Rasch griff Ramona zu ihrem Glas, murmelte: „Ich hoffe, es hat mich abgehärtet", und trank einen Schluck Cola.

„Man sollte Härte nicht mit Stärke verwechseln." Das hatte Sascha irgendwo gehört.

Darauf ging Ramona nicht ein. „Und wie ist dein Leben so verlaufen?", wollte sie wissen, und Sascha hatte sich tatsächlich etwas ausgedacht.

Er tischte ihr eine Geschichte über eine leicht asoziale Künstlerfamilie auf, die immer am Rande des Existenzminimums entlangschlitterte. Aber er ging nicht ins Detail, schließlich war er hier, um Ramona auszufragen, und nicht umgekehrt. In harmlosem Ton schnitt er ein anderes Thema an.

„Benny war also auch im Heim... Wie hat der das denn verkraftet?"

„Auch nicht so toll. Er ist in die Drogenszene abgerutscht, aber irgendwann hat er sich berappelt und macht jetzt eine Ausbildung zum Berufstaucher."

„Ach was. Früher hieß das Froschmann. Sieht er nicht selbst ein bisschen aus wie ein Frosch?"

Einen Moment lang guckte Ramona ihn entrüstet an, dann kicherte sie: „Stimmt."

„Ist das der Grund, warum du nicht...äh...enger mit ihm befreundet bist? Oder hat er eine Freundin?"

„Nicht, dass ich wüsste. Aber ich und Benny? Wie kommst du denn auf so was? Nein, nicht wegen seines Äußeren, das wär mir egal. Attraktive Männer sind nämlich oft sehr egozentrisch, die denken, sie könnten alles haben. Jonas ist da eine Ausnahme. Und du bist vielleicht auch eine."

„Danke." Was für ein nettes Kompliment. Aber eigentlich wollte Sascha etwas anderes wissen. „Aber was gefällt dir denn an Benny nicht?"

„Na, er ist schon ein bisschen sonderbar... So ein Eigenbrötler, und sein ganzer Tagesablauf ist völlig durchgeplant, das hat er mir mal erzählt. Er behauptet, das muss so sein, damit er nicht auf dumme Gedanken kommt."

„Versteh ich nicht."

„Wahrscheinlich meint er, Drogen nehmen oder so was."

„Ich vermute mal, Jakob ist auch noch nicht davon los."

„Jakob hatte immer schon schwer mit sich zu kämpfen." Plötzlich wurde ihr Gesichtsausdruck misstrauisch. „Sag mal, warum willst du das alles eigentlich wissen?"

Jetzt war es so weit. Sascha spielte den Verlegenen. „Ramona, ich muss dir was beichten, weil du dir anscheinend Hoffnungen machst, meinetwegen." Ihr Gesicht versteinerte. „Und deshalb sage ich dir jetzt die Wahrheit, damit du mich nicht für einen Mistkerl hältst."

Man konnte dabei zusehen, wie ihr Gesicht sich rötete und Tränen in ihre Augen stiegen. Aber sie sagte nichts.

„Weißt du, ich habe eine Freundin und wir...wir haben gerade einen kleinen Sohn bekommen. Und ich dachte nur, vielleicht solltest du lieber was mit Benny oder Jakob anfangen, die sind doch auch allein und –"

Ramona nahm ihr Portemonnaie aus der Handtasche, holte einen 20,- € Schein heraus, warf ihn auf den Tisch, stand auf, presste ein „Schönen Tag noch!" hervor und rannte fast aus dem Lokal.

Sascha lehnte sich seufzend zurück. Er folgte ihr nicht, aber er dachte darüber nach, ob die kleine, graue Maus Ramona nicht doch das Potential zur Mörderin hatte.

*

Siegburg, Hopfengartenstraße, 17.15 Uhr

Elfriede war noch gut zu Fuß, und darauf war sie stolz. Mit gewohntem Elan trat sie vor die Haustür, in der Hand eine Gartenschere: Der kleine Buchsbaum im Vorgarten musste gestutzt werden.

Auf der Straße war nicht viel los. Die Sonne schien noch, aber der Vorgarten mit den frisch gepflanzten Geranien lag schon im Schatten eines Baums in Nachbars Garten.

Elfriede wandte sich zur Seite und schnitt konzentriert ein paar überstehende Blättchen ab, als sie plötzlich von hinten von jemandem angesprochen wurde, den sie gar nicht hatte kommen hören. Vor Schreck zuckte sie zusammen und drehte sich um.

„Guten Tag, Frau Esser. Ach Gott, hab ich Sie erschreckt?", sagte die Frau im beigen Mantel, die sie durch die rote Brille freundlich anlächelte. „Wir hatten doch einen Termin heute, erinnern Sie sich?"

„Einen Termin? Nicht, dass ich wüsste. Wer sind Sie denn?"

„Ich bin Kommissarin Falk von der Bonner Kripo. Wir wollten uns doch über die Sicherheit älterer Mitbürger unterhalten."

„Ach ja?" Elfriede fühlte sich auch im Kopf noch recht fit, und von irgendeinem Telefongespräch mit der Kripo wusste sie nichts. Und überhaupt – hatte sie die Frau nicht vorgestern im Fernsehen gesehen? Auf einem Phantombild? Heller Mantel, bis oben zugeknöpft, rote Brille, schwarze Haare? Oder verwechselte sie da etwas? Was, wenn die Frau doch von der Polizei war? Verflixt, was sollte sie denn jetzt machen? Zeit gewinnen und ihren Sohn anrufen.

„Kann ich mal Ihren Ausweis sehen?", fragte sie barsch.

„Selbstverständlich, Frau Esser." Die Frau zog etwas aus ihrer großen Tasche und hielt es Elfriede vor die Nase.

„Tut mir leid, das kann ich nicht lesen. Ich hole eben meine andere Brille", schwindelte sie und wandte sich ab.

„Ja, tun Sie das", hörte sie die angebliche Kommissarin sagen.

Mit energischen Schritten eilte Elfriede auf die Haustür zu, die nur angelehnt war, und stieß sie auf. Sie trat in den Flur und wollte sich eben umdrehen, um die Tür zuzumachen, als sie von hinten weiter in den Flur geschubst wurde.

„Ich gehe gleich mit, dann brauchen Sie nicht noch mal rauszukommen", verkündete die Frau mit kühler Stimme, schloss die Tür, fasste Elfriede am Arm und schob sie weiter ins Haus.

„Was soll denn das?! Das ist eine Frechheit!", schimpfte Elfriede und versuchte, ihren Arm loszureißen.

„Ja, ja, jetzt regen Sie sich ab und hören mir genau zu!", verlangte die Frau und bugsierte Elfriede ins Wohnzimmer. Dort wurde sie von der angeblichen Kommissarin ziemlich rücksichtslos in einen Sessel gedrückt.

„Aua, nun lassen Sie das doch!", protestierte Elfriede und versuchte aufzustehen. Sie war aufgeregt, sie hatte Angst und sie war wütend. Auf sich selbst. Wieso hatte sie sich so übertölpeln lassen?

Die Frau presste Elfriedes Arme auf die Sessellehnen und schaute ihr mit dunkel funkelnden Augen ins Gesicht.

„Schluss mit dem Gezappel! Ich bin sowieso stärker als Sie! Sagen Sie mir einfach, wo das Geld ist, das Sie heute Morgen von der Bank geholt haben! Ich will nur das Geld, dann bin ich weg!"

Elfriede hatte zwar ein leichtes Rauschen in den Ohren, aber was sie deutlich gehört hatte, war der Satz: *Ich bin sowieso stärker als Sie!* Tatsächlich?! Elfriede war mit vier Brüdern aufgewachsen, und sie hatte sich immer wehren müssen! Und sie hatte vorhin, als sie nach draußen ging, die festen Schuhe angezogen – also los!

Mit beiden Füßen trat sie zu. Genau gegen die Schienbeine der Verbrecherin. Sie wusste, wie weh das tat, jawohl, sehr weh, und schon schrie die Frau vor Schmerz und Wut auf, ließ Elfriede los und rieb sich stöhnend die Schienbeine.

Elfriede nutzte die Chance, stemmte sich aus dem Sessel hoch und wollte an der Frau vorbei Richtung Tür eilen, aber so schwer verletzt war die falsche Kommissarin nun nicht, dass sie Elfriede nicht an ihrer Schürze hätte festhalten können.

Elfriede schlug der Frau so fest, wie sie nur konnte, auf die Hand, aber die ließ nicht los. Im Gegenteil, jetzt fasste sie Elfriede mit beiden Armen von hinten um die Taille und zerrte sie rückwärts zurück zum Sessel. Elfriede schaffte es im letzten Moment, sich am Esstisch festzuhalten, einem schweren, eichenen Möbelstück, und mühte sich ab, sich aus der Umklammerung zu befreien.

Aber die Frau, tatsächlich nicht die Schwächste, zog so kraftvoll an ihrer Taille, dass Elfriede mitsamt dem Esstisch Stückchen für Stückchen über den Teppichboden nach hinten rutschte. Plötzlich schien die Frau die kräftezehrende Arbeit leid zu sein, denn für eine Sekunde ließ sie Elfriede los und trat ihr dann mit solcher Wucht in die Kniekehle, dass Elfriedes rechtes Bein einfach wegknickte, und sie seitwärts zu Boden stürzte.

Vergeblich versuchte sie, sich am Tisch festzuhalten, und als sie aufschlug, schoss ein Schmerz wie von einem Stich mit dem Messer durch ihre Hüfte. Hörte sie nicht sogar, wie es knackte? Elfriede stieß einen ächzenden, pfeifenden Laut aus und blieb erst einmal reglos auf der Seite liegen.

Die Frau kniete neben ihr nieder und – und genau in diesem Augenblick klingelte jemand an der Haustür. Eine Schrecksekunde lang erstarrte nun auch die Verbrecherin. Bis Elfriede endlich den Mund öffnete und um Hilfe schreien wollte. Da griff die Frau zum nächstbesten Stuhlkissen und drückte es Elfriede von der Seite auf den Mund.

Elfriede rollte sich ganz auf den Rücken und begann, sich zu wehren und um sich zu schlagen, wobei sie den Schmerz in der Hüfte kaum noch wahrnahm. Von fern hörte sie ein Klopfen an der Tür, das sich auf ganz grässliche Weise mit dem Pochen ihres Herzens verband, und sie hörte ein undeutliches, schwächer werdendes Rufen: „Elfriede? Ist alles in Ordnung? Hallo? Hier ist Hildegard! Elfriede, bist du da?"

Dann noch ein Klingeln, das irgendwie wegdriftete...während Elfriede nach Luft rang und ihre Hände ins Leere griffen, während sie schwächer wurde und ihre Arme herabsanken, und ihr Bewusstsein davonsickerte... Bis plötzlich – vielleicht Sekunden, vielleicht Minuten später – ein sehr tiefer Atemzug Elfriedes Brust emporhob, und im gleichen Moment ein warnender Überlebensinstinkt ihr in ihrem Inneren zurief: *Achtung! Vorsicht! Beweg dich nicht!*

Also bewegte sich Elfriede nicht, lag schlaff da und fragte sich, wie lange sie bewusstlos gewesen war, denn irgendetwas war jetzt anders als vorhin. Das leicht muffig riechende Kissen lag jetzt locker auf ihrem Gesicht, niemand presste es ihr mehr auf Mund und Nase. Wo war die Frau?! Die Frau, die ihr Geld haben wollte! War sie noch in der Nähe?

Elfriede schaffte es fast nicht, sich das Kissen *nicht* vom Gesicht zu reißen. Aber etwas in ihr rief dauernd: *Beweg dich nicht! Stell dich tot! Hör genau hin!*

Es waren nicht ihre Ohren, die als erste etwas zu vermelden hatten, es war ihr restlicher Körper, der sich beklagte: In ihrer rechten Hüfte wühlte ein dumpfer Schmerz, der gerade noch auszuhalten war, vermutlich nur, solange sie sich nicht bewegte. Also gut, ein weiterer Grund, still liegen zu bleiben. *Und jetzt konzentrier dich auf deine Umgebung!*

Elfriede atmete so flach und geräuschlos wie möglich und lauschte. Ihr Gehör war nicht mehr das Beste, aber hier unten schien die Frau nicht zu sein. Vielleicht oben, in ihrem Schlafzimmer, wo das Geld versteckt war?

Wie zur Bestätigung polterte oben etwas zu Boden.

Elfriede drehte ganz langsam und behutsam den Kopf ein wenig zur

Seite, damit sie unter dem Kissen mehr Luft bekam. Was sollte sie tun? Weiter die Tote spielen oder versuchen, das Telefon oder ihren Notrufknopf zu erreichen? Wie weit würde sie mit ihren gebrochenen Knochen wohl kommen? Was, wenn die Frau genau in dem Moment von oben zurückkehrte, in dem Elfriede eben wieder auf den Füßen stand? Falls sie das überhaupt schaffte.

Nein, sich tot stellen und warten, bis die Frau weg war! Das war weniger anstrengend, und lange dauern konnte es auch nicht mehr. Doch plötzlich kam Elfriede noch ein anderer Gedanke, ein schrecklicher Gedanke: Was, wenn die Frau, bevor sie das Haus verließ, nachprüfte, ob Elfriede wirklich tot war? Und was würde die Frau tun, wenn sie merkte, dass Elfriede noch lebte?

Vor lauter Entsetzen atmete sie schneller, bekam kaum noch Luft unter dem verflixten Kissen, und es hätte nicht viel gefehlt, und sie hätte es doch von sich geschleudert!

Aber wieder ermahnte sie ihr Instinkt, ruhig zu bleiben. Es war völlig unlogisch zu denken, die Frau würde nachprüfen, ob Elfriede noch lebte! Sie musste so schnell wie möglich weg, sobald sie das Geld hatte. Und Elfriede hatte ja kaum etwas von ihr gesehen, die Frau war doch verkleidet gewesen, welchen Grund sollte sie haben, ihr Opfer jetzt noch umzubringen? Aber aus welchem Grund hatte sie die beiden anderen alten Frauen umgebracht?

Bevor Elfriedes Verstand noch weiter mit sich selbst diskutieren konnte, hörte sie Schritte auf der Treppe. Schritte, die näher kamen, die lauter wurden. Jetzt waren sie im Flur.

Elfriede hielt die Luft an. Würde die Frau ins Wohnzimmer kommen? Würde sie ihre Finger an Elfriedes Hals legen? Das Ohr an ihren Brustkorb legen? Den Atem konnte sie eine Weile anhalten, ihren Herzschlag natürlich nicht.

Ganz sacht ließ sie die Atemluft entweichen, genauso sacht holte sie noch einmal tief Luft. Es war so schrecklich still. Was machte die Frau? Schaute sie von der Tür ins Zimmer? Hatte sie eine Bewegung bemerkt? Würde sie –

Völlig unerwartet klingelte im Flur das Telefon, so plötzlich, dass Elfriede zusammenzuckte. Hatte die Frau das gesehen? Sofort hielt Elfriede den Atem an, ihr Körper wurde steif und starr, aber ihr Herz schlug so wild, dass die Frau es garantiert bemerken würde!

Doch die Schritte entfernten sich schnell, leise, die Haustür wurde geöffnet und wieder zugezogen. War die Frau weg? Oder tat sie nur so?

Minutenlang blieb Elfriede reglos liegen. Das Telefon war längst verstummt, als ihre Nasenspitze anfing zu jucken. Eine Weile hielt sie das aus, dann war es ihr egal, ob ein Dutzend Verbrecherinnen in ihrem Wohnzimmer standen und sie beobachteten! Sie musste sich kratzen! Heftig riss sie das Kissen vom Gesicht, rieb sich die Nasenspitze und warf ängstliche Blicke um sich. Niemand da. Erleichtert nahm sie ein paar tiefe Atemzüge, und ihr Herz schlug allmählich langsamer.

Dann versuchte sie ganz vorsichtig, sich auf den Bauch zu drehen. Gott, tat das weh! Ihre Hüfte sandte höllische Stiche aus. Elfriede schrie mehrmals laut auf, während sie sich herumwälzte. Sie weinte vor Schmerz. Wo war das Armband mit dem Notrufknopf, das sie abgelegt hatte, als sie in den Vorgarten ging? Auf dem Tischchen neben ihrem Fernsehsessel.

Zentimeter um Zentimeter rutschte sie über den Boden auf das Tischchen zu, benutzte die Arme, um sich vorwärts zu schieben, und bewegte die untere Körperhälfte so wenig wie möglich. Vor dem Tisch angekommen, ruhte sie sich ein bisschen aus, bevor sie sich mit einer letzten Kraftanstrengung hochstemmte, um an das Armband heranzukommen.

Sie weinte, sie schrie, sie schimpfte, dann hatte sie das Armband, ließ sich damit auf den Boden sinken und drückte auf den großen, roten Knopf. Drei Sekunden später ertönte aus dem Flur, aus dem Kästchen neben dem Telefon, eine laute Stimme, die ihren Namen nannte und sich erkundigte, ob etwas passiert sei.

Elfriede brüllte um Hilfe.

*

Bonn, Polizeipräsidium, 18.05 Uhr

Kurz nach sechs wurde Andreas darüber informiert, dass die Raubmörderin wieder zugeschlagen hatte, diesmal in Siegburg. Aber überraschenderweise schien die alte Dame den Überfall überlebt zu haben.

„Wo ist die Frau jetzt?“, fragte Andreas.

„Sie wird wohl gerade ins Siegburger Krankenhaus gebracht."

„Kann ich mit ihr reden?"

„Keine Ahnung", teilte der Kollege ihm mit.

Andreas sagte Manfred und Petra Bescheid, die beide noch im Haus waren, und versuchte anschließend telefonisch, irgendeinen Arzt im Krankenhaus zu erwischen, der Näheres wusste. Nach endlosen Telefonaten war er endlich mit dem Notarzt verbunden. Er erfuhr, dass sie gerade geröntgt wurde, da sie wahrscheinlich einen Oberschenkelhalsbruch erlitten hatte, der am nächsten Morgen operiert werden sollte.

„Also könnte ich theoretisch nachher mit der Frau reden?" Andreas machte seinen Ton dringend.

„Theoretisch schon, aber Frau Esser hat starke Schmerz- und Beruhigungsmittel bekommen, und nach dem, was sie erlebt hat, steht sie natürlich unter Schock. Deshalb halte ich es nicht für –"

„Herr Doktor, das ist mir klar! Aber hier geht es um zwei Morde, und daher brauche ich so rasch wie möglich eine Aussage von Frau Esser!" Andreas dachte praktisch: Was, wenn die Frau im OP verstarb und keine Aussage mehr machen konnte? „Vielleicht können wir so verhindern, dass es weitere Morde gibt!"

Das sah der Arzt immerhin ansatzweise ein, argumentierte aber noch eine Viertelstunde herum, um dann eine fünfminütige Befragung zu erlauben.

Andreas zitierte Petra ins Büro. „Schnapp dir Walter oder wen du sonst auftreiben kannst und sieh dich am Tatort um. Und quetsch die Nachbarn aus. Ich fahre mit Manfred ins Siegburger Krankenhaus."

Eine halbe Stunde später standen Manfred und Andreas am Krankenbett von Elfriede Esser, einer Frau von 84 Jahren, mit schneeweißem, gewelltem Haar, totenbleich, mit müdem Blick und tiefen Schatten unter den Augen. Sie lag allein im Zimmer und schien ins Leere zu starren.

Doch nachdem sich Andreas vorgestellt und gefragt hatte, ob sie sich in der Lage fühle, über ihr furchtbares Erlebnis zu berichten, kam Leben in die wie ausgebleicht wirkenden, blauen Augen der Frau. Trotz der starken Medikamente war ihre unterschwellige Entrüstung nicht zu überhören, als sie berichtete: vom Vorgarten, von der Frau, die plötzlich auftauchte, von ihrem Misstrauen, vom Eindringen der Verbrecherin in ihr Haus, vom Klopfen und Klingeln von Nachbarin Hildegard, vom

‚Kampf' und dem brutalen Tritt in ihre Kniekehle, von dem Sturz und dem Mordversuch, und wie sie sich totgestellt hatte.

„Frau Esser, es ist absolut bewundernswert, wie Sie sich geschlagen haben! Sie haben alles richtig gemacht. Mein Kompliment", lobte Andreas die alte Frau, deren Gesicht jetzt sogar ein bisschen Farbe bekam. „Können Sie die Täterin beschreiben?" Das allerdings brachte keine neuen Erkenntnisse. „Wissen Sie, wie viel Geld Ihnen die Täterin gestohlen hat?"

„Ich könnte mich so ärgern!", schimpfte Frau Esser und bekam richtig rote Wangen. „Warum hab ich auch so viel Geld im Haus! Ich wollte die Rechnung für die neue Heizung bar bezahlen! So was Dummes! Jetzt sind die 7.000,- € weg!"

„Wenn wir die Täterin fassen, kriegen Sie Ihr Geld ja wieder", versuchte Andreas die Frau zu beruhigen. Und schon erklärte der Arzt die Befragung für beendet.

Manfred und Andreas verließen das Gebäude und machten sich auf den Rückweg ins Büro.

Während Andreas über die Autobahn fuhr, fragte er: „Weißt du, was mich stutzig gemacht hat?"

„Nein." Manfred untersuchte gerade den Inhalt des Handschuhfachs.

„Warum erscheint die Täterin am Tatort in der gleichen Aufmachung wie bei den Raubmorden vorher? Wieso hat sie keine Angst, erkannt zu werden?"

„Vielleicht denkt sie, alte Damen wie die Esser sehen sich im Fernsehen keine Nachrichten an." Er drückte die Klappe zu. „Oder vielleicht weiß die Frau noch gar nichts von ihrem Phantombild in den Medien."

„Gut, halten wir das mal fest. Hast du Saschas Bericht über seinen Besuch bei der Sekte gelesen?"

„Nein, noch nicht. Ich hab nur von seinem ‚heldenhaften' Einsatz bei der Verhaftung von Zorn gehört." Manfred lachte.

Warum eigentlich? Neid? Andreas kam zum zweiten Punkt. „Aber ich habe den Bericht gelesen. Da gibt's ein interessantes Detail, wie Sascha den Kerl zu Fall gebracht hat – er hat ihm in die Kniekehle getreten. Und jetzt bring mal Punkt eins und Punkt zwei zusammen, klingelt da was bei dir?"

„Mein lieber Andreas, solche Fragen zu stellen, ist eine sehr nervige Angewohnheit von dir geworden! Weißt du das eigentlich?"

„Ja, ich scheine überhaupt neuerdings sehr unbeliebt zu sein! Warum eigentlich?"

Zuerst druckste Manfred herum, dann kam ein vorwurfsvolles: „Du hättest zum Beispiel deinen 50sten mit uns feiern können."

„Mein Gott, das mach ich schon noch!"

„Wann denn? Wenn du 60 wirst?"

„Quatsch. Im Sommer!" Andreas riss sich zusammen. „Und jetzt zu meiner Vermutung: Gehen wir doch mal davon aus, dass die Täterin deshalb nichts von ihrem eigenen Phantombild weiß, weil es in der Sekte eine Regel gibt, die es verbietet, Nachrichten zu gucken oder Zeitung zu lesen. Gehen wir zweitens davon aus, dass sich jemand von Sascha abgeguckt hat, wie man Menschen von hinten auf die Knie zwingt... Was sagt uns das?"

Ein böser Blick von Manfred, doch plötzlich kam ihm die Erleuchtung. „Die Raubmörderin stammt auch aus der Sekte!"

„Ja."

„Vielleicht ist sie sogar gleichzeitig unser Ritual-Mörder!"

„Auch das wär möglich."

„Aber das reicht nicht, um was gegen die Sekte zu unternehmen."

„Stimmt." Andreas überholte einen Laster. „Aber wir haben ja jetzt unseren verdeckten Ermittler. Die nächste Versammlung ist morgen Abend, da schicke ich Sascha hin. Wir brauchen noch mehr Informationen."

*

Bonn,
Mittwoch, 14. Mai, 14.00 Uhr

Tina hatte einen Entschluss gefasst: Heute würde sie die Karten auf den Tisch legen! Sie wollte wissen, wie Jonas zu ihr stand! Sie hatte keine Nerven mehr, zu warten und zu warten!

Sie fuhr Richtung Innenstadt, nachdem sie sich wieder einmal unter Vortäuschung von Kopfschmerzen früher aus dem Büro abgemeldet hatte. Wenn sie nicht aufpasste, würde sie das noch den Job kosten. Aber im Moment war ihr auch das egal.

Um 14.15 Uhr war sie mit Jonas in einem Café auf dem Remigiusplatz verabredet.

Als sie sich dem Café näherte, hatte sie ein flaues Gefühl im Magen. Eine komische Mischung aus Freude und Angst. Sie hatte keine Ahnung, was Jonas eigentlich von der körperlichen Liebe hielt. Dazu hatte er noch kein Wort fallen lassen, noch keine Regel aufgestellt. War Sex etwas Negatives? Tina selbst konnte das nicht beurteilen, sie hatte noch nie Sex gehabt. Was einen tieferen Sinn ergab, denn so, wie es aussah, hatte sie sich extra für Jonas aufgehoben. Der stand bereits vor der Tür und winkte ihr lächelnd zu. Ein bisschen wirkte er wie nicht von dieser Welt, mit seinem hellen Anzug und dem offen zur Schau getragenen, großen Silberkreuz.

Das Wetter spielte nicht so recht mit, es nieselte. Also setzten sie sich drinnen an einen kleinen Tisch und bestellten Kaffee. Dann holte Tina mit gerunzelter Stirn das Spendenbuch aus ihrer Tasche und legte es geöffnet auf den Tisch.

„Hier, sieh mal, in letzter Zeit ist nicht mehr so viel reingekommen“, murmelte Tina und deutete auf ein paar Zahlen. „Da mal 500,-, hier 250,- und da sogar nur 100,- €. Ich frage mich, was mit den Leuten los ist?“

„Ich vermute mal, die meisten müssen sparen. Aber wir finden schon noch den einen oder anderen, der uns mehr spendet.“ Jonas machte ein ernstes Gesicht.

Was hatte er doch für schöne Augen! Alles an ihm war so positiv, er strahlte einfach Hoffnung und Güte aus, wo er ging und stand. Eine große Sehnsucht schmolz das flaue Gefühl in Tinas Magen hinweg. Der Zeitpunkt war da.

Sie zog einen Umschlag aus ihrer Tasche und reichte ihn Jonas. „Hier, das ist für unser Zentrum. Ich hab meine Ersparnisse abgehoben und ein paar Schmuckstücke verkauft. Da sind 9.000,- € zusammengekommen. Und die 5.000,-, die letzte Woche angeblich in meinem Briefkasten steckten, die waren auch von mir.“ Tina schaute Jonas erwartungsvoll an.

Der warf einen Blick in den Umschlag und sah ihr dann überrascht in die Augen. „Aber Tina, das ist ja...das... Hast du dir das auch gut überlegt?“

„Ja. Es ist mir wichtig, dass du dich hier niederlässt.“ Sie hielt seinem Blick stand. *So, und jetzt sagst du es ihm!* „Ich bin überzeugt davon, dass wir beide von Gott füreinander bestimmt sind. Ich habe mich extra für dich aufgehoben, Jonas...und ich möchte, dass du die Nacht mit mir verbringst."

Ihr Herzschlag schien sich glatt verdoppelt zu haben, und ihr Gesicht fühlte sich heiß an. Wahrscheinlich war es rot wie eine reife Tomate. Heute würde es passieren, heute würde sie ihre Jungfräulichkeit verlieren. Sie freute sich darauf, sich Jonas zu schenken, aber natürlich hatte sie auch Angst vor dieser...Sache. Und ausgerechnet jetzt brachte die Bedienung den Kaffee. Tina griff sofort zur Tasse, aber als sie merkte, wie sehr ihre Hand zitterte, stellte sie sie rasch wieder ab.

Jonas' Gesicht hingegen wirkte seltsam unbewegt. Was mochte er denken? Herrgott, was dachte er? Er legte den Umschlag mit dem Geld neben seiner Tasse ab, faltete die Hände und ließ seinen Blick langsam durch das Café wandern, als suche er dort nach der passenden Antwort.

„Tina, erst mal möchte ich mich bedanken", begann er vorsichtig, und Tina wusste plötzlich, dass sie seine Antwort nicht hören wollte. „Ich danke dir für das Geld, und ich danke dir für deine Zuneigung und dein Vertrauen." Er schaute sie nicht an. Er lächelte nicht. „Aber ich bin hier, um mich um viele Menschen zu kümmern, nicht nur um dich. Trotzdem bin ich sicher, wir werden uns im Lauf der Zeit näherkommen, denn du bist schon was Besonderes. Wenn unser Zentrum erst –"

Sie fiel ihm ins Wort, ihre Stimme erst ein Flehen, dann ein Zischen. „Ich will heute Nacht mit dir zusammensein, Jonas, und ich finde, ich habe es verdient!"

Jonas schien irritiert. „Aber Tina, du kannst dir meine Liebe doch nicht kaufen. Du hast dich da in was reingesteigert, das sehr negative –"

„Heißt das, du willst nicht?!" In ihrem Inneren tat sich so etwas wie ein Abgrund auf.

„Tina, das kann ich nicht machen, das wäre unfair gegenüber –"

„Du bist ein Schwätzer!", spuckte sie ihm entgegen und stand auf. Sie stopfte das Spendenbuch in ihre Tasche, schnappte sich den Umschlag mit ihrem Geld vom Tisch, drehte sich um und verließ mit weichen Knien das Café. Irgendwie. Mit diesem schwarzen, leeren Abgrund in sich. Nein, er war nicht leer. In ihm brodelte es. Gefühle von Enttäuschung, von Schmerz, von Demütigung.

Ziellos lief sie durch die Straßen, sie sah die Geschäfte nicht, sie sah die Menschen nicht. Und die Gefühle brodelten weiter, brodelten und kochten und verwandelten sich in einen gewaltigen und sehr unheiligen

Zorn. Auf alles und auf jeden. Auf die ganze Welt. Aber besonders auf ihre Mutter – denn sie hatte Tina zu dem gemacht, was sie war: ein hasserfülltes, verunstaltetes Nichts!

Wut auf diesen einen Tag, diesen frostigen Tag im Februar, als Tina kaum sechs Jahre alt war, und wie immer musste sie sehr leise sein, damit der Teufel sie nicht hörte. Weil sie ja so böse war!

Mutter kniete im Schlafzimmer vor einem selbstgebastelten Altar mit Kreuzen, Jesusfiguren, Blumen, Heiligenbildern, Kerzen und einer aufgeschlagenen Bibel. Sie befand sich in religiöser Versenkung und wollte nicht gestört werden. Tina spielte in der Küche mit ihrer Puppe. Sogar dort hing an jeder Wand ein Kruzifix. Am Kühlschrank klebte ein Foto vom Petersdom, und in der ganzen Wohnung hing schwer und widerlich der Geruch von Weihrauch. Den hatte sie dem Pfarrer abgeluchst, bei dem sie mehrmals die Woche putzte und für den sie auch sonst alles Mögliche erledigte.

Seit Tinas Vater gestorben war („Der Teufel hat ihn geholt!“ wurde ihr eingetrichtert), hatten sie nicht wirklich viel Geld zum Leben. Auch nicht zum Heizen. Es war immer zu kühl in der Wohnung, erst recht an diesem Februarnachmittag.

Tina merkte plötzlich, dass sie Hunger hatte und beschloss, der Mutter eine Freude zu machen und im Wohnzimmer schon den Kaffeetisch zu decken. Es war noch selbstgebackener Marmorkuchen vom Anfang der Woche da, dazu würde es eine Tasse Kaffee und eine Tasse Schokolade für Tina geben. Voller Vorfreude stellte sie alles, was sie im Wohnzimmer brauchte, auf ein Tablett: zwei Teller, zwei Tassen mit Untertassen, ein Glasschälchen mit der Sahne, die Zuckerdose, Kuchengabeln, Kaffeelöffel.

Als sie das Tablett vom Tisch nahm, blieb sie damit an einer Stuhllehne hängen. Das Tablett kippte, und alles krachte laut scheppernd und klirrend auf die PVC-Fliesen. Tina erstarrte zu Stein. Zwei Sekunden später stand ihre Mutter in der Tür, mit einem Gesichtsausdruck, als hätte Tina den Teufel zum Essen eingeladen.

„Bist du wahnsinnig!“, zischte sie und schaute sich mit vor Angst verzerrtem Gesicht um. „Er hat uns bestimmt gehört! Gott beschütze uns! Was soll ich nur tun?! Bitte, Herr, sag mir, was ich tun soll!“

Natürlich bekam auch Tina immer mehr Angst. Sie fing an zu schluchzen.

„Bist du wohl still!“, schimpfte ihre Mutter und lief wie aufgedreht in der Küche herum. Plötzlich blieb sie stehen. „Opfer bringen, ja, ein Opfer bringen.“

Unentwegt murmelte sie es, während sie Sachen zusammensuchte. Tina ahnte, wer das Opfer sein würde. Sie. Sie war immer das Opfer.

„Komm mit!“, befahl ihre Mutter flüsternd und eilte mit ihr ins winzige Badezimmer. „Zieh dich aus, stell dich da hin und halt still!“

Wimmernd und unter Tränen zog sich Tina aus, stellte sich frierend in die Badewanne und ließ es geschehen, dass ihre Mutter ihr Flüssigkeit aus einer kleinen Blechflasche über den Kopf goss. Als ihre Mutter dann die Streichhölzer aus der Hosentasche holte, schrie Tina auf.

„Nein! Ich will nicht!“, schrie sie und versuchte, aus der Badewanne zu klettern.

Aber da sah sie schon die Flamme aufleuchten, die ihr plötzlich in die Haare flog. Ein Moment des Erschreckens, einen Moment spürte sie nichts, dann kam der Schmerz.

Tina brüllte los, die Haare brannten, die Haut auf der linken Seite brannte, ein Schmerz, unvorstellbar, vernichtend, und Tina hörte nicht auf zu brüllen. Vielleicht brachte das ihre Mutter zur Besinnung, denn sie drehte das kalte Wasser auf und duschte Tina ab.

Tina blieb am Eingang zur U-Bahn vor dem Hauptbahnhof stehen. Es hatte aufgehört zu nieseln. Sie musste sich setzen und quetschte sich neben eine ältere Frau auf die Bank.

Verdammt noch mal, diese Erinnerung machte sie heute noch fertig!

Ihre Mutter hatte den Notarzt kommen lassen und ihm erzählt, Klein-Tina hätte mit Streichhölzern gespielt und sich selbst in Brand gesteckt. Leider hatte man ihr geglaubt.

*

Bonn-Lengsdorf,
17.00 Uhr

Gottfried stand unter der Dusche und summte eine Melodie vor sich hin. Das passierte ihm öfters, wenn er an Tina dachte. Nach dem Duschen zog er ein am Vortag gekauftes, dunkelblaues Polo-Shirt an, das richtig gut an ihm aussah. Der perfekte Kontrast zu Jonas.

Sorgfältig kämmte er sich die dunkelbraunen Naturlocken, brachte den Bart noch ein bisschen in Form, schrubbte die Zähne und fühlte sich bereit für die nächste Phase der Eroberung. Er hatte sich sogar, wenn auch sehr widerwillig, von einer Verkäuferin einen ‚Herrenduft' aufschwatzen lassen... Nun denn, wenn es half.

Kurz nach halb sechs machte sich Gottfried sauber und gut riechend auf den Weg nach Troisdorf, wo die heutige Versammlung der Gemeinde stattfinden sollte. Es war nur gerecht, wenn mal die einen, mal die anderen Gruppenmitglieder nicht so weit zu fahren hatten. Aber wo blieb die Gerechtigkeit, wenn das Gemeindezentrum fertig war? Oder hatte Jonas ein mobiles Zentrum geplant?

Gottfried verzog den Mund zu einem leicht verächtlichen Lächeln. So wirklich glaubte er gar nicht an dieses Projekt. Laut Tina reichte das Geld hinten und vorne nicht, und ein Standort, auf den sich alle einigen konnten, war auch noch nicht gefunden. Jonas war ein Spinner, ein Mann des großen Wortes, aber kein Mann der Tat. Auch Tina würde das noch merken.

Und schon war Gottfried wieder bei seinem Lieblingsthema und malte sich aus, wie er Tina in die Arme schloss und zum ersten Mal küsste, behutsam und liebevoll, wie er mit ihr auf sein Bett sank, wie er ihr ein Kleidungsstück nach dem anderen vom narbenübersäten Körper streifte, wie er auch die Narben streichelte und küsste...bis er sich zu fragen begann, ob das die richtige Vorgehensweise im Fall Tina war. Vielleicht sollte er die Narben komplett ignorieren, sonst konnte er sich am Ende seine sämtlichen Verführungskünste in die Haare schmieren!

Er zerbrach sich noch ein wenig den Kopf, dann war er auch schon in Troisdorf angekommen und konzentrierte sich lieber darauf, das Lokal zu finden. Er dankte Gott für dieses Treffen und für den Parkplatz ganz in der Nähe. Auf dem Weg zum Lokal hielt er Ausschau nach Tinas Auto, aber anscheinend kam sie heute später.

Im Saal hielten sich schon ein paar Dutzend Leute auf, und die Lautstärke war entsprechend. Der Stil des Lokals gefiel Gottfried nicht besonders: konservativ-hausbacken bis schäbig. Neben der breiten Tür gab es zwei altmodische Holzkleiderständer mit gebogenen Haken und ein paar Jacken daran. Sie standen so schief, als wollten sie jeden Augenblick umfallen.

Auf den Stühlen lagen plattgesessene Kissen in Rot mit weißen Herzchen und kleinen Löchern. Vor den Fenstern mit den rauchgebräunten Vorhängen vegetierten ein paar große Pflanzen mit gelblichen Blättern vor sich hin. Vielleicht war ein Gemeindezentrum doch keine so schlechte Idee.

Während sich Gottfried zu seinem Stammplatz in Jonas' Nähe durch die Leute schob, wurde er begrüßt und angesprochen, und er hielt hier ein Schwätzchen und dort ein Schwätzchen, und es war ein gutes Gefühl (ein neues Gefühl), von so vielen Leuten gemocht und respektiert zu werden.

Jonas, der wieder von mehreren Frauen umlagert wurde, winkte er nur zu. Das fehlte ihm noch, dass Jonas ihn umarmte und abküsste! Er setzte sich neben Jakob, der wie immer aussah wie eine wandelnde Leiche, und nickte Ramona zu, die ihm gegenüber am Tisch saß, mit einer Miene, als habe sie Magen-, Kopf- und Zahnschmerzen gleichzeitig.

„Hallo, du siehst aber gar nicht gut aus... Steckt dir die Sache von Sonntag noch in den Knochen?"

„Wahrscheinlich", brummte sie und verstummte gleich wieder.

„Wo ist denn dein Freund und Retter?"

Mit dem Kopf deutete sie nach rechts, und ja, da war er, dieser komische Filmtyp mit seinem albernen Hut und der Brille, die definitiv nach Verkleidung aussah. Er saß zwischen zwei älteren Frauen, die ihn vollquatschten. Oder er horchte, falls er doch von der Polizei war, die beiden aus. Vielleicht wurde sogar alles, was sie sagten, aufgezeichnet!

Und wenn schon! Wurde hier irgendwas gesagt, das gegen das Gesetz verstieß?

Gottfried entspannte sich und hörte auf ein Gefühl, das ihn zur Tür blicken ließ - und durch die Tür trat Tina, in engen Jeans und einem feuerroten Shirt mit halblangen Ärmeln, das er noch nie an ihr gesehen hatte. Ihr dickes, braunes Haar fiel in großzügigen Wellen offen über die Schultern.

Auf dem Weg zu ihrem Stammplatz wurde auch sie von einigen Leuten begrüßt und angesprochen, aber sie reagierte extrem kurz angebunden. Und was Gottfried auffiel: Sie schaute kein einziges Mal zu Jonas hinüber. Als sie endlich neben Gottfried auftauchte, stand er auf, um ihren Stuhl zurechtzurücken, aber dazu kam er nicht, denn schon lag Tina in seinen Armen, drückte ihren Körper fest an seinen, küsste ihn geradezu inbrünstig auf die Wangen und schenkte ihm ein exaltiertes Lächeln. Gottfried fand das irgendwie unheimlich.

„Geht's dir gut?", fragte er sie, während sie sich setzten.

„Und wie!", behauptete Tina und legte eine Hand auf seinen Unterarm. Auch das war ungewöhnlich. „Was ich dich fragen wollte: Hast du morgen Abend so um halb sieben Zeit, meinen Küchenschrank zu reparieren? Die Tür hängt schief."

Seit wann?, hätte er beinah gefragt, aber er biss sich auf die Zunge, denn plötzlich wurde ihm klar, dass der Küchenschrank nur ein Vorwand war. Für was auch immer.

„Natürlich, gern", antwortete er mit warmer Stimme und erntete dafür einen koketten Blick.

Inzwischen hatte sich Jonas mild lächelnd zu seinem Platz begeben, von wo aus er ein neues Mitglied begrüßte und sich bei Arthur, dem ‚Filmemacher', erkundigte, ob auch er sich schon für eine Mitgliedschaft entschieden hatte. Aber der wollte sich partout noch nicht festlegen.

Und dann warf Jonas Tina einen Blick zu, einen ganz kurzen, einen voller Unbehagen. Währenddessen schaute Tina mit desinteressierter Miene in eine andere Richtung. Dabei rieb sie am rechten Ohrläppchen herum, was sie immer tat, wenn sie sich unangenehm berührt fühlte. Was lief da ab zwischen den beiden? Nach großer Liebe sah das jedenfalls nicht aus. Gottfried konnte sich ein paar schadenfrohe Gedanken nicht verkneifen. Hatte Tina Jonas endlich durchschaut?

*

Benjamin saß neben Jakob, der wieder wie ein Besessener Spiralen auf seinen Bierdeckel kritzelte. Bekam der Kerl überhaupt mit, worüber Jonas redete?

Jonas las Stellen aus der Bibel vor, in denen es um den Widersacher ging und um Versuchung und um Standhalten. Aber irgendetwas war anders heute. Irgendwie klang Jonas nicht so überzeugend wie sonst. Das konnte eigentlich nur an diesem undurchsichtigen Arthur liegen, der noch bei keiner Diskussion mitgemacht hatte. Benjamin hielt ihn für einen Polizeispitzel, und deshalb beteiligte er sich diesmal auch nicht am allgemeinen Gedankenaustausch, nicht, dass er was Falsches sagte! Er hoffte nur, dass Jonas den Kerl bald aus der Gruppe warf!

*

Tabea frohlockte innerlich. Da sie ihre Konkurrentinnen mit Argusaugen beobachtete, war ihr nicht entgangen, dass sich die Beziehung zwischen Tina und Jonas radikal abgekühlt hatte. Der Grund war ihr herzlich egal. Hauptsache, die stärkste Bewerberin stieg aus dem Rennen aus!

Tabea stand auf, um sich vom Getränke-Buffet neben der Tür noch ein Glas Apfelsaftschorle zu holen, und kam an Arthur vorbei, der äußerst faszinierende, große, rauchblaue Augen hatte. Sie lächelte ihm zu. Was ihr gar nicht gefiel, war sein stoppelkurz geschnittenes Haar, das sie an Onkel Helmut erinnerte.

Onkel Helmut...Onkel Helmut...waberte es dumpf durch ihr Gehirn, während sie sich Saft ins Glas goss und mit Wasser auffüllte. Ihr Herz schlug immer schneller. Ihr wurde schwindlig. Sie eilte zurück zu ihrem Stuhl und ließ sich darauf niederplumpsen.

Und schon war das Bild da: Sie stand mit ihrer Schwester in der Tür zum Wohnzimmer und starrte auf die Flammen, die die Zeitung fraßen, die vor dem Sofa lag, auf dem der Onkel schlief. Vermutlich war er so besoffen, dass er nicht einmal den Rauch bemerkte, der ihn schon einhüllte. Und das war auch das erste, das Tabea durch den Kopf ging: *Den kriegen wir nicht wach! Den kriegen wir hier nicht raus!*

Natürlich dachte Daniela das gleiche, und sie fing an zu brüllen: „Onkel Helmut, wach auf! Es brennt!" Als sie aber ins Zimmer laufen wollte, um vielleicht den Onkel wachzurütteln, hielt Tabea sie am Arm fest. Daniela sah sie an, ihre Blicke trafen sich, ließen sich nicht los, und Tabea war ganz sicher, dass sie beide das gleiche dachten. Denn auf einmal, wie auf *ein* Kommando, drehten sie sich um, liefen durch den Flur zur Haustür und stürmten nach draußen in den Vorgarten. Dort wandten sie sich um. Nein, hier war vom Feuer noch nichts zu sehen.

„Komm hier rüber!", bestimmte Tabea und zog Daniela mit sich an den vorderen Zaun, wo neben den Gehwegplatten ein paar rot blühende Geranien gepflanzt waren. Sie hockten sich davor, kehrten dem Haus den Rücken zu und begannen sorgfältig und ausdauernd, vertrocknete und verblühte Pflanzenteile aus den Geranien zu zupfen.

Vielleicht eine Viertelstunde später hielt ein vorbeifahrender Bus an, der Fahrer rief ihnen zu: „Kinder, kommt da sofort weg!", sprang aus dem Fahrzeug, zerrte sie aus dem Garten und benachrichtigte über Funk die Feuerwehr.

Als Tabea sich umdrehte und die Flammen aus den Fenstern schlagen sah, musste sie sich übergeben.

Tabea trank ein paar Schlucke Saft mit Wasser, aber ihr Herz beruhigte sich nicht. Manchmal verzieh sie sich, was sie getan hatten, manchmal ließ sie sich von ihren eigenen Argumenten überzeugen: dass sie und ihre Schwester den Onkel sowieso nicht hätten retten können, und dass ein so schlechter Mensch wie er (der früher oder später kleine Mädchen vergewaltigen würde) nicht verdient hatte, zu leben!

Dann wieder schlugen sämtliche Schuldgefühle des Planeten zu: Vielleicht hätten sie ihn doch retten können, und vielleicht war er gar kein Triebtäter gewesen, vielleicht war er nur ein hässlicher, einsamer Mann, der ganz ohne Hintergedanken die Nähe und Wärme seiner geliebten Nichten gesucht hatte!

Übelkeit meldete sich in ihrem Magen. Weg mit diesen Gedanken! Weg damit! Und her mit der Wut! Mit der Wut auf den Menschen, der ihr das alles aufgeladen hatte! Ihre Mutter! Die Hand, mit der Tabea das Glas hielt, fing an zu zittern.

Jahre später kam heraus, warum die Mutter ihre Töchter zu Onkel Helmut abgeschoben hatte: Sie hatte sich in einen Mann verliebt, und ihr Vergnügen mit diesem Kerl war ihr wichtiger als das Wohl ihrer Kinder! Zum Kotzen, so was! Ihre Mutter war schuld, dass Tabea und Daniela zur Mörderinnen geworden waren!

Von fern hörte sie die gütige Stimme von Jonas – er hätte seiner Mutter sicher längst vergeben. Aber Tabea nicht! Seit sie mit 18 ausgezogen war, hatte sie kein Wort mehr mit diesem egozentrischen Miststück gesprochen!

Gott, war ihr schlecht! *Du willst doch jetzt nicht vor aller Augen schlappmachen?! Reiß dich zusammen! Bete!*

Für einen Moment schloss sie die Augen und bat Gott um mehr Gelassenheit und um die Größe, sich und anderen zu verzeihen. Aber manchmal hatte sie den Eindruck, dass Gott nichts mit ihr zu tun haben wollte, weil sie schlecht war, weil sie unreif war und unfähig, zu bereuen und zu vergeben.

*

Sascha ließ sich von der Damenwelt zutexten und machte sich über die Hauptverdächtigen in Gedanken Notizen, die er nachher auf der Toilette zu Papier bringen wollte.

1. Ramona Linke spielte die beleidigte Leberwurst, was er nachempfinden konnte. Ansonsten verhielt sie sich mausgrau unauffällig.
2. Jakob Valoschek malte wie abwesend (bekifft, high, stoned) auf seinem Bierdeckel herum, sagte nichts und war als Verdächtiger eher unergiebig.
3. Freund und Froschmann Benjamin Fiedler, der neben ihm saß, schielte in unregelmäßigem Abstand zu Sascha hinüber und beteiligte sich ebenfalls an keiner Diskussion.
4. Jonas Kirch, der Mann mit dem blütenweißen Anzug, gab sich freundlich, gelassen und fromm und machte keine Anstalten, in seiner Predigt zu Mord und Totschlag aufzurufen.
5. Wer stets besonders ausdauernd zu Sascha hinüberstarrte, war der vollbärtige Gottfried, auch so ein seltsamer Heiliger, dem alles und nichts zuzutrauen war. Zwischen seinen visuellen Attacken auf Sascha kümmerte er sich lächelnd und plaudernd um seine Sitznachbarin Tina.
6. Diese Tina war, wie Sascha herausgefunden hatte, so was wie die Nummer zwei hier in dem Laden. Heute schien allerdings ihre Beziehung zu Kirch schwer gestört. Sie hatten noch kein einziges Wort miteinander gewechselt. Hatten sie vielleicht gemeinsam geraubt und gemordet, und war es darüber zum Streit gekommen?

Sascha tat so, als höre er Jonas zu, und ließ seine Blicke wie in Gedanken über die Gemeindemitglieder wandern. Wer kam denn noch als Raub- und/oder Ritualmörderin in Frage? Um die Anzahl übersichtlicher zu machen, schloss er gut zwei Dutzend schon vom Alter her aus, denn nach Beschreibung der Zeugen war die Täterin zwischen 30 und 45 Jahren alt. Etwas mehr als ein weiteres Dutzend kam auch nicht in Frage, weil diese Damen einen sehr gut situierten bis vermögenden Eindruck machten. Warum sollten sie jemanden umbringen, um Geld zu stehlen? Sorgfältig begutachtete Sascha die vielleicht 20 Übriggebliebenen... Doch wonach suchte er eigentlich? Nach Zeichen von Armut, Fanatismus, Gewalttätigkeit, Wahnsinn? Keine der Damen sah arm aus oder wirkte gewalttätig. Obwohl er bei den schwarzhaarigen, dünnen Zwillingsschwestern schon den einen oder anderen fanatischen Gesichtsausdruck bemerkt zu haben glaubte. Vor allem die eine, die sich gerade ein Glas Saft mit Wasser geholt hatte, war ihm aufgefallen. Sie hatte ihn gleich mehrmals mit ihren blaugrünen, katzenartig geschminkten Augen ins Visier genommen, und zwar mit Blicken, als sei er Satan höchstselbst. Beim letzten Mal war sie sogar leicht grün im Gesicht geworden, als müsse sie sich bei seinem Anblick jeden Moment übergeben. Das nahm er ihr übel.

Bei seiner Sitznachbarin, einer Frau in den Siebzigern mit weißer Dauerwellfrisur und dünnen Lippen, erkundigte er sich nach dem Namen der Zwillinge.

„Die heißen Tabea und Daniela und betonen gern, dass sie beide von Anfang an dabei waren. Ich glaube ja, dass Tabea schwer in Jonas verknallt ist, also wie die den immer anhimmelt...", flüsterte die Frau und gab gleich gratis ein paar Geschichten zum Besten.

Sascha hörte genau zu und fand mehr und mehr Gefallen an der Vorstellung, dass die Zwillinge gemeinsam gemordet haben könnten. Ungemein praktisch für die beiden war auch, dass sie die Polizei mit ihrem identischen Aussehen herrlich foppen konnten. Wenigstens hatten sie – neuesten wissenschaftlichen Erkenntnissen zufolge – keine identischen Fingerabdrücke und auch kein identisches Genmaterial.

Sascha zog sich auf die Toilette zurück, um die geniale Idee von den Zwillingsmörderinnen (und ein paar andere Gedanken) niederzuschreiben.

Wieder im Saal, der zwar sehr groß, aber auch sehr renovierungsbedürftig war, setzte sich Sascha neben eine ca. vierzigjährige Blondine, um sie ein wenig auszuhorchen, aber sie machte ihn unwirsch darauf aufmerksam, dass sie Jonas' Vortrag über die Selbstfindung zuhören wollte. Prompt setzte er sie auf seine Liste der Verdächtigen.

Gegen 20 Uhr löste sich die Versammlung allmählich auf. Ein paar kleine Gruppen standen noch beisammen, um sich zu unterhalten, während die Bedienungen anfingen, Gläser von den Tischen zu räumen.

Sascha sah dabei zu und wurde das Gefühl nicht los, dass hier irgendetwas falsch lief. Er zerbrach sich den Kopf, was es sein könnte – und dann hatte er es. Verdammt, warum war er nicht ein paar Minuten früher darauf gekommen! Er ärgerte sich maßlos und stellte sich sofort vor die Saaltür, fing eine Kellnerin nach der anderen ab, zeigte diskret seinen Ausweis und ordnete an, die Tabletts mit den Gläsern in einem ungenutzten Raum abzustellen und den Leuten von der Sekte nichts darüber zu sagen. Dann rief er Walter von der Spurensicherung an und bat ihn, mit ein paar Leuten ins Lokal zu kommen.

10

Bonn, Polizeipräsidium, Donnerstag, 15. Mai, 7.55 Uhr

Sascha saß bereits am Schreibtisch, als Andreas eintraf. Der frischgebackene Vater sah müde und missmutig aus. Durch das geöffnete Fenster kam angenehm kühle Morgenluft herein. Es duftete nach frischem Kaffee. Andreas nahm sich eine Tasse und setzte sich.

„Wie läuft's denn so? Schläft dein Sohn schon durch?", fragte er.

„Deine Witze waren auch schon besser! Gabriel will alle drei bis vier Stunden gestillt werden, wobei es ihm herzlich egal zu sein scheint, dass andere Leute nachts schlafen wollen", knurrte Sascha und griff zu seinem Kaffee. „Annika kann demnächst mit Gabriel in ihrem eigenen Zimmer schlafen. Sie muss ja tagsüber nicht zur Arbeit gehen!"

„Und wenn sie das nicht will, ziehst du aus oder was?"

„Das könnte passieren", behauptete Sascha und gähnte.

„Ist wenigstens bei deinem Sektenbesuch was rausgekommen?"

„*Wenigstens?* Das klingt, als käme bei meinen Ermittlungen nie was raus!"

„Und du klingst, als hättest du postnatale Depressionen!"

Sascha schaute gequält aus dem Fenster. „Ich ärgere mich nur! Wenn ich nicht so dämlich gewesen wär, hätte ich gestern wahrscheinlich die Raubmorde aufklären können!"

„Bitte?"

„Ja – wär mir das mit den Gläsern ein paar Minuten früher eingefallen, hätte ich der Bedienung sagen können, sie soll die Gläser auf dem Tisch stehen lassen, bis die Leute weg sind. Verflixt noch mal!" Sascha starrte immer noch verärgert nach draußen. Dann kam er endlich zum Kern der Sache. „Ich habe gestern Abend Walter zum Lokal kommen lassen, damit er die Fingerabdrücke von den Gläsern der Sektenmitglieder abnimmt. Und was glaubst du wohl? Wir haben die Abdrücke der Täterin auf einem der Gläser gefunden!"

„Prima! Wer ist es denn?"

„Du hast wohl nicht richtig zugehört!", knurrte Sascha. „Die Gläser waren schon abgeräumt - ich weiß nicht, wessen Glas das war!"

Allmählich dämmerte es Andreas. „Du meinst, wenn die Gläser nicht abgeräumt worden wären, dann hättest du dich erinnert, wer wo gesessen und das Glas benutzt hat?"

„Ja, zumindest bei meinen Hauptverdächtigen bin ich mir ziemlich sicher!"

„Du hast deine privaten Hauptverdächtigen?"

Saschas Blick kehrte aus der Ferne zurück und wurde entschlossen. „Ja, und die knöpfen wir uns zuerst vor!"

„Meinetwegen. Wie viele Frauen aus der Sekte kommen denn überhaupt in Frage?"

„Vielleicht 20 bis 25."

„Na, das ist doch überschaubar. Wir teilen sie unter uns Vieren auf, dann haben wir unsere Täterin ruck zuck am Kanthaken!" Andreas hatte das Telefon schon in der Hand, als er Saschas Gesichtsausdruck sah.

„Mensch, Andreas, kannst du dich dunkel daran erinnern, dass ich gesagt hab, ich weiß nicht, wie die Leute mit Nachnamen heißen?"

„Ach, immer noch nicht?"

„Nein, von den meisten weiß ich's nicht!"

„Kann uns deine Freundin Ramona nicht weiterhelfen?"

„Die kennt erstens wahrscheinlich auch nur die Vornamen, und zweitens würde die mich eher erschießen, als mir zu helfen!" Sascha schüttelte den Kopf. „Nein, so wie's aussieht, ist der einzige, der uns alle Namen, alle Lebensgeschichten und die Augenfarbe der jeweiligen Damen sagen kann, Jonas Kirch."

„Das ist mir klar. Aber wenn Kirch unser Ritualmörder ist, und wir kreuzen jetzt bei ihm auf und stochern in seiner Sekte herum, macht der sich ganz schnell aus dem Staub."

„Er wird überwacht."

„Kirch ist weiß Gott intelligent genug, um uns auszutricksen!"

Saschas Blick verlor die Entschlossenheit und wurde sehr müde. Er starrte auf ein kleines Filmplakat aus ‚Matrix', das er an die Wand gehängt hatte. „Und was tun wir jetzt?"

„Du machst am besten ein Nickerchen, ich geh ein bisschen am Rhein spazieren und denke mir was aus."

*

Köln,
14.30 Uhr

„Das hast du klasse gemacht, Benny! Dich kann man echt gebrauchen!" Der Chef hob den Daumen und grinste breit.

Benjamin schälte sich aus dem engen Taucheranzug. Das Lob tat ihm gut. Ja, mit Werkzeug konnte er umgehen. Wenn er doch nur mit Frauen genauso gut umgehen könnte! Vielleicht sollte er einen seiner Kollegen um Rat fragen. Frank zum Beispiel, der war immer top frisiert und gestylt und nach eigenen Angaben der reinste Frauenabschlepper.

Das Schiff tuckerte gemütlich durch den Niehler Hafen auf die Anlegestelle zu.

Um vier hatte Benjamin Feierabend. Er würde mindestens eine Stunde bis in die Bonner Altstadt brauchen, wenn er am Rhein entlang und dann über die gut besuchte A 555 fuhr. Dann essen, duschen, um Punkt 18 Uhr beten, dann eine Pause inklusive Fernsehen gucken, dann hatte er eine Mission im Namen Gottes, anschließend war vielleicht noch ein Bierchen mit Jakob drin, aber um 23 Uhr musste er im Bett liegen, sonst bekam er Probleme mit dem Aufstehen.

Ja, der heutige Donnerstag war eindeutig verplant: wieder keine Zeit, Frauen aufzureißen. Aber vielleicht morgen oder übermorgen. Oder nächste Woche. Die Gelegenheit würde sich schon ergeben. Wenn Gott es so wollte.

Aber vielleicht hatte Gott ja andere Pläne mit Benjamin.

*

Königswinter,
16.05 Uhr

Tina versteckte sich, so gut sie konnte, hinter einem Ständer voller Ansichtskarten: Drachenfels, Petersberg, Rheinpromenade, Drachenburg, Innenstadt, Siebengebirgspanorama. Und wieder von vorne: Karten vom Drachenfels, Petersberg usw. Sie studierte die Karten jetzt seit gut 15 Minuten, und der Ladenbesitzer hielt sie sicher längst für eine Ladendiebin oder für geistig minderbemittelt. Aber das war ihr egal, denn

Jonas, der 30 Meter entfernt mit einer Frau vor einem Restaurant saß, durfte Tina auf keinen Fall sehen.

Seit gut zweieinhalb Stunden fuhr sie ihm hinterher, und nun hatte sie endlich begriffen, was er machte. Es handelte sich *nicht* um ein Ehefrauen-Casting, das hatte sie nur gedacht (grün vor Neid und Eifersucht!), weil sie nie bis zum Schluss geblieben war! Jedes Mal hatte sie sich verschämt und schmollend zurückgezogen, aber an diesem Nachmittag nicht!

Es war die fünfte Verabredung mit einer Frau, und gleich würde es wieder geschehen. Gleich, zum grandiosen Höhepunkt der Begegnung, würde die Frau Jonas einen gut gefüllten Umschlag über den Tisch reichen, und Jonas würde strahlen und sich gut gelaunt und charmant von der Frau verabschieden.

Da, jetzt war es so weit: Aus ihrer teuren, roten Handtasche holte die Frau (die Tina noch gar nicht kannte) einen rosafarbenen Umschlag und drückte ihn Jonas in die Hand.

Tina duckte sich noch tiefer hinter den Kartenständer und wartete ein paar Minuten. Für heute hatte sie genug gesehen. Als die Luft rein war, spazierte sie zu einer Eisdiele, kaufte sich drei dicke Kugeln Malaga-Eis in einer herrlich knusprigen Waffel und setzte sich damit in ihr Auto, während ihr Verstand weiter an einer Frage arbeitete, die sie sich bereits seit dem Vortag stellte. Sie musste endlich Gewissheit haben.

Nachdem sie die letzten Bissen Waffel mit Eis hinuntergeschlungen hatte, fuhr sie nach Hause und zog das Spendenbuch aus einer Schublade. Sie legte es geöffnet auf den Küchentisch, goss sich Limonade in ein Glas, dachte noch, wie gut, dass sie Jonas damals sämtliche Telefonnummern der Mitglieder abgetrotzt hatte, und fing an zu telefonieren.

Zuerst rief sie Marion an, eine warmherzige Frau Mitte 50, die einen arbeitssüchtigen oder aber fremdgehenden Mann zu Hause hatte (das hatte sie noch nicht herausgefunden), die ziemlich wohlhabend war und mit der man sich trotzdem gut unterhalten konnte.

„Hallo, Marion, stör ich gerade?"

Nein, im Gegenteil, Marion freute sich über den Anruf und begann, von ihrem Sohn zu erzählen, der endlich angefangen hatte, zu studieren. Tina ließ sie fünf Minuten reden, dann kam sie zur Sache. „Du hör mal, ich überprüfe gerade unser Spendenbuch, und ich sehe hier, dass Jonas bei dir 300,- Euro eingetragen hat... Da hat er sich doch sicher vertan, oder?"

Marion schwieg ein paar Sekunden, dann lachte sie auf. „300,- Euro? Nee du, da muss er wohl was verwechselt haben! Ich hab ihm 15.000,- Euro gegeben!"

„Ah ja, ich dachte mir schon, dass er in die falsche Zeile gerutscht ist."

„Ich verstehe sowieso nicht, warum er unbedingt Bargeld haben will. Eine Überweisung wär doch viel einfacher!"

Auf diesen Einwand hin leierte Tina Jonas' eigenwillige Begründung herunter, dass Bargeld anonym sei, und da es keine Belege gäbe, könne sich hinterher auch keiner der Spender mit seinen hohen Beträgen brüsten und Neid und Zank auslösen. Natürlich klang diese Begründung einleuchtender, wenn ein charmanter, charismatischer Lügner und Schwätzer wie Jonas sie vortrug. Prompt machte Marion Anstalten, über Jonas und seine manchmal unverständlichen Regeln zu diskutieren. Tina würgte das Gespräch ab und rief als nächste Tabea an, ihre einstige Konkurrentin. Als Tabea hörte, wer am Apparat war, wurde ihre Stimme eisig.

„Nun reg dich ab", wies Tina sie ungeduldig zurecht. „Es geht nur um deine Spende... Jonas hat hier ins Buch 250,- Euro bei dir hingeschrieben, das stimmt doch sicher nicht."

Tabea schwieg ein paar Sekunden lang. Vermutlich dachte sie darüber nach, welche Gemeinheit hinter Tinas Frage steckte, und ob sie darauf überhaupt antworten sollte. Tina trommelte mit den Fingern auf die Tischplatte, hielt aber den Mund und wartete ab.

Schließlich meldete sich Tabea doch noch. „Natürlich stimmt das nicht! Es waren 10.000,- Euro!", kam es ziemlich von oben herab.

„Gut, ich werde das korrigieren", erklärte Tina geschäftsmäßig und legte schnell auf. Natürlich, dieses dürre Luder verkaufte mit seiner genauso dürren Zwillingsschwester im Schicki-Micki-Laden Klamotten zu Phantasiepreisen! Die zahlten 10.000,- Euro doch aus der Portokasse!

Nur kein Neid, befahl sich Tina. Die Frau hatte schließlich schwerwiegende psychische Probleme, wenn sie einem Mann wie Jonas hinterlief! Tina lachte, aber dann riss sie sich zusammen; sie musste weitermachen mit ihrer Befragung.

Während sie an ihrem Limonadenglas nippte, fiel ihr Blick auf Ramonas Namen. Die arme, unscheinbare Ramona, die kürzlich so unerfreulich und für sie selbst unerwartet ins Zentrum der allgemeinen

Aufmerksamkeit geschleudert worden war. Die immer wieder betonte, sie habe keinen Cent zu viel und könne sich rein gar nichts leisten. Die laut Spendenbuch immerhin 100,- Euro zusammengekratzt und abgegeben hatte.

War etwa auch dieser Betrag falsch? Tina glaubte ja eher nicht, hatte aber auf einmal ein komisches Gefühl im Bauch.

Sie wählte Ramonas Nummer, und nach längerem Klingeln nahm die Frau auch ab. „Ja?"

„Hallo, hier ist Tina. Ich hab hier grad unser Spendenbuch vor mir liegen, und es kann sein, dass da ein paar Zahlen durcheinander geraten sind. Hier steht, du hast 100,- Euro gespendet, stimmt das?"

„100,- Euro?!" Große Empörung. „Nein, das war mehr!"

„Ok, dann sag mir, wie viel, und ich verbessere das hier im Buch."

„Ich weiß nicht, ob dich das was angeht."

Das Misstrauen in Ramonas Stimme war nicht zu überhören. Was bildete sich dieses armselige Aschenputtel eigentlich ein? Tina fühlte sich persönlich angegriffen.

„Das geht mich sehr wohl was an! Einer muss ja den blöden Schreibkram machen! Und ich muss wissen, ob und wann wir genug Geld für unser Gemeindezentrum zusammen haben! Also, was hast du Jonas gegeben?"

Nun hob ein tiefes Schweigen an. Plötzlich hatte Tina Angst, Ramona könne auflegen und sich bei Jonas über sie beschweren. Das dürfte natürlich unter keinen Umständen passieren!

Und so schickte sie ein sanftes, fragendes „Hallo?" in die Leitung, woraufhin Ramona schließlich doch antwortete.

„Es waren 6.000,- Euro, und jetzt frag mich nicht, wo ich die her hab. Das geht dich nämlich wirklich nichts an! Klar?!"

„Ja, entschuldige, du hast Recht." Tina spielte die Zerknirschte. „Danke, und schönen Abend noch."

Tina trank einen Schluck Limonade, fragte sich, woher Ramona so viel Geld hatte, vergaß sie aber bald und fuhr mit ihrer Umfrage fort, vorsichtiger jetzt. Sie rief weitere zwei Dutzend Frauen an, um angeblich die Höhe der eingetragenen Spenden zu korrigieren, und las vor, was Jonas ihr ins Buch diktiert hatte: mal 200,-, mal 300,-, mal 150,- Euro.

Jedes Mal erntete sie empörten Protest, denn in Wirklichkeit handelte es sich um Beträge zwischen 3.000,- und 20.000,- Euro! Auch diese

Frauen wunderten sich über Jonas' Wunsch nach Bargeld. Tina wunderte sich nicht mehr.

Nichtsdestoweniger gab sie sich Mühe, niemanden vorzeitig aufzuscheuchen, denn erst brauchte sie einen handfesten Beweis. Auch für sich selbst. Denn die Schlussfolgerungen, die man ziehen musste, waren so ungeheuerlich, dass sie es kaum glauben mochte.

Alles fühlte sich plötzlich so unwirklich an. Besonders, als sie daran dachte, was sie gleich noch vorhatte. Träumte sie vielleicht? Tina lachte. Ja, wahrscheinlich träumte sie!

Sie schaute auf die Uhr: fast sechs Uhr. Sie hatte Gottfried für halb sieben bestellt, zum ‚Reparieren'. Na, der würde sich wundern.

*

Bonn-Buschdorf, 18.29 Uhr

Gottfried drückte auf Tinas Haustürklingel, als seine Armbanduhr genau 18.30 Uhr zeigte. Er liebte Pünktlichkeit auf die Sekunde. Schnell dankte er Gott noch einmal für diese Verabredung.

Tina öffnete die Wohnungstür erst, als Gottfried oben im 1. Stock ankam. Er traute seinen Augen nicht: Sie trug ein hautenges, schwarzes Kleid mit langen Ärmeln und tiefem Ausschnitt, an den Füßen hochhackige Pumps, in den Händen zwei Sektgläser, von denen sie ihm eins entgegenhielt.

Irgendwie hatte er es ja geahnt. Aber so plötzlich?

Gottfried nahm das Glas und prostete ihr lächelnd zu. Wie kam sie nur auf die Idee, sich ihm in diesem aufreizenden Aufzug präsentieren zu müssen? Hatte sie Angst, im ‚Normalzustand' nicht attraktiv genug zu sein?

Sie ging langsam rückwärts, ihr Lächeln wirkte ein wenig angespannt, darunter war etwas anderes. Angst?

Gottfried schaute sie so liebevoll an, wie er nur konnte, trat in den Flur und drückte die Tür ins Schloss. Zwei Schlucke Sekt, dann stellte er das Glas auf einer Schubladenkommode ab, nahm Tina das Glas aus der Hand, auf die Kommode damit, trat ganz nah an Tina heran, legte die Arme um sie, und ihre Lippen trafen sich zu einem ersten, vorsichtigen Kuss.

Und schon bewegten sie sich eng umschlungen und sich küssend Richtung Schlafzimmer, in dem es ziemlich dunkel war. Hatte sie den Rollladen heruntergelassen? Vermutlich fürchtete Tina, dass er zu viel von ihren Narben sah, aber zeigte nicht gerade diese Angst, wo die eigentlichen Narben waren?

Im Schlafzimmer angekommen, schob Tina mit dem Fuß auch diese Tür zu, und da wurde es richtig dunkel.

Gemeinsam sanken sie auf Tinas Bett, und ihre Küsse wurden heftiger. Bis Tina plötzlich aufhörte und flüsterte: „Gottfried, ich muss dir was sagen."

Verdammt, was kam jetzt? Hatte sie ihn auf den Arm genommen? Hatte sie es sich auf einmal anders überlegt? Seine Erregung kühlte deutlich ab. „Ja, was ist denn?"

Ihre Hände wühlten in seinen lockigen Haaren herum, während sie ihm ins Ohr hauchte: „Weißt du...ich hab ein bisschen Angst davor... Ich bin nämlich noch Jungfrau."

Gottfried glaubte, sich verhört zu haben: Jungfrau? Mit 37? „Tina, also ehrlich, machst du dich über mich lustig?"

„Nein, um Himmelswillen, mache ich nicht! Und es ist mir wahnsinnig peinlich!"

Gottfried erlaubte sich ein erleichtertes Lächeln, was sie natürlich nicht sehen konnte. „Das muss dir doch nicht peinlich sein. Ich dachte nur, du hättest damals...na, mit diesem Kerl vom Schulhof, der dich anzeigen wollte, du weißt schon...ich dachte, du hättest mit ihm..."

„Ja, er wollte, dass ich mit ihm ins Bett gehe, das stimmt schon. Aber ich wollte das nicht. Also hab ich ihn im Auto...also, auf andere Art... wie soll ich sagen..."

Gottfried presste schnell seine Lippen auf ihren Mund. Was das Schwein mit ihr gemacht hatte, wollte er wirklich nicht genau wissen!

Er drückte ihren Körper an seinen und war sich der Verantwortung bewusst, die sie ihm hier auflud: Wenn er es falsch anging, hatte sie vielleicht für den Rest ihres Lebens keine Lust mehr auf Sex. Verdammt aber auch!

*

Bonn-Endenich,
19.15 Uhr

Tabea schloss den Laden ab und machte sich auf den Heimweg. Zusammen mit ihrer Schwester lebte sie in einem kleinen Haus mit zwei Wohnungen im Westen von Bonn, dort, wo es noch Felder und Wiesen gab.

Sie ging zu Fuß, als sportliche Maßnahme sozusagen. Der Himmel hing voller grauer Wolken, vielleicht würde es nachher doch regnen. Ihre Stimmung war genauso grau, sie hatte kaum etwas verkauft heute, sie hatte Jonas heute nicht gesehen, sie hatte Schulden.

Die Häuser am Herrmann-Wandersleb-Ring kamen ihr ebenfalls grau und schäbig vor. Die Abgase der vielen Autos verursachten ihr Magenschmerzen. Auf einmal verspürte sie das Bedürfnis, auf etwas einzuschlagen. Natürlich gab sie ihm nicht hier und jetzt nach, aber beinah hätte sie gegen ein Auto getreten, das am Straßenrand parkte.

Ja, sie hatte massive, negative Empfindungen! Und Jonas war nicht da, um sie ihr auszureden! Klar, sie war ja auch nicht reif genug für ihn! Würde sie das je sein?

Reiß dich zusammen, denk an was Schönes, an die Umarmung, an die Chance, die du nach dem Ausscheiden von Tina hast!

Hatte sie wirklich eine Chance?

*

Bonn-Buschdorf,
19.45 Uhr

Tina lag im Dunkeln neben Gottfried auf dem Bett. Jetzt war sie keine Jungfrau mehr.

Nun, sie hatte nicht die Engel singen hören, die Himmel hatten sich nicht aufgetan, die große Ekstase war ausgeblieben. Ein bisschen enttäuschend das alles.

Aber es hieß ja, es solle mit jedem Mal besser werden. Tina war skeptisch. Obwohl sich Gottfried jede erdenkliche Mühe gegeben hatte. Aber vielleicht war er auch nicht so erfahren, wie er getan hatte. Auf jeden Fall schien *er* seinen Spaß gehabt zu haben.

Trotzdem – sie hatte seine Umarmung genossen, seine Zärtlichkeit, die Wärme seines Körpers, seinen aufgeregten Herzschlag, seine Stimme, die ihr liebe Dinge ins Ohr geflüstert und gestöhnt hatte.

Als hätte er gespürt, was sie dachte, zog er sie wieder an sich und hielt sie ganz fest. Tina legte ihren Kopf an seine Schulter und bemühte sich ganz bewusst, keine negativen Gefühle hochkommen zu lassen. Nicht das Gefühl, eingeengt zu sein, nicht das Gefühl, dominiert und manipuliert zu werden, nicht das Gefühl, nur benutzt worden zu sein. Gott, war das schwer! Außerdem stieg jetzt langsam das Gefühl nach oben, ein kleines, dummes, irgendwie schlechtes Mädchen zu sein… Wie sie das hasste! Sie machte sich aus der Umarmung frei und drehte sich wieder auf den Rücken.

Gottfried hatte die ganze Zeit nichts gesagt. Jetzt meinte er auf einmal: „Mach doch mal Licht, ich möchte dich sehen."

Tina zögerte. Eigentlich wollte sie nicht, dass er das volle Ausmaß ihrer äußeren Beschädigung zu Gesicht bekam. Vielleicht ekelte er sich dann derart vor ihr, dass er sie nie mehr anfasste. Und eigentlich wollte sie noch möglichst oft von ihm angefasst werden.

Gott, was für eine Entscheidung! *So hilf mir doch!*

Und schon war der rettende Gedanke da, und mit einem Mal hatte sie sogar die Kraft, mit den Konsequenzen zu leben: Wenn Gottfried den Anblick ihres verunstalteten Körpers nicht ertragen konnte, hatte er ihre Zuneigung nicht verdient!

Tina griff nach rechts, wo auf einem orientalisch angehauchten Rattantischchen eine Lampe stand, und schaltete sie ein. Gottfried drehte sich mit seltsamem Lächeln auf die Seite und ließ seine Blicke über ihren Körper wandern. Am liebsten hätte Tina die Bettdecke bis zum Kinn hochgezogen, aber ihr war plötzlich so heiß, als hätte man sie mit kochendem Wasser übergossen.

„Du bist sehr schön", stellte Gottfried mit leiser, sanfter Stimme fest, und es klang ehrlich, und dann begann er, Tina von oben bis unten abzuküssen. Nicht einmal die grässlichen Narben an Kopf und Hals und am linken Arm ließ er aus.

Das war ihr unangenehm, sie zuckte sogar zurück… Wie konnte er sie dort berühren?! *Vielleicht, weil er dich mit Haut und Haaren so liebt, wie du bist?* Das war unfassbar. Sie konnte sich ja nicht einmal selbst lieben!

Sie bohrte ihren Blick in das breite Poster, das einen traumhaft weißen

Sandstrand mit Palmen vor tiefblauem Meer auf den Seychellen zeigte, und merkte, wie verkrampft sie war. *Dein Aussehen stört ihn nicht! Also entspann dich!* befahl sie sich... Aber natürlich konnte man sich nicht auf Befehl entspannen. Und wieder schien es fast, als spüre er ihre Gedanken. Er hörte auf, sie zu küssen und legte sich neben sie.

Wie aufmerksam er war – und plötzlich fielen ihr im Nachhinein Dutzende von Situationen ein, in denen er ebenso verständnisvoll gewesen war, rücksichtsvoll, liebevoll. Wie hatte sie nur so blind sein können! Er war ein hundert Mal besserer Mensch als dieser Betrüger Jonas! Und beinah hätte sie es nicht gemerkt! Diese Vorstellung trieb ihr Tränen in die Augen.

„Tina, warum weinst du denn?“, fragte Gottfried besorgt.

„Weil ich so blöd war, Jonas hinterher zu laufen!“, schluchzte sie. „Und weil ich beinah nicht mitgekriegt hätte, wie sehr du dich um mich bemühst!“

„Ach, komm mal her, du Geschenk des Himmels“, flüsterte er und nahm sie wieder in den Arm. „Hauptsache, wir haben uns gefunden. Brauchen wir den Schwätzer Jonas überhaupt noch?“

„Oh nein, Jonas ist kein Schwätzer!“ Tina würde Gottfried jetzt die Wahrheit über Prediger Jonas Kirch erzählen! „Jonas ist ein Lügner und Betrüger! Von dem Geld, das wir gesammelt haben, ist das meiste nie auf dem Treuhandkonto angekommen! Der Verbrecher hat sich Tausende von Euro unter den Nagel gerissen! Ich bin -“

„Nun mal langsam.“ Auf Gottfrieds Stirn hatte sich eine unschöne, senkrechte Furche gebildet. „Erzähl mal der Reihe nach.“

Und Tina fing von vorne an. Dass sie Jonas immer wieder verfolgt und von seinen Treffen mit vielen Damen der Gemeinde erfahren hatte, dass sie die meisten Damen angerufen und nach ihren Spenden befragt hatte, bis ihr klar wurde, dass Tausende von Euro verschwunden waren. Dass sie sich eine Nacht mit Jonas hatte erkaufen wollen und von ihm abgewiesen worden war, ließ sie natürlich aus.

Gottfrieds Miene hatte sich während ihres Berichts bedrohlich verfinstert. Er ließ sie los und setzte sich auf. Eine Weile sagte er nichts, aber Tina spürte plötzlich seine Anspannung, und sie hörte ihn knurren: „Was für eine falsche Sau! Und ich rede nicht mal vom Geld! Aber Menschen unter dem Deckmäntelchen von Religion so zu hintergehen... Das ist... das ist so mies und erbärmlich und unfair, dass ich kotzen könnte!“

„Stimmt genau." Tina setzte sich ebenfalls auf.

Verärgert fuhr er fort: „Wo, verdammt noch mal, mag das ganze Geld sein?"

Tina legte einen Arm um Gottfrieds Schultern, küsste ihn auf die bärtige Wange und meinte: „Ich schiebe uns eine Pizza in den Ofen, und wir überlegen uns, was wir mit Jonas machen und wie wir das Geld zurückbekommen."

Das taten sie: Sie aßen Pizza, und sie machten einen Plan für den nächsten Tag.

Ab und zu hörte Tina nicht mehr genau hin, sondern schaute sich ihr Gegenüber an: die wundervollen, dunklen Augen, die schmale Nase, die dunkelbraunen Locken, den wuchernden Vollbart… Wie würde Gottfried wohl ohne Bart aussehen?

Und ganz ohne Vorwarnung war ein anderer Gedanke da: Der Mann war ihr eigentlich völlig fremd, und sie würde ihn nie wirklich kennenlernen. Das machte ihr auf einmal Angst, und sie verspürte das Bedürfnis, allein zu sein. Sie bat Gottfried, nach Hause zu fahren, und Gottfried zeigte sich wieder einmal verständnisvoll.

*

Bonn-Oberkassel, 21.55 Uhr

Marcel war auf dem Heimweg. Es wurde früher dämmrig, als er gedacht hatte. Das lag an den dunklen Wolken. Aber das hatte auch einen Vorteil: Um die Zeit und bei dem Wetter war hier unten am Rhein keine Sau mehr unterwegs.

Mit Eminem im Ohr trabte Marcel den Weg entlang, rechts der Bahndamm, links der Rhein. Er liebte es, ganz allein durch die Dunkelheit zu laufen. Keiner störte, keiner glotzte. Man fühlte sich frei, man konnte nachdenken. Wie zum Beispiel über die blöde Tussi Sandra, die behauptete, schwanger von ihm zu sein! Das hatte ihm echt die ganze letzte Woche versaut! Die dumme Kuh hatte ihn reingelegt!

Schluss damit! Es war ein friedlicher Abend, er fühlte sich körperlich gut, und er würde die Sache schon irgendwie regeln.

Marcel schwitzte, besonders am Rücken, aber allmählich kam ein kalter Wind auf, der ihn abkühlte. Wunderbar. Der aggressive Rhythmus der Musik stampfte durch seine Ohren in sein Gehirn, sein Körper war stark, geschmeidig, bestens in Form, und das Leben, das *gute* Leben, hatte endlich begonnen. Mann, fühlte er sich toll!

Er lief gerade am ‚Bundeshäuschen' vorbei und an der Unterführung zur Kinkelstraße, als er in zehn Metern Entfernung einen hellen Wagen auf einer der Wiesen entdeckte. Ein Liebespaar? Seltsamerweise beunruhigte ihn der Wagen. Was kam ihm daran bekannt vor? Fernsehen... Nachrichten... Verdammt, fuhr nicht der Ritual-Mörder so einen Wagen?!

Marcel riss sich die Kopfhörer aus den Ohren und verlangsamte seinen Trab. Er schaute sich um. Niemand war zu sehen. Sein Blick ging zurück zum Wagen, während Marcel durch den schwarzen Schatten eines dicken, alten Baumes lief – und plötzlich schien ihn etwas am Fuß festzuhalten.

Er wusste sofort, dass er das Gleichgewicht verlieren und fallen würde, also drehte er sich, um sich über die Schulter abzurollen (kein Problem für einen Kampfsportler wie ihn!), aber auch der andere Fuß verhedderte sich in irgendetwas, und so krachte Marcel durch die Drehung unsanft auf den Rücken.

Dadurch sah er aber den maskierten Mann, der auf einmal hinter dem Baum hervorsprang, in der Hand einen Knüppel oder eine Stange, die er auf Marcel niedersausen ließ. Blitzschnell, instinktiv, hob er den linken Arm zur Abwehr, und die Stange traf seitlich auf die Armbanduhr. Glas splitterte, und ein scharfer Schmerz jagte durch Marcels Handgelenk. Verdammte Scheiße!

Bevor er aufspringen konnte, stieg ihm der Maskierte aufs Bein, und zwar seitlich aufs Knie, in dem es daraufhin knackte, als zerbreche ein dicker Ast. Gleichzeitig schlug er weiter mit der Stange nach Marcels Kopf.

Der versuchte auszuweichen und nach der Stange zu greifen. Wieder ein Schlag. Daneben. Marcel duckte sich weg, packte zu. Das tat weh, aber er hatte das Ende der Stange in der Hand, und jetzt noch ein Ruck und –

Und der Kerl trat ihm in die Weichteile, dass Marcel aufheulte, die Stange losließ und sich zusammenkrümmte! Verfluchter Scheißdreck! Vor Schmerz blieb ihm fast die Luft weg, dann zog er sie zischend durch die Zähne. Ihm war bewusst, dass er verloren hatte. Und dann spürte er auch schon die Stange auf seinem Kopf. Aber nur sehr kurz.

Als Marcel zu sich kam, dauerte es ein paar Sekunden, bis er sich erinnerte. Und als er merkte, dass er nichts sah und sich kaum bewegen konnte, überfiel Panik seinen Verstand. Verdammt, er war so gut wie tot! Konnte er noch irgendwas tun? Was?!

Vor lauter Entsetzen veranstaltete sein Verstand sogar ein Ablenkungsmanöver und raunte beruhigend: *Jetzt mach dir mal nicht in die Hose, das ist doch alles nicht echt, das sind irgendwelche Kumpels, die dir eins auswischen wollen!*

Plötzlich hörte er, wie jemand näher kam, und nicht weit von seinem Ohr entfernt flüsterte es: „Marcel, du bist ein gottverdammtes Arschloch! Du behandelst Menschen wie Dreck! Du hast den Teufel in dir, und den werde ich dir jetzt mit Gottes Hilfe austreiben!"

Marcel bäumte sich auf, wollte sich trotz aller Fesseln gegen den Kerl werfen, ihn irgendwie unschädlich machen, denn das alles durfte nicht passieren, niemand durfte ihm sein Leben, sein endlich gutes Leben wegnehmen!

Aber natürlich traf er den Mistkerl nicht, und natürlich konnte er sich auch nicht herausreden oder um Hilfe brüllen, denn sein Mund war genauso zugeklebt wie seine Augen.

Plötzlich klapperte etwas, es roch nach Gas. Nach Feuer? Verflucht – jetzt machte der Wahnsinnige das Kreuz heiß! Nein, Marcel wollte das nicht! Er würde nicht stillhalten! Er hatte gelernt, sich zu verteidigen! Und er würde diesem Arsch die Eier abreißen! Den Schädel einschlagen! Er würde –

Der Unbekannte setzte sich mit einem Mal auf Marcels Oberschenkel und schob sein T-Shirt bis zum Hals hoch. Marcel wand sich und versuchte, das Schwein abzuschütteln, aber er war verdammt gut verschnürt.

Und er wusste, was jetzt kam: Hinter dem Klebeband atmete er schnell und keuchend, spannte die Muskeln an und wartete auf den Schmerz, im Hinterkopf immer noch die Idee, das alles könnte ebenso gut ein übler Scherz sein...aber dann spürte er das glühende Metall auf seiner Brust. Marcel biss die Zähne zusammen, um das höllische Brennen auszuhalten, um es zu ignorieren, versuchte an etwas anderes zu denken, und dachte prompt an das, was danach kommen würde. Das Ertränken. Wie wenn man Ratten ersäuft. Oder anderes Viehzeug.

Er war kein Vieh! Der Killer war das Vieh! Was maßte sich dieses Vieh an, über ihn zu richten? Marcel geriet so außer sich, dass der Schmerz auf seiner Brust tatsächlich weniger wurde.

Die Luft anhalten, blitzte es plötzlich durch sein Hirn. Was? *Die Luft anhalten, du Blödmann - du hast mal Apnoetauchen gemacht!*

Ein Funke Hoffnung. Konnte das klappen? Den Killer austricksen? Die Luft anhalten und den Ertrunkenen spielen? Marcel konzentrierte sich auf seine Atmung. Er musste sich vorbereiten. Tief atmen. Alles Übrige ausblenden. Alle Gedanken und Gefühle sammeln und ausrichten auf einen Punkt: einatmen, ausatmen, einatmen.

Eher am Rande bekam Marcel mit, wie das Brenneisen entfernt wurde, wie der Mann wegging, wie Wasser irgendwo hinein gegossen wurde, wie ein Behälter mit schwappender Flüssigkeit in seiner Nähe abgestellt wurde. Der Killer drehte ihn auf den Bauch, zwang ihn auf die Knie, drückte ihm den Kopf herunter.

Noch einmal einatmen, Luft anhalten. Kontakt mit kalter, nasser Oberfläche. Kopf unter Wasser. Pro forma wehrte sich Marcel ein bisschen, konzentrierte sich jetzt auf sein Nicht-Atmen. Er hörte auf zu zappeln. Sollte der Killer denken, was er wollte. Noch immer drückte er Marcels Kopf mit beiden Händen unter Wasser. Kein Problem.

Nach etwa einer Minute (kein normaler Mensch würde unter diesen Umständen länger durchhalten), ließ Marcel seinen Körper erschlaffen und tat so, als sei er soeben bewusstlos geworden. Sein Hals sank auf den Rand des Wasserbehälters. Was ziemlich weh tat. Verdammt, wann ließ der Kerl ihn endlich los? Der Behälter drohte umzukippen. Gut so, nur raus aus dem Wasser!

Aber der Killer tat nicht das, was Marcel erwartet hatte: Er stellte sich hinter ihn, packte ihn unter den Achseln, und stabilisierte ihn so, dass Marcels Kopf weiterhin im Wasser hing. Er durfte sich jetzt auf keinen Fall bewegen, er musste weiter den Bewusstlosen spielen, und die Luft anhalten!

Er war jetzt bei gut zwei Minuten, und langsam wurde es kritisch, denn er war nicht trainiert und hatte Todesangst. Schlechte Bedingungen für einen neuen Weltrekord. Der Gedanke ans Luftholen drängte sich mehr und mehr in den Vordergrund. Luftholen, egal, mit welchen

Konsequenzen. Gleich. Nur noch ein paar Sekunden.

Marcel ließ die letzten Luftreserven aus seiner Lunge entweichen - und im selben Moment griff der Kerl in seine Haare, zog Marcels Kopf aus dem Wasser und ließ seinen Körper seitlich auf den durchnässten Boden fallen.

Marcel holte ganz vorsichtig und leise Luft. Er lebte noch! Er hatte diesen dämlichen Ritual-Mörder überlistet! Sein Bild würde morgen in allen Zeitungen sein, er war der Held, er würde im Fernsehen auftreten! Er würde ein Buch darüber –

Der Killer stieß ihn am Bein an. Nicht reagieren, Luft anhalten. Marcel spürte, wie sich der Kerl über ihn beugte. Plötzlich legte er ihm zwei Finger an den Hals, lachte bitter auf und flüsterte: „Dachte ich mir schon, dass du nicht so schnell krepierst, du kleine Ratte. Also dann, auf ein Neues."

Diesmal hatte Marcel kaum Zeit, sich vorzubereiten, als er gepackt und mit dem Kopf unter Wasser gedrückt wurde.

11

Bonn-Oberkassel, Freitag, 16. Mai, 6.35 Uhr

Andreas war zu Fuß gekommen, der Fundort der Leiche lag nur gute fünf Minuten von seinem Zuhause entfernt. Das fand er nicht angenehm.

Frisch war es heute Morgen, obwohl die Sonne hinter den Häusern schon schien. Andreas duckte sich unter dem Absperrband hindurch und ging an der gedrungenen, romanischen Kirche vorbei. Links standen am Rand einer Wiese leicht schräg ein paar uralte Grabsteine. Der Eingang der Kirche war dem Rhein zugewandt, auf dem kleinen Platz vor der Tür machten sich riesige Kastanienbäume breit, dazwischen ein paar Bänke, von denen aus man die Schiffe betrachten konnte oder auch die Züge, die ab und zu über den Bahndamm donnerten.

Peer, Manfred und Walter, die noch nicht lange anwesend zu sein schienen, standen andächtig im Halbkreis um die Leiche vor der Kirchentür herum.

„Morgen. Was ist hier los? Betet ihr?", fragte Andreas, während er sich beim Anblick von Peers knallig lila Hemd fast die Netzhaut verletzte.

„Nein, wir sind nur so erschüttert über uns selbst, weil wir den Killer noch nicht haben. Wer weiß, wie viele Leichen der uns noch vor die Kirchen legt", murmelte Manfred.

„Eben. Also los, an die Arbeit." Andreas trat so nah an die Leiche heran, wie Peer zuließ. Der Mann auf dem Boden war jünger als die ersten beiden Opfer, schätzungsweise Anfang 30. Und sehr attraktiv, ein Frauen-Typ: markantes Gesicht, mindestens schulterlanges, dunkles, lockiges Haar, durchtrainierter Körper, zu besichtigen wegen des ärmellosen Shirts und der kurzen Jogginghose.

Peer brachte soeben unter dem Shirt eine um die Taille geschnallte Tasche zum Vorschein, machte sie ab und reichte sie Andreas, der sich Handschuhe übergestreift hatte und das Täschchen öffnete. Manfred schaute ihm dabei über die Schulter.

„Was haben wir denn hier? Handy, Hausschlüssel, Taschenmesser und Visitenkarten. Sehr aufmerksam von dem Mann. Wem wollte er wohl beim Joggen seine Karte geben?“ Andreas las vor, was auf der Karte stand: Marcel Jaeger, Medizinstudent und Model, eine Adresse in Oberkassel, Handynummer, E-Mail-Adresse, Homepage.

Andreas wollte gerade einen Kommentar dazu abgeben, als von der Rückseite der Kirche Reifenquietschen und Schotterspritzen zu hören war. Das musste Sascha sein. Und da kam er auch schon zu Fuß um die Ecke, mit leicht geröteten, müden Augen und in seinem dünnen Jeansjäckchen. Er hob grüßend die Hand. „Hallo zusammen. Der Ritual-Mörder hat wieder zugeschlagen?“

Peer schnitt gerade vorsichtig Marcel Jaegers T-Shirt vorne der Länge nach auf: ein eingebranntes, rotschwärzliches Kreuz auf der gebräunten, haarlosen, muskulösen Brust.

„Ja“, antwortete Peer und nahm auch Jaegers übrige Körperteile unter die Lupe. „Sieht ganz danach aus. Nasse Haare, Schlag auf den Kopf, einer gegen den Unterarm, wahrscheinlich wieder ertränkt.“

Sascha stellte sich breitbeinig neben Andreas auf und stemmte die Hände in die Hüften. Fehlte nur noch die Sonnenbrille.

„Gestern Abend?“, fragte er knapp.

„Ja, um 22.01 Uhr.“ Peer wies auf den Unterarm. „Seine Armbanduhr hat was vom Schlag abbekommen und ist stehengeblieben.“

„Und ich wollte gerade sagen, wie affig ich das finde, mit so einer protzigen Angeberuhr joggen zu gehen.“ Sascha schüttelte den Kopf, als tadele er sich selbst. „Wie heißt der Typ?“

„Marcel Jaeger. Stand auf seinen Visitenkarten“, erklärte Andreas.

„Er hatte Visitenkarten dabei?“

„Ja, der Mann studierte nicht nur Medizin, er war auch Model.“

Sascha guckte, als ginge ihm ein Licht auf. „Na, damit könnte ich mir doch auch was nebenher verdienen!“

„Nein“, meinte Peer und grinste fürchterlich mit seinen kräftig roten Lippen. „Die nehmen keine Models mit so wenig Haaren.“

Bevor Sascha ihn zum Duell herausfordern konnte, warf sich Andreas verbal dazwischen. „Finde heraus, für welche Agentur Jaeger eventuell gemodelt hat und frag mal nach, wie das ist...mit den Haaren.“

Sascha verteilte böse Blicke, aber plötzlich hörte er auf damit. „Marcel Jaeger heißt der Mann? Marcel...Marcel...“, murmelte Sascha und verfiel für alle überraschend in schweigendes Nachdenken.

In diesem Moment erhielt Andreas einen Anruf aus der Zentrale.

„Ein Frühaufsteher hat möglicherweise den Tatort gefunden", teilte der Kollege mit. „Keine 50 bis 100 Meter von der Kirche entfernt an der Rheinpromenade."

„Ok, schick mir bitte noch ein paar Leute her, ich seh mich schon mal um."

Andreas nahm Sascha und Walter mit und eilte zu Fuß durch die nächste Unterführung hinunter zum Rheinufer. Schon von weitem entdeckte er den nächsten Jogger. Auf seinem Hosenbein prangte in Kniehöhe ein grauschwarzer Fleck.

Der Mann, Anfang 40, kurzes, helles Haar, dünn, braune Augen mit dicken Oberlidern, legte wortreich dar, was passiert war: Er sei den Weg entlanggejoggt, und plötzlich habe etwas seinen Fuß festgehalten. Daraufhin sei er gestürzt. Er habe zwar nichts gesehen, dann aber den Boden abgetastet, und dort – er wies nach schräg unten – diese Nylonschnur gefunden, die quer über den Weg vom Baum zu einem Haken im Bahndamm gespannt war. Zuerst habe er das Ganze für einen dummen Streich gehalten und wollte die Schnur schon abschneiden, als ihm die Polizeiautos einfielen.

„Ich bin nämlich vorhin an der Kirche vorbeigelaufen, und da hab ich die Absperrung und das alles gesehen", erklärte der dünne Mann und fügte nach kurzer Pause hinzu. „Was ist denn überhaupt passiert?"

„Es wurde jemand ermordet."

Der Mann überlegte wieder, und man konnte zusehen, wie er blasser und blasser wurde. „Etwa ein Jogger?" Andreas nickte. „Mein Gott, das hätte ja auch ich sein können!"

Andreas hatte noch nicht gefrühstückt und keine Lust auf komplexe Erklärungen. „Ja, möglich. Jedenfalls haben Sie uns sehr geholfen. Danke." Er nahm die Personalien auf und schickte den Mann weiter.

Derweil kroch Walter unter einem Busch hervor und hielt triumphierend etwas in die Höhe: etwas Kleines, Rundes, Weißes. Einen Bierdeckel.

„Seht euch das an, das Ding ist vollgekritzelt mit Spiralen! Stand nicht in deinem Bericht, dass dieser Valoschek –"

„Genau, Jakob", fiel ihm Sascha ins Wort. „Unser großer Künstler, der malt Spiralen auf alles, was sich nicht bewegt."

Andreas nickte missmutig mit dem Kopf. „Dann ist dem Kerl also entweder beim Morden die ‚Visitenkarte' aus der Tasche gefallen, oder jemand anders hat den Bierdeckel unter den Busch geworfen und hält uns für blöd."

„Ich glaube, wir *sind* blöd", räumte Sascha ein und gähnte hemmungslos. „Gehen wir frühstücken, damit ich wieder klar denken kann."

„Prima Idee." Der Gedanke an ein Frühstück im Café an der Königswinterer Straße richtete Andreas sofort seelisch auf.

Zusammen mit Sascha ging er zurück zur Kirche. Die gerade eingetroffenen Kollegen von der Spurensicherung schickte er zu Walter ans Rheinufer.

Vor der Kirche trafen sie auf Thomas, den Kollegen mit der psychologischen Fachausbildung und dem traurigen Hundeblick, der im Cordanzug und mit verschränkten Armen neben der Leiche stand und sie eingehend betrachtete. Schließlich machte er ein paar Schritte rückwärts, bis er mit den Kniekehlen an eine der grünen Bänke stieß, und sah sich die Szene von dort aus an.

Dann meinte er zu Andreas, der schweigend an der Seite gestanden hatte: „Morgen. Ich hab mir gestern noch mal die Fotos der Toten vor den Kirchentüren angeguckt. Bisher sah das für mich nach Bestrafungssymbolik aus, nach dem Motto: Ihr ‚bösen' Menschen werdet ermordet und eurem höchsten Richter zu Füßen gelegt."

Thomas schaute verträumt in die Ferne. Träumte er von einer Welt ohne Verbrechen? Oder (man wusste ja nie, was in mancher Leute Köpfe vorging) doch eher von noch mehr Leichen vor Kirchentüren, damit er neue Theorien aufstellen konnte oder alte sich bestätigten? Er fuhr fort. „Aber vorhin hatte ich eine Eingebung: Vielleicht handelt es sich auch um Opfergaben. Der Täter will etwas von Gott haben, und dafür opfert er ihm ‚vom Teufel besessene Menschen'."

„Als gläubiger Christ darf er doch nicht einfach andere Menschen umbringen!", warf Andreas ein.

Sascha wirkte genervt. „Du argumentierst schon wieder so vernünftig! Der Kerl ist doch nicht ganz dicht! Und vielleicht gibt es ja in den 10 Geboten versteckte Klauseln, von denen wir nichts wissen, so was wie: Du sollst niemanden töten, außer, er hat dein Kind umgebracht oder dein Auto demoliert. Oder er ist vom Teufel besessen, so was eben."

„Danke, Sascha, für die interessante Idee." Andreas schaute auf seine Uhr. „Ok, gehen wir was essen."

Gute 45 Minuten später saßen sie am Schreibtisch im Büro, als Sascha plötzlich mit der Hand auf die Platte schlug.

„Verdammt, jetzt weiß ich's wieder!", rief er aus. Er wirkte inzwischen deutlich wacher. „Ramona hat den Namen ‚Marcel' erwähnt! Sie sagte, sie sei von einem Marcel schwer verarscht worden, also beziehungsmäßig, und sie hätte sogar einen Nervenzusammenbruch gehabt!"

„Aber du weißt nicht genau, ob das unser Marcel hier ist?"

„Nein."

„Wir lassen die Frau trotzdem kommen. Und dann –", Andreas' Telefon klingelte. „Ja?"

„Cedrik hier. Wir haben uns den Bierdeckel vorgeknöpft und da sind 'ne Menge verschiedener Fingerabdrücke drauf. Die Besterhaltenen gehören Jakob Valoschek und Benjamin Fiedler."

„Sehr schön, das hilft uns weiter."

„Ja, aber da ist noch was." Cedrik machte eine seiner spannungsfördernden Pausen. „Du erinnerst dich an die kaputte Uhr an Jaegers Handgelenk?"

„Natürlich."

„An einem der Glassplitter, die noch in der Uhr steckten, fanden wir ein winziges Bluttröpfchen, das eigentlich nicht von Jaeger stammen kann. Möglicherweise hat sich der Mörder am Glas geritzt, ohne es zu merken."

„Reicht das für einen DNA-Test?"

„Ich denke schon."

„Versucht euer Bestes!"

Darauf gab Cedrik erst gar keine Antwort. Andreas informierte Sascha und Manfred, der eben zur Tür hereinschaute, über die neuen Spuren, und gab Anweisung, Benjamin Fiedler, Jakob Valoschek und Ramona Linke zur Vernehmung ins Präsidium zu bestellen.

„Reden wir erst mal mit den drei Sektenmitgliedern, die sich aus dem Heim kennen... Am Ende haben die sich ja zusammengetan."

Sascha dachte einen Moment nach und war begeistert. „Na klar, das passt doch: Valoschek hatte Streit mit Baum von der ARGE. Unser Froschmann Fiedler brauchte von Banker Voss einen Kredit für seine Taucherausrüstung und bekam keinen, und die graue Maus Ramona wurde von Jaeger aufs Kreuz gelegt! Die drei ehemaligen Heimkinder bringen die Opfer gemeinsam um und geben sich gegenseitig Alibis!"

„Hört sich verlockend an. Aber wir haben ja auch noch Jonas Kirch. Was hat der eigentlich gestern Abend gemacht?" Andreas rief das Observierungsteam an und erfuhr von Ulli, dass Kirch das Hotel nach 21 Uhr nicht mehr verlassen hatte. Zumindest nicht durch den Vordereingang, und sein Auto war auch nicht bewegt worden.

„Das schließt ihn als Täter aber nicht aus!", bemerkte Sascha sofort.

„Nein, aber zu 99 %."

„Das ist mir zu wenig!", nörgelte Sascha „Und außerdem sollten wir Kirch endlich nach der Liste der Sektenmitglieder fragen. Wegen der Fingerabdrücke auf dem Glas!"

„Also gut." Andreas griff zum Telefon und wählte Kirchs Handynummer. Kirch war schon wach und meldete sich. „Guten Morgen, Herr Kirch, hier ist Kommissar Montenar. Wir haben inzwischen Anhaltspunkte, dass sowohl der Ritualmörder als auch die Raubmörderin aus Ihrer Gemeinde stammen. Und deshalb hätte ich gerne eine Liste sämtlicher Mitglieder, mit Namen, Adressen, Geburtsdatum und Beruf."

Kirch schwieg ein paar Sekunden. Musste er diesen Überfall erst einmal verdauen, oder hatte er Skrupel, die Namen herauszurücken?

Andreas legte nach. „Hören Sie, bei der Beweislage kann ich Ihnen auch gern einen richterlichen Beschluss vorlegen!"

„Nein, nein, schon gut", ließ sich Kirch vernehmen. „Ich mache Ihnen eine Aufstellung und bringe Sie Ihnen kurz nach Mittag vorbei. Reicht das?"

Damit war Andreas einverstanden. Er musste sich sowieso zunächst mit den drei Hauptverdächtigen befassen.

*

Bonn, Polizeipräsidium

Die Befragung des Jakob Valoschek gestaltete sich schwierig. Er musste irgendetwas geschluckt, geraucht oder gespritzt haben, denn er war zugedröhnt von den Fußnägeln bis in die Haarwurzeln. Er konnte sich nicht an den Donnerstagabend erinnern, war auch nicht wirklich über das Datum des heutigen Tages informiert, und das Wort ‚Alibi' kannte er gar nicht.

„Herr Valoschek, wo waren Sie gestern Abend?", fragte Andreas zum dritten Mal. Mit angespannter Stimme. Es war die Zeit kurz vorm Zerreißen des Geduldsfadens.

Valoschek, dünn, lang und in Schwarz gewandet, starrte mit seinen dunklen Augen ins Nichts. Doch plötzlich begann sein Blick, über Andreas' Schreibtisch zu wandern, und noch bevor jemand ihn hindern konnte, griff sich Valoschek einen Kugelschreiber und einen gelben Papphefter und begann, Spiralen zu malen, mit seinen dünnen, schmutzig wirkenden Fingern.

Andreas guckte angeekelt – den Kugelschreiber würde er sicher nie mehr anfassen. „Herr Valoschek, haben Sie noch irgendwas zu sagen?"

Aber Valoschek fiel anscheinend nichts ein. Andreas ließ ihn mitsamt Papphefter und Kugelschreiber in eine Zelle verfrachten und einen Arzt benachrichtigen.

Als er wieder mit Sascha allein war, meinte er: „Der Kerl ist auf keinen Fall in der Lage, mit seinem Restverstand solche Morde durchzuführen." Er drehte einen Radiergummi zwischen den Fingern. „Der Mörder wusste, wann Baum zum Tennis fährt, wann Voss fremdgeht, und wann Jaeger am Rhein lang läuft! So was muss man über Wochen auskundschaften, dafür braucht man einen klaren Kopf! Valoschek war das nicht!"

„Da gebe ich dir Recht. Ist eigentlich Ramona schon eingetrudelt?"

War sie nicht. Also trank Sascha noch ein paar Tässchen Kaffee und eine Cola. Wenn das mit Söhnchen Gabriels nächtlichen Sonderwünschen so weiterging, musste Sascha in ein paar Monaten die Pensionierung einreichen. Bisher hatte er keine Ahnung gehabt, wie wichtig ein ungestörter Schlaf war. Ab jetzt würde er wieder deutlich mehr Sport treiben, damit er todmüde ins Bett fiel und jedes Erdbeben, jeden Flugzeugabsturz und jedes Babygeschrei im Umkreis von 50 Metern verschlief!

Kurz vor zehn tauchte Ramona auf: pummelig und klein, in blassblauer Jeans, blassgelbem Shirt und blass im Gesicht. Das graubraune Haar im Nacken zusammengefasst. Auf ihrer Stirn blühten ein paar Pickel. Als sie Sascha sah, stutzte sie, dann verfinsterte sich ihr Blick. Andreas stand auf und stellte sich und Sascha vor. Ramona begriff, wer er war und was er hier machte, guckte beleidigt und setzte sich. Schon wieder von einem Mann verarscht. Was für ein Elend.

„Schön, dass Sie sich für uns freigenommen haben, Frau Linke", begann Andreas milde, aber sie stellte sofort klar: „Ich hab heute Spätschicht, sonst wäre ich nicht hier. Um was geht's überhaupt?"

„Kennen Sie einen Marcel Jaeger?"

Als der Name fiel, veränderte sich ihre ganze Haltung. Ihr Gesicht versteinerte, der Blick ging zu Boden, ihre Finger rieben am offen stehenden Reißverschluss ihrer Handtasche entlang.

„Wieso?", fragte sie zurück.

„Frau Linke! Ja oder nein?"

„Vielleicht. Wie sieht er denn aus?"

„Mittelgroß, schlank, sehr sportlich, lange, schwarze, lockige Haare, braune Augen."

„Ja, den kenne ich." Ihre Stimme zitterte und bekam einen erstickten Klang. „Mit dem hatte ich mal kurz was. Und – was will der von mir?"

„Keine Angst, der will gar nichts mehr, er wurde gestern Abend ermordet."

Daraufhin schaute Ramona Andreas an, und er hatte es garantiert genauso gesehen wie Sascha: diesen blitzschnellen, triumphierenden Blick.

„Oh, wie schrecklich", log sie und schaute schnell aus dem Fenster.

„Ja. Wo waren Sie gestern Abend zwischen 21.30 und 22.30 Uhr?", wollte Andreas wissen.

Ihr Blick kehrte zu ihm zurück, empört: „Nein, das wollen Sie mir doch jetzt nicht anhängen...oder?!"

„Wo waren Sie, Frau Linke?", wiederholte er.

„Zu Hause... Ich war...äh...allein zu Hause", stotterte sie, und Sascha wusste nicht recht, wie und wo er diese Unsicherheit einordnen sollte.

„Nun gut, wir wollen Ihnen das mal glauben", behauptete Andreas freundlich lächelnd. „Würden Sie uns vielleicht noch ein bisschen was über Herrn Jaeger erzählen? War der Mann verheiratet?"

„Marcel? Verheiratet?!" Ihre Mundwinkel zogen sich abwärts zu abgrundtiefer Verachtung. „Der war ein Hurenbock der Extraklasse, der vögelte alles, was ein Loch hatte!"

Hoppla, die graue Maus geriet ja völlig außer sich! Aber da schoss ihr auch schon die Röte ins Gesicht, sie senkte den Blick und murmelte: „'Tschuldigung."

„Kennen Sie vielleicht einen Verwandten von ihm? Eltern, Geschwister? Wir konnten bisher keinen erreichen."

Ramona schaute verwundert auf. „Aber der war doch auch im Heim.

Ich glaub nicht, dass die Eltern noch leben. Von Geschwistern oder anderen Verwandten weiß ich nichts."

Andreas notierte sich das. „Und was ist mit Freunden?"

Geradezu hämisch lachte Ramona auf. „Glauben Sie im Ernst, so ein oberflächlicher, selbstverliebter Mistkerl könnte einen Freund haben? Ich kenne keinen."

„Immerhin ist aus dem Mistkerl was geworden", hielt Andreas dagegen. „Er studierte Medizin, und das anscheinend ohne Hilfe von Eltern oder Freunden."

„Ja, der war immer schon vom Ehrgeiz zerfressen", merkte sie mit noch ein wenig mehr Verachtung an.

Andreas stellte weitere Fragen zu Jaeger, aber Ramona wusste angeblich nichts mehr. Zum Schluss der Befragung meinte Andreas: „Hätten Sie was dagegen, uns Ihre Fingerabdrücke und vielleicht eine Speichelprobe zu überlassen?"

„Wieso denn das?"

„Nur, damit wir Sie definitiv ausschließen können."

Ramona sah auf den Boden und überlegte. „Ja", äußerte sie plötzlich ohne aufzuschauen, „dagegen hab ich was. Kann ich jetzt gehen?"

Nun schwieg Andreas und wartete, bis sie ihm in die Augen blickte. „Wir können Sie nicht hier festhalten, Frau Linke, aber das mit den Fingerabdrücken und der DNA-Probe sollten Sie sich noch mal überlegen."

„Ja, ja, mache ich demnächst", murmelte sie, sprang auf, würdigte Sascha keines Blickes mehr, sagte nicht einmal „Auf Wiedersehen" und eilte zur Tür.

Dort blieb sie einen Moment stehen, als dächte sie über irgendetwas nach … und plötzlich zog sie ein Papiertaschentuch aus der Hosentasche, öffnete damit die Tür und wischte innen und außen die Türklinke ab!

Sascha schaute Andreas an, der Ramonas Aktion mit gerunzelter Stirn zusah. Als die Frau verschwunden war, fragte Sascha: „Was war das denn?"

„Verdächtig", antwortete Andreas und kratzte sich am Kopf. „Und was hältst du von ihrer Aussage?"

„Sehr undurchsichtig, die Frau. Sie wirkt so zart und harmlos und unschuldig. Aber wenn du wüsstest, was die sich für Horrorfilme reinzieht, würde sich dein Mageninhalt freiwillig nach draußen begeben."

„Danke, aber ich bin nicht so zartbesaitet, wie du mich hier gerade mal wieder abstempelst. Ich glaube jedenfalls nicht, dass die Linke die Kraft hat, einen Menschen zu ertränken. Da kommt sie doch eher für die Raubmorde in Frage."

„Vielleicht ist sie stärker, als sie aussieht", beharrte Sascha. „Und ich vermute nach wie vor, dass sie sich mit Benjamin Fiedler zusammengetan hat." Er legte, ausnahmsweise, die Füße auf den Schreibtisch. „Warten wir ab, was uns der Froschmann erzählt... Wo bleibt der überhaupt? Mensch, ich könnte glatt hier einschlafen."

Um Viertel vor elf gab sich Fiedler endlich die Ehre. Er stürmte außer Atem durch die Tür, mit seinem dünnen Hals, den auseinander stehenden Augen, dem breiten Mund.

„Ich stand eine halbe Stunde im Stau! Mein Chef war ganz schön sauer, dass ich zur Polizei muss. Der denkt wahrscheinlich, ich hätte wieder was ausgefressen. Was ist denn –" Sein Blick fiel auf Sascha, und ein spöttisches Lächeln breitete sich auf seinem Gesicht aus. „Ach nee, sieh einer an, der Arthur! Wusste ich's doch, dass du ein Bulle bist! Und, wie heißt du richtig?"

„Ich bin Kommissar Piel", stellte sich Sascha mit strenger Miene vor – wie Andreas es auch gerne machte. „Setzen Sie sich bitte. Haben Sie schon von dem neuesten Ritual-Mord gehört?"

„Ja, vorhin, im Radio, auf der Autobahn." Fiedler setzte sich und verschränkte die Arme.

„Wissen Sie auch, dass der Ermordete Marcel Jaeger ist?"

„Marcel? Nein, das gibt`s doch nicht!" Fiedler guckte überrascht, aber Sascha nahm ihm das nicht recht ab.

„Sie kannten ihn?"

„Na klar, aus dem Heim."

„Wann haben Sie ihn zuletzt gesehen?"

„Das ist ewig her... Den konnte ich nicht ausstehen. Er war ein Angeber und ein ganz mieser Weiberheld, hab ich gehört."

„Von Ramona?"

„Ja." Fiedler machte eine Pause, fuhr sich mit der Hand über die hellen, stoppelkurzen Haare und fügte patzig hinzu: „Und *Sie* waren auch nicht sehr nett zu ihr."

„Ach ja? Und ich dachte, ich hätte ihr das Leben gerettet!", entrüstete sich Sascha, aber bevor er weiterschimpfen konnte, übernahm Andreas die Befragung.

„Herr Fiedler, wo waren Sie gestern Abend zwischen 21.30 und 22.30 Uhr?"

Fiedler überlegte derart lange, als habe er am Vorabend einen totalen Gedächtnisausfall erlitten. „Ich war...äh...mit Jakob zusammen."

Andreas hob die Brauen. „Das ist allerdings nicht gut, denn Herr Valoschek wurde vorläufig festgenommen, wegen Mordverdachts."

Fiedler riss die leicht vorstehenden Augen noch weiter auf. „Mann, sind Sie irre?!"

„Nein, das wüsste ich", behauptete Andreas, faltete die Hände auf dem Schreibtisch und beugte sich ein wenig vor. „Wir haben am Tatort einen Bierdeckel gefunden, der verziert war mit Herrn Valoscheks Spiralmalerei, sowie mit seinen und mit *Ihren* Fingerabdrücken."

Fiedler war erst einmal sprachlos. Mit halb offen stehendem Mund sah er von Andreas zu Sascha und wieder zurück.

„Nein, das glauben Sie doch nicht wirklich, oder?" Seine Stimme hatte einen fast bittenden Unterton. „Wenn wir Marcel ermordet hätten, warum sollten wir so blöd sein, einen Bierdeckel am Tatort zu lassen? Jeder kann sich einen von Jakobs Deckeln geschnappt haben und..." Fiedler stutzte und meinte mit großem Erstaunen in Blick und Stimme: „Dann muss ja einer aus der Gemeinde der Ritual-Mörder sein!"

Sascha verschränkte die Arme und amüsierte sich über Fiedlers Vorstellung.

„Es kommt uns tatsächlich so vor, Herr Fiedler", bemerkte Andreas. „Wir können Sie jetzt natürlich nicht gehen lassen... Es sei denn, Ihnen fällt noch ein zu 100 Prozent wasserdichtes Alibi für gestern Abend ein."

Fiedler überlegte, schien etwas abzuwägen, aber schließlich schwieg er doch. Das letzte, was er von sich gab, bevor er abgeführt wurde, war: „Ich will einen Anwalt!"

Kaum hatte er den Raum verlassen, als Andreas zum Telefon griff. „Irgendwas hat der Junge zu verbergen." Er gab eine Nummer ein, hielt den Hörer ans Ohr und fragte schließlich: „Hallo Peer, kannst du uns schon sagen, welches Wasser unser Opfer in den Lungen hatte? Aha, danke." Und zu Sascha gewandt: „Es war kein Nachahmungstäter."

Er legte auf und wählte gleich noch eine Nummer. „Ulli? Ach, Gernot

– pass mal auf, brecht die Überwachung von Kirch ab und hängt euch an Ramona Linke... Ja, ich geb dir die Adresse durch."

*

Bonn-Plittersdorf,
11.45 Uhr

Jonas, der eigentlich Caspar hieß, stand in der Unterhose an dem wackligen Tischchen zwischen den beiden schmutziggelben Sesseln und bügelte einen seiner weißen Anzüge. Der zweite weiße war in der Wäsche. Den cremefarbenen wollte er am Sonntag anziehen.

Das Tischchen war so niedrig, dass ihm schon der Rücken wehtat. Und jetzt knurrte ihm auch noch der Magen.

Jonas stellte das Bügeleisen ab, hob das Jackett in die Höhe und fand, dass es gut genug aussah. Er hängte es zu der Hose auf den Bügel, zog den Bügeleisenstecker heraus (das fehlte noch, dass er das Hotel abfackelte!) und begab sich ins Bad, dessen Einrichtung den rauen Charme der Nachkriegszeit vermittelte. Er drehte den Wasserhahn auf, musste gut fünf Minuten warten, bis warmes Wasser kam, und duschte sich ab.

Als er schließlich in seinem weißen Anzug steckte, das silberne Kreuz um den Hals, fühlte er sich wie ein anderer Mensch: eben wie Jonas Kirch, der Prediger. Gütig, gläubig und weise.

Er schnappte sich sein Aktenköfferchen, setzte sich in sein altes, weißes Auto und steuerte das Restaurant eines Nobelhotels in der Nähe an. Bevor er es betrat, schaute er sich um: niemand da, der ihn kannte. Auch *im* Restaurant kein Bekannter von ihm.

Er fühlte sich wohl in diesem Ambiente gehobener Vornehmheit, er wusste, wie man sich dort zu benehmen hatte, und er genoss das vorzügliche Essen bis zum letzten Bissen.

Nach dem Essen fuhr er Richtung Südbrücke, überquerte den Rhein und parkte neben dem Polizeipräsidium. Leicht fiel es ihm nicht, die Eingangshalle zu betreten, aber er ließ sich nichts anmerken, fragte nach Kommissar Montenar und wurde nach telefonischer Nachfrage nach oben geschickt.

Als Jonas das Büro betrat, fielen ihm gleich drei Dinge ins Auge: Erstens war der Raum kleiner, als er gedacht hatte, zweitens schaute ihm

Montenar (warum auch immer) missgelaunt entgegen, und drittens entdeckte er an einem zweiten Schreibtisch ‚Arthur Stein', der ihn mit leicht geneigtem Kopf freundlich anlächelte.

Verdammte Scheiße! Hatte er doch geahnt, dass er die Bullen am Hals hatte! Würde er das Präsidium heute überhaupt wieder als freier Mann verlassen?

Er nickte ‚Arthur Stein' und Montenar zu, legte sein Köfferchen auf Montenars Schreibtisch ab und setzte sich. „Guten Tag, da bin ich. Und hier", er öffnete den Koffer und hielt ihn so, dass Montenar sich das Verzeichnis herausholen konnte, „ist eine vollständige Liste aller Mitglieder unserer Gemeinde", plauderte er fröhlich, innerlich angespannt bis in den letzten Muskel. „Darf ich erfahren, um was es eigentlich geht?"

Der nicht mehr ganz so junge Kommissar mit dem welligen, grau werdenden Haar rückte mit seinen langen, dünnen Fingern seine Brille zurecht, sah ihm direkt und angriffslustig in die Augen und stellte klar: „Herr Kirch, wir sind hier bei der Mordkommission, und da wird nicht aus dem Nähkästchen geplaudert! Ich kann Ihnen nur so viel sagen: In Ihrer Gemeinde gibt es ein paar Leute, die wir im Auge behalten!"

„Aha...ja...dazu kann ich Ihnen jetzt auch nichts sagen", vermeldete Jonas, was durchaus der Wahrheit entsprach.

Montenar runzelte zweifelnd die Stirn, und Jonas sah sich einen Moment lang selbst auf der anderen Seite des Schreibtischs sitzen. Er war diesem Mann so ähnlich, dass sie Brüder hätten sein können. Aber Jonas hatte keinen Bruder, er hatte nicht einmal richtige Freunde, er hatte keine Frau, obwohl er Dutzende hätte haben können. Und diesen einen Moment lang tat es weh, aber es hatte seinen Grund, und er –

„Herr Kirch, steht Ihre Adresse auch auf der Liste?", platzte Montenar in seine Gedanken und schleuderte Jonas zurück in die Welt, die er sich selbst aufgebaut hatte.

Jonas nickte. „Natürlich."

„Würden Sie uns freundlicherweise Ihre Fingerabdrücke und eine DNA-Probe hier lassen?",

Jonas griff nach dem Aktenköfferchen, stand auf und lächelte unverbindlich. „Ach wissen Sie, *so* freundlich bin ich gar nicht, und ich sehe im Augenblick keinen Grund, warum ich Ihnen meine Fingerabdrücke oder Ähnliches überlassen sollte. Ich habe jetzt noch ein paar geschäftliche Termine. Wenn Sie mich bitte entschuldigen würden."

Er wartete erst gar keine Antwort ab, eilte zur Tür und öffnete sie, wie schon beim Hereinkommen, mit dem Ellenbogen und zog sie mit dem kleinen Finger hinter sich zu. Ein schneller Blick nach rechts, nach links, niemand da, Tuch aus der Tasche, Klinke abputzen, Treppe nach unten nehmen, Gebäude verlassen. Niemand hielt ihn auf.

Trotzdem - er warf sich auf den Fahrersitz seines Wagens, drehte den Zündschlüssel und flüchtete vom Parkplatz, als seien ihm die Horden Satans auf den Fersen.

Er raste auf die Autobahn Richtung Königswinter und wurde allmählich ruhiger. Sie hatten nichts gegen ihn in der Hand. Denn sie wussten nicht, wer er war. Jonas seufzte einmal schwer auf, dann vertiefte er sich in den Anblick von Drachenfels und Petersberg, die sich fast ein wenig unwirklich vor dem dunstigen, zart türkisblauen Himmel abzeichneten. Schön.

„So ist es richtig: Denke positiv", murmelte er vor sich hin und fing an zu lachen. Das hob ganz allgemein seine Laune, und als er sogar unten an der Rheinpromenade auf Anhieb einen Parkplatz fand, war seine Welt wieder in Ordnung.

Mit Sektenmitglied Dorothee traf er sich um 15 Uhr vor einem Hotel am Rhein, das durch seine antik verspielte Fassade bestach.

Die mittelalte Dorothee mit den rotbraun gefärbten Haaren, dem damenhaften, blaugemusterten Kleid und den perlmuttfarben lackierten, langen Fingernägeln spendete schon zum zweiten Mal Geld, wieder 10.000 €, und er war der Meinung, dass sie es sich locker leisten konnte.

*

Bonn-Plittersdorf,
15.50 Uhr

„Von wo rufst du an?", fragte Gottfried, der in seinem Auto saß.

„Aus Beuel. Er ist gerade ausgestiegen und geht Richtung Fußgängerzone. Ich bleibe an ihm dran." Tinas Stimme klang wütend. Seit sie zusammen diesen Plan geschmiedet hatten, klang sie irgendwie immer wütend. Gottfried verstand das.

„Ok. Dann leg ich jetzt los. Mein Handy ist eingeschaltet, aber ruf mich bitte nur im Notfall an."

„Hältst du mich für blöd oder was?!“

„Nein. Bis nachher.“

Gottfried stieg aus dem Wagen, den er in der Nähe von Jonas’ Hotel abgestellt hatte, und sah sich nach einem geeigneten Jugendlichen um. Zwei Minuten später hatte er ihn entdeckt: 15 oder 16 Jahre alt, Jeans, weißes Poloshirt, ordentlicher Haarschnitt.

Mit dem harmlosesten und nettesten Lächeln, dessen er fähig war, sprach Gottfried den Jungen an und bot ihm 50,- € für den Streich, den er einem guten Bekannten von Gottfried spielen sollte.

Der Junge schaute erst einmal misstrauisch und ließ sich den Streich erklären, dann war er einverstanden. Er nahm die 50,- € und ging zur linken Ecke des Hotels, wo er auf Gottfrieds Zeichen wartete. Natürlich hatte er dem Jungen nicht erzählt, was er wirklich vorhatte.

Gottfried stellte sich im grauen Kittel und mit Werkzeugtasche neben die Eingangstür des schäbigen Hotels, in dem Jonas abgestiegen war. Die Tür stand offen, ein muffiger Geruch, angereichert mit Zigaretten- und Biergestank, wehte nach draußen.

Ob der Plan klappte? Seit dem frühen Morgen hatte Gottfried das Hotel beobachtet. Der Hotelbesitzer war mit seinem nicht mehr brandneuen Kleinlieferwagen davongefahren und mit einem Haufen Lebensmitteln zurückgekehrt. Gottfried kannte also den Besitzer, den Wagen und dessen Standort, nämlich einen kleinen Platz seitlich vom Hotel. Und da war ihm dieser Plan eingefallen.

Er gab dem Jungen ein Zeichen, und der lief, scheinbar in höchster Aufregung, am Hotel entlang auf die Eingangstür zu, schaute hinein und rief: „Hallo? Ist da jemand? Hallo? Sie müssen sofort rauskommen!“

Der Besitzer tauchte im Flur auf, denn Gottfried hörte ihn fragen: „Was ist los? Was schreist du hier rum? Brennt es oder was?!“

„Nein!“, rief der Junge, und er klang wirklich überzeugend. „Da macht sich jemand an Ihrem Auto zu schaffen! Kommen Sie!“

Der Mann hörte nur ‚Auto‘, stürmte aus dem Haus und rannte, so gut er konnte, dem Jungen hinterher.

Währenddessen schlüpfte Gottfried ins Haus und eilte sofort die Treppe hinauf in den zweiten Stock. Er kannte Jonas’ Zimmernummer, die hatte nämlich Tina am Morgen auf dreiste Art als autoritäre ‚Finanzbeamtin‘, die Kirch wegen dringender Fragen einen Überraschungsbesuch abstatten müsse, telefonisch aus dem Hotelbesitzer herausgekitzelt.

Gottfried schlich über den braun-beige gemusterten Teppichboden im Flur des zweiten Stocks und suchte nach Zimmer 244. Und da war es. Hoffentlich stimmte die Nummer. Am Ende des Gangs gab es ein angeschmutztes Fenster, zusätzliches Licht brachte eine der drei Deckenlampen, die anderen brannten nicht.

Er stellte die Werkzeugtasche ab und schaute sich das Türschloss an. Für ihn als Hausmeister keine große Herausforderung.

Eine Minute später stand er im Raum. Ganz klar, das war Jonas' Zimmer: Ein weißer Anzug hing auf einem Bügel am Schrank. Diesen Schrank nahm sich Gottfried als erstes vor, nachdem er die Tür zugemacht hatte. Viel mehr gab es in diesem Raum auch nicht zu durchsuchen: Bett, Tisch, Sessel, Kommode mit Fernseher.

Hier also lebte Jonas seit fast vier Monaten. Wie kam er damit klar? Gottfried hielt sich für einen Asketen, aber das hier wäre selbst ihm zu karg gewesen. Eigentlich nur ein weiterer Hinweis darauf, dass mit Jonas etwas nicht stimmte.

Gottfried nahm den Anzug ab, hängte ihn an einen Haken an der Tür, öffnete den Schrank und fand auf Anhieb, was er suchte. Unter einem zweiten Anzug und dem halben Dutzend weißer Hemden, die von der Stange hingen, lagen zwei alte, braune Lederkoffer auf dem Schrankboden.

Er holte den oberen heraus, platzierte ihn auf dem Bett und klappte ihn auf. Ein zierlicher, flacher, garantiert superteurer Laptop kam zum Vorschein. Was machte Jonas wohl damit? Im Internet surfen? Des Weiteren im Koffer: eine Bibel, ein paar Schnellhefter mit handschriftlichen Entwürfen von Predigten (Über Satans Erscheinungsform im 21. Jahrhundert; Über den Neid und seine Ursachen; Über den Sinn deines Lebens etc.).

Uninteressant. Beiseite damit. Gottfried zog den zweiten Koffer aus dem Schrank, wuchtete ihn aufs Bett, öffnete ihn und dachte nur: *Heilige Scheiße!*

*

Bonn-Beuel, 16.10 Uhr

Jonas trank einen Schluck Kaffee, setzte die Tasse ab und lächelte Janine, der jungen Witwe mit drei Kindern, unverbindlich zu.

Gerade führte sie detailliert aus, unter welch schrecklichen Opfern sie sich die 300,- €, die sie spenden wollte, vom Mund hatte absparen müssen. Währenddessen legte sie immer wieder ihre Hand auf Jonas' Unterarm, denn sie hatte sich, vermutlich in voller Absicht, nicht ihm gegenüber, sondern neben ihn gesetzt.

Jonas hatte schon mindestens zwei Anläufe unternommen, sich von ihr zu verabschieden, aber jedes Mals griff sie wieder nach seinem Arm, blickte ihn mit ihren dunkelbraunen Samtkulleraugen flehentlich an und wollte ihm unbedingt noch Dinge von weltverändernder Wichtigkeit mitteilen. Als gegen 16.20 Uhr sein Handy klingelte, war ihm das keineswegs unrecht. Mit bedauerndem Blick zog er es aus einer Innentasche, aber das Display zeigte einen unbekannten Anrufer. Jonas nahm trotzdem ab, in der Absicht, sich endlich von Janine loszueisen, egal, wer am anderen Ende der Leitung war.

Die Dame am anderen Ende der Leitung war ihm allerdings bestens bekannt. Es handelte sich um Tina, die ihm ins Ohr fauchte: „Jonas, du bist um 17 Uhr bei mir, du hast meine Adresse! Wir müssen über einen Koffer aus deinem Hotelzimmer reden!"

Jonas hatte keine Chance zu antworten, denn sie legte sofort auf.

„Jonas? Was ist passiert? Du bist ja leichenblass!", hörte er von Ferne Janine ausrufen. Er steckte das Handy ein, warf Janines Spendenumschlag in sein Aktenköfferchen, stand auf (wobei sich kurz die Welt drehte) und behauptete: „Ein Todesfall in der Familie. Ich muss weg."

„Soll ich dich nicht lieber fahren?", rief sie hinter ihm her, doch Jonas hatte das Café schon so gut wie verlassen und eilte zu seinem Wagen. Als er hinterm Steuer saß, zwang er sich zum Durchatmen: Er durfte jetzt nicht einfach sein Gehirn abschalten. Er musste sich überlegen, was Tina wollte, und wie er seinen Koffer zurückbekam.

Ruhig. Denk nach... Was machst du zuerst? Natürlich nachsehen, ob der Koffer überhaupt weg war! Denn wie sollte sie in sein Zimmer gekommen sein? Woher wusste sie überhaupt, wo er wohnte?

Jonas ließ den Motor an, fuhr Richtung Plittersdorf und ging unterwegs in Gedanken verschiedene Szenarien durch, unter anderem jenes, dass sich Tina durch den Koffer vielleicht eine gemeinsame Nacht mit ihm erpressen wollte. Nun, darauf würde er eingehen, es gab Schlimmeres.

Als er schließlich in die Sackgasse einbog, in der sein Hotel lag, erlebte er die nächste unangenehme Überraschung: Vor dem kleinen Parkplatz neben dem Hotel stand ein Streifenwagen. Was war hier los? Suchte die Polizei nach ihm? Wollte man ihn nun doch verhaften?

Panik verschlang seine Gedanken. Er schaffte es eben noch, das Auto am Straßenrand abzustellen. Sein Herz hämmerte. Er brauchte seine Koffer! Alle beide! Er war verloren ohne sie! Er –

Der Hotelbesitzer und zwei Polizeibeamte kamen aus der Eingangstür, redeten noch ein paar Sätze miteinander, die Polizisten stiegen in ihren Wagen, wendeten und fuhren langsam an Jonas vorbei. Einer sah ihm sogar direkt in die Augen, aber es erfolgte keine Reaktion bei dem Mann.

Jonas' Herzschlag verlangsamte sich, sein Verstand nahm die Arbeit wieder auf. Anscheinend ging es nicht um ihn. Was für ein dummer Zufall.

Jonas parkte sein Auto ein Stück weiter die Straße hinauf und betrat kurz darauf das Hotel. Er wandte sich nach links und ging in den kleinen Raum mit der Empfangstheke, der auch als eine Art Sammellager für gerade nicht gebrauchte Möbelstücke zu dienen schien.

Er fragte nicht nach seinem Zimmerschlüssel, den er immer bei sich trug, sondern wollte wissen, ob eine Frau da gewesen sei, die sich nach ihm oder seiner Zimmernummer erkundigt hatte.

„Nee, hier war niemand“, krächzte der Hotelinhaber, ein hageres Männchen um die Sechzig, zwischen den Fingern eine qualmende Zigarette. „Nee, hier war einer, der meinen Lieferwagen klauen wollte! Stellen Sie sich das mal vor, am helllichten Tag!“

„Unfassbar“, murmelte Jonas, wandte sich ab und war schon fast auf der Treppe, als ihm der Kerl hinterher rief: „Ach ja, da hat 'ne Frau vom Finanzamt angerufen, die wollte Sie mal besuchen!“

„Und, haben Sie ihr meine Zimmernummer gegeben?“, rief Jonas von der Treppe zurück, und ahnte schon die Antwort. Und auf einmal hatte er einen schmerzhaften Druck im Magen.

„Äh...ich hab...äh...ich weiß gar nicht mehr genau...“

Jonas war bereits am oberen Ende der ersten Treppe angekommen. Die zweite Treppe, die Tür. Sah unversehrt aus. Er schloss sie auf. Hielt den Atem an. Verdammt!

Die beiden Schranktüren standen auf, ein Koffer weit offen auf dem Bett, alle Hemden und der frisch gebügelte Anzug am Boden, mit großen schwarzen Flecken verziert. Wagenschmiere? Sein Blick sprang durchs Zimmer: Ja, verfluchter Mist, der zweite Koffer war weg! Dieses Luder! Dass die Frau so viel kriminelle Energie besaß, hätte er nicht für möglich gehalten!

Seine Beine fühlten sich plötzlich gummiartig an, er ließ sich auf das Bett neben seinen Koffer plumpsen. Wenigstens war der Laptop noch da...und den zweiten Koffer würde er sich auch zurückholen!

Jonas schaute auf seine Armbanduhr: 16.40 Uhr, er musste sich beeilen, wenn er um 17.00 Uhr in Buschdorf sein wollte. Schnell stand er auf, ignorierte die Schwäche in seinen Beinen und trat an die Kommode, die unberührt aussah.

Aus der untersten Schublade holte er eine kleine Pistole zwischen den weißen Socken hervor und ließ sie in seiner Jackentasche verschwinden. Also dann, auf zu Tina!

12

Bonn, Bad Godesberg,
immer noch Freitag, 16.55 Uhr

„Frau Welter, dürfen wir Sie um Ihre Fingerabdrücke bitten? Das würde uns sehr weiterhelfen“, säuselte Andreas und schenkte der Frau, die um die Fünfzig sein mochte, ein Lächeln, das der alte Julio Iglesias nicht besser hinbekommen hätte.

Sascha stand interessiert daneben und fragte sich, ob Andreas damit wohl Erfolg haben würde, denn die Welter war alles andere als begeistert gewesen, über die Sekte und über ihre Alibis befragt zu werden. Aber sie lächelte wahrhaftig ein wenig scheu zurück und war einverstanden.

Zwei Minuten später verließen Andreas und Sascha das Haus und gingen zum Auto, das an einem Park abgestellt war. Das frische, helle Grün der Bäume hob sich fröhlich vor dem Weiß-Blau des Himmels ab, und für ein paar Sekunden fühlte sich Sascha richtig glücklich, und er war sicher, dass sich das Schlafproblem bald von selbst erledigen würde.

Im Wagen holte Andreas die Liste mit den Namen und Adressen der möglichen Täterinnen heraus und hakte die Welter ab. Sie waren nun doch mit zwei Teams unterwegs und hatten sich die knapp 20 in Frage kommenden Damen aufgeteilt.

„Wer ist die nächste Kandidatin?“, murmelte Andreas vor sich hin, hob die Brille hoch und den Zettel an die Nase. „Hier, Kristina Bruschinsky, Buschdorf, Friedlandstraße. Ich nehme an, du fährst über irgendeine Autobahn?“

„Nur, wenn du es verkraften kannst.“

„Ich bin zäher, als du denkst.“ Andreas hielt sich bereits vorsorglich am Griff über der Tür fest.

„Möglich, aber bevor du es sagst, sag ich's lieber selbst: Ich als Familienvater werde natürlich in Zukunft weniger dynamisch-elegant fahren als bisher.“

Andreas lachte. „Dynamisch-elegant?“

Sascha bog in die Godesberger Allee ab. „Klar, oder wie würdest du das nennen?“

„Pubertär-aggressiv.“

Andreas amüsierte sich immer noch, dagegen musste etwas unternommen werden. „Ich kann dein gespaltenes Verhältnis zu Autos verstehen. In deiner Jugend kam man wahrscheinlich noch mit dem Pferd zum Dienst."

„Darf ich dir was verraten: Der Witz ist älter als ich."

Verflixt aber auch. Während Sascha in seinem Hirn nach einer geistreichen Antwort suchte, klingelte Andreas' Handy.

„Ja? Ach, Cedrik, hallo, was gibt's? Scheiße, so ein Schweinehund! Den müssen wir uns noch mal vorknöpfen! Ja, bis später."

„Wer ist ein Schweinehund?", fragte Sascha.

„Sektenführer Kirch."

„Wieso?"

„Kannst du dich erinnern, wie wir uns vorhin über den Kerl lustig gemacht haben, dass er uns zwar nicht seine Fingerabdrücke da lassen wollte, aber die handgeschriebene Liste der Mitglieder? Und kannst du dich erinnern, wie wir uns abgemüht haben, nur ja keine Spuren auf dem Papier zu verwischen?"

„Ja, Andreas, ich kann mich erinnern. Ich bin noch keine Fünfzig. Und, worüber regst du dich so auf?"

„Es gab gar keine Spuren! Keine Fingerabdrücke, gar nichts! Als hätte der Kerl mit Handschuhen geschrieben! Welcher normale Mensch macht denn so was?"

„Ok, wir haben doch geahnt, dass der Kerl Dreck am Stecken hat, jetzt wissen wir's. Vermutlich ist er bei uns unter anderem Namen registriert, und wenn wir seine Fingerabdrücke hätten, wüssten wir sofort, wer er ist."

„Sehe ich auch so", teilte Andreas mit und verfiel für die nächsten Minuten in Brüt-Modus.

Sascha störte ihn nicht, sondern versuchte, sich trotz Müdigkeit auf den Verkehr zu konzentrieren, der um diese Uhrzeit nicht unbeträchtlich war. Auf der total verstopften Reuterstraße meldete sich Andreas plötzlich mit gänzlich anderer Thematik zurück.

„Will Annika eigentlich bald wieder arbeiten gehen?", fragte er.

„Nein, wir haben uns auf die klassische Rollenverteilung geeinigt, das heißt, hauptsächlich hat sie sich mit sich selbst geeinigt. Sie will zu Hause bleiben, bis Gabriel in den Kindergarten kommt."

„Reicht denn das Geld?"

„Wir werden uns nicht viel leisten können, aber wir haben im vergangenen Jahr ein bisschen was zurückgelegt. Du kennst das ja." Sascha fuhr 10 Meter und musste wieder anhalten. „Du musst dich doch in den letzten 20 Jahren reich gespart haben: Zahlst keine Miete, verreist nicht, hast keine Aktien, gibst kaum Geld für Klamotten aus, und der Gag des Jahrhunderts ist: Du kaufst dir einen *Gebrauchtwagen*!" Jetzt ging es glatte 20 Meter weiter. „Für was zum Teufel sparst du eigentlich? Oder bist du einfach nur geizig, aus Prinzip sozusagen?"

„Mein Gott, Sascha, lass das doch meine Sorge sein! Du klingst wie meine Mutter! Willst du mich nicht adoptieren? Dann hätte dein Sohn gleich einen Bruder!"

„Sensationelle Idee! Ein 50 Jahre älterer Bruder!" Aber auch Sascha fiel ein Vorschlag ein. „Wie wär's, wenn du stattdessen eine junge Familie finanziell unterstützt? Mit, sagen wir mal...500,- € im Monat?"

Sascha warf einen Blick zur Seite, er wollte unbedingt Andreas' Gesicht sehen. Aber der ließ sich gerade nicht provozieren. Er lächelte und schwieg.

*

Bonn, Buschdorf, 16.45 Uhr

Nachdem sich Jonas durch den dichten Verkehr auf der Reuterstraße gequält hatte, nahm er zwei Autobahnen und war zehn Minuten später in Buschdorf.

Er überlegte kurz, ob er den Wagen vor Tinas Wohnsiedlung parken sollte. Aber wer wusste schon, was passieren würde. Also fuhr er in eine Seitenstraße und stellte den Wagen dort ab. Kurz nach fünf stand er vor der Haustür, klingelte und wurde eingelassen.

Oben im ersten Stock wartete schon Tina in der Wohnungstür und starrte ihm feindselig entgegen. Ohne ein Wort trat sie zur Seite und ließ ihn an sich vorbeigehen. Er war kaum ein halbes Dutzend Schritte gegangen, als ein kräftiger Schlag auf den Kopf sein Bewusstsein ausknipste.

Als er wieder zu sich kam, war seine erste Empfindung Schmerz, im Kopf und in der Schulter. Als er die Augen öffnete und begriff, in welcher Situation er sich befand, verlor der Schmerz ganz beträchtlich an Bedeutung.

Jonas saß oder lag vielmehr in einem Sessel in Tinas Wohnzimmer. In seinem Blickfeld hing das Bild mit den großen, blauen Hortensienbüschen, sein Mund war über einem Knebel zugeklebt, und seine Hände auf den Rücken gefesselt. Ihm gegenüber saßen eng nebeneinander auf dem Sofa Tina und Gottfried mit wütenden Mienen, beide in schwarzen Klamotten, wie die Richter! Was, um alles in der Welt, hatten sie mit ihm vor?

Sein Koffer stand geöffnet auf dem Couchtisch. Gottfried zeigte plötzlich darauf und zischte: „Warum versteckst du einen Koffer mit 293.000 € in deinem Schrank? Warum hast du falsche Einträge ins Spendenbuch gemacht? Dafür gibt es nur einen Grund: Du hast unser Geld eingesammelt, um dich damit aus dem Staub zu machen!“ Er beugte sich vor, holte etwas aus dem Koffer und wedelte damit in der Luft herum. „Wofür ist wohl das Flugticket?! Wolltest du in Uruguay Urlaub machen? Du bist kein weiser Prediger, du bist ein gemeiner, verlogener Betrüger! Ein Verbrecher!“

Der Wahnsinnige spuckte tatsächlich vor ihm aus. Auf das saubere Laminat. Selbst Tina guckte überrascht. Das fiel Gottfried anscheinend nicht auf, er fragte sie: „Was sagst du dazu, Kristina?“

Tina konzentrierte sich wieder auf Jonas. „Ich finde, so eine Niederträchtigkeit muss hart bestraft werden!“

Ihr Blick troff derart vor Verachtung, dass Jonas übel wurde. Vor Angst. Er versuchte, etwas zu sagen, sich zu rechtfertigen, aber außer ein paar gekeuchten, dumpfen Lauten hinter dem Klebeband brachte er nichts zustande.

„Ja, du würdest dich nur zu gern aus all dem rausreden, du Schwätzer! Du würdest die Sache glatt so verdrehen, dass am Ende wir die Verbrecher wären und uns noch bei dir entschuldigen müssten!“ Tinas Augen sprühten förmlich Feuer. Jonas hätte nicht gedacht, dass sie so wütend werden konnte. „Aber wir werden dir keine Gelegenheit geben, dich da rauszuschwatzen!“ Tina stand auf. „Wir beraten uns jetzt, welche Strafe für dich angemessen ist!“

Sie verließen beide das Wohnzimmer, und Jonas hörte sie tuscheln. Er kam sich so gedemütigt vor wie noch nie im Leben, so hilflos, so missverstanden. Und die Angst wühlte dermaßen in seinem Gedärm, dass er befürchtete, sich die Hosen vollzumachen.

Die beiden verzogen sich derweil in ein anderes Zimmer, hantierten dort mit irgendetwas herum, was Jonas noch mehr Angst einjagte, und plötzlich hörte Jonas Tina laut, deutlich und entsetzt ausrufen: „Um Himmelswillen, Gottfried, das kannst du ihm doch nicht antun!"

Jonas fing an zu zittern, weil er auf einmal lauter schreckliche Dinge aus der Bibel im Kopf hatte: steinigen, mit Pfeilen durchbohren wie den Heiligen Sebastian, ans Kreuz nageln wie Jesus. Seine Übelkeit verstärkte sich, dann fiel ihm ein, dass er, wenn er ihr nachgab, vielleicht an seinem Erbrochenen ersticken würde. Überhaupt hatte er plötzlich das Gefühl, keine Luft mehr zu bekommen, sein Herz schien immer unregelmäßiger, immer hektischer zu schlagen, eine lebensbedrohliche Enge begann seinen Brustkorb einzuschnüren, jeden Moment würde der Infarkt zuschlagen, jede Sekunde sein Leben zu Ende sein, jeder –

Ein Klingelton schrillte durch die Wohnung. Zuerst begriff Jonas nicht, was das bedeutete. In die plötzliche, seltsam dumpfe Stille hinein fragte jemand: „Wer ist das?"

Und jemand antwortete: „Keine Ahnung."

Schon klingelte es ein zweites Mal. In Jonas meldete sich Panik. Er musste sich unbedingt bemerkbar machen, bevor der Besucher aufgab und wieder ging! Der Infarkt war abgesagt, das Erbrechen verschoben, stattdessen begann Jonas, mit zusammengebundenen Füßen auf den Boden zu stampfen.

Gottfried stürmte zur Tür herein, schlug ihm ins Gesicht und zischte: „Hörst du wohl auf mit dem Scheiß!"

Jonas stellte das Stampfen erst einmal ein und lauschte, wie auch Gottfried es tat. Und sicher auch Tina. Es dauerte nicht lange, bis draußen im Hausflur Stimmen zu hören. Es klingelte wieder, diesmal direkt an der Wohnungstür. Bevor sich Jonas auch nur rühren konnte, hatte Gottfried die Pistole gezogen, die er ihm abgenommen haben musste, und drückte sie Jonas in den Schritt.

„Ein Mucks, und ich schieß dir dahin, wo es am meisten wehtut!", knurrte er.

Alle verhielten sich still und warteten darauf, dass die aufdringlichen Besucher umkehrten, während Jonas' Gehirn allerletzte Denkreserven mobilisierte, um auf eine Idee zu kommen, wie er auf sich aufmerksam machen konnte, ohne sich eine sehr, sehr schmerzhafte Verletzung einzuhandeln.

Unerwartet klopfte jemand an die Tür. „Frau Bruschinsky? Hier ist die Kripo Bonn! Wir müssen dringend mit Ihnen reden! Wir wissen, dass Sie da sind! Wenn Sie nicht aufmachen, werden wir uns auf andere Weise Zutritt verschaffen!"

Tina war mit erschrockenen Augen in der Wohnzimmertür aufgetaucht und gab Gottfried flüsternd zu verstehen: „Schaff den Mistkerl ins Schlafzimmer! Ich trage den Koffer rüber!"

In diesem Augenblick wurde Jonas glasklar, dass er hier und jetzt die letzte Chance auf Rettung hatte: Die Polizei stand vor der Tür, und war es da nicht besser, eine schmerzhafte Verletzung zu riskieren, als auf vielleicht bestialische Weise von den beiden Irren umgebracht zu werden?

Ganz langsam, damit Gottfried es nicht merkte, hob er die Beine an, als plötzlich etwas in sein Gesicht flog und ihn erneut in die Dunkelheit schickte.

*

17.20 Uhr

Kurz nachdem Andreas zum zweiten Mal an die Tür geklopft hatte, wurde drinnen eine energische Stimme laut.

„Ja, ist ja gut! Ich komme eben aus der Dusche! Darf ich mir vielleicht noch was überziehen?"

„Natürlich, Frau Bruschinsky, wir warten so lange", meinte Andreas, während Sascha eine genervte Grimasse zog.

„Ich weiß nicht, ob das richtig ist", flüsterte er Andreas zu. „Am Ende ätzt sie sich gerade die Haut von den Fingerkuppen!"

„In welchem Film hast du das wieder gesehen?"

„In mehreren."

„Gut, wenn sie verätzte oder zerschnittene Finger hat, wissen wir wenigstens Bescheid, dann können wir -"

Die Tür wurde aufgerissen. Eine Frau mit braunen, hochgesteckten Haaren wurde sichtbar, eingehüllt in einen wadenlangen, rot-weiß gestreiften Bademantel, den sie mit einer Hand vor der Brust zusammengerafft hatte. An den nackten Füßen schwarze Badepantoletten.

„Was gibt's denn so Dringendes?", wollte sie in harschem Ton wissen.

„Dürfen wir kurz reinkommen?“ Andreas stellte sich vor, präsentierte Ausweise und guckte fragend.

Tina Bruschinsky ließ den Blick ihrer ungewöhnlich tiefblauen Augen über Ausweise und Gesichter wandern (bei Sascha stutzte sie irritiert) und zögerte ziemlich lange, bevor sie endlich erklärte: „Kommen Sie mit, ich hoffe nur, ich erkälte mich Ihretwegen nicht.“

Das hätte sie vielleicht besser nicht noch betont, denn Andreas kaufte ihr die ‚Dusch-Geschichte‘ sowieso nicht ab. Sie hatte kein einziges, feuchtes Haar am Kopf, sie duftete weder nach Shampoo noch nach Duschgel, und irgendwie hatte er das Gefühl, dass sie unter dem Bademantel komplett angezogen war. Hatte er nicht gerade, auf dem Weg ins Wohnzimmer, den Hauch eines schwarzen Kleidungsstücks unter dem Saum des Bademantels hervorblitzen sehen? Was stimmte hier nicht?

„Also, Frau Bruschinsky, wir haben Hinweise, dass die Täterin, die die drei Frauen in Bonn überfallen hat, Mitglied der Freien Gemeinde von Jonas Kirch sein könnte, und nun –“

Sie fiel ihm ungehalten ins Wort. „Aha, und was hat das mit mir zu tun?“

„Erst einmal nichts, aber wir überprüfen alle vom Alter her in Frage kommenden Damen aus der Gemeinde, weil wir –“

Mitten im Satz wandte sie sich plötzlich an Sascha. „Haben Sie einen Zwillingsbruder?“

Sascha antwortete nicht sofort, sondern lächelte sie provokant an. „Nein, wieso?“

„Dann sind Sie also wirklich dieser Arthur, der sich an Ramona rangemacht hat?“ Das kam jetzt richtig wütend.

„Nein, gute Frau, das war umgekehrt. Und außerdem –“

„Nennen Sie mich nicht ‚gute Frau‘! Sie haben sich in unsere Gruppe geschlichen, um uns auszuspionieren! Sie sind ein Lügner! Sie... Sie...“ Vor lauter Wut (warum regte sie sich nur so auf?) vergaß sie sogar, den Bademantel festzuhalten. Er klaffte auf, und zum Vorschein kamen ein schwarzes T-Shirt und eine schwarze Hose.

„So wie es aussieht, Frau Bruschinsky, haben Sie uns angelogen“, warf Andreas dazwischen. „Sie waren nicht unter der Dusche! Warum haben Sie –“

Weiter kam er nicht, denn auf einmal ging sie auf ihn los. In letzter Sekunde bekam er ihre Hand zu fassen, mit der sie ihm ins Gesicht schlagen wollte, und hielt sie fest. Woraufhin die Frau zu treten begann. Sascha sprang Andreas sofort zu Hilfe, Tina Bruschinsky wich zurück, steckte die Hand in die Bademanteltasche und zog eine Pistole heraus. Und Andreas zweifelte nicht eine Sekunde, dass sie sie benutzen würde. Sascha reagierte blitzschnell und schlug ihr geübt und kräftig gegen das Handgelenk.

Die Bruschinsky schrie vor Wut und Schmerz auf, als die Waffe, die vermutlich gar nicht entsichert war, durchs Zimmer flog und hinter einem Sessel landete.

„Verdammt noch mal, was ist denn in Sie gefahren!“, brüllte Sascha die Frau an, die sich jammernd das Handgelenk hielt. „Wir nehmen Sie jetzt mit, und zwar gleich so, wie Sie sind!“

Er holte Handschellen heraus und legte sie Frau Bruschinsky, die inzwischen eher schwach protestierte, vor dem Körper an, während Andreas die Pistole aufsammelte und in einer Plastiktüte verstaute. Schließlich nahmen sie die Frau zwischen sich, und Andreas meinte: „Ich schlage vor, wir fahren mit ihr ins nächste Krankenhaus und lassen nachsehen, ob da was gebrochen ist. Und von unterwegs rufst du mal die Spurensicherung an, die sollen die Wohnung auf den Kopf stellen!“

*

17.30 Uhr

Was war denn das für ein Auftritt von Tina gewesen? Gottfried wusste ja, dass sie von jetzt auf gleich ausrasten konnte, und zunächst hatte er auch noch geglaubt, sie mache das alles nur, um die Polizei von den beiden Männern in ihrem Schlafzimmer abzulenken, aber dann war irgendetwas anderes über sie gekommen!

Mist! Was sollte er denn jetzt machen? Die wollten wiederkommen und die Wohnung durchsuchen! Wohin dann mit Jonas, dem Dreckschwein, das er noch zwei Mal hatte nachbetäuben müssen? Na, der würde gleich Kopfschmerzen haben!

Gottfried verließ die Tür, an der er gelauscht hatte, setzte sich einen Moment auf die Bettkante und dachte nach. Wenn er Jonas jetzt seinem Vergehen entsprechend bestrafte, fand ihn die Polizei gleich hier in Tinas Wohnung – damit brachte er sie in Schwierigkeiten.

Andererseits konnte er den Kerl um diese Uhrzeit nicht unbemerkt aus dem Haus und in seine eigene Wohnung schaffen. Und wenn er ihn einfach zum Teufel jagte (ohne sein Geld!), kam der Verbrecher am Ende noch auf die Idee, Gottfried und Tina wegen Körperverletzung und Freiheitsberaubung anzuzeigen, auch wenn er dann selbst ins Gefängnis wanderte.

Verdammt noch mal! Was sollte er tun?

Gottfried stand auf und tigerte ein paar Mal zwischen Bett und Schrank auf und ab. Dann fasste er einen Entschluss, eilte in die Küche, um nach Plastiktüten zu suchen, und kehrte damit ins Schlafzimmer zurück, wo Jonas, der auf dem Bett lag, allmählich wieder zu sich kam.

Gottfried riss ihm unsanft das Klebeband von den Lippen und schnauzte: „Hör mir genau zu, du jämmerliches Würstchen! Die Polizei wird gleich hier sein, und das wäre schlecht für uns beide. Hier mein Deal: Ich überlasse dir ein Drittel des Geldes, und du haust ab, lässt dich nie wieder in Bonn blicken und verlierst kein Wort über das, was in dieser Wohnung passiert ist! Oder ich breche dir das Genick, werfe dich aus dem Fenster und reiße mir das ganze Geld unter den Nagel! Also los, sag schon, was du willst! Wir haben keine Zeit!“

Jonas guckte ihn an, als wisse er nicht wirklich, was geschehen war. Gottfried fürchtete schon, er habe dem Kerl einen Gehirnschaden verpasst, als Jonas' Blick sich konzentrierte. Mit leicht undeutlicher Aussprache eröffnete er Gottfried: „Der erste Vorschlag gefällt mir besser, aber wie wär's, wenn wir das Geld halbe halbe teilen, ich hab schließlich -“

„Hier wird nicht gefeilscht!“, herrschte Gottfried ihn an. Ja, war denn das zu fassen!? Hatte der Mann immer noch nicht begriffen, wie nah er gerade am Tod vorbeigeschrammt war? Gottfried legte ihm die Hände um den Hals und beugte sich ganz nah an sein bleiches Gesicht mit den weit aufgerissenen Augen heran. „Weißt du eigentlich, wie leicht es ist, jemanden umzubringen?!“ Er drückte nur ein bisschen zu, aber Jonas fing an zu keuchen und zu würgen, als sei er schon halbtot.

Gottfried gab ihn frei. „Wie ist das nun mit unserem Deal?“

„Ok...ist ok“, krächzte Jonas.

Gottfried schnitt die Klebebänder an Händen und Füßen auf, lief ans Küchenfenster und schaute hinaus. Noch war keine Polizei zu sehen. Schnell ließ er alles verschwinden, was mit seiner und Jonas' Anwesenheit in Verbindung hätte gebracht werden können, und hastete mit Jonas, dem Koffer und ein paar Plastiktüten aus Tinas Wohnung. Jonas bewegte sich noch reichlich unkoordiniert, also fasste Gottfried ihn am Arm und zerrte ihn nach ganz unten in den Kellerflur, wo er Geldbündel vom Koffer in die von Jonas aufgehaltenen Plastiktüten warf. Zum genauen Zählen blieb natürlich keine Zeit, aber als Gottfried den Koffer zu einem Drittel geleert hatte, befand er, Jonas habe nun genug Geld in seinen Tüten und schickte ihn als Ersten nach draußen.

Als Gottfried den Koffer schloss, versprach er Gott, mit dem Geld, das nun ihm und Tina gehörte, viel Gutes zu tun. Nein, zurückgeben würde er es nicht, denn er verdächtigte die meisten Spenderinnen der unchristlichen Hintergedanken: Sie hatten mit dem Geld hauptsächlich Jonas beeindrucken und ihn für sich gewinnen wollen.

Gottfried trug den Koffer mit freundlicher Miene zur Haustür hinaus, gerade als zwei Wagen mit einem halben Dutzend Kriminalbeamter in Zivil vor dem Haus vorfuhren. Er nickte sogar einer hellblonden, pummeligen Frau zu, die ihn interessiert musterte, und begab sich gemessenen Schrittes zu seinem Wagen.

*

Bonn, Polizeipräsidium, 19.25 Uhr

Sascha hatte Hunger. Nach der Jammerei der Tina Bruschinsky und der Warterei im Krankenhaus, nach der sich die völlige Unversehrtheit der Frau herausgestellt hatte, fühlte sich Sascha erledigt. Er weigerte sich, die Bruschinsky zu befragen, bevor er nicht wenigstens eine Pizza und zwei Flaschen Cola zu sich genommen hatte. Andreas war ebenfalls angetan von der Idee, sich zu stärken, und so gingen sie essen.

Kurz nach 20 Uhr wurde Kristina Bruschinsky von Manfred ins Büro gebracht, das rechte Handgelenk wegen der leichten Prellung verbunden, die Finger wegen der Abdruckentnahme geschwärzt. Auf Andreas' Schreibtisch lag bereits ein Zettel mit Untersuchungsergebnissen.

Tina Bruschinsky trug keine Handschellen mehr, und zurzeit benahm sie sich auch anständig. Überraschend für Sascha war, dass sie mit arg verweinten Augen hereinkam. So hart und abgebrüht, wie sie immer tat, war sie also gar nicht.

„So, Frau Bruschinsky, dann wollen wir doch mal gucken, was die kriminaltechnische Untersuchung erbracht hat“, begann Andreas im Plauderton und las, was auf dem Zettel stand. „Aha, das ist ja interessant.“ Er schaute der Frau in die Augen und fragte: „Kennen Sie Elfriede Esser?“

Sie senkte den Blick. „Das ist eine der Frauen, die überfallen wurden.“

„Richtig, Frau Bruschinsky.“ Andreas wartete, bis sie ihn zwei Sekunden später ansah. „Wie kommt es, dass wir *Ihre* Fingerabdrücke im Haus von Frau Esser gefunden haben?“

Tina Bruschinsky zwinkerte zwei-, dreimal, rieb an ihrer Nase herum, und dann wanderte ihr Blick durchs Zimmer. Sascha hätte darauf wetten mögen, dass sie sich gerade eine nette Geschichte ausdachte.

„Ich hab Frau Esser vor zwei Wochen oder so zufällig in der Stadtbücherei kennen gelernt, wo wir uns das gleiche Buch ausleihen wollten. Da sind wir ins Gespräch gekommen, und sie hat mich letztes Wochenende zu sich nach Hause eingeladen.“

„Na, das ist ja mal ’ne einfallsreiche Story!“, platzte Sascha heraus. „Wie gut, dass wir sie nachprüfen können!“

Tina schaute verständnislos von einem zum anderen. Manfred stand an der Tür und grinste.

„Vielleicht haben Sie’s nicht mitbekommen, aber Frau Esser hat den Überfall überlebt.“ Sascha ließ diesen Satz eine ganze Weile im Raum stehen, damit er schön seine Wirkung entfalten konnte. Und das tat er: Tina begann an ihrem Verband herumzuzupfen, schluckte ein paar Mal hörbar, sah nur noch zu Boden, und sprechen konnte sie anscheinend auch nicht mehr.

„Frau Bruschinsky.“ Andreas übernahm und seine Stimme war auf einmal weich wie geknetetes Wachs. „Wir werden Sie morgen Frau Esser gegenüberstellen. Wollen Sie uns nicht doch lieber gleich die Wahrheit sagen?“

Während Tina noch über diesen Vorschlag nachgrübelte, klingelte Andreas’ Telefon. Er nahm ab, hörte zu, meinte nur „Prima“ und legte wieder auf.

„Eine andere Frage“, wandte er sich an Tina, „besitzen Sie eine schwarze Perücke?“

Diese Frage schien sie von einer Sekunde zur nächsten in einen völlig anderen Gemütszustand zu katapultieren. Sie wurde aggressiv.

„Ja!", herrschte sie Andreas an. „Ich hab eine schwarze, eine blonde und drei braune Perücken! Und wissen Sie auch, warum?"

Mit der linken Hand griff sie in ihre dunklen Locken und riss sie sich ruckartig vom Kopf. Was dann zum Vorschein kam, erschreckte selbst Sascha. Dass es so schlimm war, hatte er nicht erwartet: Zu sehen war ein Schädel, der rechts von sehr kurz geschnittenen Haaren und links mit großflächigen, rotweißlichen Narben bedeckt war, auf denen nichts mehr wuchs. Diese Narben zogen sich in breitem Streifen die linke Halsseite hinunter und verschwanden unter ihrem T-Shirt.

Alles, was Sascha dazu einfiel, war: „Kann man das nicht operieren?"

„Hah!" Ein bitteres Lachen. „Das ist schon fünfmal operiert worden! Und irgendwann zahlt die Kasse nicht mehr, und irgendwann hatte ich auch die Schnauze voll von dieser ganzen Krankenhaus-Scheiße!"

„Wie ist das passiert?"

„Passiert? So was passiert nicht einfach!", regte sich Bruschinsky auf, und in ihren Augen funkelten Wut und Hass. „Das war meine eigene Mutter, diese gemeingefährliche Wahnsinnige! Sie musste ein Opfer bringen, damit uns nicht der Teufel holt! Was meinen Sie wohl, wer das Opfer war?!" Sie schlug tatsächlich ihr bandagiertes Handgelenk gegen die Schreibtischkante. Ohne mit der Wimper zu zucken. „Und es war niemand da, der eine Sechsjährige vor so einer Irren beschützt! Wo waren Sie?"

Sie bohrte Ihren Blick in Saschas Augen, der aber eindeutig keine Lust auf solche Spielchen hatte. „Ich schätze, ich war zu der Zeit im Kindergarten." Er erwiderte ihren Blick mit der gebotenen Härte.

„Sie brauchen sich gar nicht lustig darüber zu machen!"

Andreas mischte sich ein, möglichst sachlich. „Lebt Ihre Mutter noch?"

„Sie verrottet im LKH!"

„Merken Sie eigentlich nicht, wie sehr der Hass Ihnen selbst schadet?"

Sascha stimmte mit ein. „Genau, das sagt Jonas auch immer." Als sie ihn giftig anschaute, fügte er hinzu: „Hat Frau Esser Sie irgendwie an Ihre Mutter erinnert?"

Tina öffnete den Mund, die Augen voller Wut, doch im letzten Moment besann sie sich, riss sich zusammen, schloss den Mund, guckte betont uninteressiert und stülpte sich mit schnellen, geübten Bewegungen die Perücke wieder auf den Kopf.

Andreas lehnte sich zurück und berichtete: „Unsere Kollegen haben in Ihrer Wohnung einen hellen Trenchcoat sowie eine Brille mit roter Fassung und eine Tasche mit rund 15.000 € gefunden. Wir werden selbstverständlich jeden einzelnen Schein nach Fingerabdrücken von Frau Bach, Frau Degen und Frau Esser absuchen. Es sieht nicht gut für Sie aus, Frau Bruschinsky."

„Ich will einen Anwalt!", verkündete sie in feindseligem Tonfall.

„Natürlich, den kriegen Sie", versicherte ihr Andreas. „Da fällt mir ein – vielleicht können Sie mir noch was über das Verhältnis von Marcel Jaeger zu Ramona Linke erzählen."

„Wieso sollte ich?"

Jetzt guckte Andreas überrascht. „Wissen Sie etwa nicht, dass Herr Jaeger gestern Abend ermordet wurde?"

Zuerst Unglaube, dann Misstrauen, dann Gehässigkeit auf ihrem Gesicht. „Na, das freut mich aber!"

„Woher kennen Sie ihn? Waren Sie auch im Heim?"

„Nein, leider nicht", teilte sie ihm mit kühler Miene mit. „Ich hatte das große Vergnügen, ihm später über den Weg zu laufen."

„Und was hat Jaeger Ihnen und Frau Linke getan, dass Sie beide so begeistert über seine Ermordung sind?", bohrte Andreas nach.

„Darüber rede ich nicht!"

„In Ordnung. Schlafen Sie mal eine Nacht über alles, vielleicht möchten Sie uns morgen mehr erzählen."

Tina ließ sich ohne viel Theater von Manfred zurück in die Zelle bringen.

Sascha wollte eben gähnend verkünden, dass er nun nach Hause zu fahren gedachte, als jemand an die Bürotür klopfte und einfach eintrat. Und wer war es? Der vollbärtige Gottfried, in schwarzer Hose und schwarzem Hemd, was ihm nicht einmal schlecht stand.

Als sein Blick auf Sascha fiel, blieb er stehen, die Hand auf der Klinke, und sein Gesichtsausdruck wechselte von überrascht zu grimmig.

„Arthur?", brummte er unsicher.

„Nein, das ist Kommissar Piel von der Mordkommission", informierte ihn Andreas.

Dafür hatte Gottfried nur ein verächtliches „War ja klar!" übrig. Er schloss die Tür und kam gleich zum Punkt: „Wo ist meine Freundin Tina?"

„Wir haben sie gut untergebracht", versicherte Sascha. „Woher wissen Sie überhaupt, dass sie hier ist?"

Gottfried lächelte finster „Ich wollte sie zu Hause besuchen, traf aber nur auf Ihre netten Kollegen. Was hat sie denn ausgefressen?"

Das ging ihn natürlich nichts an, aber Andreas hatte möglicherweise irgendwelche Hintergedanken, denn er verriet es ihm. „Sie wird verdächtigt, die Raubüberfälle auf die drei älteren Damen begangen zu haben."

Gottfried starrte Andreas an, als habe der den Verstand verloren. „Das ist jetzt nicht Ihr Ernst, oder?", quetschte er durch die Zähne, und dann setzte er sich endlich.

Und er hatte sogar (ganz untypisch für ihn!) aufgehört, Andreas anzustarren. Er schaute auf seine Hände und musste diese Nachricht wohl erst verdauen. Und darüber nachdenken. Er dachte nach, grübelte, zerbrach sich den Kopf, wobei er mehrmals mit dem linken Auge zwinkerte und es rieb, als sehe er nicht richtig. Dann schien er die Lösung zu haben, denn in dem Blick, mit dem er Andreas anschaute, lag Triumph.

„Der letzte Überfall fand am Dienstag statt, stimmt's?" Gottfried wirkte auf einmal aufgedreht, als hätte er einen leichten Stromschlag bekommen. „Dann kann es nicht Tina gewesen sein! Ich hab sie nämlich am Dienstagnachmittag vom Büro abgeholt, wir sind essen gegangen und waren abends noch bei ihr zu Hause."

„Ach, wirklich?" Andreas tat interessiert. „Und als die beiden anderen Frauen überfallen wurden, am –", er sah auf einen Zettel, „am Freitag, dem 2. Mai, und am Mittwoch, dem 7. Mai, da waren Sie also auch mit Frau Bruschinsky zusammen?"

Gottfrieds Blick ging zur Seite. „Das weiß ich nicht mehr so genau... Da müsste ich nachdenken."

„Herr –?"

„Liebetrau."

„Herr Liebetrau, Sie sollten sich gut überlegen, was Sie hier aussagen! Wir haben in Frau Bruschinskys Wohnung jede Menge Hinweise gefunden und ihre Fingerabdrücke in zwei Tatwohnungen! Wenn Sie jetzt hier so lässig mit ein paar Alibis um die Ecke kommen, fragen wir uns schon, ob wir Ihnen glauben sollen! Oder ob Sie vielleicht mit Frau Bruschinsky unter einer Decke stecken!"

Jetzt wollte es Gottfried aber wissen: Er bohrte seinen Blick geradewegs in Andreas' Augen und starrte. Andreas starrte zurück. Sascha vergaß vorübergehend seine Müdigkeit.

Andreas hatte sich zurückgelehnt und nur das Kinn ein wenig vorgeschoben. Gottfried hingegen saß vorgebeugt da, die Hände auf den Oberschenkeln. Die Hände... Sascha schaute genauer hin. Es schien, als halte die eine Hand die andere, zitternde Hand, fest. Nun wurde Sascha sogar richtig wachsam. Nicht, dass dieser eigenartige Mensch ausrastete! Sascha konnte zwar nicht beurteilen, ob das gebräunte Gesicht mit dem Vollbart schon rot anlief, aber in den pechschwarzen Augen glühte es gefährlich.

Noch immer glotzten sich die beiden an, als hinge ihr Seelenfrieden davon ab. Doch plötzlich blickte Andreas mit den Worten „Ich nehme an, Sie haben nichts weiter auszusagen" auf einen Hefter, der aufgeschlagen auf dem Schreibtisch lag, machte sich eine kurze Notiz und meinte zu Gottfried, ohne ihn anzusehen: „Ich will Sie nicht aufhalten."

Gottfrieds Gesicht war unbewegt, sein Blick aber giftig. Er blieb noch ein paar Sekunden sitzen und schien mit sich zu kämpfen, ob er etwas sagen solle. Schließlich tat er es. „Und was passiert jetzt mit Tina?"

Andreas schrieb weiter auf seinem Papier herum, ohne aufzusehen. Auch eine Taktik. „Dachten Sie etwa, nur weil Sie hier mit einem Pseudo-Alibi ankommen, könnte Frau Bruschinsky sofort nach Hause gehen? Tut mir leid."

Daraufhin erhob sich Gottfried und verließ wortlos das Büro.

„Das scheint ja die ganz große Liebe zu sein zwischen den beiden", kommentierte Andreas diesen Auftritt unwillig und griff zum Telefon. „Bring mir doch bitte noch mal die Bruschinsky her."

Sascha dachte kurz daran, endlich nach Hause zu fahren, denn er war wieder todmüde, aber Tinas Reaktion wollte er sich dann doch nicht entgehen lassen. Ein paar Minuten später saß sie erneut am Schreibtisch, mit trotzig-verschlossener Miene. Noch schwieg sie.

Andreas wirkte auch nicht eben freundlich. „Raten Sie mal, wer gerade hier war: Ihr Freund Gottfried Liebetrau! Er hat Ihnen für Dienstagnachmittag ein Alibi verschafft."

Erst guckte Tina verständnislos, aber allmählich begriff sie, dass sich da eine Chance für sie auftat. Hoffnung. Ihre Blicke wanderten hektisch durch das Zimmer, und sie begann zu reden.

„Stimmt ja! Das hatte ich vor lauter Aufregung total vergessen! Wir haben uns im botanischen Garten getroffen, und anschließend sind wir noch zu ihm gefahren."

Na, das war ja voll in die Hose gegangen! Andreas ließ sich nichts anmerken, schrieb auf, was sie gesagt hatte, und meinte knapp: „Schön, Frau Bruschinsky, wir werden versuchen, das nachzuprüfen. Was macht Herr Liebetrau eigentlich beruflich?"

„Er ist Hausmeister."

Andreas ließ sie wieder abführen und wandte sich an Sascha. „Mir reicht's für heute, ich brauch mal Abstand, zum Nachdenken."

„Und ich bräuchte mal sieben Stunden Schlaf am Stück!", beschwerte sich Sascha. „Vielleicht nehme ich mir ein Hotelzimmer für eine Nacht."

„Dir ist schon klar, dass Annika dich dafür umbringen könnte und wegen hormoneller Unzurechnungsfähigkeit auch noch freigesprochen würde?"

Sascha streifte sich die Jeansjacke über. „Genau das hält mich davon ab. Bis morgen früh dann, bin wahrscheinlich ab 4.30 Uhr hier."

„Ich nicht." Andreas nickte ihm zu, und war da nicht ein winziges Fünkchen Schadenfreude in seinen Augen?

Eine halbe Stunde später betrat Sascha die Wohnung, in der es geradezu unheimlich still war. Er schlich sich ins Wohnzimmer, in dem gedämpftes, mildes Licht brannte. Im erst kürzlich gekauften Schaukelstuhl aus hellem Rattan saß Annika, den Kopf nach hinten gelehnt, Baby Gabriel in eine türkis gestreifte Decke gewickelt. Er lag halb in Annikas Arm, halb auf ihrem Schoß, die Augen geschlossen, der Mund, aus dem leises Schnarchen kam, leicht geöffnet. Gabriel schlief genauso tief und fest wie seine Mutter.

Was für ein idyllisches Bild. Dieser Frieden, diese Schönheit! Niemals würde er die beiden hergeben, für nichts auf der Welt! Etwas zutiefst Liebevolles durchrieselte sein Herz. Er ging nicht näher, wagte kaum zu atmen. Was für ein Anblick! In den Schlaf geschaukelt. Da konnte man glatt neidisch werden.

Sascha sah auf die Wanduhr: 21.25 Uhr. War es nicht Zeit, ins Bett zu gehen? Sascha aß nichts mehr, duschte nicht mehr, zog sich nicht einmal mehr aus. Er legte sich in seinem Zimmer aufs Bett und war zwei Minuten später eingeschlafen.

*

Bonn, Polizeipräsidium, Abends

Benjamin hatte sich auf dem Bett in der Zelle seitlich zusammengerollt und hielt sich die Ohren zu. Das Geschrei von nebenan war kaum auszuhalten!

Jakob randalierte vom Feinsten. Die arme Sau war voll auf Entzug! Verdammt, warum half ihm denn keiner!? Benjamin litt mit, er konnte sich genau an die brennenden Schmerzen in Muskeln und Knochen erinnern, an den Schmerz im Kopf und in der Seele, dieses Gefühl, den Verstand zu verlieren vor Schmerzen.

Am liebsten würde er alle Drogendealer der Welt persönlich abschlachten! Oder so mit ihren eigenen Drogen vollpumpen, dass sie daran verreckten! Der Mist war nur, dass diese Scheiß-Typen immer wieder nachwuchsen wie Bakterien auf einem Schwamm!

Nebenan hörte die Toberei von Jakob plötzlich auf. Sicher hatte ein Doktor ihm eine Spritze verpasst. Benjamin drehte sich auf den Rücken, bohrte in seinem linken Ohr herum und entspannte sich ein wenig.

Natürlich ärgerte er sich tierisch, dass er hier war, aber solange sie nicht wussten, was er getan hatte, würde er sich nicht beschweren.

*

Bonn, Abends

Tabea wählte zum mindestens 20. Mal an diesem Tag Jonas' Nummer, aber es meldete sich immer nur die Mailbox. Was war los?

Sie machte sich Sorgen. Wenn er nun einen Unfall gehabt hatte? Bei der Vorstellung, dass es Jonas einfach nicht mehr geben könnte, kam ihr Herz aus dem Takt, und ihre Augen füllten sich mit Tränen.

Du lieber Gott – war es möglich, dass sie ohne Jonas nicht mehr leben konnte?

Tabea griff nach dem Wasserglas auf dem Küchentisch, nippte daran, stellte es ab. Jetzt brauchte sie etwas Stärkeres. Sie stand auf und holte eine Flasche Korn aus dem Kühlschrank. Korn für den Notfall. Wie gut, dass Daniela im Bad war.

Die Frau hatte doch tatsächlich am nächsten Tag eine Verabredung mit einem neuen Gemeindemitglied, mit Hans-Jürgen. Tabea hatte sich schon ausgemalt, wie ihre Zwillingsschwester mit Hans-Jürgen glücklich wurde, wie sie auszog und Tabea allein zurückließ.

Darauf gleich noch einen Korn. Nach dem dritten Gläschen stellte sie die Flasche zurück, machte das Licht in der Küche aus und ging in ihr Schlafzimmer, wo sie sich an ihren kleinen Schreibtisch setzte und noch einmal die Unterlagen durchsah, die sie dort ausgebreitet hatte.

Ihr Herz schlug jetzt wieder ordentlich, der Alkohol wärmte ihr Gemüt, und sie bot Gott ein Geschäft an: Wenn Jonas nichts passiert war, würde sie gleich morgen ihre Lebensversicherung kündigen, ihr bescheidenes Aktiendepot auflösen und das ganze frei gewordene Geld für das neue Gemeindezentrum spenden!

*

Bonn,
Abends

Ramona nahm einen Schluck aus der Cola-Flasche, die unter dem Kassentisch stand, lehnte sich auf ihrem Stuhl zurück und drehte sich damit leicht nach links, nach rechts, wieder links, rechts. Diese gleichförmige Bewegung war wie Schaukeln, es beruhigte sie ein bisschen.

Gott, war das wieder langweilig! Gut, sie bekam Geld fürs Nichtstun, da konnte man eigentlich nicht meckern.

Immerhin machte sich jetzt eine Kundin zur Kasse auf und legte ihre Einkäufe aufs Band. Ramona hatte sie noch nie hier gesehen. Eine Frau in ihrem Alter, Mund und Augen geschminkt, dunkelrotes Kostüm, farblich passende Schuhe. Wo mochte sie wohl arbeiten?

Ramona scannte einen Artikel nach dem anderen ein: ein Stück Rinderfilet (konnte sich Ramona nicht leisten), Nudeln, Butter, Kaffeesahne, Käse (den sauteuren, den Ramona niemals kaufen würde), Eier, Marmelade, Toast, eine Tafel exquisiter Schokolade (für fast 3,- €! Ramona begnügte sich mit der für 49 Cent!), zwei Schälchen Erdbeeren, superweiches Toilettenpapier.

Die Frau bezahlte, und Ramona war wieder fast allein im Supermarkt. Sie begann sich vorzustellen, wie es sein würde, jene Frau zu sein: gut bezahlter, interessanter Job, schicke Wohnung, fabrikneues Auto, netter Freund. Hätte sie auch haben können...wenn sie das Abi geschafft hätte. Und sie hätte es geschafft, wenn ihre Pläne nicht immer wieder von Männern durchkreuzt worden wären! Von Männern wie ihrem Bruder, von Männern wie diesem Scheißkerl Marcel oder diesem Lügner ‚Arthur', der ihr falsche Hoffnungen gemacht hatte!

Auf der letzten Versammlung hatte sie sich beim bärtigen Gottfried ausgeweint, der sich in den letzten Wochen irgendwie zum Positiven verändert hatte. Er war reifer, vertrauenswürdiger geworden. Ja, sie hatte sich ihm anvertraut, und er hatte gemeint, Gott werde die, die andere Menschen absichtlich verletzten, besonders hart bestrafen.

Ja - richtig so! Ramona trat mit unglaublicher Wut im Bauch so heftig gegen die untere Wand der Kasse, dass oben eine Rolle mit 20-Cent-Münzen über die Kante kullerte. Auf den Boden, wo das Papier aufplatzte, und die Münzen in alle Richtungen davonrollten und -hüpften.

Verdammt noch mal, jetzt hatte sie Arbeit! Während sie auf den Knien rutschend die Geldstücke zusammensammelte, fragte sie sich, ob es schon zu spät war, oder ob sie jetzt, mit 34, ihrem Leben noch eine andere Richtung geben konnte?

*

Bonn, Polizeipräsidium, Abends

Tina hatte das Kopfkissen auf den Boden gelegt, sich darauf vor das Bett gekniet, die Hände zum Gebet auf der Matratze gefaltet und den Blick in ihren rechten Daumennagel gebohrt.

Sie wälzte erst einmal ein paar Gedanken in ihrem Kopf herum, bevor sie leise anfing zu murmeln: „Lieber Gott, würde es dir was ausmachen, mir ein paar Minuten zuzuhören? Mir allein? Ganz ehrlich, ich finde, es reicht! Und deshalb will ich, dass diese Sache hier gut ausgeht! Mit Verlaub, du bist mir was schuldig – dafür, dass du nicht verhindert hast, was meine Mutter mir angetan hat! Ja, ich habe gesündigt, aber ich dachte, wir wären jetzt so gut wie quitt! Warum legst du mich schon wieder rein? Da schickst du mir diesen Jonas vorbei, und ich denke, er ist der Mann meines Lebens, und als was entpuppt er sich? Als Betrüger biblischen Ausmaßes! Gut, vielleicht war das wichtig, damit ich endlich erkenne, was und wer gut für mich ist und wer nicht."

Tina machte eine Pause, griff in ihre Haare und riss sich die Perücke vom Kopf.

„Sieh mich an, Gott! Sieh dir an, was du zugelassen hast, und jetzt überleg dir gut, ob du mir auch noch Gottfried wegnehmen willst! Der Mann setzt sich für mich ein, er hilft mir, er liebt mich! Was ich von dir bisher nicht behaupten kann!"

Tränen stiegen in ihre Augen, und sie ließ ihren Kopf auf die gefalteten Hände sinken.

„Bitte, lass mich hier rauskommen, lass mich wenigstens eine Weile glücklich sein mit Gottfried! Bitte, Gott, wenigstens ein kleines Weilchen... Ein paar Jahre... Einmal im Leben ein paar Jahre glücklich sein... Ist das etwa zu viel verlangt?"

13

Bonn, Oberkassel, Samstag, 17. Mai, Früher Morgen

Andreas lag im Bett auf dem Rücken und fühlte sich noch nicht bereit, aufzustehen. Aber schlafen konnte er auch nicht mehr. Ihm geisterte ein Bild durchs Hirn, ein Traumfetzen aus der Nacht: Der erwachsene Marcel Jaeger saß mit seinem sportlichen Körper und üppig über die Schultern wallender, schwarzer Haarpracht in einem Klassenzimmer zwischen blassen Zwölfjährigen.

Was hatte das zu bedeuten?

Andreas kratzte sich mit dem Fuß an der Wade. Zwölfjährige...Erwachsener...Schule...Alter... Jaeger war 32 Jahre alt, als er ermordet wurde und studierte im 7. Semester Medizin. Wieso hatte er so spät angefangen? Und was hatte er vorher gemacht? Irgendetwas in Andreas' Hinterkopf behauptete, es sei wichtig, das zu wissen.

Jetzt juckte es ihn am Schulterblatt, und er verrenkte sich fast den Arm beim Versuch, sich zu kratzen. Er schaffte es nicht. Fluchend kroch er aus dem Bett, eilte in den Flur, wo neben dem Telefon immer Papier und Stift lagen, griff sich den Kugelschreiber und kratzte sich damit am Rücken. Während er das tat, fiel ihm eine weitere Frage ein: Wann und wo hatte Jaeger sein Abitur gemacht? Diesen ganzen Wust von Fragen schob Andreas erst einmal zurück in den Hinterkopf, bereitete sich in der Küche ein karges Frühstück zu und legte sich danach in die Badewanne. Aber auch das brachte nicht die gewünschte Erkenntnis.

Gegen 7.15 Uhr traf er im Polizeipräsidium ein und fand auf seinem Schreibtisch eine Nachricht von Cedrik vor, der anscheinend noch bis in die Nacht gearbeitet hatte:

Erstens: Das Blut auf der zerbrochenen Uhr stammt nicht von Marcel Jaeger, könnte also vom Täter sein. Zweitens: Auf der Pistole waren Bruschinskys Fingerabdrücke, die eines Nicht-Registrierten sowie die von Caspar Hoffmann alias Markus Himmel alias Johann Dom usw., der bei uns aktenkundig ist wg. schweren Betrugs. Hab ein Foto dazugelegt, vielleicht kennst du den Mann.

Als Andreas das Foto sah, fiel ihm gleich noch ein Name ein: Jonas

Kirch. Überraschte ihn das etwa? Schnell warf er einen Blick in Kirchs bzw. Hoffmanns Akte: Der Mann wanderte unter verschiedenen Namen von Stadt zu Stadt, blieb ein paar Monate, baute eine Gemeinde auf, zog den Leuten das Geld aus der Tasche und verschwand wieder. Anscheinend kamen jedes Mal mehrere hunderttausend Euro zusammen, von denen Kirch lebte, bis er ein paar Jahre später unter neuem Namen über die nächste Stadt herfiel. Was für ein Heuchler.

Allerdings fragte sich Andreas, wie die Bruschinsky in den Besitz von Kirchs Waffe gelangt war. Hatten die beiden zusammengearbeitet? Oder hatte die Frau etwas über Kirchs Machenschaften herausgefunden und ihn bedroht? Wo war der Mann überhaupt?

Andreas wollte eben das Observierungsteam anrufen, als ihm einfiel, dass er es von Kirch abgezogen hatte, um stattdessen Ramona Linke überwachen zu lassen. Mist!

Andreas machte sich Kaffee, setzte sich wieder und grübelte noch eine Weile uninspiriert über die Fragen vom frühen Morgen nach. Gegen neun Uhr rief er Sascha an und fragte ihn, ob er mit ins Krankenhaus wolle zur Gegenüberstellung von Esser und Bruschinsky.

„Gib mir noch 'ne Stunde, ok?" bat Sascha.

*

Bonn,
9.05 Uhr

Tabea zog sich gerade im Bad einen Lidstrich auf dem linken Augenlid, als ihr Handy, das auf dem geschlossenen Toilettendeckel lag, eine Melodie von sich gab.

Tabea zuckte so zusammen, dass der Lidstrich Richtung Augenbraue entgleiste. Herrgott noch mal, wer rief denn jetzt an! Sie legte den Pinsel ab, griff nach dem Handy, warf einen Blick aufs Display und erschrak noch einmal: Jonas! Das durfte doch nicht wahr sein! Er rief *sie* an!

„Ja, hallo? Hier Tabea", meldete sie sich, während sich ihr Herzschlag beschleunigte.

„Schön, dass ich dich erreiche", erklang seine warme Stimme an ihrem Ohr. „Ich rufe aus Japan an, und ich muss ganz schnell was loswerden. Mein Akku ist gleich leer, also hör einfach zu: Ich hab euch nichts von meiner Tochter erzählt, die seit Jahren in Japan wohnt. Sie ist sehr krank, und ich muss mich eine Weile um sie kümmern, und solange werde ich auch nicht erreichbar sein. Sag bitte den anderen Bescheid. Ich rufe wieder an, sobald hier alles klar ist. Bis dann also."

„Ja, aber –", begann Tabea, doch Jonas hatte aufgelegt. Sie war völlig hin und her gerissen zwischen der Enttäuschung, ihn vielleicht wochenlang nicht sehen zu können, und der unbändigen Freude darüber, dass er ausgerechnet *sie* angerufen hatte.

*

Bonn, Polizeipräsidium, 9.20 Uhr

Benjamin erzählte seinem Anwalt gerade, was er getan hatte, als ein Polizist den Raum betrat und meinte, Kommissar Montenar wolle erneut mit Benjamin reden. Der Anwalt erbat sich noch eine Viertelstunde Zeit, um sich mit seinem Klienten besprechen zu können. Dann saß Benjamin dem Kommissar gegenüber und beichtete auch ihm, was er in den letzten Wochen angestellt hatte.

*

Vinxel

Sascha fühlte sich relativ ausgeschlafen. Anscheinend hatte Annika die Nacht mit Gabriel in ihrem Zimmer verbracht, denn Saschas Schlaf war durch nichts und niemanden gestört worden. Er war kurz vor acht aufgewacht und hatte Annika in der Küche werkeln gehört.

Nach einem ungewöhnlich friedlichen, sehr ausgedehnten Frühstück machte sich Sascha kurz vor zehn Uhr auf den Weg ins Präsidium.

Der Himmel war bewölkt, die Temperaturen sehr mild, grüne Felder und Hügel ringsum. Vielleicht kam ja (wenn Tina erst überführt war!) auch die Sonne noch hinter den Wolken hervor. Dann würde er mit Annika und Gabriel gemütlich einkaufen und irgendwo essen gehen, und am Nachmittag waren sie bei Annikas Eltern eingeladen…worauf Sascha natürlich ganz wild war. Der Gedanke daran versetzte ihn in schlechte Laune, doch plötzlich hatte er eine Idee: Er würde behaupten, er habe sich den Magen verdorben, und würde sich, statt mühsam Konversation zu betreiben, in aller Ruhe einen schönen Film angucken. Das hatte er sich nach all der Hektik der letzten Tage doch wohl verdient!

Seine Stimmung besserte sich, besonders als ihn Andreas im Büro mit der Neuigkeit begrüßte, dass Jonas Kirch ein gesuchter Betrüger mit Namen Caspar Hoffmann war.

Eine Viertelstunde später wurde eine fahl aussehende Kristina Bruschinsky in schwarzem Shirt, schwarzer Hose und geliehener, giftgrüner Jacke in den Dienstwagen gesetzt, den Andreas, der alte Sicherheitsfanatiker, heute selbst fuhr. Aber nicht nur das. Er ließ auch einen Streifenwagen mit drei Mann Besatzung folgen – für den Fall eines Unfalls, den nur Tina überlebte und zur Flucht zu nutzen gedachte. Die Idee fand Sascha gar nicht übel, hatte er doch Hunderte von Filmen gesehen, in denen Gefangenentransporte in Katastrophen endeten. Aber so, wie Andreas stumm und konzentriert durch Ramersdorf, Küdinghoven und Limperich zockelte, würde wohl eher nichts passieren. Sascha saß auf dem Rücksitz neben Tina, die den Mund ebenfalls nicht aufbekam. Sie hatte den Kopf zurückgelegt und die Augen geschlossen.

Warum auch immer - dieses große, lange Schweigen machte Sascha aggressiv. Er überlegte hin und her, womit er Tina wohl ein bisschen ärgern könnte, und meinte schließlich leise, wie zu sich selbst: „Was wird Jonas dazu sagen, wenn er erfährt, dass seine liebe Tina zwei Frauen ermordet hat?"

Tina wandte sich Sascha zu und knurrte mit bitterbösem Blick: „Leck mich! Erstens interessiert mich nicht, was Jonas sagt, und zweitens habe ich niemanden ermordet!"

Sascha duzte sie einfach zurück. „Interessant… Du weißt also schon, dass euer heiliger Jonas ein Verbrecher ist?"

Ihre Mundwinkel senkten sich verächtlich, sie schaute weg.

Sascha provozierte sie munter weiter. „Und – hast du ihm schon die Augen ausgekratzt dafür, dass er euch alle verarscht hat? Oder hast du ihn im Klo ertränkt und –"

„Sascha, hörst du wohl auf?!", fuhr ihn Andreas gereizt an. „Was soll denn das?"

„Ich wollte mich nur ein bisschen unterhalten!", behauptete Sascha und sagte für den Rest der Fahrt kein Wort mehr.

Stattdessen beschäftigte er sein Gehirn damit, sich auszumalen, wie plötzlich ein großer, schwarzer Van aus einer der Seitenstraßen herausschoss und sich quer vor den Dienstwagen stellte, wie ein maskierter Mann (natürlich Gottfried) mit gezückter Maschinenpistole aus dem Van sprang, wie auch Sascha – und alle anderen – die Waffe zogen, wie auf offener Straße eine wilde Schießerei begann, und wie eine verirrte Kugel schließlich Tina in den Kopf traf, woraufhin sich der verzweifelte Gottfried in den Kugelhagel warf und durchsiebt zu Boden sank.

Fast bedauerte Sascha, dass nichts dergleichen geschah, sondern dass alle unversehrt eine gute halbe Stunde später im Zimmer von Elfriede Esser standen. Der behandelnde Arzt war informiert und hielt sich zunächst im Hintergrund. Frau Esser, die das Zimmer für sich allein hatte, lag in einem Bett, dessen oberes Drittel leicht hochgestellt schien. Bis zur Taille hatte sie sich zugedeckt, darüber war ein hellblaues Nachthemd mit weißem Spitzenbesatz zu sehen. In ihrem Blick zeigte sich eine Mischung aus Neugier, Angst und einer Prise Wut.

Andreas begrüßte sie und bedankte sich dafür, dass sie trotz ihres Gesundheitszustandes sofort bereit gewesen war, an der Gegenüberstellung teilzunehmen. Ihre faltigen Wangen röteten sich. „Aber das ist doch selbstverständlich! Diese Verbrecherin gehört eingesperrt!"

Andreas bugsierte Tina ein wenig näher an das Bett heran. „Das ist Kristina Bruschinsky. Sie behauptet, sie hätte Sie in der Stadtbücherei Siegburg kennengelernt und sei von Ihnen in Ihre Wohnung eingeladen worden... Können Sie das bestätigen?"

Frau Esser richtete sich ein wenig auf, kniff die Augen zusammen und musterte lange und aufmerksam Tinas Gesicht. Dann schüttelte sie den Kopf. „Nein, aus der Bücherei kenne ich die Frau sicher nicht."

Sascha war auf der Hut, als Tina jetzt noch ein Stück näher ans Bett herantrat. „Aber Frau Esser – erinnern Sie sich wirklich nicht? Ich bin's, die Tina!"

Frau Esser hingegen runzelte die Stirn, schaute skeptisch und forderte Tina auf: „Ach ja? Erzählen Sie doch mal, wie das abgelaufen sein soll."

Und die eben noch so schweigsame Tina redete wie um ihr Leben und saugte sich Details der angeblichen ersten Begegnung in der Bücherei und des Besuchs im Wohnzimmer aus den Fingern, als habe sie eine abgeschlossene Ausbildung im Fachbereich ‚Lügen'.

Unterdessen schloss Frau Esser sekundenlang die Augen, lauschte und meinte, als Tina fertig gelogen hatte, mit zittriger Stimme: „Ja, Sie haben Recht, Frau Bruschinsky, wir sind uns schon mal begegnet…ich erinnere mich genau an Ihre Stimme. Aber Sie hatten eine schwarze Perücke auf und eine rote Brille an… Ja, ich erkenne auch Ihre Augen – Sie waren das! Sie haben mich überfallen!"

Ihre Wangen glühten, als hätte sie Fieber, und ihr gekrümmter Zeigefinger deutete mehrmals direkt auf Tina.

Die wurde bereits von Andreas am Arm festgehalten, was auch nötig war, denn sie war gerade dabei, in die Luft zu gehen.

„Was fällt Ihnen denn ein, mich hier so zu verleumden?!", schrie sie die alte Frau an. „Sie sind doch senil! Wieso reden Sie so einen Mist?"

Der Arzt, der am Fenster auf einem Stuhl gesessen hatte, war aufgestanden und wollte sich wohl einmischen, aber die Esser beachtete ihn gar nicht, sondern schimpfte zurück: „Ich bin nicht senil, Sie Mörderin, Sie! Ich kann mich sogar noch ganz genau an Ihre Hände erinnern, als Sie mir den falschen Ausweis gezeigt haben!"

„Das ist doch Schwachsinn! Sie sind ja fast blind, Sie alte Hexe!" Tina versuchte, sich aus Andreas` Griff zu befreien.

„Ich kann sehr gut ohne Brille sehen!," schrie nun auch Frau Esser, setzte sich noch mehr im Bett auf und gestikulierte aufgeregt. „Und ich hab auch Ihre Augen ganz genau gesehen! Sie waren das! Das sind Ihre Augen! Das sind –"

„Du spinnst doch, du alte Schachtel!", brüllte Tina außer sich. „Du kannst meine Augen gar nicht erkannt haben! Das geht gar nicht! Weil ich nämlich Kontaktlinsen anhatte, du blöde Kuh! Und deshalb kannst du mich gar nicht wiedererkennen!"

Fast hätte sie sich von Andreas losgerissen, zweifellos, um aufs Bett zu springen und mit ihren immer noch in Handschellen steckenden Händen die alte Frau vor aller Augen zu Tode zu würgen.

Sascha griff ein. Er packte Tinas anderen Arm, aber als sie seine Hand spürte, wurde sie zur Furie. Sie fuhr herum, hob ihr Knie, um es Sascha dorthin zu rammen, wo es besonders wehtat – aber Sascha schlug ihr die Faust auf den Oberschenkel, dass sie aufschrie. Dann fing sie an zu treten. Nun wurde auch Sascha wütend. Wieso führte sich die Frau so auf? Aus Wut über sich? Weil sie so blöd gewesen war, sich selbst zu verraten? Oder war sie verrückt? Er würde das jedenfalls jetzt beenden und sie zur Vernunft bringen! Er packte ihre Handschellen, riss energisch daran.

Tina stolperte vorwärts, er half ein bisschen nach und schubste, und schon lag sie vor ihm auf dem Boden. Dann drehte er sie unsanft auf den Rücken, setzte sich blitzschnell auf ihre Beine, hielt ihre Hände fest und herrschte sie an: „Wenn du nicht sofort aufhörst mit dem Scheiß, lass ich dir vom Doktor hier eine ordentliche Ladung Beruhigungsmittel verpassen! Ist das klar?"

Tina starrte ihn schwer atmend und mit Hass im Blick an. Anscheinend hatte sie sich noch nicht unter Kontrolle.

„Hör zu, du Irre: Ich bleibe jetzt so lange hier sitzen, bis man wieder vernünftig mit dir reden kann!"

Sascha bekam mit, dass sich der Arzt inzwischen um Elfriede Esser kümmerte und mit erschrockenem Gesicht ihren Blutdruck maß, und dass Andreas, der ein verärgertes Gesicht machte, soeben neben der sich am Boden windenden Tina in die Hocke ging.

„Frau Bruschinsky", begann er in strengem Ton, „hören Sie mit dem Theater auf! Wir alle hier im Raum können bezeugen, was Sie über die Kontaktlinsen gesagt haben! Sie sind die Raubmörderin, Punkt, aus! Finden Sie sich damit ab, dass Sie im Gefängnis landen!"

Daraufhin kippte Tinas Stimmung. Ihr Mund verzog sich, sie drehte den Kopf zur Seite, Tränen traten in ihre Augen, und sie jammerte: „Geh weg von mir."

Sascha wartete noch eine Minute ab, gab sie endlich frei, stand auf und brachte die Frau mit Andreas' Hilfe wieder auf die Füße.

Während der Rückfahrt ins Präsidium sagte Tina nichts mehr, sondern weinte nur fast lautlos vor sich hin.

*

Bonn, Lengsdorf, 12.15 Uhr

Gottfried hatte gerade seinen wöchentlichen Großeinkauf hinter sich gebracht und stellte den Wagen auf dem Hof hinter dem Mehrfamilienhaus, in dem er wohnte, ab. Ein hässlicher Hof: kein Baum, kein Strauch, nur Mülltonnen, Beton mit unkrautbewachsenen Rissen und ein paar schäbige, graue Garagen.

Aber so wichtig war das nicht, im Moment hatte er andere Dinge im Kopf. Das eine war der Ärger darüber, dass er diesen Mistkerl Jonas hatte laufen lassen müssen, und das andere Gefühl, das ihn quälte, war die Angst, dass ihm seine Tina, die er gerade für sich gewonnen hatte, für lange Zeit wieder weggenommen wurde. Denn ihm war durchaus bewusst, dass sie das, was die Polizei ihr vorwarf, wirklich getan haben könnte. Er hatte oft genug erlebt, wie schnell und wie heftig sie ausrasten konnte, und sie hatte Geld für eine Spende gebraucht, um ihren noch vor kurzem angebeteten Jonas zu beeindrucken. Ja, er konnte sich vorstellen, dass sie die Frauen überfallen hatte, und dass dann irgendetwas passiert war, das sie die Beherrschung hatte verlieren lassen. Ja, das hielt er für möglich.

Gottfried stieg aus, öffnete den Kofferraum und trug einen Kasten Bier, einen Kasten Wasser und zwei gut gefüllte Plastiktüten hinauf in seine Wohnung. Eben räumte er Fleisch, Wurst, Milch und Käse in den Kühlschrank, als sein Telefon klingelte. Die Nummer kannte er nicht.

„Liebetrau!"

Das erste, was er hörte, war ein leises Schluchzen, dann eine tränenerstickte Stimme.

„Ich bin's, Tina. Es tut mir leid… Es tut mir alles so furchtbar leid! Wenn ich gewusst hätte, dass ich dich finde, dann hätte ich das alles nicht gemacht!"

Gottfried versuchte, sie zu beruhigen und herauszubekommen, was passiert war.

Tina erzählte von der Gegenüberstellung im Krankenhaus und beklagte sich bitter über ‚Arthur', der keine Gelegenheit ausgelassen hatte, sie zu demütigen. Gottfried hörte zu, tröstete sie, sprach ihr Mut zu und wunderte sich, dass man sie so lange telefonieren ließ.

Aber schließlich musste sie auflegen, und Gottfried setzte sich im Wohnzimmer erschüttert auf seine Couch, legte den Kopf zurück und starrte an die Decke.

Seine geliebte Tina war also eine Mörderin. Was ihn mehr überraschte, war sein grenzenloses Verständnis für sie. Sie war eine sehr kranke, sehr verletzte Seele, und ganz sicher hatte sie die Frauen nicht vorsätzlich umgebracht. Nein, das waren Unfälle gewesen. Durch irgendetwas hatte sich Tina an ihre Kindheit erinnert gefühlt und war ausgerastet.

Und wer, verflucht noch mal, war schuld daran? Diese Drecksau Jonas! Warum hatte er den Kerl laufen lassen?

Gottfried sprang auf und eilte ins Schlafzimmer, wo er sich ein paar Minuten lang mit seinen Hanteln abreagierte. Dann marschierte er in die Küche und schüttete zwei Gläser Milch in sich hinein. Schließlich setzte er sich an den Küchentisch und schaute zum Fenster hinaus, über die hässlichen Garagen hinweg zu einem wildwuchernden Garten hinüber.

Gab es noch irgendetwas, das er für Tina tun konnte? Sollte er beten? Dafür, dass sich doch alles als Irrtum herausstellte? Aber würde der Allmächtige ein Einsehen haben und ein Happyend zulassen?

Oder verlangte Gottfried zu viel? Die Vergebung seiner Schuld, die er gegenüber seiner Mutter empfand, die Heilung seiner Krankheit, die er geerbt hatte, und dann auch noch eine wundervolle Beziehung zu Tina, die er liebte, wie vorher nichts auf der Welt? Sollte er zwei seiner Herzenswünsche auf Eis legen und sich ganz auf Tina konzentrieren? Weil Gott am Ende geizig war im Wünsche-Erfüllen?

Ja, Gottfried traute seinem Gott auch das zu – nicht nur Güte und Friedfertigkeit! Wenn der Mensch das Ebenbild Gottes war, konnte man sich ja ausmalen, was man von so einem Gott zu erwarten hatte! Nein, Gottfried hatte kein Problem damit, seinen Gott manchmal zu hassen, ohne Hemmungen und aus tiefstem Herzen. Hassen konnte er gut.

Er goss sich ein drittes Glas Milch ein und dachte lange nach.

Schließlich entschied er sich: Es gab nur eins, das er für Tina und letztlich auch für sich selbst tun konnte, und das würde er jetzt in die Tat umsetzen.

*

Bonn, Polizeipräsidium

Zurück im Präsidium ließ Andreas Tina Bruschinsky sofort wieder in die Zelle bringen. Zehn Minuten später bat sie darum, mit Gottfried Liebetrau telefonieren zu dürfen.

Andreas tat ihr den Gefallen, hörte aber mit. Die Art, wie sie über Sascha (Arthur, wie sie ihn nannte) redete, bewies, wie sehr sie psychisch deformiert war. Leider verloren die beiden kein Wort über Jonas Kirch. Nachdem das Gespräch zu Ende war, versuchte Andreas den Prediger per Handy zu erreichen. Die Nummer hatte er von Valoschek. Aber Kirch nahm nicht ab. Daraufhin schickte er zwei Leute zu Kirchs Pension in Plittersdorf, deren Adresse ja freundlicherweise auf der Liste stand, aber dort war er seit dem Vortag nicht mehr gesehen worden. In seinem Zimmer befanden sich allerdings noch Sachen von ihm. Für all das gab es nur zwei Erklärungen. Entweder hatte sich Kirch überstürzt aus dem Staub machen müssen...oder er war von Tina Bruschinsky ermordet worden, nachdem sie seine Betrügereien aufgedeckt hatte. Allerdings war laut Kriminaltechnik mit der Pistole, die Bruschinsky bei sich hatte und die vermutlich Kirch gehörte, nicht geschossen worden.

Andreas beschloss, ein spätes Mittagessen zu sich zu nehmen und anschließend einen langen Spaziergang am Rhein zu machen, um nachzudenken.

*

Vinxel

Sascha fühlte sich irgendwie erschöpft, als er nach Hause fuhr. Aber vielleicht hatte er nur Hunger.

Annika überfiel ihn mit dem Vorschlag, gleich, jetzt und sofort einkaufen zu gehen, denn am Nachmittag seien sie ja bei ihren Eltern eingeladen. Schnell verdrückte Sascha eine halbe Tafel Schokolade und raste mit Frau und Kind zum nächsten Supermarkt. Das Einkaufen mit Baby verlief problemloser als gedacht.

Wieder zu Hause kümmerte sich Annika ums Mittagessen, während sich Sascha den jetzt quengelnden Gabriel geschnappt hatte und ihn behutsam durch die Wohnung trug, damit sich das Kind an seiner Umgebung und der außergewöhnlichen DVD-Sammlung seines Vaters erfreute. Dies schien das Kind aber eher einzuschläfern, so dass die Eltern bald darauf ungestört ihre Steaks genießen konnten.

Anschließend half Sascha seiner Annika noch in der Küche, klagte aber ab und zu über leichte Magenschmerzen. Was nicht einmal gelogen war, denn die Vorstellung, den ganzen Nachmittag mit Annikas Familie verbringen zu müssen, bereitete ihm in der Tat ein gewisses Unwohlsein. Er brauchte jetzt einfach ein paar Stunden Ruhe!

Als Annika auf seine dezenten Anspielungen so gar nicht reagierte, wurde er nachdrücklicher. Er nahm sie in den Arm, verpasste ihr ein

Küsschen auf die Nasenspitze und lächelte zärtlich, aber auch ein ganz klein wenig wehleidig.

„Hör mal Schatz, mir geht`s nicht gut… Wäre es möglich, dass du mit Gabriel allein zu deinen Eltern fährst?"

In ihren schwarzen Augen tauchte ebenfalls ein Lächeln auf. „Auf so was hab ich gewartet. Aber weißt du was? Ich fahre tatsächlich lieber allein, als mit einem Mann, der die ganze Zeit nur miese Laune hat!"

„Ist das je so gewesen?"

„Ach, Sascha…guck du ruhig deinen Film. Ich gebe dir heute Nachmittag frei."

So viel Gönnerhaftigkeit hätte ihn fast auf die Palme getrieben, aber im letzten Moment befahl er sich, den Mund zu halten und nett, aber leidend, zu lächeln.

*

Gottfried saß in seinem Wagen, den er am Straßenrand geparkt hatte, und schaute hin und wieder zu dem großen Haus hinüber. Ein stattliches, weiß verputztes, neues Haus mit roten Dachziegeln, drei Garagen, einer kurzen Treppe aus dunklem Schiefer, einer modernen Außenleuchte und viel Garten drumherum.

Er würde hier warten, bis sich eine günstige Gelegenheit ergab. Und wenn es Tage dauerte!

*

Während seines Spaziergangs hatte sich Andreas noch einmal die Fragen vom frühen Morgen durch den Kopf gehen lassen… Warum erschien seinem Unterbewusstsein das Alter des ermordeten Marcel Jaeger so wichtig? Mehrmals, so kam es ihm zumindest vor, tastete sich sein Verstand ganz dicht an die Lösung heran, aber dabei blieb es dann auch.

Zurück im Büro machte er sich einen frischen Kaffee und ließ Tina Bruschinsky zu sich bringen. Die Frau sah fertig aus, benahm sich aber immerhin vorerst zivilisiert, setzte sich und bat um einen Kaffee.

„Frau Bruschinsky, möchten Sie auch gleich ein Geständnis ablegen?", fragte Andreas höflich.

Sie schaute auf ihre Hände, die vorsichtshalber in Handschellen steckten, schüttelte den Kopf und ließ verlauten: „Nachher kommt meine Anwältin, mit der möchte ich mich erst beraten."

„Ok. Aber vielleicht beantworten Sie mir ein paar Fragen in einer anderen Sache. Es macht sich immer gut vor Gericht, wenn man bereitwillig mit der Polizei zusammenarbeitet."

Sie hob den Blick, und in ihren großen, sehr blauen Augen las er ein deutliches ‚Du kannst mich mal'. Aber sie hielt den Mund, und Andreas fragte trotzdem: „Jonas Kirch ist zur Zeit unauffindbar und unerreichbar. Wollen Sie mir dazu etwas sagen?"

„Nur, dass ich ihn gestern Nachmittag zum letzten Mal gesehen habe."

Andreas musterte sie genau. Die Perücke mit den langen, gelockten, braunen Haaren saß nicht so exakt wie sonst, an der linken Schläfe lugte ein Teil der grässlichen Narbe hervor. Ihre Fassade bröckelte. Also nachhaken.

„War das zu dem Zeitpunkt, als sie ihn aus Wut, die sie mal wieder nicht beherrschen konnten, erschlagen, erwürgt oder sonstwie zu Tode gebracht haben?"

Ein hasserfüllter Blick schräg von der Seite. Galt er Kirch oder Andreas?

„Oh ja – das hätte ich nur zu gern getan! Hab ich aber nicht…oder haben Sie vielleicht eine Leiche gefunden?!"

„Nein. Aber vielleicht hat Ihr neuer Freund Gottfried die Leiche für Sie entsorgt."

Auffälligerweise stutzte sie einen Moment, dachte über irgendetwas nach und erklärte dann patzig: „Gottfried ist ein sehr lieber Mensch und ganz bestimmt kein Leichenentsorger! Sind wir jetzt fertig?"

„Was ist er noch mal von Beruf?"

„Sagte ich doch schon – Hausmeister am Abendgymnasium!"

Andreas entließ sie in die Obhut zweier Kollegen und stellte sich ans Fenster seines Büros. Wurde es nicht allmählich Zeit, nach Hause zu gehen, abzuschalten und sich ein bisschen Freizeit zu gönnen? Denn irgendwann fingen Körper und Hirn an zu streiken, dann ging gar nichts mehr.

Immer noch stand er am Fenster, versuchte, an nichts zu denken und sich einfach am Anblick der grauweißen, sich vermutlich kilometerhoch auftürmenden Wolkenformationen zu erfreuen … als plötzlich ein Wort in seinem Hinterkopf anklopfte, das er vorhin gehört hatte. Ein einziges Wort, das schlagartig alle Zusammenhänge aufzudecken schien!

Andreas vergaß das Abschalten und stürmte zum Telefon, um auf der Stelle ein paar Daten zu überprüfen. Dann fiel ihm ein: Es war Samstagmittag und eigentlich unmöglich, jemanden von der ARGE Bonn oder jemanden von der Bank zu erreichen. Aber mit ein bisschen Nachdruck, Hartnäckigkeit und autoritärem Auftreten schaffte Andreas beides.

Gute 90 Minuten später hatte er die gewünschten Informationen auf seinem Zettel stehen. Kein Wunder, dass sie bis jetzt nichts gefunden hatten – die Verbindung zwischen den drei Ritual-Morden lag gute zehn Jahre zurück.

Doch nun hatte Andreas den Namen eines Mordverdächtigen, der sowohl Baum als auch Voss als auch Jaeger kannte und massiven Ärger mit ihnen gehabt hatte.

*

Sascha trug die Autoschale mit Gabriel nach unten, verstaute sie im Wagen, gab Annika einen Kuss und winkte ihr nach, als sie davonfuhr. Er ging davon aus, dass er zwei bis drei Stunden Zeit ganz für sich allein hatte. Welchen Film hatte er lange nicht mehr geguckt? ‚The Cave'? ‚The Core'? ‚The One'? Oder lieber was Heiteres? ‚MIB' oder ‚Transformers'? ‚Die Mumie', letzter Teil?

Sascha schaute kurz zum Himmel hinauf. Warm, wolkig, trocken – eigentlich ein prima Wetter, um durch den Wald zu laufen. Aber das konnte er auch tun, wenn Annika zu Hause war. Nein, jetzt war Entspannung angesagt!

Kurz darauf stand er im Wohnzimmer vor seiner DVD-Sammlung und schaute sich die Titel an, als es an der Haustür klingelte. Verflixt, was hatte die Frau nun wieder vergessen? Ihren Hausschlüssel? Oder fiel am Ende der Verwandtenbesuch ganz aus, weil Gabriel plötzlich schwer erkrankt war? Hoffentlich nicht!

Im Flur drückte er auf den Öffner für die Haustür, riss die Wohnungstür auf und versuchte zu hören, wer ihm den freien Nachmittag versauen wollte. Die Schritte, die zügig näherkamen, klangen nicht nach Annika, und Sascha staunte nicht schlecht, als auf einmal der dunkel gelockte, bärtige Kopf von Gottfried auftauchte.

Als er die zweite Treppe erreicht hatte, schaute er zu Sascha empor.

„Hallo, Arthur", begrüßte er ihn und lächelte entschuldigend. „Ich muss dir was erzählen. Ich glaube, ich weiß, wer euer Ritualmörder ist."

Sascha wusste nicht recht, was er davon halten sollte. Auf jeden Fall duzte er Gottfried zurück. „So, glaubst du… Warum gehst du damit nicht zu meinen Kollegen im Präsidium?"

„Das hat bestimmte Gründe", behauptete Gottfried, der Jeans und ein schwarzes T-Shirt am Körper und eine Sporttasche in der Hand trug, und nun vor Saschas Tür angekommen war.

Sascha gab sich grantig. „Das passt mir jetzt gar nicht, ich bin sehr beschäftigt und ich finde, du solltest damit zu Kommissar Montenar gehen!"

„Mache ich ja auch! In fünf Minuten bin ich wieder weg, ich brauche nur mal eben deinen Rat." Gottfried guckte sehr ernst und finster und zeigte auf die Tasche in seiner Hand. „Hier sind vielleicht ein paar Beweise drin…aber ich weiß nicht, ob das reicht."

„Woher weißt du überhaupt, wo ich wohne?"

„Zufall. Ich fuhr gerade hier vorbei, als ich dich draußen bei deiner Frau am Auto stehen sah. Ich habe extra gewartet, bis sie weg war."

„Na gut, komm rein, sehen wir uns das mal an." Sascha trat beiseite und ließ Gottfried eintreten. „Geh da geradeaus ins Wohnzimmer.

*

Andreas traf alle Vorbereitungen, um den Mörder in seiner Wohnung zu verhaften.

Er instruierte Jörg, Petra, Manfred und Klaus. Der Verbrecher durfte nicht entwischen. Alle Ein- und Ausgänge des Hauses mussten gesichert, die Straße überwacht werden.

Manfred hörte sich in Andreas' Büro alles an und ließ dann verlauten: „Das kannst du nicht machen."

„Was?"

„Du musst Sascha Bescheid sagen. Der bringt dich um, wenn er erfährt, dass er bei der Verhaftung von Liebetrau nicht dabei war!"

„Ich weiß nicht." Andreas hatte im Moment wenig Lust, sich um die mögliche Verletzung von Saschas Gefühlen zu sorgen. „Er wollte doch einen ruhigen Nachmittag mit der Familie verbringen. Aber gut, ich rufe ihn an, soll er selbst entscheiden."

*

Gottfried hatte seine Tasche auf dem Couchtisch abgestellt, als das Telefon klingelte. Sascha wandte sich um und streckte die Hand nach dem Apparat aus, der auch auf dem Couchtisch lag. Zwei Sekunden später spürte er einen heftigen Schlag gegen seinen Hinterkopf. Er bekam noch mit, wie er fiel, und dann wurde ihm schwarz vor Augen.

Als Sascha wieder zu sich kam, wunderte er sich erst einmal. Lag er wirklich auf dem Boden seiner Küche? Und warum?

Und wieso tat ihm der Schädel so weh? Sascha ächzte und wollte sich an den Kopf fassen, aber das ging nicht. Stattdessen tauchte wie ein Springteufel aus der Kiste eine bärtige Gestalt in seinem Gesichtsfeld auf und setzte sich, noch bevor Sascha reagieren konnte, so auf seine Oberschenkel, dass er auch die Knie nicht mehr beugen konnte.

Verdammt, das war Gottfried! Gottfried war der Ritualmörder!

Saschas Erschrecken wurde zur Verärgerung. Die ganze Zeit hatte er den Kerl direkt vor der Nase gehabt! Warum hatte er ihn nie überprüft? Er wollte ihm eine Beleidigung an den Kopf werfen, aber auch das ging nicht…und da erst wurde ihm seine Situation richtig bewusst! Er lag gefesselt und geknebelt allein hier in seiner Küche, festgehalten von einem Mann, der bisher mindestens drei Menschen ermordet hatte, und das nicht eben schnell und schmerzlos! Scheiße!

Gottfried, der jetzt weißliche Gummihandschuhe trug, sah mit einem Gesichtsausdruck auf ihn herab, den Sascha in dieser Ausprägung noch nie an ihm wahrgenommen hatte: ein Ausdruck allertiefsten Abscheus.

„Oh ja, ich weiß, du willst dich aus allem rausreden. So wie Jonas, der Schwätzer. Aber das werde ich mir nicht anhören!", begann Gottfried, und auf einmal wurde seine Stimme eisig und monoton. „Du bist ein schlechter Mensch, Arthur. Du lügst und täuschst, du machst dich lustig, und du verletzt andere. Und du tötest sogar. Mit staatlicher Erlaubnis. Aber das geht nicht, du solltest kein Polizist sein, du bist gefährlich, denn du hast den Teufel in dir, Arthur. Und den werde ich dir austreiben."

Sascha merkte sehr wohl, dass sein Herz immer schneller schlug. Das war die Angst, die näher kam, das Entsetzen, dass er wirklich und wahrhaftig hier und jetzt sterben könnte, jetzt, gerade jetzt, wo sein Sohn auf der Welt war! Das ging einfach nicht! Das durfte nicht sein! Aber Gottfried war ein Mann, der nicht lange fackelte – wie sollte Sascha es mit ihm aufnehmen, so verschnürt, wie er war?

Gegen die Angst, die einem auch noch den Verstand lähmte, half eigentlich nur eins: nach Lösungen suchen. Mit aller Kraft schob er jeden angstvollen Gedanken in den Hintergrund, lenkte seine ganze Aufmerksamkeit auf das, was er jetzt noch tun konnte.

Also, womit waren seine Hände und Füße zusammengebunden? Mit Klebeband. Konnte man vielleicht lockern. Weiter. Welche Vorteile hatte er? Er kannte sich in seiner Wohnung aus. Gut, aber das nützte ihm gerade nichts. Weiter. Was war hier anders? Im Gegensatz zu Gottfrieds früheren Opfern konnte er sehen, was der Kerl tat! Das könnte helfen, das könnte sogar entscheidend sein!

Warum hatte er Sascha nicht die Augen zugeklebt wie den anderen Ermordeten auch? Lag es daran, dass er zum ersten Mal am helllichten Tag morden wollte? Dass er unbedingt die Angst und den Schrecken in Saschas Augen sehen wollte?

Vielleicht tat Sascha sogar gut daran, den Ängstlichen zu spielen. Es konnte von Vorteil sein, vom Gegner unterschätzt zu werden. Und anscheinend wartete Gottfried gerade auf seine Reaktion. Also gab sich Sascha Mühe, ängstlich zu gucken (was gar nicht so schwer war), schüttelte vehement den Kopf, gab dumpfe Laute von sich und zerrte gleichzeitig wie in Panik an dem Klebeband um Hände und Füße.

Gottfried beugte sich noch ein wenig vor, so dass Sascha die schwarzen, dichten Haare in seiner Nase sehen konnte, und meinte mit vor Verachtung triefender Stimme: „Ja, so seid ihr, durch und durch schlecht und mit großem Maul, aber wenn`s drauf ankommt, feige wie die Angsthasen! Was glaubst du wohl, was diesem Schwein Baum passiert ist, als er hier unter mir lag? Der hat sich in die Hose gepisst vor Angst!"

Sascha tat wieder so, als wolle er etwas sagen und bewegte Hände und Füße, aber Gottfried reagierte nicht darauf, sondern beugte sich ein wenig zur Seite und griff nach einem Gegenstand, den Sascha noch gar nicht bemerkt hatte und der auf der vorderen rechten Herdplatte stand. Er sah, dass die Platte eingeschaltet war. Verdammt!

Gottfried hob das Metallkreuz an einem isolierten Griff vom Herd und hielt es ganz vorsichtig an seinen Unterarm.

„Noch nicht heiß genug", murrte er und stellte das Ding zurück auf die Platte. „Dann kann ich in der Zwischenzeit ein bisschen mit dir plaudern – so wie du mit Ramona und Tina geplaudert hast, du verlogener Hund!" Wieder ein Blick voller Hass und Abscheu.

Jetzt fiel Sascha auch der weißliche Fleck auf Gottfrieds schwarzem T-Shirt auf... Roch es nicht sogar irgendwie nach ungewaschenen Klamotten? Ihm wurde – nicht nur wegen des Geruchs – ein bisschen übel, als Gottfried weiterredete.

„Weißt du...ich habe Multiple Sklerose, genau wie mein Vater, und ich habe Gott lange verflucht, wie er mir diese Krankheit anhängen konnte! Ich war doch immer ein guter Mensch gewesen! Und warum traf ich immer auf Scheißkerle wie Baum oder Voss, die alles zerstören wollten, was ich gerade aufbaute?" Gottfried schlug mit der Faust gegen die Backofentür. Sascha zuckte zusammen. „Warum finden Menschen überhaupt Spaß daran, andere Menschen fertigzumachen? Da hatte Jonas mal Recht: Nur wer sich selbst klein fühlt, muss auch andere klein machen! So wie du, du kleines Würstchen! Warum hast du Tina so gedemütigt! Hast du nicht ein winziges bisschen Verständnis in deinem brutalen Hirn? Was hat sie dir getan?"

Sascha merkte, wie etwas in seinen Därmen zu rumoren begann. War das nun echte Panik? Und warum redete der sonst so schweigsame Gottfried wie ein Wasserfall? Wollte er sich mal alles von der Seele reden? Während der Kerl weiterquatschte, irrte Saschas Blick durch seine nähere Umgebung: Hier unten am Boden gab es nichts, womit man sich hätte wehren oder seine Fesseln aufschneiden können! Verfluchter Mist! Such weiter, denk nach!

Jetzt fiel ihm auch auf, wie hart und kalt die Fliesen waren, auf denen er lag. Er sah sich um, und je weniger Möglichkeiten er fand, um sich zu befreien, desto mehr wuchs die Angst.

Die Angst vernebelte allmählich das Denken, und plötzlich zuckte wieder der Aufschrei durch seinen Verstand: Du wirst hier und jetzt sterben!

Nein, nicht durchdrehen! Wenn du panisch wirst, ist alles aus! Lenk dich ab, hör dem Idioten zu! Vielleicht bringt er dich auf eine Idee!

„...sah ich Tina wieder", erinnerte sich Gottfried gerade. Plötzlich schloss er die Augen und meinte mit weltentrückter Stimme und voller Liebe (so dass Sascha einen Anflug von Gänsehaut bekam): „Das war für mich ein Zeichen Gottes, dass es Zeit war, gegen die Krankheit zu kämpfen...und dann Jonas, der vom Teufel im Menschen predigte ... und mir wurde klar, dass Gott mit einem Auftrag an mich herantrat – ich sollte die vielen Teufel in dieser Welt auslöschen, und Gott würde mir dafür Heilung schenken und einen Menschen, der mich aufrichtig liebte."

Jetzt klingelte wieder das Telefon.

Gottfried schlug die dunkelbraunen Augen auf, schaute auf Sascha herab, diesmal ernst und ohne Hass, und offenbarte ihm, nun gar nicht mehr entrückt: „Als Gott mir Tina wieder wegnahm, wusste ich, dass ich mich nicht genug angestrengt hatte! Ich muss Gott noch viele Teufel in Menschengestalt opfern! Und nun bist du an der Reihe! Ich habe zwar keinen Eimer dabei, aber deine Badewanne tut`s auch. Und das Kreuz wird jetzt auch heiß genug sein." Gottfried schob mit beiden Händen Saschas weißes T-Shirt nach oben.

Saschas Herz begann noch stärker zu hämmern, sein Verstand stellte sich vor, wie sich das glühende Metall in seine Haut brannte, seine Muskeln spannten sich an, er beobachtete jede Bewegung Gottfrieds.

Und wieder beugte der sich zur Seite, ganz wenig nur, eine minimale Verlagerung seines Gewichts, um nach dem Brenneisen zu greifen. Im Bruchteil einer Sekunde nutzte Saschas Unterbewusstsein die Chance.

In dem Moment, in dem sich Gottfrieds Körper eine Winzigkeit von seinen Oberschenkeln hob, bäumte sich Sascha auf und drehte sich gleichzeitig. Sofort kippte Gottfried seitwärts Richtung Herd, stützte sich mit der linken Hand an der Kante der Arbeitsplatte ab, wollte sich mit der schon erhobenen Hand ebenfalls abfangen, fasste aber auf die heiße Herdplatte, zog aufschreiend die Hand zurück und fegte dabei das glühendheiße Metallkreuz herunter.

Sascha sah es kommen, wollte sich wegrollen, war zu langsam, und das Eisen fiel auf seinen linken Oberarm. Glücklicherweise sprang in diesem Moment Gottfried auf, so dass Sascha das Kreuz vom Arm schütteln konnte.

Gottfried stürmte zur nur einen Meter entfernten Spüle und ließ fluchend kaltes Wasser über seine verbrannten Finger laufen. Sascha hingegen ignorierte den Schmerz auf seinem Arm, konzentrierte sich voll auf Gottfried und sah die nächste Chance.

Sascha stellte die Füße auf, rutschte wie der Blitz in Gottfrieds Richtung, winkelte die Beine an und trat den Mann so heftig von der Seite gegen die Knie, dass er wieder stürzte, wieder seitwärts. Diesmal knallte er mit dem Kopf gegen den Heizkörper unter dem Fenster. Ein hohles, schepperndes ‚Plong', und Gottfried blieb erst einmal liegen.

So, und jetzt nichts wie hoch und zur Schublade mit den Messern! Allerdings stellte Sascha sehr schnell fest, dass es alles andere als einfach war, mit auf den Rücken gebundenen Händen und verschnürten Füßen zum Stehen zu kommen!

Zuerst drehte er sich auf den Bauch, aber so ging gar nichts! Zurück auf den Rücken, aufsetzen. Und jetzt? Er zog die Beine an und nahm Schwung, um wenigsten auf die Knie zu kommen. Viermal musste er das wiederholen, dann hatte er es geschafft.

Währenddessen tat sich etwas an der Heizung. Gottfried stöhnte leise und versuchte, sich ebenfalls aufzurappeln. Und wieder klingelte das Telefon.

Sascha war klar, dass er sich beeilen musste. Schnell! Verdammt, wie kam er von den Knien auf die Füße? Springen? Zu gefährlich. Wenn er dabei hinfiel, hatte er keine Chance mehr! Er rutschte zu einem Stuhl hinüber, hielt sich hinten am Sitz fest und versuchte aufzustehen. Verflucht, das ging ja kaum!

Aber die zunehmenden Geräusche aus Gottfrieds Richtung spornten ihn zu höchster Eile an. Er verrenkte sich fast den Fuß, aber er kam schließlich zum Stehen, und das Klebeband saß auch nicht mehr ganz so fest.

Dreimal musste Sascha hüpfen, dann war er an der Schublade. Aber auf der Arbeitsplatte neben dem Herd lag bereits ein Messer, ein sehr scharfes Küchenmesser mit Holzgriff. Sascha merkte sich die Position, drehte sich um und tastete hinter seinem Rücken nach dem Messer. Und sah zweierlei: Gottfried hatte eine blutende Platzwunde an der Schläfe, und er war gerade dabei, aufzustehen! Wo war das verfluchte Messer?!

Gottfried stand jetzt wieder auf den Füßen, starrte zu Sascha hin, und sein Blick bekam etwas definitiv Wahnsinniges. Er hinkte auf Sascha zu, während ein feiner Blutfaden über seine Wange rann.

Saschas Finger fanden das Messer und drehten es so zurecht, dass die Klinge das Klebeband durchschneiden konnte. Er hatte es fast geschafft, als Gottfried ihn erreichte und mit irrem, hasserfüllten Blick beide Hände um seinen Hals legte.

„Jetzt bist du fällig, du verdammter Bastard!", knurrte er und begann, Sascha die Luft abzudrücken. Sein Kopf war Saschas Gesicht ganz nah und er sah ein paar weiße Haare zwischen Gottfrieds braunen Locken. Wie absurd.

Saschas Finger säbelten weiter, er hielt die Luft an, und zwei Sekunden später riss das Klebeband. Mit einer schnellen, kraftvollen Bewegung jagte Sascha das Küchenmesser von unten in Gottfrieds Oberarm. Gottfried brüllte auf, ließ Saschas Hals los und stolperte ein paar Schritte rückwärts. Ungläubig schaute er seinen Arm an, hob ihn hoch, sah das Messer und zog es schwer atmend, aber zügig heraus. Anscheinend war der Mann so mit Adrenalin vollgepumpt, dass ihn diese Verletzung in keinster Weise von seinen Mordabsichten abhielt.

Und was noch schlimmer war – jetzt hatte er das Messer!

Aber nun wurde auch Sascha wütend. Er war kurz davor gewesen, diesem verrückten Killer zu entkommen. Sollte das in letzter Sekunde schiefgehen?

Als Gottfried mit dem Messer auf ihn losgehen wollte, reagierte Saschas Körper fast von selbst. Mit beiden Händen stützte er sich auf der Arbeitsplatte hinter ihm ab, setzte sich auf die Kante, schwang beide Beine mit den noch zusammengebundenen Füßen hoch und hämmerte sie unter Gottfrieds Kinn. Der ließ das Messer fallen, taumelte rückwärts gegen einen Stuhl und landete mit Stuhl, Rücken und Kopf an der Wand hinter ihm. Dort sackte er in sich zusammen und rührte sich nicht mehr. Sascha sprang von der Arbeitsplatte, hechtete zum Messer, das auf den Fliesen lag, und befreite seine Füße. Dann zog er vorsichtig den Klebestreifen vom Mund, schaltete den Herd aus, holte eine Rolle Paketkordel aus einem Küchenschrank und verschnürte damit den immer noch bewusstlosen Gottfried derart, dass er keinen Finger und keinen Zeh mehr bewegen konnte.

„Du hättest dir besser ein anderes Opfer ausgesucht, du Scheißkerl!", brummte Sascha vor sich hin. Schließlich hob er mit einem Topflappen das Brenneisen auf und stellte es in die Spüle. Bei der Gelegenheit meldete sich auch die Verbrennung an seinem Arm, die nicht schön aussah. Er band sich ein paar Eiswürfel in einem Küchenhandtuch dagegen, gönnte sich ein großes Glas Cola und rief Andreas an.

„Montenar."
„Hier ist Sascha. Was machst du gerade?"
„Wir sind in Liebetraus Wohnung. Der Mann ist unser Ritualmörder. Ich hab vorhin ein paarmal bei dir angerufen, damit du mit zur Verhaftung kommst, aber du bist nicht rangegangen."
„Stimmt, ich konnte nicht. Ich –"
„Weißt du vielleicht, wo der Kerl ist?"
„Ja, ihr könnt ihn bei mir abholen."

*

Vor dem Mehrfamilienhaus, in dem Sascha wohnte, wimmelte es nur so vor Polizei. Die Medien hätte man beinah fernhalten können, aber irgendein Nachbar hatte vermutlich ein Live-Video ins Internet gestellt.
Egal. Der Killer war gefasst, Andreas war zufrieden. Und stolz auf den neuen Superstar Sascha. Der Mann war echt gut zu gebrauchen.
Erst nachdem Liebetrau, der inzwischen das Bewusstsein wiedererlangt hatte, abtransportiert worden war, wurde Annika informiert, die erstaunlich souverän damit umging, dass der Vater ihres Kindes um ein Haar ermordet worden wäre.
Sascha fuhr mit allen anderen ins Krankenhaus, um seinen Gesundheitszustand ärztlich begutachten zu lassen. Unterwegs fragte er Andreas: „Wie bist du auf Gottfried gekommen?"
„Wegen Marcel Jaeger. Der hat am Abendgymnasium sein Abitur nachgeholt, und Liebetrau ist dort Hausmeister", erläuterte Andreas gut gelaunt.
„Und dann hast du in Gottfrieds Vergangenheit gegraben."
„Genau. Der Mann hat vor etwa 11 Jahren eine Zeitlang Sozialhilfe bekommen, und der Sachbearbeiter, mit dem er sich regelmäßig heftigst in der Wolle hatte, war der ermordete Manfred Baum. Etwa zwei Jahre später wollte er sich als Hausmeister selbstständig machen und beantragte bei der Bank einen Kleinkredit für eine Werkzeugausrüstung. Der Mann, der ihm den Kredit verweigerte, war natürlich Hugo Voss." Andreas machte eine kurze Pause. „Und was Jaeger Liebetraus neuer Freundin Tina so Schreckliches angetan hat, finde ich auch noch raus!"
„Und warum hat er sich erst jetzt gerächt?"
„Vielleicht hätte Liebetrau nie einen Menschen umgebracht. Aber

dann tauchte Kirch auf, und der hat ihm den Floh vom ‚Teufel im Menschen' ins Ohr gesetzt."

„Ja, und daraus hat sich Gottfried mit seinem kranken Hirn eine eigene Philosophie zurechtgebastelt", ergänzte Sascha, der sich ausnahmsweise auf dem Beifahrersitz niedergelassen hatte. „Weißt du, was der Kerl mir erzählt hat? Er habe Multiple Sklerose, vom Vater geerbt, also habe er den lieben Gott um Heilung gebeten, und der habe ihn beauftragt, ihm ein paar vom Teufel besessene Menschen zu opfern."

„Tolle Wahnvorstellung."

Sascha schwieg zwei Sekunden, dann redete er weiter. Er wirkte – verständlicherweise – aufgekratzt bis zum Anschlag. „Fiedler und Valoschek können wir ja dann nach Hause schicken."

„Nun mal langsam. Valoschek hätte dringend einen Entzug nötig, und mit Fiedler muss ich noch ein Wörtchen reden."

„Wieso?"

Andreas hielt an einer Ampel. „Der Knabe hat in seiner Freizeit Dealer zusammengeschlagen und die Drogen anschließend im Klo entsorgt!"

„Was? Das schmächtige Kerlchen verprügelt Drogendealer?"

„Ja, und bis jetzt ist er damit durchgekommen. Aber wenn der so weitermacht, gerät er irgendwann an den Falschen, und dann dürfen wir unseren angehenden Industrietaucher vom Pflaster kratzen."

„Wahrscheinlich. Und er nimmt unserer Drogenabteilung die Arbeit weg. Das geht nicht."

Im Krankenhaus wurden Sascha und Liebetrau gründlich untersucht. Bei keinem von beiden wurden ernste oder bleibende Schäden festgestellt. Sogar die Verbrennung an Saschas Oberarm würde wohl keine Narben hinterlassen, was dieser mit einem kernigen „Schade" kommentierte.

Am späten Samstagnachmittag fuhren alle zurück ins Präsidium, wo Liebetrau vernommen werden sollte. Doch Liebetrau wollte ohne Anwalt nichts sagen.

Andreas ärgerte sich. „Herr Liebetrau, nun legen Sie schon ein Geständnis ab! Es hat doch keinen Sinn mehr zu leugnen! Wir haben DNA-Spuren an Jaegers Uhr gefunden, die mit Sicherheit von Ihnen stammen! Wir werden an dem Metallkreuz Spuren von den anderen Ermordeten finden! Und Ihr Mordversuch an Kommissar Piel ist ja wohl Beweis genug!"

Aber Liebetrau, dessen Platzwunde mit drei Stichen genäht worden war und der garantiert noch schwere Kopfschmerzen hatte, schwieg verstockt.

Daraufhin kam Andreas auf die Idee, Tina Bruschinsky dazuzuholen. Als sie das Büro betrat, drehte sich Liebetrau um, und die beiden schauten sich lange in die Augen. Schließlich setzte sie sich neben ihren geliebten Gottfried und griff nach seinen Händen, die in Handschellen steckten, genau wie die ihren.

Sollte Andreas das durchgehen lassen? Er drückte beide Augen zu und wollte sich gerade an Bruschinsky wenden, als die ihren Gottfried fragte: „Was hast du getan?"

Liebetrau senkte den Blick, schaute zur Seite und schwieg wie gehabt.

„Du hast die Männer umgebracht, stimmt's?" Tina Bruschinsky seufzte. „Weißt du, ich hab's geahnt, als Marcel ermordet wurde – einen Tag, nach dem ich dir davon erzählt hatte."

Liebetrau hüllte sich nach wie vor in Schweigen.

Tina musterte ihn mit ihren auffallend blauen Augen und meinte sanft und mit vollstem Verständnis: „Es ist ok. Wir sind uns sehr ähnlich... Das Schicksal hat uns–"

Sascha fiel ihr aufgebracht ins Wort. „Das ist überhaupt nicht ok! Dieser Kerl hätte mich fast umgebracht!"

„Danke", säuselte Tina, „danke, Gottfried, dass du das für mich getan hast." Sie warf Sascha einen bösen Blick zu. „Aber leider hat es ja nicht ganz geklappt."

Zuerst guckte Sascha, als wolle er ihr persönlich die Kehle durchschneiden, dann änderte er seine Taktik und ließ, ohne ein Wort zu sagen, ein hämisches Lächeln sehen.

Bruschinsky konzentrierte sich wieder auf Liebetrau, der sie jetzt anschaute...und die beiden verschlangen sich sekundenlang derart mit Blicken, dass es Andreas unheimlich wurde. Er musste etwas tun. Also setzte er die Lesebrille auf, nahm einen Zettel zur Hand und sprach Liebetrau an: „Wir haben vorhin bei der Durchsuchung Ihrer Wohnung unter anderem Belege gefunden, dass Sie an den jeweiligen Mordtagen Autos gemietet haben. Wobei ich mich frage, warum Sie die Belege nicht vernichtet haben. Wollten Sie sie bei der Steuer einreichen? Und dann war da noch ein Koffer mit rund 200.000 €. Woher stammt das Geld?"

Liebetrau wandte sich ihm zu. „Von Jonas Kirch natürlich! Das ist ein

Großteil des Geldes, das der Kerl unserer Gemeinschaft gestohlen hat!"
„Und wo ist Kirch jetzt?"
„Glauben Sie mir, ich hätte die Drecksau gestern Abend am liebsten abgemurkst! Aber das ging nicht. Also hab ich Jonas mit dem Rest der Spenden davongejagt!"
Bruschinsky schien überrascht, und Andreas wusste nicht, ob er Liebetrau glauben sollte. Eine intensive Suche nach Kirch war wohl nicht zu vermeiden. In Bruschinskys Wohnung hatte man zwar ein Flugticket nach Uruguay gefunden, aber dort dürfte sich Kirch wohl am allerwenigsten aufhalten.
„Also dann, Herr Liebetrau – Sie wollen nicht aussagen? Dann lasse ich Sie in eine Zelle bringen." Andreas überlegte kurz, aber das musste er loswerden. „Sie haben meinem Kollegen erzählt, Sie hätten MS?"
Liebetrau wirkte gleichzeitig verärgert und peinlich berührt, schaute an Tina vorbei aus dem Fenster und entzog ihr sogar seine Hände. Die Frau war irritiert, hielt sich aber zurück und musterte ihren Gottfried mit einem Gesichtsausdruck, als finge sie gleich wieder das Weinen an.
Andreas fuhr ungerührt fort. „Ich möchte wetten, dass Sie damit noch nicht beim Arzt waren. Sie haben Angst vor der Diagnose, nicht wahr? Sie wollen das alles gar nicht so genau wissen, stimmt`s? Sie haben es bei Ihrem Vater gesehen. Sie haben gesehen, wie es endet. Aber soweit ich weiß, Herr Liebetrau, ist MS keine Erbkrankheit."
Liebetraus Gesicht versteinerte zur Maske, und Andreas hatte auf einmal die Nase voll von den beiden Verrückten.
„Bringt sie bitte weg", bat er Manfred und Jörg, und im gleichen Moment sprang Bruschinsky auf und fiel Gottfried, der sich ebenfalls erhoben hatte, mit ihren gefesselten Händen um den Hals. Sie küssten sich, als wäre es das letzte Mal für immer. Andreas ließ sie auch diesmal gewähren.
Als er aber mit Sascha allein war, konnte er sich einen Kommentar nicht verkneifen: „War das nicht rührend? Kann es sein, dass es die wahre und echte Liebe nur zwischen Serienkillern gibt?"
Sascha, der auf seinem Handy gerade nach entgangenen Anrufen suchte, meinte nur: „Dann weißt du ja, was du zu tun hast: Bring ein paar Leute um und such dir die passende Frau dazu."
„Ich werde –"
Es klopfte, und Renate kam herein, mit irgendeinem Bericht in den

Händen. Und wieder war da dieses verstörend Fremde an ihr. Was war das bloß?

Doch als er sah, wie Sascha ihr verschwörerisch zuzwinkerte, hatte sein Gehirn gleich drei Assoziationen auf einmal. Es war ihre Augenfarbe! Ihre Augen waren nicht mehr himmelblau, sondern braun! Was hatte Sascha damit zu tun? Wollte er Andreas und Renate verkuppeln?

Und wie zur Bestätigung fragte Sascha Renate ganz unschuldig: „Sag mal, du hast in letzter Zeit nicht zufällig ein paar Menschen umgebracht?"

Renate verstand glücklicherweise nur Bahnhof und schaute Andreas fragend an, der auf jeden Fall verhindern wollte, dass Sascha noch mehr Unsinn von sich gab.

„Hör nicht auf ihn. Er leidet unter einem Geburtstrauma. Was hast du denn da Schönes für uns?"

Renate setzte sich und las aus ihrem Bericht vor. „An den Geldscheinen aus Bruschinskys Wohnung waren tatsächlich die Fingerabdrücke aller Opfer, die kann sich jetzt nicht mehr rausreden! Und an den Geldscheinen aus Liebetraus Wohnung haben wir Fingerabdrücke von Jonas Kirch gefunden."

„Ja, die beiden hatten einen kleinen Zusammenstoß. Angeblich hat Liebetrau Kirch mit einem Teil des Geldes zum Teufel gejagt. Aber vielleicht wurde er auch von unseren schwer verliebten Verbrechern unter die Erde gebracht. Oder im Rhein versenkt."

Renate fragte interessiert: „Wie lief's denn vorhin mit den beiden? Haben sie alles gestanden?"

Ausführlich schilderte Andreas die Vernehmung der Täter Bruschinsky und Liebetrau, was eine emotional bewegte Renate zu der Frage veranlasste: „Gibt es keine Möglichkeit, dass zwei Menschen, die sich so sehr lieben, ihre Haftstrafe gemeinsam in einer Zelle absitzen?"

Sascha, der immer noch mit seinem Handy beschäftigt war, sah auf und rief entgeistert: „Bist du wahnsinnig? Du kannst doch einen Mann nicht jahrelang mit seiner Frau in einen Raum sperren!"

Dazu wollte niemand mehr etwas sagen. Als Renate das Büro verließ, eilte Andreas hinter ihr her, schloss sorgfältig die Tür, sah, dass sonst gerade niemand auf dem Flur war, holte Renate ein und tippte ihr auf die Schulter.

Sie blieb stehen und drehte sich um: „Ist noch was?"

Mit großen, braunen Augen schaute sie ihn an, und Andreas erschrak über sich selbst: Es durfte doch nicht wahr sein, dass sein Gefühlsleben so abhängig war von einer Augenfarbe! Er zwang sich zu einem Lächeln.

„Wenn du die Kontaktlinsen nur meinetwegen trägst – das ist nicht nötig." Ohne eine Antwort abzuwarten, machte er kehrt und ging zurück ins Büro.

*

Vinxel,
Sonntag, 18. Mai, 5.25 Uhr

Gegen halb sechs wurde Sascha wachgerüttelt.

Er fühlte sich angeschlagen. Am Vorabend war es sehr spät geworden, denn er hatte Annika haarklein erzählen müssen, was am Nachmittag passiert war. Anschließend hatten sie lange miteinander geredet.

Wenn er sich recht erinnerte, hatte er gerade davon geträumt, wie Gottfried ihm das glühende Metallkreuz auf die Brust drückte. Aber anstatt Gottfrieds vernahm er Annikas Stimme neben seinem Ohr.

„Kümmerst du dich bitte mal um Gabriel? Ich hab ihn zweimal gestillt heute Nacht – und du bist nicht mal wach geworden!"

„'Tschuldigung", brummte Sascha im Halbschlaf und wollte sich auf die andere Seite drehen. Aber daraus wurde nichts.

„Hallo, aufwachen!", verlangte Annika und tätschelte auf seinem Kopf herum. Das mochte er aber gar nicht – er war doch kein Hund!

„Was ist denn?", nörgelte er zurück und schob ihre Hand weg.

„Du sollst dich um deinen Nachwuchs kümmern! Er ist frisch gefüttert und gewickelt, und ich leg mich jetzt für ein paar Stunden in mein Zimmer und schlafe mich aus."

Immer noch nicht ganz bei sich, hörte Sascha, wie sie die Tür zuzog. Dann merkte er, wie sich neben ihm auf dem Bett etwas bewegte und ein paar leise schmatzende Laute von sich gab. Da endlich riss er die Augen auf und schaute im Halbdunkel in das kleine Gesichtchen seines Sohnes, der in einem blau-weiß geringelten Strampelanzug neben ihm lag und ihn mit großen, dunkelblauen Augen anguckte. Aber ganz langsam fielen diese Augen zu, das winzige Mündchen schmatzte noch ein bisschen, gähnte... Dann war Gabriel eingeschlafen, genauso wie Sascha, der seinen Sohn noch ein wenig zu sich herangezogen und fürsorglich zugedeckt hatte.

Das Frühstück fand gegen 11 Uhr statt. Es ging friedlich zu, denn alle schienen genug Schlaf bekommen zu haben.

„Wie geht's deinem Arm?", wollte Annika wissen, während sie Sascha Kaffee einschenkte.

„Gut, brennt nur ab und zu ein bisschen. Und wie hast du die Sache verkraftet?"

Annika setzte sich. „Ich verbiete mir einfach, mir zu viele schreckliche Gedanken zu machen. Du lebst, und ich bin stolz auf dich. Ich weiß doch, dass du dich nicht so leicht unterkriegen lässt."

„Danke. Du verlangst also nicht, dass ich sofort bei der Firma kündige?"

„Quatsch. Erstens würdest du das sowieso nicht tun, und zweitens finde ich deine Arbeit sehr wichtig."

Zwischen ihnen stand die fahrbare Wiege mit Gabriel, der gerade unmotiviert mit den Ärmchen herumfuchtelte, was Annika, die ihre schwarzen Locken hinten hochgesteckt hatte, wie immer furchtbar süß fand. Sie trug ihren pinkfarbenen Hausanzug. Der vordere Reißverschluss war zwar ganz hochgezogen, aber das verbarg ihre zurzeit größere Oberweite natürlich in keinster Weise. Am besten gar nicht hinsehen.

Zu spät. Als sein Blick in Annikas Gesicht wanderte, merkte er, dass sie ihn beobachtet hatte, und plötzlich öffneten sich ihre vollen Lippen zu einem eigenartigen Lächeln.

„Eins sage ich dir, mein Lieber: Ich verzeihe dir, wenn du Tag und Nacht arbeitest, wenn du stundenlang Filme guckst, wenn du mit Fußpilz nach Hause kommst oder wenn dir die restlichen Haare ausfallen. Darüber würde ich großzügig hinwegsehen. Aber vor einer Sache warne ich dich: Wenn du fremdgehst, und ich finde das raus, dann hast du die längste Zeit hier gewohnt!"

„Aber Schätzchen, wie kommst du denn jetzt auf so was?!" Sascha runzelte die Stirn. „Sind das wieder die Hormone, oder wie darf ich das verstehen?"

„Ach, komm! Ich kriege doch mit, wie du mich immer anguckst!" Ein fast verschämter Augenaufschlag, aber dann verzog sie unwillig den schönen Mund. „Ich hab im Moment einfach keine Lust! Und ich weiß,

was Männer tun, wenn sie denken, sie kriegen nicht genug Sex!"
„Ach wirklich? Woher denn?"
„Lenk nicht ab! Ich wollte dich nur noch mal daran erinnern, dass ich in Punkto Fremdgehen überhaupt keinen Spaß verstehe."
Sascha prostete ihr mit der Kaffeetasse zu. „Prima, ich denke genauso. Dann sind wir uns ja einig. Übrigens, ich muss heute Nachmittag noch mal zwei Stunden zur Sekte. Wir müssen den armen Seelen endlich die Wahrheit sagen."
„Ok."

Um 17 Uhr holte Sascha Andreas im Präsidium ab. Andreas hatte beschlossen, statt jedes Gemeindemitglied einzeln zu informieren, lieber auf der nächsten Versammlung zu allen zu sprechen. Das Treffen fand in einem Restaurant am Rhein in Dollendorf statt. Den Mitgliedern schien noch nicht bekannt zu sein, dass ihr Anführer nicht mehr dabei war.
Der Parkplatz war voll, alle schienen bereits versammelt zu sein. Vor dem Restaurant große Kübel mit prachtvoll blühenden Blumen, im Wirtsraum dunkles Holz, das Sascha irgendwie auf die Stimmung drückte. Der Saal war deutlich heller und hing voller kitschiger Bilder vom Typ ‚Rhein mit Drachenfels'.
Die alten und vielleicht auch ein paar neue Anhänger des Jonas Kirch saßen an langen Tischen oder standen in kleinen Gruppen herum. Ramona war nicht auf Anhieb zu entdecken. Der Geräuschpegel war hoch. Andreas wurde neugierig beäugt, Sascha von einigen wiedererkannt und irritiert begrüßt. Sie steuerten einen Tisch an, an dessen Kopfende sie den Platz von Jonas vermuteten, der natürlich nicht aufgetaucht war.
Andreas schaute auf seine Uhr. „Warten wir noch ein paar Minuten, bis unsere Kollegen da sind. Ich notier mir inzwischen ein paar Stichpunkte."
Er setzte sich an den Tisch, holte einen Zettel und einen Stift hervor und schrieb drauflos, als beabsichtige er, stundenlange Reden zu schwingen. Glücklicherweise trafen kurz darauf vier uniformierte Kollegen ein. Einer stellte sich gut sichtbar im Raum auf, die anderen hielten sich draußen vor der Saaltür bereit. Man wusste ja nie, wie die Leute reagierten.
Andreas stand auf, räusperte sich und bat ein paar Mal mit lauter werdender Stimme um Ruhe. Als es einigermaßen still war, legte er los.

„Hallo, ich bin Kommissar Montenar von der Bonner Kripo, und hier neben mir, das ist mein Kollege Piel." Ein paar Buh-Rufe wurden laut. „Ich habe Ihnen zwei Dinge mitzuteilen, über die Sie nicht erfreut sein werden. Ruhe bitte! Wir haben zwei Mitglieder Ihrer Gemeinde wegen Mordverdachts festgenommen: Tina Bruschinsky und Gottfried Liebetrau. Wer meint, er könne uns über die beiden Informationen geben, kann sich nachher bei mir melden. Mehr möchte ich dazu jetzt nicht sagen."

Das hätte er auch gar nicht geschafft, denn die Mitglieder mussten diese Mitteilung erst einmal lautstark untereinander kommentieren und diskutieren. Ein paar Minuten später wurde es wieder ruhiger, und Andreas begann, die nächste Nachricht an Mann und Frau zu bringen. Sascha war gespannt.

„Die zweite Information betrifft Herrn Jonas Kirch." Andreas machte eine Pause, und jetzt wurde es sehr still im Raum. „Ich weiß, dass einige von Ihnen das hier nicht hören wollen, aber ich möchte Sie bitten, ruhig zu bleiben. Ich werde nämlich keine wie auch immer gearteten Krawalle dulden!"

Wieder eine kurze Pause. Andreas warf strenge Blicke durch den Saal.

„Es ist so, dass Jonas Kirch in Wirklichkeit Caspar Hoffmann heißt und bei uns unter den Namen Johannes Dom, Markus Himmel und anderen aktenkundig ist."

Gemurmel in der Gemeinde.

„Und zwar hat er, Sie können es sich sicher denken, reihenweise Gemeinden gegründet, den Leuten das Geld aus der Tasche gezogen und sich damit aus dem Staub gemacht."

Zunächst Totenstille. Fünf Sekunden später brach der reinste Tumult los: Menschen schossen Hunderte von Fragen auf Andreas ab (vor allem wegen der Spenden), andere weinten, einige glaubten es nicht und tobten, drei Damen kippten um. Der Notarzt wurde gerufen, die Kollegen von der Streife mussten eingreifen, die Presse ließ auch nicht lange auf sich warten.

Die magere Tabea Römer, wie immer in Begleitung ihrer Zwillingsschwester, meldete sich aufgelöst bei Andreas und gab an, sie sei am frühen Samstagmorgen von Jonas Kirch angerufen worden, der behauptet habe, sich bei seiner kranken Tochter in Japan aufzuhalten. Sie habe niemandem davon erzählt, weil sie einfach nicht glauben wollte, dass der Mann seine Gemeinde ernsthaft wochenlang allein lasse. Und im Übrigen glaube sie auch nicht, dass ihr geliebter Prediger ein gemeiner Betrüger sei!

Dann brach sie zusammen und wurde dem Notarzt übergeben.

Sascha gefiel die ganze Aufregung. Andreas allerdings sprach ihn eine Viertelstunde später schräg von der Seite an.

„Du scheinst den Rummel hier ja richtig zu genießen. Ich nicht. Weißt du was? Bring du doch das Chaos hier zu Ende, ich hab noch einen anderen Termin."

*

Königswinter, Ölberg,
18.05 Uhr

Andreas gönnte sich eine halbe Stunde Auszeit auf seinem Sofa und machte sich dann auf den Weg zum Ölberg, wo er in einem kleinen Restaurant einen Tisch reserviert hatte. Er war ganz massiv über seinen Schatten gesprungen und hatte Sabine zum Essen eingeladen, um ihr seine Entscheidung bezüglich des Urlaubs mitzuteilen. Ein bisschen mulmig war ihm schon.

Als er fast in Königswinter war, lenkte ein Anruf aus dem Labor ihn ab. Die DNA an der Uhr von Marcel Jaeger gehörte zu Gottfried Liebetrau. Ansonsten hatte sich ergeben, dass der Mann tatsächlich nicht an MS litt. Zumindest in diesem Fall hätte ein rechtzeitiger Arztbesuch vielleicht Leben gerettet.

Darüber dachte Andreas noch eine Weile nach, doch je näher er dem Ölberg kam, desto mehr rückte eine andere Frage in den Vordergrund: Hatte er sich richtig entschieden?

Als er auf den Parkplatz fuhr, sah er Sabine bereits neben ihrem schwarzen Kleinwagen stehen. Ihr blondes Haar leuchtete in der noch kräftigen Abendsonne, ein mit Blümchen gemustertes Kleid ließ einen Blick auf ihre schönen Beine zu. Ihr Lächeln schien jedoch etwas angespannt.

Sie begrüßten sich mit Küsschen auf die Wange, spazierten nebeneinander her zum Restaurant hinauf und plauderten über das milde Maiwetter, über Andreas unverwüstliche Oma Elli und über Saschas Heldentat.

Auf dem Berg angekommen, wurden sie an einen Tisch draußen auf der Terrasse gesetzt, von dem aus sich eine überwältigende Aussicht auf das Rheintal bot.

Sabine lächelte angestrengt. „Dass du mich zum Essen einlädst und dann auch noch an einen so ungewöhnlichen Ort... Das macht mir schon ein bisschen Angst. Was hat das alles zu bedeuten?"

Andreas konnte es nicht lassen, sie noch ein bisschen auf die Folter zu spannen. „Was glaubst du denn, was es bedeuten könnte?"

Ganz kurz verzog Sabine genervt das Gesicht, dann war die Bedienung da und nahm ihre Bestellungen auf. Als die Frau schon fast wieder in der Küche angekommen sein musste, antwortete Sabine in auffällig unbekümmertem Ton: „Also entweder ist es ein Abschiedsessen, weil dir das alles zu anstrengend wird mit mir, oder du willst nicht mitfahren, und das hier ist eine Art Entschädigung, oder du willst um meine Hand anhalten."

Letzteres entlockte Andreas ein Lachen, für das er sich schleunigst entschuldigte. „War nicht so gemeint. Also dann", Andreas räusperte sich, „ich habe dich eingeladen, weil ich etwas feiern möchte, und zwar...äh... eigentlich mich: Ich werde zum ersten Mal in meinem Leben mit einer Frau in Urlaub fahren!"

Er wartete auf ihre Reaktion, aber statt jubelnder Anerkennung erntete er einen spöttischen Blick von ihr.

„Ich bin völlig überwältigt von deiner Entschlussfähigkeit", eröffnete sie ihm und griff zu dem Glas Wein, dass die Kellnerin soeben auf dem Tisch abgestellt hatte.

„Lass uns darauf trinken, dass du endlich das tust, was Millionen Männer schon vor dir getan haben!"

Nein, darauf wollte Andreas nicht trinken. Er versetzte ihr lieber einen Dämpfer. „Eigentlich solltest du gemerkt haben, dass ich nicht so bin wie Millionen anderer Männer. Und ich fahre nur mit, wenn du dich an unsere Abmachungen hältst."

„Richtig." Sabine wurde ernst, zog ihre Handtasche auf ihren Schoß, öffnete sie und schaute Andreas in die Augen. „Ich habe einen Vertrag ausgearbeitet, in dem genau festgelegt ist, wer wo und wann welche Rechte und Pflichten hat. Den können wir jetzt mal durchgehen und unterschreiben."

Andreas war leicht verwundert, meinte aber: „Ja, warum nicht."

Sabine schaute ihn weiter an, fragend, zweifelnd und allmählich breitete sich ein Grinsen auf ihrem Gesicht aus.

„Das ist ja nicht zu fassen! Du hast das geglaubt, oder?“, rief sie aus. „Und du hättest so einen Vertrag auch unterschrieben, stimmt's? Du bist tatsächlich einmalig!“

Damit hatte Andreas nicht gerechnet. Er fühlte sich schwer auf den Arm genommen...und das mochte er überhaupt nicht.

Mörderische Habgier

288 Seiten, 125 x 190 mm, Softcover,
9,95 €
ISBN 978-3-939908-85-2

Irgendwie schien das Licht im Raum dunkler zu werden… Gott, sie fiel doch jetzt nicht in Ohnmacht!? Es war unheimlich still in der Bank, alles lief ab wie in einem Stummfilm ohne Klavierbegleitung… Weder Gianfranco noch der Bankräuber gaben einen Laut von sich. Niemand hustete, niemand schrie. Ein Schuss fiel. Laut unerwartet, schrecklich.
Die Hauptkommissare Andreas Montenar und Sascha Piel von der Bonner Mordkommission haben einen kniffligen Fall zu lösen: wie hängen ein Banküberfall, zwei ermordete Männer, zwei tote Frauen und eine Geiselnahme in der Bonner U-Bahn zusammen?

Alles hat seinen Preis

256 Seiten, Softcover, 125 x 190 mm,
9,99 €
ISBN 978-3-941557-73-4

Ein 13jähriger Junge verschwindet spurlos aus einer Neubausiedlung in Beuel. Während den Ermittlungen stellen Andreas Montenar und Sascha Piel fest, dass die Kindesentführung nicht das einzige Verbrechen in dieser Siedlung ist...

„Angegangen. In einem Zug durchgelesen. Für gut befunden!"
(L. Kroner, Kriminalhauptkommissar)

Kriminal(isten)**romane** von **Bernhard Hatterscheidt** und **Ludwig Kroner**

Kriminalistenromane werden von Kriminalbeamten, Staatsanwälten oder Kriminalwissenschaftlern geschrieben. Auch wenn die Handlungen zum Teil fiktiv sind, hält sich der Roman an die Grundlagen der heutigen Kriminalistik und Kriminaltechnik. Statt fragwürdiger „Helden" wird die mühsame Arbeit der Polizei gezeigt. Hierbei zeigt sich, dass auch die Wirklichkeit spannend sein kann.

Der kriminalistische Auftakt zur Krimi-Reihe mit Hauptkommissar Westhoven und seine Kollegen:

Mörderischer Fastelovend

266 Seiten, Softcover, 125 x 190 mm,
9,90 €
ISBN 978-3-941557-69-7

Kriminalhauptkommissar Westhoven und seine Mitarbeiter stehen Karneval vor einem Mord ohne erkennbares Motiv…Werden Sie Zeuge eines spannenden Kriminalfalls und dessen realitätsnaher Aufklärung. Dieser Roman orientiert sich eng an der täglichen kriminalpolizeilichen Arbeit, denn Realität ist oft spannender als Fiktion.

Eiskalt in Nippes

192 Seiten, Softcover, 125 x 190 mm,
9,99 €
ISBN-978-3-939284-14-7

Tadeuz Piontek ist Hausmeister und Mädchen für alles. Bei Umbauarbeiten im Keller des Hauses in der Viersener Straße findet er eine eingemauerte Tiefkühltruhe. Als er sie öffnet, blickt er in das vereiste Gesicht eines Toten: Tiefgekühlt seit Jahren. Deutlich ist die schwere Schädelverletzung zu erkennen. „Eiskalt in Nippes“ ist ein neuer Fall für Kriminalhauptkommissar Westhoven und sein Ermittlungsteam.

„Das Buch besticht durch Spannung, die einfach da ist, wenn es einen Mord zu lösen gibt. Für alle, die wissen wollen, wie Polizisten wirklich arbeiten...“ (F. Waltel, Radio Köln)

Feuer in Rondorf

240 Seiten, 125 x 190 mm, Klappenbroschur,
9,99 €
ISBN:978-3-939284-55-0

In einem ausgebrannten Haus findet die Polizei eine stark verkohlte Leiche. Die Obduktion ergibt, dass dem Verstorbenen kurz vor seinem Tod beide Hände gebrochen wurden. Wer ist dieser Mann? Und wer hat ihm dies angetan? Auch in ihrem dritten Fall stehen Kriminalhauptkommissar Westhoven und sein Team vor vielen ungelösten Fragen und müssen bis an ihre Grenzen gehen, um den Fall zu knacken…

„Wer wissen möchte, wie Polizeiarbeit tatsächlich funktioniert, der sollte diesen Kriminalistenroman lesen.“
Tim Stinauer, Kölner Stadtanzeigers

Gereon A. Thelen

Nachts in Kalk

Ein Peter Merzenich Krimi

224 Seiten, 125 x 190 mm, Klappenbroschur,
9,99 €
ISBN: 978-3-939284-57-4

Polizeimeister Peter Merzenich, genannt Pitter, befreit eine junge Frau aus den Fängen des Zuhälters Jupp Opladen. Kurz darauf passiert das nächste Unglück: Ein Kollege, Michi Schmitz, gerät an einem einsamen Waldparkplatz in Höhenberg unter Beschuss und stirbt noch am Tatort. Pitter macht sich auf eigene Faust auf Täterjagd. Doch es fehlt ein Motiv. Hat Kalks Rotlichtmilieu eine Verbindung zu dem Fall? Es gibt noch einen unerwarteten Selbstmord, einen Drogentoten und eine weitere Frauenleiche, bis es endlich Tag wird in Kalk.

Andreas Schnurbusch
Mordkommission Köln

Schleusermord

248 Seiten, 125 x 190 mm, Klappenbroschur,
9,99 €
ISBN: 978-3-939284-88-8

Eine Polizeistreife findet am Kronenburger See in der Eifel die Leiche eines jungen Mannes im Auflieger eines verunglückten Sattelzuges. Der Fahrer ist flüchtig. Nach Auswertung der Tatortspuren und Obduktion der Leiche steht fest, dass der Mann erwürgt wurde. Die Beamten der Mordkommission „Mama" gehen jeder Spur akribisch nach und kommen der Identifizierung des Mörders Schritt für Schritt näher. Die Ermittlungen führen über das Kölner Rotlichtmilieu zu einer international agierenden Schleuserbande.

Es handelt sich um den ersten Fall des Ermittlerduos Hubert Makele und André Moritz, genannt Fisch und Kid.